U0438247

韓昌黎文集校注

下

〔唐〕韓愈 著
馬其昶 校注
馬茂元 整理

上海古籍出版社

韓昌黎文集第六卷

桐城馬其昶通伯校注　馬茂元整理

碑誌

李元賓墓銘

按：今石刻首題云「韓愈撰、段季展書」，其後題云「十一年十二月建立」。疑立石在葬後。〔補注〕方苞曰：荆川疑此文太略，非也。元賓卒年廿九，德未成，業未著，而信其不朽；又曰「才高乎當世，行出乎古人」，則所以推大者至矣；又曰「竟何爲哉，竟何爲哉」，則痛惜者亦至矣。若毛舉數事，則淺之乎視元賓，而推大痛惜之意，轉不可見。姚範曰：尋此銘觀之，葬及誌皆友人爲之，葬又非其鄉也，系故不詳其世系及子孫之有無，而書曰「李觀」。按：盧殷誌稱「范陽盧殷」亦然。曾國藩曰：誌不稱元賓之長，而銘詞著「才高」二語，故可貴。若通首贊頌不休，不足取信矣。

李觀字元賓〔一〕，其先隴西人也〔二〕。始來自江之東〔三〕，年二十四舉進士，三年登上第，又舉博學宏詞，得太子校書一年〔四〕，年二十九，客死于京師〔五〕。既歛之三日〔六〕，友人博陵崔弘禮葬之于國東門之外七里〔七〕，鄉曰慶義，原曰嵩原〔八〕。友人韓愈書石以誌之，辭曰〔九〕：

〔一〕謝從古本刪「字」字，今文粹亦然，然石本有之。此文今從石本。
〔二〕或無「也」字。
〔三〕下或有「食太學之禄」五字。
〔四〕「書」下或有「又」字。
〔五〕「于」，或作於。
〔六〕或無「之」字。
〔七〕「友」上或有「其」字。「葬」上或有「賣馬」字。「葬」下或無「之」字。
〔八〕「慶義」，或作「某鄉」。「嵩原」，或作「某原」。
〔九〕「人」下或有「昌黎」字。「辭」上或有「其」字。

已虖元賓！壽也者吾不知其所慕，夭也者吾不知其所惡。生而不淑，孰謂其壽〔一〕？死而不朽，孰謂之夭〔二〕？已虖元賓！才高乎當世，而行出乎古人〔三〕。已虖元賓！竟何爲哉，竟何爲哉〔四〕！

〔一〕「謂其」，或作「爲之」。

〔二〕「謂之」，或作「爲其」。

〔三〕「才」，或作「文」。「出」，或作「過」。

〔四〕「已虖元賓」，諸本無此再出四字，方從石本，今亦從之。但方又云上「竟」字，石本作「意」，而邵公濟嘗歎其句法之妙，謂歐公而下好韓氏學者皆未之見，遂從其説，定上字作「志意」之「意」，下字作「究竟」之「竟」：則予不識其何説也。竊意若非當時誤刻，即是後來字半磨滅，而讀者不審，遂傳此謬；好事者又從而夸大之，使世之愚而好怪者遂爲所惑，甚可笑也。

崔評事墓銘

君諱翰，字叔清，博陵安平人〔一〕。曾大父知道，仕至大理司直；大父玄同，爲刑部侍郎，出刺徐相州〔二〕；父倚，舉進士，天寶之亂，隱居而終。

〔一〕「安平」，或作「平安」。今深州有安平縣。

〔二〕「同」，或作「童」，非是。或無「相」字。

君既喪厥父，攜扶孤老，託于大江之南。卒喪，通儒書。作五字句詩，敦行孝悌，詼諧縱謔，卓詭不羈〔一〕；又善飲酒，江南人士多從之遊。

〔一〕「卓詭」，或無此二字，或作「處世」，皆非是。

貞元八年，君生四十七年矣〔一〕，自江南應節度使王栖曜命于鄜州。既至，表授右衛胄曹參軍，實參幕府事。直道正言，補益弘多〔二〕。既去職，遂家于汝州，汝州刺史吴郡陸長源引爲防禦判官，表授試大理評事。十二年，相國隴西公作藩汴州，而吴郡爲軍司馬〔三〕，隴西公以爲吴郡之從則賢也〔四〕，署爲觀察巡官。實掌軍田，鑿澮溝，斬茭茅〔五〕，爲陸田千二百頃，水田五百頃〔六〕，連歲大穰，軍食以饒。幕府以其功狀聞〔七〕，使者未復命。以十五年正月五日寢疾終于家，年五十有六矣。隴西公賻贈有加。自始有疾，吴郡率幕府寮屬日一至其廬問焉；其既甚也，日再往問焉；其終也，往哭焉；比小斂大斂三哭焉〔八〕。於斂之二十日，其妻與其子以君之喪旋葬于汝州〔九〕；其二月某日，遂葬于某縣某鄉某原。

〔一〕以卒日考之，「七」當作「六」。

〔二〕「弘」，或作「尤」。

〔三〕貞元十二年七月，以董晉爲宣武軍節度使；八月長源自汝州授檢校禮部尚書，充宣武軍行軍司馬。隴西公，即晉也。

〔四〕「之從」，或作「從事」，或併出「之」字，皆非是。

〔五〕「茅」或作「茆」。「茆」，鳧葵也。此兼水陸言之，作「茅」自當。

〔六〕或無「爲」字。「五百」或作「二千」。

〔七〕或無「其」字。

〔八〕方無「大歛」字。今按：上文并大歛計之乃得三哭，方本非是。〔補注〕姚範曰：仿左氏傳。

〔九〕「與」，或作「以」。或無「于」字。

君内仁九族，外盡賓客，於其所止，其來如歸〔一〕。苟親矣，雖不肖收之如賢；苟賢矣，雖貧賤待之如貴人〔二〕：是故其歿也，其弔者與其哭者，其聲也必哀盡焉。妻，鄭氏也〔三〕；有子二人，女一人。吾聞位不稱德者有後〔四〕，嗚呼！君其終有後乎！銘曰：

〔一〕〔補注〕曾國藩曰：「盡」謂盡禮也。凡崔君栖止之處，族賓皆來歸也。又曰介甫敘人之長，皆學此等。

〔二〕〔補注〕吴汝綸云：此仿史記酷吏傳文法。

〔三〕〔補注〕原本「鄭氏」上無「妻」字，今據别本增入。
〔四〕「德者」下或有「其終」字。

朝之言嘻嘻，夕之言怡怡；偕入而出乘馬馳〔一〕，一日不見而死：吁其悲〔二〕！

〔一〕「馬」下或有「而」字。
〔二〕「其」下或有「可」字。

施先生墓銘

〔補注〕曾國藩曰：或先叙世系而後銘功德，或先表其能而後及世系，或有誌無詩，或有詩無誌：皆韓公創法。後來文家踵之，遂援爲金石定例。究之，深乎文者乃可與言例，精於例者仍未必知文也。

貞元十八年十月十一日，太學博士施先生士丏卒，其寮太原郭伉買石誌其墓〔一〕，昌黎韓愈爲之辭，曰：

〔一〕或無「太原」字。

先生明毛鄭詩，通春秋左氏傳，善講説〔一〕。朝之賢士大夫從而執經考疑者繼于門〔二〕，太學生習毛鄭詩春秋左氏傳者皆其弟子。貴游之子弟時先生之説二經，來太學帖帖坐諸生下，恐不卒得聞〔三〕。先生死，二經生喪其師，仕於學者亡其朋；故自賢士大夫老師宿儒新進小生聞先生之死，哭泣相弔，歸衣服貨財〔四〕。

〔一〕劉公嘉話拾遺言：「予嘗與柳八韓十八詣施士丐聽毛詩。説『維鵜在梁』：『梁』，人取魚梁也。言鵜自合求魚，不合於人梁上取其魚；譬之人，自無善事攘人之美者，如鵜在人梁上焉，則毛注失之矣。又説『山無草木』曰：『岵』，所以言『陟彼岵兮』，無可岵也；以其無草木，故以譬之。又説甘棠『勿翦勿拜，召伯所説』：『拜』，言人心之拜，小低屈也；上言『勿翦』，終言『勿拜』，明召伯漸遠，人思不忘也。毛注『拜，猶伐』，非也。又説『維北有斗，不可挹酒漿』，言不得其人也。毛都不注此。」新史云：「士丐撰春秋傳，未甚傳。後文宗喜經術，宰相李石因言士丐春秋可讀，文宗曰：『朕見之矣。穿鑿之學，徒爲異同；但學者如浚井得美水而已，何必勞苦旁求然後爲得耶？』」

〔二〕「繼」下或有「往」字。

〔三〕「帖帖」，或作「怡怡」，下又有「然」字，非是。〔補注〕方苞曰：學通聖經，教伏一世，則志行之美無俟毛舉者矣。劉大櫆曰：於説經一事，開拓鋪叙，文法極古。

〔四〕〔補注〕曾國藩曰：以上明二經及死時事。

先生年六十九，在太學者十九年。由四門助教爲太學助教，由助教爲博士；太學〔一〕秩滿當去〔二〕，諸生輒拜疏乞留〔三〕；或留或遷，凡十九年不離太學〔四〕。

〔一〕「由四」下十八字，此從諸本。杭本無「爲太學助教由助教」八字，云：「蓋言由四門助教至爲博士於太學故也；若從今文，則下『太學』字贅矣。」今按：此既言其在太學者十九年，則所歷官不應但一再遷而已，當從諸本爲是；但下「太學」二字疑衍，不然則或在「博士」上，或在下文「當去」下：然無所據，不敢輒改，姑存之以俟知者。

〔二〕〔補注〕姚範曰：「太學秩滿當去」爲一句。

〔三〕下或有「或乞遷」三字。

〔四〕杭本無「凡」下八字。今按：上文已云「在太學者十九年」，則此八字誠爲重複；然欲去之，則或留或遷語勢未盡，又不知公意果如何。今亦論而闕之，不敢定其去留也。〔補注〕曾國藩曰：以上在太學之久。

祖曰旭，袁州宜春尉；父曰婼〔一〕，豪州定遠丞〔二〕；妻曰太原王氏，先先生卒；子曰友直，明州鄮縣主簿〔三〕；曰友諒，太廟齋郎〔四〕。系曰：

〔一〕「婼」，丑略切。
〔二〕「豪」或作「濠」，説已見前。按此誌在元和之前，去水爲是。
〔三〕「鄮」，或作「鄞」。「鄮」，縣名。前漢云：「殺鄮鄞二縣長。」「鄮縣」，會稽縣。「鄮」，莫候切。
〔四〕〔補注〕曾國藩曰：以上祖父妻子。

先生之祖，氏自施父〔一〕。其後施常，事孔子以彰〔二〕。讎爲博士〔三〕，延爲太尉〔四〕。太尉之孫，始爲吴人。曰然曰續〔五〕，亦載其迹。先生之興，公車是召；纂序前聞，于光有曜。古聖人言，其旨密微；箋注紛羅，顛倒是非〔六〕；聞先生講論，如客得歸〔七〕。卑讓肫肫〔八〕，出言孔揚；今其死矣，誰嗣爲宗〔九〕！縣曰萬年，原曰神禾；高四尺者〔一〇〕，先生墓邪！

〔一〕施父，魯大夫，見左氏桓九年。
〔二〕史記弟子列傳：施之常，字子恒。一無「施」字。
〔三〕漢書儒林傳：施讎字長卿，宣帝時爲博士。
〔四〕施延，順帝陽嘉二年八月爲太尉。
〔五〕當作「績」。吴志：朱然字義封，本姓施氏；然子績，字公緒。
〔六〕「紛」，或作「分」。

〔七〕「得」，或作「有」。

〔八〕中庸曰：「肫肫其仁」；鄭注：「『肫』，讀如『誨爾諄諄』之『諄』，懇誠貌。」

〔九〕「爲」，或作「其」。

〔一〇〕檀弓：孔子曰：「吾聞之，古者墓而不墳；今丘也，東西南北之人也，不可以弗識。於是封之，崇四尺。」

考功員外盧君墓銘

或作「表」。公元和二年爲國子博士時作。

愈之宗兄故起居舍人君〔一〕，以道德文學伏一世〔二〕。其友四人，其一范陽盧君東美。少未出仕〔三〕，皆在江淮間，天下大夫士謂之「四夔」〔四〕：其義以爲道可與古之夔皋者侔，故云爾〔五〕；或曰夔嘗爲相，世謂「相夔」；四人者雖處而未仕，天下許以爲相，故云。

〔一〕柳子厚先友記云：「韓會，昌黎人，善清言，有文章，名最高；然以故多謗，至起居郎，貶官卒。」則起居舍人君，會也。子厚以爲郎，誤矣。〔補注〕姚範曰：「宗兄」，本禮記曾子問。沈欽韓曰：「宗兄」，言其爲大宗之嫡長兄也。

〔二〕「伏」，或作「服」。

〔三〕或無「少」字。

〔四〕永泰中，會與盧東美張正則崔造爲友，好談經濟之略，嘗以王佐自許，時人號爲「四夔」。舊史載於崔造傳，新史亦具載之，而摭言乃以廬江何長師、趙郡李華、范陽盧東美、韓衢爲「四夔」，非是。

〔五〕「夔皐」，或作「皐夔」，後同。

大曆初，御史大夫李栖筠由工部侍郎爲浙西觀察使〔一〕，當是時，中國新去亂，仕多避處江淮間〔二〕，嘗爲顯官得名聲，以老故自任者以千百數〔三〕，大夫莫之取，獨晨衣朝服〔四〕，從騎吏，入下里舍請盧君〔五〕。君時始任戴冠，通詩書，與其羣日講説周公孔子以相磨礱浸灌，婆娑嬉游，未有捨所爲爲人意。既起從大夫，天下未知君者，惟奇大夫之取人也不常，必得人；其知君者〔六〕，謂君之從人也非其常守，必得其從。其後爲太常博士、監察御史、河南府司録、考功員外郎。年若干而終，在官舉其職〔七〕。

〔一〕〔補注〕曾國藩曰：起處逆，此處接筆逆，以下得勢矣。

〔二〕「仕」，或作「士」。

〔三〕〔補注〕曾國藩曰：「老故」，謂老成故舊也。

〔四〕或無「晨」字。

〔五〕〔補注〕姚範曰：宋玉對楚王問：「下里巴人。」

〔六〕「知」上或無「其」字。

〔七〕「若干」，或作「五十四」。

夫人李姓，隴西人。君在，配君子無違德〔一〕；君殁，訓子女得母道甚〔二〕。後君二十年，年六十六而終〔三〕。將合葬，其子暢命其孫立曰：「乃祖德烈靡不聞，然其詳而信者，宜莫若吾先人之友。先人之友無在者，起居丈有季曰愈〔四〕，能爲古文，業其家；是必能道吾父事業。汝其往請銘焉。」〔五〕立於是奉其父命奔走來告。愈謂立曰：「子來宜也，行不可一二舉。且吾之生也後，不與而祖接，不得詳也〔六〕。其大者莫若衆所與，觀所與衆寡，茲可以審其德矣。乃祖未出而處也，天下大夫士以爲與古之夔皐者侔〔七〕，且可以爲相，其德不既大矣乎！講説周公孔子，樂其道，不樂從事於俗；得所從，不擇外内奮而起〔八〕：其進退不既合於義乎！銘如是，可以示於今與後也歟！」〔九〕立拜手曰：「唯唯。」

〔一〕「配」上或有「作」字。
〔二〕或作「甚得母道」。
〔三〕「二十」，或作「若干」。「十六」，或作「十四」。
〔四〕「丈」，或作「又」。
〔五〕「父」下或有「之」字。
〔六〕「得」下或有「其」字。
〔七〕「大夫」，或作「之」。
〔八〕「擇」，或作「釋」。
〔九〕〔補注〕方苞曰：知其人不詳，則虚擬而不敢爲斷辭，所以自重其言。

君祖子輿，濮州濮陽令；父同，舒州望江令。夫人之祖延宗，鄆州司馬；父進成，鄜州洛交令〔一〕。男三人，暢、申、昜；女三人，皆嫁爲士人妻〔二〕。墓在河南緱氏縣梁國之原〔三〕。其年月日〔四〕，元和二年二月十日云〔五〕。

〔一〕「君祖」下二十四字，或但言「君祖某，某官；父某，某官。夫人之祖某，某官；父某、某官。」「夫人」下或無「之」字。
〔二〕「士」下或無「人」字。

〔三〕「緌氏」下七字，或作「某縣某原」。「緌」，音溝。〔補注〕沈欽韓曰：「國」，當作「固」。

〔四〕或無此四字，非是。

〔五〕「十」下或有「四」字。

施州房使君鄭夫人殯表

房使君，房武也。武刺施州而夫人卒，殯于江陵，公時爲江陵法曹而作；繼於河南銘興元少尹房君墓，即武也。〔補注〕何焯曰：殯表宜如此簡。

夫人之先出於周〔一〕，以鄭爲氏因初侯〔二〕。曾祖諱隨，祖諱玠，厥考諱絳，咸垂休。歸于房宗生九子，左右黍稷祠春秋。道順德嚴顯且裕，宜壽而富今何謬〔三〕！永貞冬至前四日，寓殯墳此非其丘〔四〕。

〔一〕或無「之」字。今按：此篇之文平易明白，宜有「之」字。

〔二〕周厲王少子友封於鄭，是爲成公；其地華州鄭縣是也。後世以國爲氏。

〔三〕「富」，或作「貴」。

〔四〕〔補注〕曾國藩曰：狐死正首丘，不忘本也。權殯於此，終當反葬，故曰「非其丘」。

清邊郡王楊燕奇碑文

晁本作「清邊郡王楊公神道碑」。〔補注〕歸有光曰：極有紀律，文字煩簡勻適。姚範曰：楊燕奇事無考，大約亦尠焯赫可紀者；雖云「或裨或專」，要以裨將從帥最功耳：故多虚叙，而中間總而論之。其於田神功，則事之可實紀者。望溪云「隨舉一事以證」，是也。

公諱燕奇，字燕奇〔一〕，弘農華陰人也。大父知古，祁州司倉；烈考文誨，天寶中實爲平盧衙前兵馬使〔二〕，位至特進檢校太子賓客，封弘農郡開國伯，世掌諸蕃互市，恩信著明，夷人慕之〔三〕。

〔一〕「字」上或無「奇」字。

〔二〕「盧」下或有「軍」字。

〔三〕〔補注〕曾國藩曰：以上家世。

禄山之亂，公年幾二十〔一〕，進言於其父曰：「大人守官，宜不得去〔二〕，王室在難，某其行矣！」其父爲之請於戎帥，遂率諸將校之子弟各一人間道趨闕，變服詭行，日倍百里。天子嘉之，特拜左金吾衛大將軍員外置，賜勳上柱國〔三〕。

〔一〕燕奇開元二十六年生，天寶十四載禄山反時，燕奇年十八。

〔二〕「宜」，或作「義」。

〔三〕〔補注〕曾國藩曰：以上辭親從君。

寶應二年春〔一〕，詔從僕射田公平劉展〔二〕，又從下河北。大曆八年，帥師納戎帥勉于滑州〔三〕。九年，從朝于京師〔四〕。建中二年，城汴州〔五〕，功勞居多。三年，從攻李希烈，先登。貞元二年，從司徒劉公復汴州〔六〕。十二年，與諸將執以城叛者歸之于京師；事平，授御史大夫，食實封百户，賜繒綵有加〔七〕。十四年，年六十一，五月某日終于家。自始命左金吾大將軍，凡十五遷爲御史大夫，職爲節度押衙、右廂兵馬使，兼馬軍先鋒兵馬使〔八〕，階爲特進，勳爲上柱國，爵爲清邊郡王，食虚邑自三百户至三千户，真食五百户終焉〔九〕。

〔一〕「二年」，或作「二歲」。

〔二〕上元元年十一月，宋州刺史劉展赴揚州，揚州長史鄧景山以兵拒之，爲展所敗，進陷揚潤昇等州。二年正月，平盧兵馬使田神功生禽展，揚潤平。今云「寶應」，誤也。〔補注〕方苞曰：叙功伐以「從」字爲章法，亦本史記。

〔三〕大曆八年三月，永平節度使令狐彰卒，以工部尚書李勉爲永平軍節度，滑亳觀察等使。

〔四〕是年十一月，汴宋節度使田神功入朝京師，九年正月，神功卒。神功本傳云「大曆二年來朝，加檢校尚書右僕射」；而此云「九年」，未知孰是。

〔五〕建中二年三月，築汴州城。

〔六〕建中四年十二月，李希烈陷汴州。興元元年十一月，宋亳節度使劉洽大破希烈之衆，希烈遁歸蔡州，汴州平。今云貞元二年，誤也。「劉公」，謂劉玄佐。

〔七〕「封」下或有「五」字。

〔八〕「右」，或作「左」。

〔九〕或無「自」字，或無「五」字。〔補注〕曾國藩曰：以上歷叙功績官階。

公結髮從軍四十餘年〔一〕，敵攻無堅，城守必完，臨危蹈難，歔欷感發，乘機應會，捷出神怪；不畏義死，不榮幸生；故其事君無疑行，其事上無間言〔二〕。

〔一〕「年」或作「歲」。

〔二〕〔補注〕方苞曰：虛言其生平，中間總叙，結上起下，其法本管子。曾國藩曰：以上總叙其賢。

初，僕射田公其母隔于冀州，公獨請往迎之，經營賊城，出入死地，卒致其母。田公德之，約爲父子，故公始姓田氏；田公終而後復其族焉〔一〕。嗣子通王屬良禎，以其年十月庚寅葬公于開封縣魯陵岡，隴西郡夫人李氏祔焉〔二〕。夫人清夷郡太守祐之孫，漁陽郡長史獻之女。柔嘉淑明，先公而殂。有男四人，女三人。後夫人河南郡夫人雍氏，某官之孫，某官之女。有男一人，女二人，咸有至性純行。夫人同仁均養，親族不知異焉。君子於是知楊公之德又行於家也〔三〕。銘曰：

〔一〕〔補注〕方苞曰：隨舉一事以證之。

〔二〕「通王」，德宗之子諶，以貞元中領宣武及河東節度。葬月，或作「二月」，或作「三月」，或作「八月」，或作「十月」。燕奇卒於五月，作「二」「三月」者誤矣。但「八月」「十月」皆有庚寅，不知孰是。大抵此碑多誤，不曉所以。「僕射田公」，田神功也。神功以上元二年平劉展，此作寶應二年；舊傳，神功大曆八年冬覲闕廷，信宿而終，此作九年：皆差也。

〔三〕〔補注〕曾國藩曰：以上叙家事。

烈烈大夫〔一〕，逢時之虞。感泣辭親，從難于秦。維兹爰始，遂勤其事。四十餘年，或裨或專。攻牢保危，爵位已隮；既明且慎，終老無隳。魯陵之岡，蔡河在側〔二〕；烝烝孝子，思顯勳績。斵石于此，式垂後嗣。

〔一〕「大夫」，或作「丈夫」。

〔二〕「在」，或作「之」。

河南少尹裴君墓誌銘

公諱復，字茂紹〔一〕，河東人。曾大父元簡，大理正。大父曠，御史中丞、京畿採訪使。父虬，以有氣略敢諫諍爲諫議大夫〔二〕，引正大疑，有寵代宗朝，屢辭官不肯拜，卒贈工部尚書〔三〕。

〔一〕「復」或作「稷」，唐世系表、集古録皆作「復」。
〔二〕或無「有」字。「諫諍」二字或作「言」，或無「諍」字。
〔三〕歐陽公跋怡亭銘云：裴虬撰，李陽冰篆，李莒書。銘在武昌江水中。有小島，亭在其上，銘刻於島石，虬代宗時爲道州刺史。按：公此文云虬「爲諫議大夫」，不云爲道州刺史，唐史亦不見其事；歐陽豈得之怡亭銘耶？

公舉賢良，拜同官尉。僕射南陽公開府徐州〔一〕，召公主書記〔二〕，一遷至侍御史，入朝歷殿中侍御史，累遷至刑部郎中〔三〕，疾病，改河南少尹〔四〕，輿至官，若干日卒，實元和三年四月二十三日，享年五十。夫人博陵崔氏，少府監頲之女〔五〕。男三人，璟質皆既冠，其季始六歲，曰充郎〔六〕。卜葬，得公卒之四月壬寅，遂以其日葬東都芒山之陰杜翟村。

〔一〕貞元四年十一月，以濠壽廬三州團練使張建封爲徐泗濠節度使。

〔二〕〔補注〕陳景雲曰：公嘗記南陽公鎮徐州掌書記者三人，無復名。當是先以記室辟，既至更授他職耳。

〔三〕「遷」，或作「選」，非是。

〔四〕〔補注〕方苞曰：總叙歷官於前。

〔五〕「頲」，音挺。

〔六〕「充」，或作「彦」，世系表作「望郎」。

公幼有文，年十四〔一〕上時雨詩，代宗以爲能，將召入爲翰林學士；尚書公請免曰：「願使卒學。」〔二〕丁後母喪，上使臨弔，又詔尚書公曰〔三〕：「父忠而子果孝，吾加賜以厲天下。」終喪，必且以爲翰林〔四〕。其在徐州府，能勤而有勞；在朝，以恭儉守其職；居喪必有聞；待諸弟友以善；教館嫠妹，畜孤甥，能別而有恩〔五〕；歷十一官而無宅於都，無田於野，無遺資以爲葬：斯其可銘也已〔六〕！銘曰：

〔一〕時實應元年。
〔二〕或無「使」字。
〔三〕「詔」，或作「謂」。
〔四〕「林」下或有「學士」字。
〔五〕「而有」，或作「而以」。
〔六〕〔補注〕方苞曰：略舉文學當官行誼於後。

裴爲顯姓，入唐尤盛。支分族離，各爲大家〔一〕。惟公之系，德隆位細。曰子曰孫，厥聲世繼〔二〕。晉陽之色〔三〕，愉愉翼翼。無外無私，幼壯若一。何壽之不遐，而禄之不多！謂必有後，其又信然耶！

〔一〕此銘以「家」叶「離」。方言「罹謂之羅，羅謂之罹，蓋古音通也」。今按：詩兔爰及楚辭多此類。
〔二〕「子」，或作「祖」。
〔三〕「色」，或作「邑」。〔補注〕按：薑塢先生謂「晉陽之色」句未詳，或作「邑」。方植之先生言：作「邑」亦難解。余謂作「邑」是也。晉陽縣，唐屬河東道，世系表裴氏之先居河東，其後多避地他徙，分五房復出。自洗馬裴其上世自河西歸桑梓，故曰「晉陽之邑」，以別於他房。

國子助教河東薛君墓誌銘

石本有「河東」字，或無。然此後多從石本，今亦從之。石本首云：「朝議郎守國子博士韓愈撰。」〔補注〕方苞曰：始舉其務奇，卒稱其棄奇爲同，無一語正言其美，蓋其人適至是而止耳。

君諱公達，字大順，薛姓〔一〕。曾祖曰希莊，撫州刺史，贈大理卿；祖曰元暉，果州流溪縣丞，贈左散騎常侍〔二〕；父曰播〔三〕，尚書禮部侍郎。侍郎命君後兄據，據爲尚書水部郎中，贈給事中〔四〕。

〔一〕「字大順」，或作「字某」。

〔二〕「祖」下十六字，方云：閣杭蜀本皆闕，惟監本與石本同。今按：方氏所校，專據三本，而謂今本皆不足取。今此數字乃三本所無而今有者，若非偶有石本，則必以爲後人校增而不之信矣；故知今本與閣杭蜀苑粹不同者，未必皆無所自也。觀者詳之。

〔三〕元暉三子：據、摠、播。據開元十九年，摠十八年，播天寶十一載：並登第。

〔四〕「據」，或作「授」。

君少氣高，爲文有氣力，務出於奇，以不同俗爲主。始舉進士，不與先輩揖，作胡馬及圓丘詩，京師人未見其書，皆口相傳以熟。及擢第，補家令主簿，佐鳳翔軍〔一〕。軍帥武人，君爲作書奏，讀不識句，傳一幕以爲笑，不爲變〔二〕。後九月九日大會射〔三〕，設標的，高出百數十尺，令曰：中，酬錦與金若干。一軍盡射，莫能中〔四〕。君執弓，腰二矢，指一矢以興〔五〕，揖其帥曰：「請以爲公歡。」遂適射所，一座皆起，隨之〔六〕。射三發，連三中〔七〕，的壞不可復射。中輒一軍大呼以笑，連三大呼笑，帥益不喜，即自免去〔八〕。後佐河陽軍，任事去害興利，功爲多。拜協律郎，益棄奇，與人爲同。今天子修太學官，有公卿言，詔拜國子助教，分教東都生。元和四年年卌七，二月十四日疾暴卒〔九〕。

〔一〕或無「及擢第」三字。貞元三年二月，以鳳翔留後邢君牙爲鳳翔尹、鳳翔隴西觀察使，至是表公達佐其軍。

〔二〕「笑」下或有「君」字。

〔三〕「會」下或有「命」字。

〔四〕或無「盡」字。「能中」下或有「者」字。

〔五〕「指」，或作「挾」。閣本無「指一矢」三字。今按：以下文三發三中考之，閣本之謬明矣。

〔六〕或無「皆」字。
〔七〕或無「射」字。
〔八〕〔補注〕方苞曰：獨舉其射標的一節，亦見其氣高務奇。
〔九〕「卌七」，石本如此；下「二十一日」亦然。方著其説而不及改，今正之。

君再娶，初娶琅邪王氏，後娶京兆韋氏〔一〕。凡産四男五女。男生輒即死〔二〕。自給事至君，後再絶。皆有名〔三〕。遺言曰：「以公儀之子已已後我。」〔四〕其年閏二月廿一日〔五〕，弟試太子通事舍人公儀，京兆府司録公幹，以君之喪歸，以五月十五日葬于京兆府萬年縣少陵原，合祔王夫人塋〔六〕。銘曰：

〔一〕或無「初娶」以下十二字。
〔二〕或無「産」字、「即」字。
〔三〕或無「皆有名」三字，然三字之義未詳，而方氏亦不著石本之有無。姑闕以俟知者。
〔四〕「已已後我」或作「爲已後」。今按：此云「已已」者必其子之小字也。
〔五〕「廿」，説見上。
〔六〕「試」下七字，或作「某官」。「京」下五字，或作「殿中侍御史」。「以君」下二十八字或作「以君之喪葬京兆某縣」。

宦不遂〔一〕，歸譏於時〔二〕。身不得年，又將尤誰？世再絶而紹，祭以不隮。

〔一〕「不」下或有「能」字，非是；一作「宦不能達」；「遂」，一作「遷」。

〔二〕「譏」，或作「議」，石本逸。

監察御史元君妻京兆韋氏夫人墓誌銘

諸本無「京兆」以上九字。〔補注〕何焯曰：蒼厓金石例云：「銘婦人墓，當詳於家世，議論取法於退之。」此作蓋出於碩人之詩。

夫人諱叢，字茂之，姓韋氏〔一〕。其上七世祖父封龍門公〔二〕。龍門之後，世率相繼爲顯官〔三〕。夫人曾祖父諱伯陽，自萬年令爲太原少尹、副留守北都，卒贈秘書監〔四〕。其大王父迢，以都官郎爲嶺南軍司馬，卒贈同州刺史。王考夏卿以太子少保卒贈左僕射〔五〕。僕射娶裴氏臯女〔六〕。臯爲給事中〔七〕，臯父宰相耀卿。

〔一〕「茂」，或作「成」。今以名義推之，當作「茂」。

〔二〕後周驃騎將軍晉州總管府長史韋通封龍門縣公。

〔三〕通子善，嗣上谷太守；善嗣子崇德，太子諭德；崇德子弼，字國禎，主客郎中，萊濟商三州刺史。

〔四〕或無「北都」字。

〔五〕「保」下或無「卒」字。〔補注〕姚範曰：禮記：「祖曰王考。」爾雅：「母之王考曰外曾王父。」房啓碣：「大王父融；融啓之曾祖。」王仲舒碑：「大王父玄暕；玄暕，仲舒之曾祖。」此「大王父」疑衍文；「大」字或「王」字。「王考夏卿」，「王考」當作「皇考」。

〔六〕或無「僕射」字。

〔七〕「爲」上或有「少」字，非是。

夫人於僕射爲季女。愛之，選壻得今御史河南元稹〔一〕。稹時始以選校書秘書省中〔二〕，其後遂以能直言策第一，拜左拾遺，果直言失官；又起爲御史〔三〕，舉職無所顧。夫人固前受教於賢父母，得其良夫，又及教於先姑氏〔四〕，率所事所言皆從儀瀴〔五〕。

〔一〕「選」上或有「其」字。稹字微之，河南人。

〔二〕「校」上或有「授」字，非是。

〔三〕〔補注〕沈欽韓曰：稹傳：「爲執政所忌，出爲河南縣尉。丁母憂，服除，拜監察御史。」

〔四〕「固」，或作「因」。「父」上或無「賢」字。「得」上或有「及」字。「及」或作「受」。皆非是。

〔五〕「言」，或作「動」。〔補注〕曾國藩曰：家世可詳則詳之，行誼則祗二語。

年二十七，以元和四年七月九日卒。卒三月，得其年之十月十三日葬咸陽，從先舅姑兆。銘曰：

詩歌碩人，爰叙宗親；女子之事，有以榮身。夫人之先，累公累卿；有赫外祖〔一〕，相我唐明。歸逢其良，夫夫婦婦；獨不與年，而卒以夭。實生五子，一女之存。銘于好辭，以永於聞〔二〕。

〔一〕「有」，或作「於」。「祖」，或作「舅」，非是。

〔二〕「好」，或作「埋」。

登封縣尉盧殷墓誌

孟郊詩有弔盧殷十首，其一云：「登封草木深，登封道路微。日月不與光，莓苔空生衣。可憐無子翁，蚍蜉緣病肌。攣臥歲時長，漣漣但幽噫。幽噫虎豹間，此外相訪稀。至親惟有詩，抱心死有歸。河南韓先生，後君作因依。磨一片嵌巖，書千古光輝。」蓋謂公以河南令爲盧作此誌也，時元和五年云。〔補注〕曾國藩曰：樸老。

元和五年十月日，范陽盧殷以故登封縣尉卒登封，年六十五〔一〕。

〔一〕「月」下或有「五」。

君能爲詩，自少至老詩可録傳者，在紙凡千餘篇。無書不讀，然止用以資爲詩〔二〕。與諫議大夫孟簡，協律孟郊、監察御史馮宿好，期相推挽，卒以病不能爲官。在登封盡寫所爲詩抵故宰相東都留守鄭公餘慶〔三〕。留守數以帛米周其家，書薦宰相，宰相不能用，竟飢寒死登封。將死，自爲書告留守與河南尹〔三〕，乞葬已。又爲詩與常所來往河南令韓愈，曰：「爲我具棺。」留守尹爲具凡葬事，韓愈與買棺，又爲作銘。十一月某日葬嵩下鄭夫人墓中〔四〕。

〔一〕或無「在紙」二字，以下或有「自」字。

〔二〕「抵」，或作「投」。或無「公」字。

〔三〕房式也。

〔四〕「嵩」下或有「山」字。

君始娶滎陽鄭氏，後娶隴西李氏。生男輒死，卒無子。女一人〔一〕，學浮屠法，不嫁，爲比丘尼云。

〔一〕「女」上或有「子」字。

興元少尹房君墓誌

房君，武也。公嘗爲其夫人鄭氏作殯表，今又誌其墓。〔補注〕方苞曰：志其人甚略，而歷叙其先世子若弟則詳：蓋其人無特殊，公與其子弟交，而爲之銘故也。

房故爲官族〔一〕，稱世有人。自太尉琯〔二〕，以德行爲相，相玄宗、肅宗〔三〕，名聲益彰徹大行，世號其門爲「太尉家」。宗族子弟皆法象其賢。公曾祖諱玄静，尚書膳部郎中，歷資、簡、涇、隰四州刺史，太尉之叔父也〔四〕。祖諱肱，爲虢州司馬。父諱巒〔五〕，都水使者。皆名能守家法。

〔一〕「官」，或作「宦」。

〔二〕琯字次律，河南人。

〔三〕天寶十五載七月，玄宗拜琯吏部尚書、同平章事，至德二年五月罷，廣德元年卒，贈太尉。

〔四〕玄静父彦雲，有二子：長曰玄基，次曰玄静。玄基子融，天后朝正諫大夫，同鳳閣鸞臺平章事。融子琯。

〔五〕「戀」，或作「欒」。

公諱武，字某，以明經歷官至興元少尹。謹飭畏慎〔一〕。年七十三，以其官終。幼壯爲良子弟，老爲賢父兄，歷十二官，處事無纖毫過差。嘗以殿中侍御史副丹陽軍使，其後爲盩厔令、施州刺史；丹陽盩厔施州吏民至今思之〔二〕。

〔一〕〔補注〕曾國藩曰：稱其賢祇四字。

〔二〕「盩」，音「輈」，「厔」音「窒」：扶風縣名。水曲曰「盩」，山曲曰「厔」，前漢：「行幸盩厔五柞宫。」

娶滎陽鄭氏女，生男六人。其長曰次卿。次卿有大才，不能俯仰順時，年四十餘，尚守京兆興平尉；然其友皆曰：「房氏有子也。」次曰次公、次膺、次回、次衡、次元，始學而未仕。女三人，皆嫁爲士人妻〔一〕。

〔一〕「士人」，或作「人士」。

初，公之在施州，夫人卒焉，殯于江陵。元和五年，次卿與其羣弟奉公之喪自興元至，堂殯于伊水之南〔一〕。六年正月，次公奉夫人之喪自江陵至，遂以其月十四日合葬河南緱氏之高龍原。

〔一〕公改葬服議：「殯於堂，謂之殯」〔補注〕沈欽韓曰：「堂殯」者，假葬也。古謂之「菆塗」。通典：晉武帝太康中，郗詵寄止衞國文學講堂十餘年。母亡，便於堂北壁外下棺，謂之「假葬」。

公母弟式自給事中爲河南尹，孝友慈良，盡費其財以奉公葬。未葬之一月，詔以河南爲御史中丞，領宣州觀察使〔一〕。將行〔二〕，召河南令韓愈泣謂曰：「吾兄之葬於是，而吾爲尹於是，吾以爲得盡其道於吾兄也。今壓於上命，不得視吾兄之棺入此土也，豈非天邪！子與吾兒次卿游〔三〕，我重知子，凡吾兄之終事，將子是託焉！」愈既不獲辭，既助其凡役事，退又爲銘云：

〔一〕「中丞」或作「大夫」。

〔二〕「行」或作「往」。

〔三〕〔補注〕曾國藩曰：古者兄弟之子亦稱子，故曰「吾兒」，稱姪，俗也。

有位有年〔一〕，有弟有子；從先人葬，是謂受祉。

〔一〕「年」或作「名」。

河南少尹李公墓誌銘

李素也。據史李素無傳，於李錡傳附見焉。〔補注〕姚範曰：隨其歷官而事迹附其中，荆公如此；卻又別具作用，故機圓而勢遒。

元和七年二月一日，河南少尹李公卒，年五十八〔一〕。歛之三月某甲子，葬河南伊闕鳴臯山下〔二〕。前事之月，其子道敏哭再拜授使者公行狀〔三〕，以幣走京師，乞銘於博士韓愈曰〔四〕：「少尹將以某月日葬〔五〕，宜有銘。其不肖嗣道敏杖而執事，不敢違次，不得跣以請。」愈曰：「公行應銘法〔六〕，子又禮葬，敢不諾而銘諸？」〔七〕

〔一〕「尹」下或有「隴西」字，或作「陸渾」。
〔二〕或作「八月丁亥朔十六日壬寅」，考之史亦合。「伊闕」，或作「陸渾」，考唐志，鳴臯實在陸渾。
〔三〕「公」，或作「功」，非是。
〔四〕「於」，一作「于」。
〔五〕「月」下或有「某」字。
〔六〕「公」，方作「功」。今按：若從方本，則此句無首，而下句「子又禮葬」亦無所承，其誤明甚。
〔七〕或無「葬」字；或無「而銘諸」三字；或無「諾而」二字：皆非是。

公諱素，字某[一]。生七歲喪其父，貧不能家，母夫人提以歸，教育于其外氏[二]。以明經選，主虢之弘農簿，又尉陝之芮城。李丞相泌觀察陝虢，以材署運使從事，以課遷尉京兆鄠[三]。考滿，以書判出其倫，選主萬年簿[四]，而母夫人固在，食其禄。母夫人卒三年，改尉長安，遷監察御史，奏貶九卿一人[五]，改詹事丞，遷殿中侍御史，由度支員外郎選令萬年[六]。公主奪驛田[七]，京兆尹符縣割畀之[八]；公不與，改度支郎中[九]。使侍郎介恃[一〇]，不禮其屬大夫士，擅喜怒賞罰[一一]，公獨入讓，不受。劉闢平，上以蜀賞高崇文[一二]。尚書省以崇文慕府爭鹽井因革便不便，命公使崇文[一三]，崇文命幕府唯公命從，即其日事已。疏奏[一四]，侍郎外稱其能，竟坐前敢抗己；衢州飢，擇刺史，侍郎曰：「莫如郎李某」[一五]遂刺衢州。至一月，遷蘇州[一六]。李錡前反，權將之戍諸州者[一七]，刺史至，斂手無敢與敵[一八]。公至十二日錡反[一九]，公將左右與賊戰州門，不勝，賊呼入，公端立責以義[二〇]，皆斂兵立，不逼。錡命械致公軍，將斬以徇；及境，錡適敗縛[二一]，公脱械還走[二二]，州賊急卒不暇走死，民抱扶迎盡出[二三]。天子使貴人持紫衣金魚以賜。居三年，州稱治。拜河南少尹，行大尹事[二四]。吕氏子炅棄其妻，著道士衣冠[二五]，謝母曰：「當學仙王屋山。」去數月復出。間詣公，公立之府門外，使吏卒脱道士冠。給冠帶，送付其母。黜屬令二人以贓，減民賦錢歲五千萬〔二六〕，請緩民輸期一月，詔天下輸皆緩一月。公一斷治不收聲，事常出名上。

〔一〕或作「字貞一」。
〔二〕「育」，或作「畜」。「于」下或無「其」字。
〔三〕邑名，古有扈國。「鄠」，音户。
〔四〕「倫」上或無「其」字。「主」，或作「注」，非是。
〔五〕「貶」，或作「敗」。
〔六〕或無「郎」字。「還令萬年」，或作「遷萬年令」。
〔七〕「主」下或有「簿」字，云「簿如簿録之簿」。非是。
〔八〕〔補注〕曾國藩曰：下符於萬年，割田與之也。
〔九〕「度支」，或作「屯田」。
〔一〇〕「侍」，或作「特」，非是。元和元年四月，以兵部侍郎李巽爲度支鹽鐵轉運使。〔補注〕陳景雲曰：「使侍郎」者，領度支使之侍郎也。吴汝綸曰：「使侍郎」者，言其使乃侍郎也。按：「介侍」，猶左氏傳「介人之寵」。
〔一一〕或無「擅」字。
〔一二〕〔補注〕沈欽韓曰：崇文平蜀，因以爲西川節度使。

〔一三〕「以崇」，或作「與崇」。或無「不便」字。〔補注〕曾國藩曰：或因以鹽井與之；或遂革之：二者孰便，命使者往治也。

〔一四〕「事已」，或作「事以」。

〔一五〕「如郎」下或有「中」字。

〔一六〕「遷」下，或有「刺」字。時以杜兼爲蘇州刺史。兼曰：「李錡且反，必且奏族臣。」上因留爲吏部郎中，而以素爲蘇州刺史。

〔一七〕或無「權」「之」二字。

〔一八〕或無「敢」「敵」字，或無「敢」字，皆非是。二年十月，鎮海節度使李錡反。先是，錡選腹心五人爲所部五州鎮將：姚志安處蘇州，李深處常州，趙惟忠處湖州，丘自明處杭州，高肅處睦州，察刺史動静。及將反，各令殺其刺史。

〔一九〕〔補注〕曾國藩曰：公未遷蘇，李錡已先反於鎮海。公至蘇十二日，賊始至蘇也。

〔二〇〕「端」，或作「號」，非是。

〔二一〕或無「縛」字。〔補注〕曾國藩曰：新書言：賊釘公於船，誌爲飾詞。又曰：「致」謂致於鎮海軍也。錡敗爲其屬所縛，故曰「敗縛」。

〔二二〕錡反，素爲志安所敗，生致于錡，具桎梏釘于船舷。未及京口，十月，潤州大將張子良李奉仙等執錡，素獲免。

〔二三〕「急卒」，一作「竟平」。今按：州字句絶，「賊」即錡將之戍州作亂者，以公至之速，不及走死，爲州民執以迎公耳；然「民」字以下，必有脱誤。〔補注〕姚範曰：「州」字宜屬下，言在州之賊，走死之不暇。曾國藩曰：「抱扶迎」，謂抱幼扶老以迎也。

〔二四〕六年三月，以河南尹郄士美爲昭義軍節度使，以素爲少尹，行大尹事。七年二月，許孟容自兵部侍郎代素爲尹。

〔二五〕或無「衣」字。

〔二六〕「贓」，或作「臧」，古通用；然不知此句當如何讀。若「臧」字屬上句，即下文「減賦」別爲一事；若屬下句，即是以所没入之臧代民賦錢也。但屬上句者，語意差澀耳。「千」，或作「十」。

曾祖弘泰，簡州刺史〔一〕；祖乾秀，伊闕令；父燮，宣州長史，贈絳州刺史；母夫人，燉煌張氏；其舅參有大名〔二〕。公之配曰彭城劉氏夫人〔三〕，夫人先卒，其葬以夫人祔。夫人曾祖曰子玄，祖曰餗，皆有大名〔四〕。公之子男四人：長曰道敏，舉進士；其次曰道樞，其次曰道本、道易，皆好學而文〔五〕。女一人，嫁蘇之海鹽尉韋潛。自簡州而下皆葬鳴皋山下。銘曰：

〔一〕「弘」，或作「純」。

〔二〕「氏」下或有「封西平郡太君」六字。「參」，或作「泰」。〔補注〕沈欽韓曰：即爲國子司業作五經文字者也。在唐書儒學傳。

〔三〕「公」，或作「君」。「氏夫人」下或有「封彭城縣君」五字。

〔四〕〔補注〕沈欽韓曰：劉知幾撰史通，其子餗，世傳史學，唐書有傳。

〔五〕或無「其次曰道樞」五字。「樞」下或無「其次曰」三字。「道易」上或有「其次曰」字。

高其上而坎其中〔一〕，以爲公之宮，奈何乎公〔二〕！

〔一〕「上」下或有「立」字；「立」或作「丘」，或作「山」。

〔二〕〔補注〕曾國藩曰：奇句。

集賢院校理石君墓誌銘

「校理」下或有「京兆昭應尉」五字。洪佐烏重胤于河陽，公嘗有詩及序送之；至是卒，公祭以文，又銘其墓。

君諱洪，字濬川。其先姓烏石蘭，九代祖猛始從拓拔氏入夏，居河南〔一〕，遂去「烏」與「蘭」，獨姓石氏，而官號大司空〔二〕。後七世至行褒，官至易州刺史，於君爲曾祖。易州生婺州金華令諱懷一，卒葬洛陽北山。金華生君之考諱平，爲太子家令，葬金華墓東；而尚書水部郎劉復爲之銘〔三〕。

〔一〕「九」，或作「七」。下文七世爲曾祖，則此當作「九」。「拓拔」，或作「跖跋」，廣韻引周書「王秉王興並賜姓拓王氏，又有拓拔氏。初，黄帝子昌意少子受封北土，黄帝以土德王，北俗謂土爲『拓』，謂后爲『跋』，故以『拓跋』爲氏。『跋』亦作『拔』。或説自云『拓天而生，拔地而長』，遂以爲氏。後魏孝文太和二十年改爲元氏。」「夏」，謂中夏也。「拓」，音「託」，「跋」，蒲撥切。

〔二〕後魏孝文皇帝太和十八年，遷都洛陽，二十年，盡改複姓，故烏石蘭止爲石氏，以河南爲望。後魏官氏志：「烏石蘭氏改姓石氏，有司空蘭陵公石猛。」

〔三〕〔補注〕曾國藩曰：以上先世。

君生七年喪其母，九年而喪其父，能力學行；去黄州録事參軍〔一〕，則不仕而退處東都洛上十餘年，行益修，學益進，交遊益附，聲號聞四海〔二〕。故相國鄭公餘慶留守東都，上言洪可付史筆。李建拜御史〔三〕，崔周禎爲補闕〔四〕，皆舉以讓。宣歙池之使〔五〕，與浙東使〔六〕交牒署君從事〔七〕。河陽節度烏大夫重胤間以幣先走廬下〔八〕，故爲河陽得〔九〕。佐河陽軍〔一〇〕，吏治民寬，考功奏從事考，君獨於天下爲第一〔一一〕。

元和六年詔下河南，徵拜京兆昭應尉、校理集賢御書〔一三〕。明年六月甲午疾卒，年四十二。

〔一〕李翺嘗有薦洪狀，謂明經出身，曾任冀州糾；此「黄」字蓋誤。

〔二〕「海」，或作「方」。

〔三〕建字杓直，元和三年十月，高郢爲御史大夫，奏建爲殿中侍御史，建舉洪自代。

〔四〕「禎」，或作「楨」，考周頌從示。今按：大雅文王詩從木，當兩存之。

〔五〕盧坦。

〔六〕薛萍。

〔七〕「君」下或有「爲」字。

〔八〕「走」下或有「君」字。

〔九〕「得」上或有「所」字。

〔一〇〕元和五年四月，以烏重胤爲河陽節度使，表洪爲府參謀。

〔一一〕〔補注〕沈欽韓曰：唐六典，考功郎中之職：掌内外文武官吏之考課，郎中判京官考，員外郎判外官考。

〔一三〕〔補注〕曾國藩曰：以上出處仕宦。

娶彭城劉氏女，故相國晏之兄孫。生男二人：八歲曰壬，四歲曰申。女子二人。顧言曰〔一〕：「葬死所。」七月甲申，葬萬年白鹿原〔二〕。既病，謂其游韓愈曰：「子以吾銘。」〔三〕銘曰：

生之艱，成之又艱。若有以爲，而止於斯。

〔一〕〔補注〕沈欽韓曰：「顧言」即顧命。

〔二〕〔補注〕曾國藩曰：以上妻子卒葬。

〔三〕「以」，或作「與」。

唐故江西觀察使韋公墓誌銘

諸題「唐故」或有或無；或有「銘」字，或無「銘」字。皆從舊本。石本多用「大唐」字。韋丹，新史列之循吏傳，皆取公墓誌及杜牧所作遺愛碑爲之。〔補注〕方苞曰：歷官順叙，事迹則因大小繁簡而别其詞。姚範曰：此文就事直書，不立一間架。何焯曰：初讀此，似無奇；後觀杜牧遺愛碑，僅存一空殼，乃服其叙致之精贍也。

公諱丹，字某，姓韋氏〔一〕。六世祖孝寬，仕周有功，以公開號於鄖〔二〕。鄖公之子孫世爲大官〔三〕；唯公之父政，卒雒縣丞，贈虢州刺史。

〔一〕「字某」，或作「字文明」。

〔二〕孝寬名叔裕，以字行。仕周爲大司空，封鄖國公。左氏「鄖人軍其郊」。「鄖」，音云。

〔三〕孝寬子津，位内史侍郎、户部侍郎，判尚書事。津子琨，字玄理，唐太子詹事，封武陽縣侯。琨子幼平，岐州參軍；幼平子抱貞，梓州刺史。

公既孤，以甥孫從太師魯公真卿學，太師愛之〔一〕。舉明經第，選授峽州遠安令，以讓其庶兄〔二〕，入紫閣山，事從父熊通。五經登科〔三〕，歷校書郎、咸陽尉，佐邠寧軍〔四〕。自監察御史爲殿中侍御史，徵拜太子舍人，益有名，遷起居郎。吴少誠襲許州，拜河陽行軍司馬，未行，少誠死，改駕部員外郎〔五〕。新羅國君死，公以司封郎中兼御史中丞，紫衣金魚往弔，立其嗣。故事，使外國者，常賜州縣官十員，使以名上，以便其私，號「私覿官」〔六〕。公將行，曰：「吾天子吏，使海外國，不足於資〔七〕，宜上請，安有賣官以受錢邪？」即具疏所以。上以爲賢，命有司與其費〔八〕。至鄆州，會新羅告所當立君死，還拜容州刺史、容管經略招討使。始城容州，周十三里，置屯田二十四所〔九〕，化大行，詔加太中大夫。順宗嗣位，拜河南少尹，行未至，拜鄭滑行軍司馬〔一〇〕。始至襄陽，詔拜諫議大夫。既至，日言事，不阿權臣，謇然有直名，遂號爲才臣。

〔一〕或無「太師愛之」四字。

〔二〕「峽」，或作「硤」；考地理志當作「峽」。

〔三〕「登」下或有「明五經」三字，或無「登」字。

〔四〕貞元四年七月，以張獻甫爲邠寧節度使；獻甫表丹佐其府。

〔五〕「河陽」下或有「軍」字。或無「未行」二字。「少」上或有「適」字。

〔六〕〔補注〕沈欽韓曰：舊書胡証傳：舊制，以使車出境，有行人私覿之禮，官不能給，召富家子納貲於使者而命之官。及証充和親使，將行，首請蠲革，儉受省費，以絶鬻官之門。

〔七〕「資」，或作「貲」。

〔八〕或無「以爲賢」三字。

〔九〕或無「置」字。〔補注〕沈欽韓曰：明史地理志：「梧州府容縣，唐爲容州治，洪武十年，改州爲縣。」按：杜牧碑：「因悉城管内十三州，教種茶麥，多開屯田。」

〔一〇〕「軍」上或無「行」字。

劉闢反，圍梓州，詔以公爲東川節度使、御史大夫〔一一〕。公行至漢中，上疏言：

「梓州在圍間，守方盡力，不可易將。」徵還，入議蜀事〔二〕。劉闢去梓州，因以梓州讓高崇文〔三〕，拜晉慈隰等州觀察防禦使〔四〕，自扶風縣男進封武陽郡開國公，食邑二千户〔五〕。將行上言：「臣所治三州非要害地，不足張職〔六〕，爲國家費，不如屬之河東便。」〔七〕上以爲忠〔八〕；一歲，拜洪州刺史、江南西道觀察使；以晉慈隰屬河東〔九〕。公既至，則計口受俸錢，委其餘於官。罷八州無事之食者〔一〇〕，以聚其財。始教人爲瓦屋，取材於山，召陶工教人陶，聚材瓦於場，度其費以爲估，不取贏利；凡取材瓦於官，業定而受其償，從令者免其賦之半，逃未復者官與爲之，貧不能者畀之財〔一一〕，載食與漿親往勸之：爲瓦屋萬三千七百，爲重屋四千七百〔一二〕，民無火憂，暑濕則乘其高。別命置南北市營諸軍〔一三〕。歲旱，種不入土，募人就功，厚與之直而給其食，業成，人不病飢。爲長衢，南北夾兩營〔一四〕，東西七里，人去渫污，氣益蘇〔一五〕。復作南昌縣，徙廐于高地，因其廢倉大屋，馬以不連死〔一六〕。明年，築堤扞江，長十二里，疏爲斗門，以走潦水。公去位之明年，江水平堤，老幼泣而思曰〔一七〕：「無此堤，吾屍其流入海矣！」灌陂塘五百九十八，得田萬二千頃。凡爲民去害興利若嗜慾；居三年，於江西八州無遺便。其大如是，其細可略也〔一八〕。

〔一〕杜牧碑，憲宗即位，劉闢以蜀叛，議者欲行貞元故事，釋不誅。公再上疏曰：「今不誅闢，則朝廷可以指臂而使者，唯兩京耳。此外而誰不爲叛？」因拜劍南東川節度使，兼御史大夫，代李康。

〔二〕「徵」上或有「請」字。

〔三〕元和元年正月，以左行營節度使高崇文討闢。三月，丹公至漢中，表言：「攻急守堅，不可易帥。崇文客軍遠鬭，無所資，若與梓州綴其士心，必能有功。」四月以崇文爲東川節度副使，知節度事。

〔四〕是月以丹爲晉慈隰三州觀察使。

〔五〕或無「邑」字。

〔六〕〔補注〕曾國藩曰：觀察使位高禄厚，則所職宜鉅；三州職事無幾，故云「不足張職」。

〔七〕〔補注〕陳景雲曰：此「河東」謂蒲州，非晉陽也。蒲州，古河東地；以晉陽爲河東自唐代始，而蒲州則置河中府矣。

〔八〕或無「上以爲忠」四字，疑或公自以前有「上以爲賢」，語涉重複，故删其一，不知當存何字也。

〔九〕元和二年正月，以宰相杜黄裳爲河中晉絳慈隰節度使。是日以丹爲江西觀察使。〔補注〕沈欽韓曰：通鑑：長慶三年五月，以晉慈二州爲保義軍，以觀察使李寰爲節度使。

〔一〇〕洪江饒虔吉信撫袁八州。

〔一一〕「畀」，或作「裨」。「財」，或作「材」。

〔一二〕〔補注〕姚範曰：唐書西域傳：「東女所居皆重屋：王九層，國人六層。」沈欽韓曰：杜碑作「樓」。

〔一三〕〔補注〕按新史傳云：「置南北市，爲營以舍軍。」

〔一四〕或無「長」字。

〔一五〕「汚」，或作「汙」。〔補注〕曾國藩曰：既爲南北市，又爲長衢，故人去卑溼而氣蘇也。

〔一六〕「馬」，或作「焉」；「不」，或作「爲」；「死」，或作「厩」。新史作「以廢倉爲新厩，馬息不死」。〔補注〕曾國藩曰：馬多，無經年不一死者；不連死，謂不相繼以死。

〔一七〕「老」上或有「既退」二字。

〔一八〕「其大」下九字，閣杭李謝本作「其大不可略如是」；或作「其大略如是」：皆非是。一無「也」字。

卒有違令當死者，公不果於誅，杖而遣之去。上書告公所爲不法若干條〔一〕，朝廷方勇於治，且以爲公名才能臣，治功聞天下，不辨則受垢，詔罷官留江西待辨。使未至月餘，公以疾薨。使至，辨凡卒所告事若干條，皆無絲毫實，詔笞卒百，流嶺南，公能益明。春秋五十八，薨於元和五年八月六日。

〔一〕「法」下或有「者」字。

公好施與，家無剩財〔一〕。自校書郎至爲觀察使，擁吏卒，前走七州刺史〔二〕；與賓客處如布衣時，自持卑一不易〔三〕。

〔一〕「剩」，或作「賸」。

〔二〕〔補注〕曾國藩曰：謂七州刺史奔走於前也。

〔三〕或無「如布衣時」四字；或四字在「不易」下。「卑」下或無「一」字。

娶清河崔氏，故支江令諷之女〔一〕，某官某之孫。有子曰寘，年十五，明經及第，嗣其家業。後夫人蘭陵蕭氏，中書令華之孫，殿中侍御史恒之女，皆先公終。有女一人〔二〕。凡公男若干人，女若干人〔三〕。明年七月壬寅，從葬萬年縣少陵原〔四〕。將葬，其從事東平吕宗禮〔五〕與其子寘謀曰：「我公宜得直而不華者銘傳於後，固不朽矣。」〔六〕寘來請銘，銘曰：

〔一〕「支」或作「枝」。

〔二〕或無「史」字。

〔三〕或無「女若干人」四字。杜牧作遺愛碑云：「有子三人：寘、宙、岫。宙，咸通中檢校尚書左僕射、同平章事、充嶺南節度。岫，終福建觀察使。寘，無聞。」唐史世系表則著寘、宙、審、而遺岫。審，大理評事。〔補注〕沈欽韓曰：再云「男若干」者，蓋有庶子方生未定名也。

〔四〕或無「縣」字。

〔五〕「宗禮」即吕恭，字敬叔，温之弟。

〔六〕方從閣杭蜀本無「直而不華者」五字及「傳於後固」四字，而複出「得銘」二字，云：「晁氏本有此字。」殊不知嘉祐杭本已如此。大抵方未嘗見嘉祐本也。一本云：「我公宜得銘，得銘不朽矣。」

武陽受業，始於太師〔一〕；以官讓兄，自待不疑。勤于紫閣，取益以卑；可謂有源，卒用無疵。慊慊爲人〔二〕，矯矯爲官；爰及江西，功德具完。名聲之下，獨處爲難；辯而益明，仇者所歎〔三〕。碑于墓前，維昭美故；納銘墓中，以識公墓〔四〕。

〔一〕即顔真卿。

〔二〕「慊慊」，或作「謙謙」。

〔三〕「歎」，音「灘」。

〔四〕「識」，式志切。

唐故河南府王屋縣尉畢君墓誌銘

畢氏出東平〔一〕，歷漢魏晉宋齊梁陳，士大夫不絶〔二〕。入國朝有爲司衛少卿、貝邢廬許州刺史者曰憬〔三〕；憬之子構〔四〕，累官至吏部尚書，卒贈黄門監，是爲景公〔五〕；景公生抗，爲廣平太守，抗安禄山，城陷覆其宗，贈户部尚書〔六〕；尚書生坰。家破時，坰生始四歲〔七〕，與其弟增以倶小漏名籍，得不誅，爲賞口賊中。寶應二年，河北平，宗人宏以家財贖出之，求增不得。增長爲河北從事，兼官至御史中丞。坰既至長安，宏養於家，教讀書，明經第〔八〕。宏死，坰益壯，始自别爲畢氏。歷尉臨涣安邑王屋。年六十一，以元和六年二月二日卒於官。

〔一〕畢氏，本畢公高之後，其後世爲東平須昌人。

〔二〕晉有畢湛，爲中書郎；湛子卓，字茂世，太興末爲吏部郎。北史：畢衆敬子元賓，父子相繼爲兗州刺史。元賓六子：祖朽祖髦祖歸祖旋祖榮祖暉。祖歸子義暢；祖榮子義允，義允子僧安；祖暉子義緦義雲。

〔三〕「入」，或作「人」，屬上句。憬，河南偃師人，武后時爲司衛少卿。

〔四〕「構」，一作「稱」，非是，構字隆擇。

〔五〕新舊史有畢構傳：終於户部尚書。世系表亦作「户部」，然舊史畢諴傳乃稱「吏部」。

〔六〕「生抗」，杭本「抗」作「炕」。世系表作「抗」，傳作「炕」，而世系官職亦不同。「覆其宗」，或作「其宗覆焉」。

〔七〕「四」，或作「七」。〔補注〕曾國藩曰：此處入主位不清，後並混淆，謹以公他文之法準之，當云：「君之父也，君諱埛，字某，家破時，君生始四歲。」

〔八〕「明經第」一句，當有脱字。今按：「明」上或「經」下當有「中」字或「登」字之類。

初罷臨涣，徐州節度張建封慕廣平之節死〔一〕，聞君篤行能官，請相見，署諸從事〔二〕，攝符離令四年。及尉王屋，徐之從事有爲河南尹者〔三〕，聞君當來，喜謂人曰：「河南庫歲入錢以千計者五六十萬〔四〕，須謹廉吏，今畢侯來，吾濟矣！」繼數尹，諸署於府者無不變〔五〕，而畢侯固如初。竟以其職死。君睦親，善事過客，未嘗問有無。既卒，家無一錢，凡棺與墓事〔六〕，皆同官與相識者事之。

〔一〕或作「死節」。

〔二〕「請」上或有「以幣」字。「署」上或有「遂」字。按：「諸」字疑衍。

〔三〕〔補注〕陳景雲曰：「尹」，謂杜兼也。繼之者：房式、鄭士美。

〔四〕「入錢」，或作「出入」。〔補注〕沈欽韓曰：「五六十萬者」，五六十萬緡。

〔五〕「諸」或作「請」。
〔六〕「墓」，或作「葬」。

娶清河張氏女〔一〕，生男四人：曰鎬、鈃、錄、銳；女子三人；其長學浮屠法爲比丘尼，其季二人未嫁。以其月二十五日從葬偃師之土婁。銘曰：

〔一〕「女」下或有「子」字。「女子」字，疑皆因下文誤入。

上古愛民，爲官求人。苟可以任，位加其身。其後喜權，人自求官。退而緩者，身後人先。故廣平死節，而子不苟其澤。王屋謹廉，而神不福其謙。嗚呼！天與人，苟無傷其穴與壙〔一〕！

〔一〕〔補注〕姚範曰：言既不能澤其生如上文所論，亦庶或庇其死而已。

試大理評事胡君墓銘

胡之氏，別於陳〔一〕，明允先〔二〕，河東人。世勤固〔三〕，戴厥身〔四〕；籍文譜，進連倫。惟明允，加武資；牛力虎，柔不持。吏夏陽〔五〕，有施爲；去平陽〔六〕，民思悲。

河東土，河陸原；宜兹人，肖厚完〔七〕。五十七，不足年；孤兒啼，死下官。母弟証，秩大夫〔八〕；摭君遺，哭泣書〔九〕。友韓愈，司馬徒〔一〇〕；作後銘，系序初〔一一〕。

〔一〕周武王封胡公滿於陳，其支子自稱胡氏。

〔二〕「允」或作「元」。

〔三〕「固」，或作「國」。

〔四〕「戴」，或作「載」。

〔五〕「夏陽」，同州屬邑。

〔六〕「平陽」，晉州郡名。

〔七〕「厚完」，或作「後昆」，「肖厚完」，或作「省厚寬」。今按：「厚完」二字見晉語。

〔八〕「秩」，或作「秋」。胡弟証，元和九年以御史大夫帥振武；十三年召還。此下又云：「友韓愈，司馬徒。」豈十二年從征淮西時邪？然則「秋」當爲「秩」明矣。

〔九〕「摭」，或作「石」。

〔一〇〕公時爲行軍司馬，從裴度平蔡，故云「司馬徒」；或謂公是時爲太史，「司馬徒」謂司馬遷父子耳：以誌無年月日，故二説不同。

〔一一〕〔補注〕姚範曰：此謂作後銘系於初序之後，則先已有誌，亦誌銘分爲之矣。

或有「唐故」字。〔補注〕方苞曰：通篇皆乞銘語，不自置一詞，所謂古之道，不苟毁譽於人。

襄陽盧丞墓誌銘

范陽盧行簡〔一〕將葬其父母，乞銘於職方員外郎韓愈，曰：吾先世世載族姓書〔二〕：吾冑於跖拔氏之弘農守；守後四代吾祖也〔三〕，爲沂録事參軍〔四〕；五世而吾父也，爲襄陽丞。始吾父自曹之南華尉歷萬年縣尉〔五〕，至襄陽丞，以材任煩，能持廉名。去襄陽則署鹽鐵府，出入十年，常最其列〔六〕。貞元十三年，終其家，年六十七，殯河南河陰〔七〕。吾母燉煌張氏也。王父瓘，爲兖之金鄉令〔八〕。先君殁而十三年夫人終，年七十三，從殯河陰〔九〕。生子男三人：居簡，金吾兵曹；行簡則吾，其次也，大理主簿佐江西軍；其幼可久。女子嫁浮梁尉崔叔賓。將以今年十月自河陰啓葬汝之臨汝之汝原〔一〇〕。

〔一〕「盧」下或有「君」字。

〔二〕「世世」，或作「五世」。盧植，字子幹，涿郡涿人，後漢北中郎將；子毓，字子家，魏司空、容城侯；毓子斑，字子芴，泰山太守；斑子志，字子道，軍諮祭酒；志子諶；字子諒，司空從事中郎；諶子偃，慕容氏營丘太守；偃子邈，范陽太守；邈子玄，字子真，後魏中書侍郎；玄子度世，字子遷，青州刺史；度世子陽烏，字伯源，秘書監；伯源子道將，字祖業，燕郡太守；道將子懷仁，字子友，弘農太守。

〔三〕懷仁子彦卿，東宫學士；彦卿孫璬。

〔四〕「沂」下或有「州」字。

〔五〕「萬年」二字或作「三」。

〔六〕「府」下或有「職」字。「十」下或有「五」字。〔補注〕曾國藩曰：於同列中居最也。

〔七〕「南」下或有「縣」字；「縣」字或在「河陰」下。

〔八〕「之」，或作「州」。

〔九〕或「殁」下無「而」字；「年」下有「而」字。

〔一〇〕「葬」下或有「於」字。「臨汝」下或有「縣」字。「汝原」上或有「臨」字。

吾曰：陰陽星曆，近世儒莫學，獨行簡以其力餘學，能名一世；舍而從事於人，以材稱；葬其父母，乞銘以圖長存〔一〕：是真能子矣，可銘也。遂以銘〔二〕。

〔一〕或作「圖久長存」。

〔二〕今按：此與後篇張圓志文體特爲横逸，與諸篇不同，亦其文之變也。但此篇中稱「吾」者皆述盧語，而最後一「吾」字乃韓自吾，似少分别耳。〔補注〕盧軒曰：後「吾」字蓋以「曰」字爲别。

弘農諱懷仁，沂諱璬〔一〕，襄陽諱某。今年實元和六年〔二〕。

〔一〕「沂」下或有「州」字。

〔二〕〔補注〕曾國藩曰：奇句。

唐河中府法曹張君墓碣銘

李肇國史補云：張圓，韓弘舊吏。弘初秉節，事無小大委之，後乃奏貶。圓多怨言，及量移，誘至汴州，極歡而遣之。行次八角店，白日殺之。然此誌言「遇盜死塗中」，亦未曾略及貶謫之意，則國史補未必可信也。葬以元和五年二月庚午，據長曆，二月無庚午；若曰庚午，則正月晦也。〔補注〕陳景雲曰：誌云：「坐事貶嶺南」，與李肇所記合。圓掾河中，其吏幹日有聞，汴帥忌其嚮用，修隙，因啗以甘言，斃之逆旅，亦情事所有。文詳書其遇害之地，不爲無意也。

有女奴抱嬰兒來，致其主夫人之語，曰：「妾，張圓之妻劉也〔一〕。妾夫常語妾云：『吾常獲私於夫子。』且曰：『夫子天下之名能文辭者〔二〕，凡所言必傳世行後。』今妾不幸，夫逢盜死途中〔三〕，將以日月葬。妾重哀其生志不就，恐死遂沈泯〔四〕，敢以其稚子汴見先生，將賜之銘〔五〕，是其死不爲辱，而名永長存，所以蓋覆其遺胤子若孫〔六〕。且死萬一能有知，將不悼其不幸於土中矣！」又曰：「妾夫在嶺南時，嘗疾病，泣語曰：『吾志非不如古人〔七〕，吾才豈不如今人而至於是，而死於是邪！若爾吾哀，必求夫子銘，是爾與吾不朽也。』」愈既哭弔辭，遂叙次其族世名字事始終而銘曰〔八〕：

〔一〕「劉」下或有「氏」字。

〔二〕或無「夫子」字，非是。

〔三〕「逢」，或作「遇」。

〔四〕「泯」，或作「名」。

〔五〕「汴」下或有「兒」字，或無「將」字。

〔六〕「胤」下或有「若」字。

〔七〕或無「人」字。

〔八〕「弔」下或有「即」字。今按：既辭而遂叙其事，蓋一辭而許，所謂「禮辭」者也。

君字直之。祖讙，父孝新，皆爲官汴宋間。君嘗讀書，爲文辭有氣；有吏才，嘗感激欲自奮拔，樹功名以見世。初，舉進士，再不第，因去，事宣武軍節度使，得官至監察御史，坐事貶嶺南；再遷至河中府法曹參軍，攝虞鄉令；有能名，進攝河東令；又有名，遂署河東從事。絳州闕刺史，攝絳州事，能聞朝廷。元和四年秋，有事適東方，既還，八月壬辰，死于汴城西雙丘，年四十有七。明年二月日，葬河南偃師〔一〕。妻彭城人，世有衣冠〔二〕，祖好順，泗州刺史；父泳，卒蘄州別駕。女四人，男一人，嬰兒汴也〔三〕。是爲銘。

〔一〕「日」或作「庚午」。考唐曆二月無庚午。「葬」下或有「于」字。

〔二〕或無「有」字。

〔三〕〔補注〕方苞曰：一語惻愴動人。

太原府參軍苗君墓誌銘

君諱蕃，字陳師〔一〕。其先楚之族大夫，亡晉而邑於苗，世遂以苗命氏〔二〕。其後有守上黨者。惠于民，卒，遂家壺關〔三〕。曾大父延嗣〔四〕，中書舍人；大父含液〔五〕，舉進士第，官卒河南法曹；父潁，揚州録事參軍。

〔一〕漢有陳蕃，故蕃字「陳師」。

〔二〕楚若敖熊儀生子曰鬬伯比；伯比生子良；子良生越椒，字伯棼，以罪誅；其子賁黄奔晉，晉邑之苗，後以爲氏。

〔三〕縣名，屬潞州。

〔四〕延嗣父襲蕘，高蹈不仕，贈禮部尚書。

〔五〕延嗣二子：含澤、含液，皆登第。

君少喪父，受業母夫人。舉進士第〔一〕，佐江西使有勞；三年使卒〔二〕，後辟，不肯留〔三〕，獨護其喪葬河南。選補太原參軍〔四〕，假使職，獄平，貨滋息，吏歛手不敢爲非。年四十有二，元和二年六月辛巳暴病卒。其妻清河張氏，以其年十二月丙寅〔五〕葬君于洛陽平陰之原。男三人：執規、執矩、必復。其季生君卒之三月。

〔一〕貞元十一年登進士第。

〔二〕貞元十一年八月，以路寰爲江西觀察使，蕃佐其府，十三年九月，寰卒。

〔三〕後使李巽辟蕃，蕃辭。

〔四〕河東節度嚴綬表佐其府。

〔五〕以曆推之，「丙寅」爲其月十九日。

君同生昆弟姊凡三人，皆先死。四室之孤男女凡二十人，皆幼，遺資無十金〔一〕，無田無宫以爲歸，無族親朋友以爲依也〔二〕：天將以是安施耶！銘曰：

〔一〕漢以前，以鎰名金；漢以後，以斤名金。鎰者二十四兩；斤者十六兩。諸史傳中或言「百金」、或言「萬金」，皆以「一斤」爲「一金」。「十金」者，十斤金也。

〔二〕「宫」，或作「家」。「爲依」，或無「爲」字。樊汝霖云：按世系表：苗襲夔生延嗣，延嗣生含液，含液生穎，穎生蕃，蕃生著，著生愔惲恪，愔生台符，惲生廷義。又按登科記：愔長慶二年，惲大和五年，恪八年，台符大中八年，廷義乾符三年：皆相踵登第。然有可疑者：世系表以愔惲恪爲蕃之孫，誌謂蕃卒於元和二年，男女皆幼。自元和二年至長慶二年甫十五年，豈遂有孫登第耶？然則世系表蕃之下所謂「著」者誤矣。疑愔惲恪即蕃之子；而執規執矩必復者，蕃死時幼而未名，特其小字云爾；其後遂名愔惲恪也。嗚呼！蕃死時其困如此，其後子孫之盛則如此，爲善者可無怠矣！

有行以爲本，有文以爲華。恭以事其職，而勤以嗣其家。位卑而無年，吁，其奈何！

唐朝散大夫贈司勳員外郎孔君墓誌銘

或無「郎」字。孔君名戡，孔子三十六世孫，時與公偕分司東都，卒，公爲作此銘。〔補注〕曾國藩曰：此文起法，惟韓公筆力警聳矯變，無所不可；若他手爲之，恐僨張客氣，故不如樸拙按部之猶爲近古也。〔補注〕方苞曰：詳著其大節，末乃略叙始迹。

昭義節度盧從史有賢佐曰孔君，諱戡，字君勝〔一〕。從史爲不法，君陰争，不從，則於會肆言以折之，從史羞，面頸發赤〔二〕，抑首伏氣〔三〕，不敢出一語以對，立爲君更令改章辭者前後累數十〔四〕；坐則與從史説古今君臣父子道，順則受成福，逆輒危辱誅死，曰〔五〕：「公當爲彼，不得爲此。」從史常聳聽喘汗〔六〕。居五六歲，益驕，有悖語，君争，無改悔色〔七〕，則悉引從事空一府往争之。從史雖羞，退益甚。君泣語其徒曰：「吾所爲止於是，不能以有加矣！」〔八〕遂以疾辭去，臥東都之城東，酒食伎樂之燕不與。當是時，天下以爲賢，論士之宜在天子左右者，皆曰「孔君、孔君」云〔九〕。

〔一〕昭義軍，潞州也，在河東。今爲昭德軍。貞元二十年八月，以盧從史爲昭義節度使，表戡爲書記。

〔二〕「頸」，一作「顔」。

〔三〕「伏」，或作「吐」。方云：叔孫通傳所謂「伏抑首」者也，作「吐」非。今按：漢傳言「伏抑首」，言伏地而抑首也；此言「伏氣」，猶言屏氣耳；與漢傳語異。

〔四〕〔補注〕沈欽韓曰：號令之苛歷，章奏之驕慢者，皆更改。

〔五〕「曰」上或有「且」字。

〔六〕「常」，或作「當」，非是。

〔七〕「色」，或作「意」，亦通；作「也」，非是。

〔八〕「以有」，或作「有以」。

〔九〕或無「者」字；「皆」上閣本有「唯」字；或無複出「孔君」字；或複出「云」字。〔補注〕曾國藩曰：以上强諫盧從史而還洛。

會宰相李公鎮揚州〔一〕，首奏起君，君猶臥不應〔二〕；從史讀詔，曰：「是故舍我而從人耶！」即誣奏君前在軍有某事。上曰：「吾知之矣。」奏三上，乃除君衛尉丞，分司東都。詔始下，門下給事中呂元膺封還詔書；上使謂呂君曰：「吾豈不知戡也，行用之矣。」明年，元和五年正月，將浴臨汝之湯泉〔三〕；壬子，至其縣食，遂卒〔四〕，年五十七。公卿大夫士相弔於朝，處士相弔於家。君卒之九十六日，詔縛從史送闕下，數以違命，流于日南〔五〕。遂詔贈君尚書司勳員外郎，蓋用嘗欲以命君者信其志。其年八月甲申，從葬河南河陰之廣武原〔六〕。

〔一〕元和三年九月，以宰相李吉甫爲淮南節度使。

〔二〕「猶」，或作「獨」。

〔三〕〔補注〕沈欽韓曰：浴湯以療病也。文苑常袞表云：「先因入湯，常愈斯疾。漸逼冬候，今正其時。伏望天恩，許臣就湯。」則唐人固以寒時入湯也。

〔四〕〔補注〕方苞曰：此用春秋鄭伯髡頑卒書法，以發疑也。

〔五〕元和五年四月，鎮州行營招討使吐突承璀縛從史送京師，貶驩州司馬。歐文忠書從史禱聰明山記曰：「閱從史官屬題名，見孔戡與烏重胤俱列于後。而退之記戡事云：戡屢諫不聽，卒爲重胤所縛。嗚呼！禍福成敗之理甚明。先事而言則罕見從，事至而言則不及，自古敗亂未始不由此。」

〔六〕「南」下或有「府」字。「陰」下或有「縣」字。「廣武原」，或作「某地」，云：「唐河南府無河陰縣。」今按元和郡縣志，河南府有河陰縣。〔補注〕曾國藩曰：以上爲盧所誣奏，得罪以死。

君於爲義若嗜欲，勇不顧前後；於利與禄，則畏避退處如怯夫然。始舉進士第〔一〕，自金吾衛録事爲大理評事，佐昭義軍〔二〕。軍帥死〔三〕，從史自其軍諸將代爲帥〔四〕,請君曰:「從史起此軍行伍中。凡在幕府,唯公無分寸私〔五〕。公苟留，唯公之所欲爲。」君不得已〔六〕，留一歲〔七〕，再奏自監察御史至殿中侍御史〔八〕。從史初聽用其言，得不敗；後不聽信，惡益聞，君棄去，遂敗〔九〕。

〔一〕「士」下或有「及」字。

〔二〕「軍」下或有「帥」字。

〔三〕貞元二十年六月，昭義節度使李長榮卒。

〔四〕或無「自其」字。

〔五〕「分」，或作「方」，非是。

〔六〕「君」，或作「居」。

〔七〕〔補注〕方苞曰：其始從從史可疑，故特標之。

〔八〕〔補注〕陳景雲曰：從史初甚重之，故一歲中奏遷其官者再也。

〔九〕〔補注〕曾國藩曰：以上叙歷官至佐昭義軍，著所以事盧之由。

祖某，某官，贈某官；父某，某官，贈某官〔一〕。君始娶弘農楊氏女，卒；又娶其舅宋州刺史京兆韋屺女：皆有婦道。凡生一男四女，皆幼。前夫人從葬舅姑兆次。卜人曰：「今兹歲未可以祔。」從卜人言不祔。君母兄戣，尚書兵部員外郎；母弟戢，殿中侍御史〔二〕，以文行稱朝廷〔三〕。將葬，以韋夫人之弟前進士楚材之狀授愈曰：「請爲銘。」銘曰：

〔一〕諸本作「祖如圭，皇海州司户，贈工部員外郎；父岑父，皇著作郎，贈駕部員外郎」。方從蜀本，云：今本所紀父祖官職多誤，蓋後人續增。公諸志皆載三世，此只言父祖已非。考世系表及孔戣志：此以「如珪」作「如圭」，「郎中」作「員外郎」，「著作佐郎」爲「郎」，又非也。駕部乃戡贈官，此以爲其父所贈，又非也。今按：此姑從方本，無大利害。但方詆諸本止載二世爲不入例，而其所據之本此誌亦只載二世。云駕部乃戡所贈官，而戡實贈司勳，皆非是。世系、戣志與此志文亦未知其孰爲得失。恐皆未足以判其是非也。

〔二〕〔補注〕沈欽韓曰：舊傳以戣爲戡弟。

〔三〕〔補注〕曾國藩曰：以上祖父妻子兄弟。

允義孔君，兹惟其藏；更千萬年，無敢壞傷〔一〕。

〔一〕方從杭本無「傷」字。今按：此「傷」字諸本皆有，文理音韻皆無可疑；方氏特以杭本脱漏，遂不之信；寧使此銘爲歇後語，而不肯以諸本補之：甚可怪也。

故中散大夫河南尹杜君墓誌銘

或無「散」字。「君」或作「尹」。杜君名兼，史有傳。公與兼皆嘗佐張建封于徐州，至是兼死河南尹，而公爲都官員外郎，爲銘。〔補注〕沈欽韓曰：新書：杜佑素善兼，始終倚爲助力。所至大殺戮，裒蓺財貲，極嗜欲，適幸其時未嘗敗。柳宗元杜兼對曰：「蓄貨足慾，吾以爲唐檮杌饕餮者亡以異。」

杜氏自戴侯畿始分。戴侯之子恕爲幽州刺史，今居京兆諸杜其後也〔一〕。其季寬，孝廉郎中。寬後三世曼，爲河東太守，葬其父洹水之陽〔二〕。其後世皆從葬洹水〔三〕。及正倫爲太宗宰相〔四〕，猶封襄陽公〔五〕。太宗始詔葬京兆。襄陽公無子，以兄正藏子志静後，遂嗣襄陽公〔六〕。生僑，爲懷州長史，棄官老沁水上，爲富家，卒葬懷州武陟。長史生損，爲左司郎中，卒贈少大理〔七〕。大理生廙〔八〕，爲鄭州録事參軍，死思明亂，贈吏部郎中。

〔一〕畿字伯侯，京兆杜陵人，魏河東太守，豐樂戴侯。有三子：恕理寬。恕字務伯，弘農太守、幽州刺史。

〔二〕或無「之陽」字。寬，字務叔，舉孝廉，爲郎中。曾孫曼，仕石趙爲從事中郎，河東太守洹水出汲郡隆慮縣。「洹」，胡端切。

〔三〕「水」下或無「之陽」字。

〔四〕曼玄孫君賜；君賜子景，字宣明，州府交辟，不就；景子裕，字慶延，仕隋爲樂陵令；四子：正玄正藏正儀正倫。高宗顯慶元年三月，以正倫同中書門下三品，三年十一月罷。今云「太宗」誤也。〔補注〕按：「慶延仕隋」，「隋」原作「齊」，據唐書世系表及元和姓纂校改。

〔五〕顯慶二年九月，封襄陽郡公。

〔六〕或複出「嗣襄陽公」字。

〔七〕或作「大理少卿」。

〔八〕「大理」，或作「少卿」。

公諱兼，字某，郎中第三子〔一〕。舉進士第〔二〕。司徒北平王燧戰河北，掌書記，累官至監察御史。其後佐徐泗州軍〔三〕，遂至濠州刺史〔四〕。徐泗州軍亂，以兵甲三千人防淮道不絶〔五〕，有功，加御史中丞，賜紫衣金魚。入爲刑部郎中，以能官拜蘇州刺史。既辭行，上書曰：「李錡且反，必且奏族臣。」上固愛其才，書奏，即除吏部郎中〔六〕，遂爲給事中，出爲商州刺史、金商防禦使；改河南少尹，行大尹事；半歲，拜大尹。元和四年十一月二十二日無疾暴薨，年六十。明年二月甲午從葬懷州。

〔一〕廙三子：曾，左金吾兵曹參軍；冀，太學博士；少即兼也。

〔二〕建中元年，兼第進士。

〔三〕貞元四年十一月，張建封爲徐泗濠節度使，表佐其府。

〔四〕本傳載兼刺濠州日，誣劾韋賞、陸楚二人以罪，殺之；而子厚杜兼對乃取其在濠州能擯鍾離令之讒：今二事誌皆不載，豈以其善不足以掩惡，故略之耶？抑誌與傳異，故叙其族出、歷官、卒之年月日，與夫生娶而已也？

〔五〕晁本如此。諸本「甲三千人」四字皆在下文「金魚」之下，而「魚」下復有「兵」字，殊無理。「甲」字亦疑衍，或當在「兵」字上，姑闕以竢知者。〔補注〕沈欽韓曰：通鑑：「兼性狡險，張建封疾亟，陰圖代之，自濠州疾驅至府問疾。李蕃曰：『僕射疾危如此，公宜在州防遏，今棄州來此，欲何爲也？宜速去，不然當奏之！』兼錯愕出不意，遂徑歸。」又曰：貞元十六年，「建封薨，軍士劫建封子前虢州參軍愔令知軍府事，朝廷不許，加淮南節度使杜佑同平章事，兼徐泗濠節度使，使討之。前鋒濟淮而敗，佑不敢進。泗州刺史張伾出兵，大敗而還。朝廷不得已，除愔徐州團練使，以伾爲泗州留後，兼爲濠州留後。廿年，命名徐州曰『武寧』，以愔爲節度使。

〔六〕或無「中」字。

夫人常山郡君張氏，彭州刺史贈禮部侍郎戭之女〔一〕。生子男三人：柔立爲天長主簿，詞立爲壽州參軍，誼立爲順宗挽郎。女一人〔一〕。將葬，公之母兄太學博士冀與公之夫人及子男女謀曰：「葬宜有銘，凡與我弟游而有文者誰乎？」遂來請銘，銘曰：

〔一〕「旣」，音既。

〔二〕「順」上或無「爲」字。

杜氏大家，世有顯人；承繼綿綿，以及公身。始爲進士，乃篤朋友；及作大官〔一〕，克施克守。纂辭奮筆，涣若不思；公牒盈前，笑語指麾。禄以給求，食以會同；不畜不收，庫厩虚空〔二〕。事在于人〔三〕，日遠日忘；何以傳之，刻此銘章〔四〕。

〔一〕「及作」，或作「乃作」。

〔二〕〔補注〕沈欽韓曰：舊書本傳：「兼性浮險，豪侈矜氣。」

〔三〕「在于」，一作「不在」。

〔四〕〔補注〕方苞曰：誌無美詞，銘亦虚語。

唐銀青光祿大夫守左散騎常侍致仕上柱國襄陽郡王平陽路公神道碑銘

「夫」下一無「守」字。「仕」下諸本無「上柱國襄陽郡王」七字。「平陽」，或作「陽平」，從石本；考唐世系表當從「平陽」。「碑銘」，或作「碑文」。今按：此篇多從石本，按，石本其首云：「朝議郎守國子博士上騎都尉韓愈撰，銀青光祿大夫守吏部尚書上柱國滎陽縣開國侯鄭餘慶書，將仕郎右拾遺内供奉賜緋魚袋陳岵篆額。」其後云：「元和七年歲次壬辰十月丙子朔十五日庚寅建。」云此可以補刊本之闕。字有異同，今附于下。〔補注〕姚範曰：碑誌之文肇於漢，公較前人格力固殊，而體制相沿；蓋金石之文應爾也。當取洪盤洲隸釋所載參之。

惟路氏遠有代序，自隋尚書兵部侍郎諱衮，四代而至冀公〔一〕。冀公諱嗣恭，以小邑蕭關令發聞〔二〕，開元受賜更名〔三〕，書于太史。治行靈州〔四〕，終功南邦〔五〕，享有丕祉，紹開厥家。官至兵部尚書，封冀國公〔六〕，薨贈尚書右僕射司空〔七〕。

〔一〕「代」，或並作「世」。石本「衮」或作「充」；閣杭本世表作「兗」。兗封閿鄉公。兗子文昇，平愛秦三州刺史，封宜城縣公。昇子元悊，榆次令。元悊子太一，太原令。

〔二〕「令」下或有「問」字。

〔三〕「賜」，或作「錫」。嗣恭其初名劒客，以世蔭爲鄴尉，席豫黜陟河朔，表爲蕭關令，徙神烏姑臧二縣，考績上上，爲天下最。玄宗以爲可嗣漢魯恭，因賜今名，字懿範。

〔四〕「治」，或作「始」。永泰元年閏十月，嗣恭由户部侍郎爲朔方節度使。

〔五〕大曆七年正月，以嗣恭爲江西觀察使；八年九月，循州刺史哥舒晃反，殺嶺南節度使吕崇賁；十月，以嗣恭爲嶺南節度往征之；十一月，克廣州，斬晃。

〔六〕以平嶺南功轉檢校兵部尚書。

〔七〕或無「司空」字。〔補注〕方苞曰：冀公實有勳績，襄陽又以蔭起，故詳之。

公諱應，字從衆，冀公之嫡子〔一〕。用大臣子謹飭擢至侍御史、著作郎。選刺虔州〔二〕，割餘雩都，作縣安遠，以利人屬〔三〕。鑿敗灘石，以平贛梗。陶甓而城，罷人屢築〔四〕。詔嗣冀封，又加尚書屯田郎中，進服色，遂臨于温，築堤岳城橫陽界中〔五〕，二邑得上田，除水害〔六〕。拜尚書兵部郎中兼御史中丞、淮南軍司馬；改刺廬州，又甓其城，人不歲苦〔七〕。入爲尚書職方郎中，兼御史中丞，佐鹽鐵使。使江東有功，用半歲歷常州遷至宣歙池觀察使〔八〕，進封襄陽郡王〔九〕。至則出倉米，下其估半，以廩餓人〔一〇〕。蜀闢誅〔一一〕，行軍千五百人於蜀。李錡將反，以聞，置鄉兵萬二千人；錡反，命將期以卒救湖常，坐牢江東心〔一二〕。錡以無助敗縛。作轡山亭，營軍于左右，權丞相善之，鑱其説轡山石〔一三〕。居宣五年，以疾去位，校其倉得石者五十萬餘〔一四〕，府得錢千者八十萬。公之爲州，逢水旱，喜賤出與人〔一五〕；歲熟，以其得收，常有贏利〔一六〕：故在所人不病飢，而官府畜積。

〔一〕嗣恭二子：恕應。

〔二〕「選」或作「遷」。貞元初，以應爲虔州刺史。

〔三〕「餘」，或作「隸」。「人」，或作「民」。下同。〔補注〕沈欽韓曰：寰宇記：「安遠縣，隋廢；其後雩都縣以地僻人稀，每有賦徭，動逾星歲；建中三年，刺史路應請析雩都三鄉、信豐一里更置。」

〔四〕〔補注〕曾國藩曰：土城易崩，故屢築；甓城一勞永逸也。

〔五〕〔補注〕沈欽韓曰：「岳」當作「樂」，樂城横陽二縣，五代時吴越改爲樂清平陽，今仍所改。横陽江在平陽縣西南廿五里。

〔六〕「上田」，或作「上苗」。

〔七〕「人」，或作「民」。「苫」，或作「苦」。〔補注〕沈欽韓曰：公羊傳：「仲幾罪何？不蓑城也。」注云：「若今以草衣城也。」此「不歲苫」，即是此意。左傳「被苫蓋」。

〔八〕永貞元年十二月，自常州除觀察使。

〔九〕「王」，或作「公」，非是。
〔一〇〕〔補注〕曾國藩曰：句酷鍊。
〔一一〕「蜀闢」，或作「劉闢」，或「蜀」下別出「劉」字。
〔一二〕〔補注〕曾國藩曰：坐鎮以牢江東之心。
〔一三〕響山，宣州山名。〔補注〕沈欽韓曰：一統志：「響山在寧國城南五里。」
〔一四〕或無「者」字。
〔一五〕「人」，或作「民」，下同。
〔一六〕「贏」，或作「餘」。

元和六年，天子憫公疾，不可煩以職，即其處拜左散騎常侍，以其禄居。其歲九月望，薨于東都正平里第，年六十七〔一〕。明年，葬京兆萬年少陵原；夫人滎陽鄭氏祔。既，其子臨漢縣男貫與其弟賞貞謀曰：「宜有刻也。」〔二〕告於叔父御史大夫鄜坊丹延觀察使恕，因其族弟進士羣以來請銘，遂以其事銘曰：

〔一〕「歲」上或無「其」字。「年」上或有「享」字。
〔二〕「既」下或有「而」字。

冀公之封，維艱就功；襄陽繼大，啓慶自躬。于虔洎温，厥緒既作；以及職方，遂都邦伯。朝夕人事〔一〕，下完上實；師于其鄉，鄰寇逼屈。營軍響山，牆屋脩施〔二〕；褒功刻表〔三〕，丞相之辭。受代而家，叙疏及邇；病不能廷，食禄卒齒。凡代大家〔四〕，維難其保；既顯既願〔五〕，戒于終咎。伊我襄陽，克慎以有；延畀後承〔六〕，莫不率守。有墓于原，維樹在經〔七〕；以告無期，博士是銘〔八〕。

〔一〕「人」或作「民」。
〔二〕「脩」，諸本皆然。方棄不録，而直作「循」字。
〔三〕「功」，或作「嘉」。
〔四〕「凡代」，一作「凡世」。
〔五〕「願」，或作「碩」。
〔六〕「承」，或作「丞」。
〔七〕「在」，或作「有」。
〔八〕「博士」，或作「傳世」。按公是時正爲博士；或本非是。

烏氏廟碑銘

烏重胤之父也。許孟容嘗爲作神道碑。〔補注〕曾國藩曰：最善取勢，三世同廟，不叙左領、中郎事蹟，專叙尚書：大家之文，所以遒簡也。低手三世各鋪叙幾句，便無此勁潔。

元和五年，天子曰：「盧從史始立議用師于恒〔一〕，乃陰與寇連，夸謾兇驕，出不遜言，其執以來！」其四月，中貴人承璀〔二〕即誘而縛之。其下皆甲以出，操兵趨譁，牙門都將烏公重胤當軍門叱曰：「天子有命，從有賞〔三〕，敢違者斬！」於是士皆斂兵還營，卒致從史京師。壬辰，詔用烏公爲銀青光禄大夫、河陽軍節度使，兼御史大夫，封張掖郡開國公〔四〕，居三年，河陽稱治，詔贈其父工部尚書，且曰：「其以廟享。」〔五〕即以其年營廟于京師崇化里。軍佐竊議曰：「先公既位常伯〔六〕，而先夫人無加命，號名差卑，於配不宜。」語聞，詔贈先夫人劉氏沛國太夫人。八年八月，廟成，三室同宇，祀自左領府君而下，作主于第〔七〕。乙巳，升于廟〔八〕。

〔一〕元和五年三月，成德節度使王士真卒，其子承宗自爲留後。上欲革河北世襲之弊，從史時爲昭義節度使，遭父喪，因左軍中尉吐突承璀説上，請發本軍討承宗，由是復起從史，委其成功。十月，詔削奪承宗官爵，以承璀爲招討宣慰使，命恒州四面藩鎮各進兵共討。〔補注〕陳景雲曰：「立議」猶建議。

〔二〕「璀」，七罪切。

〔三〕「從」下或有「者」字。

〔四〕重胤自昭義都知兵馬使、潞州左司馬，拜銀青光禄大夫、懷州刺史、河陽三城懷州節度使，兼御史大夫。

〔五〕「其以」，或作「以其」。

〔六〕謂工部尚書。

〔七〕「三室同宇」，史記：「渭陽五帝廟同宇。」韋昭曰：「謂上同下異也。」「宇」，一作「牢」，非。今按：後漢以來，公私廟制皆爲同堂異室。

〔八〕〔補注〕方苞曰：以上著得立廟之由，次及世系。

烏氏著於春秋，譜於世本〔一〕，列於姓苑，在莒者存〔二〕，在齊有餘枝鳴，皆爲大夫〔三〕。秦有獲，爲大官〔四〕。其後世之江南者，家鄱陽；處北者、家張掖〔五〕，或入夷狄爲君長。唐初，察爲左武衛大將軍，實張掖人。其子曰令望，爲左領軍衛大將軍。其孫曰蒙，爲中郎將；是生贈尚書，諱承玼，字某〔六〕。烏氏自莒齊秦大夫以來，皆以材力顯；及武德已來，始以武功爲名將家〔七〕。

〔一〕世本十五卷，録黄帝以來帝王諸侯洎卿大夫系氏名號。

〔二〕左氏昭二十三年：「莒子庚輿虐而好劍，烏存率國人逐之。」

〔三〕「齊」下或有「者」字。「餘」下或有「有」字。左氏襄二十四年：齊人城郟之歲，其夏齊烏餘以廩丘奔晉。昭二十一年冬十月：齊烏枝鳴戍宋。一本云：「在齊有餘枝鳴者，爲大夫。」

〔四〕史記：秦武王時，力士任鄙烏獲皆爲大官。

〔五〕烏氏，後魏烏洛侯之裔，國邑在漢東二千餘里。貞觀初，貢獻内屬，代爲功臣，因官徙地，今爲張掖人。

〔六〕「贈」下或有「工部」字。「玭」，或作「洽」。新史承玭有傳，字德潤。重胤傳亦云：承玭子也。温公考異嘗加辨正。宋樊本皆作「承玭」，蓋許孟容嘗爲承玭碑，石本猶傳於世，新傳蓋本此也。〔補注〕沈欽韓曰：通鑑考異再引此碑，「玭」，俱作「洽」。

〔七〕〔補注〕曾國藩曰：以上叙烏氏先世及近四代。

開元中，尚書管平盧先鋒軍，屬破奚契丹〔一〕；從戰捺祿，走可突干〔二〕。渤海擾海上〔三〕，至馬都山，吏民逃徙失業〔四〕，尚書領所部兵塞其道，塹原累石〔五〕，綿四百里，深高皆三丈，寇不得進，民還其居，歲罷運錢三千萬餘〔六〕。黑水室韋以騎五千來屬麾下〔七〕，邊威益張。其後與耿仁智謀説史思明降〔八〕。思明復叛，尚書與兄承恩謀殺之。事發，族夷，尚書獨走免〔九〕。李光弼以聞，詔拜「冠軍將軍」，守右威衛將軍，檢校殿中監，封昌化郡王、石嶺軍使〔一〇〕。積粟厲兵，出入耕戰〔一一〕。以疾去職。貞元十一年二月丁巳薨于華陰告平里，年若干〔一二〕，即葬於其地〔一三〕。二子：大夫爲長〔一四〕，季曰重元，爲某官。銘曰：

〔一〕「屬」，或作「屨」。今按：「屬」亦連屬之意。北狄有五：一契丹、二奚、三室韋、四黑水、五渤海。

〔二〕諸本多作「突于」，或作「汗干」，今從許碑定從「干」，云：「可突干」，契丹之勇將也。新傳：「捺」，奚契丹入寇，承玼破於捺禄山；又戰白城，承玼按隊出其右，斬首萬計，可突干奔北。「捺」，奴葛切。

〔三〕或無「擾海」字。

〔四〕樊汝霖云：或謂破走可突干渤海上，追之至馬都山，吏民逃徙失業；蓋因可突干入寇而然，止是一事。今按：許孟容作烏承洽神道碑云：「渤海王武藝出海濱，至馬都山，屠陷城邑。公以本營士馬防遏要害。」則是捺禄走可突干，而馬都山拒武藝：二事不同。或者之論過矣。新史據孟容神道碑及公廟碑而作，司馬温公考異以新史爲誤，恐考異未見孟容碑刻耳。〔補注〕沈欽韓曰：渤海靺鞨王武藝寇登州，殺刺史韋俊。廿一年，遣大門藝詣幽州，發兵以討武藝。按：薛楚玉破契丹露布云：「墨山之討，可突干挾馬浮河，僅獲殘喘，謂其困而知悟，面縛請降；而西連匈奴，東構渤海，收合餘燼，窺我降奚，我是以有盧龍之師。」按此則突干誘扇渤海，同爲反叛：蓋渤海王武藝以其弟門藝歸唐，屢請誅之，玄宗不從，怨唐，故可突干得要結之也。

〔五〕「累」，或作「壘」。
〔六〕〔補注〕陳景雲曰：唐以平盧帥兼領海運事，承玼既却渤海之兵，于是東陲息警，運道無虞，故歲罷運錢以千萬計也。
〔七〕「黑水、室韋」，二國名。黑水即靺鞨。
〔八〕至德二載，安慶緒兵敗走保鄴郡。史思明判官耿仁智説思明歸唐，思明然之，以所部十三郡及兵八萬來降。十二月，以思明爲歸義王、范陽節度使。
〔九〕許碑：承恩，承玼之從父兄也。
〔一〇〕「石嶺」，或作「左領」，杭蜀粹與許碑新傳皆作「石嶺」。
〔一一〕〔補注〕陳景雲曰：石嶺軍在河東炘州秀容縣也。屯兵邊地，故有出入耕戰事。
〔一二〕許碑：「年九十六。」
〔一三〕〔補注〕曾國藩曰：以上專叙贈尚書烏承玼。
〔一四〕「大夫」，重胤。

烏氏在唐，有家於初；左武左領〔一〕，二祖紹居。中郎少卑，屬于尚書；不償其勞，乃相大夫；授我戎節，制有壃墟〔二〕。數備禮登〔三〕，以有宗廟；作廟天都，以致其孝；右祖左孫〔四〕，爰饗其報。云誰無子，其有無孫〔五〕；克對無羞〔六〕，乃惟有人。

念昔平盧，爲艱爲瘁；大夫承之，危不棄義。四方其平，士有追息；來覲來齋，以饋黍稷。

〔一〕「左領」，或作「右領」。
〔二〕「制有」，或作「有其」。「壃」，或作「疆」。
〔三〕方無「數」字，「登」下有「壇」字。今按：「數備禮登」「數」字，乃「名位不同，禮亦異數」之數，言制數既備，禮亦增崇也。袁氏廟碑所謂「數以立廟」，亦是此意。若如方本，即上句已言授節，不應至此始言登壇。况登壇又與立廟不相關乎？
〔四〕蜀本文苑作「左祖右孫」。今按：廟制以西爲上，方本爲是。
〔五〕「其有」，或作「孰其」。〔補注〕按：「其」讀爲豈。
〔六〕「克」，或作「光」。

唐故河東節度觀察使滎陽鄭公神道碑文

〔補注〕歸有光曰：叙次點綴，如嶺雲川月。

河東節度使贈尚書右僕射鄭公葬在滎陽索上〔一〕，元和八年六月庚子，太史尚書比部郎中護軍韓愈刻其墓碑曰：

〔一〕今鄭州滎陽有索水，即漢高帝與項羽戰於京索者也。

司馬氏遷江南，有鄭豁者，仕慕容垂國，爲其太子少保〔一〕。其孫簡，當拓拔魏爲滎陽太守〔二〕。後簡者號其族爲「南祖」。南祖之鄭，入唐有爲利之景谷令者曰嘉範〔三〕，於公爲曾祖；是生撫俗，爲泗之徐城令；徐城生公之父曰洪，卒官涼之户曹參軍〔四〕。

〔一〕豁字君明，魏將作大匠渾五世孫；仕垂，爲太子少傅。

〔二〕豁子温，燕太子詹事。生三子：曄號「北祖」，恬號「中祖」，簡號「南祖」。

〔三〕簡生季騊，騊子昞，昞四世孫嘉範。

〔四〕「涼之」，或作「涼州」。

公諱儋，少依母家隴西李氏，舉止異凡兒，其舅吏部侍郎季卿謂其必能再立鄭氏〔一〕。稍長，能自課學〔二〕，明左氏春秋，以進士選爲太原參軍事〔三〕。對直言策，拜京兆高陵尉。考府之進士，能第上下以實不姦。樊僕射澤以襄陽兵戰淮西，公以參謀留府，能任後事〔四〕。户曹殯于涼，涼地入西戎，自景谷、徐城三世皆未還滎陽葬。公解官，舉五喪爲三墓，葬索東。徐城墓無表，公能幼長哀感〔五〕，心求不置，以得舊人指告其處。其後爲大理丞太常博士，遷起居郎、尚書司封吏部二郎中，能官舉其名。德宗晚節儲將於其軍，以公爲河東軍司馬，能以無心處嫌間，卒用有就〔六〕。貞元十六年，將説死，即詔授司馬節，節度河東軍〔七〕，除其官爲工部尚書、太原尹，兼御史大夫、北都留守〔八〕。

〔一〕「季」，或作「李」。「謂」下或有「曰」字；或「謂」作「曰」，「其必」作「必其」。〔補注〕方苞曰：通篇以「能」字爲章法。

〔二〕「課」，或作「謀」。今按：蜀志出師表「自課」字，文選亦作「自課」，恐公用此語。

〔三〕大曆四年第。

〔四〕興元元年正月，以樊澤爲山南東道節度使，澤奏儋爲參謀。

〔五〕「公能」下或有「使」字。或無「哀」字，云：「自少而長，求之不置也。」今按：「心」字當屬下句。

〔六〕「間」，或作「問」，非是。或無「卒」字。「有就」，或作「其説」，非是。

〔七〕考嚴綬傳：「將説」，李説也。或無「即詔」字。「馬」下或無複出「節」字。

〔八〕貞元十六年十月，河東節度使李説卒，儋自本軍行軍司馬除檢校工部尚書，充太原尹、北都留守、河東節度使。

公之爲司馬，用寬廉平正得吏士心；及昇大帥〔一〕，持是道不變。部將有因貴人求要職者，公不用；用老而有功無勢而遠者。削四鄰之交賄，省姱嬉之大燕〔二〕，校講民事〔三〕，施罷不竢日〔四〕：用能以十月成政，氓征就寬〔五〕，軍給以饒。十七年，疾廢朝夕，八月庚戌薨，享年六十一。天子爲之不能臨朝者三日〔六〕，贈尚書右僕射。即以其年十月辛卯葬索上。疾比薨，醫問交道；比葬，弔贈賜使者相及。凡河東軍之士，與太原之氓吏〔七〕，及旁九郡百邑之鰥寡〔八〕，外夷狄之統於府者，聞公之薨，皆哭曰：「吾其如何！」

〔一〕「昇」，或作「升」。「帥」，或作「師」。

〔二〕「姱」，或作「誇」。

〔三〕「校講」，或作「講校」。

〔四〕〔補注〕曾國藩曰：「施罷」，或行或罷也。

〔五〕「氓」，或作「賦」，或作「民」。

〔六〕或無「能」字。

〔七〕「軍」下或無「之」字，或作「之軍」。「氓」或作「民」。

〔八〕河東節度府管汾遼沁嵐石忻代憲：凡九州。

公與賓客朋遊飲酒，必極醉〔一〕，投壺博弈，窮日夜，若樂而不厭者〔二〕。平居簾閣，據几終日，不知有人，别自號「白雲翁。」〔三〕名人魁士鮮不與善，好樂後進，及門接引，皆有恩意〔四〕。

〔一〕「與」或作「爲」。

〔二〕「若」或從閣蜀本作「苦」。

〔三〕令狐楚嘗爲太原從事，唐志有表奏十卷，自號「白雲孺子」蓋以媚儋也。

〔四〕「與善」屬上句，「好樂」屬下句。蜀本以「善」爲「其」，而連「好樂」爲句；又云：「名人魁士」，吕氏春秋語。

始娶范陽盧氏女，生仁本、仁約、仁載，皆有文行。二季舉進士，皆早死；仁本爲後子獨存，不樂舉選，年三十餘始佐河陽軍。後娶趙郡李氏，生三女。二夫人凡三男五女。長女嫁遼東李繁，繁亦名臣子〔一〕，有才學。遺命二夫人各别爲墓，不合葬。系曰：

〔一〕〔補注〕沈欽韓曰：繁，李泌子也。

士常患勢卑〔一〕，不能推功德及人；常患貧〔二〕，無以奉所欲得。若鄭公勤一生以得其位，而曾不得須臾有焉〔三〕。雖然，觀其所既立，其可知已。嗚呼哀哉！

〔一〕「常」或作「嘗」，下同。

〔二〕「患」下或有「勢」字。

〔三〕〔補注〕何焯曰：爲帥僅一年也。

魏博節度觀察使沂國公先廟碑銘

或有「田氏」字，歐陽公曰：「自天聖以來，學者多讀韓文，而患集本舛訛，惟予家本更校，時人共傳，號爲善本。及後集録古文，得韓文之刻石，如羅池黄陵廟碑之類，以校予家集本，舛謬猶多：若田弘正碑尤甚，蓋由諸本不同，往往妄加改易。今以碑校印本，初未必誤，多爲校讎者妄改易之；乃知文字之傳，久而轉失其真者多矣；則校讎之際，決於取舍，不可不謹也。」今各參注于下。石刻後題云：「朝議大夫安定胡証書并篆額。」京兆府廨有此碑。〔補注〕方苞曰：序簡以則，銘清而蔚，兼尚書雅頌之義，而無摹擬之迹。曾國藩曰：序文疏簡，著意在銘詩，而終不稱其先世功德一字，可謂有體。

元和八年十一月壬子，上命丞相元衡〔一〕、丞相吉甫〔二〕、丞相絳〔三〕，召太史尚書比部郎中韓愈至政事堂，傳詔曰：「田弘正始有廟京師，朕惟弘正先祖父，厥心靡不嚮帝室，訖不得施，乃以教付厥子；維弘正銜訓事嗣，朝夕不怠〔四〕，以能迎天之休，顯有丕功：維父子繼忠孝〔五〕，予維寵嘉之。是以命汝愈銘。欽哉！」〔六〕惟時臣愈承命悸恐。明日，詣東上閤門拜疏辭謝，不報。退，伏念昔者魯僖公能遵其祖伯禽之烈，周天子實命其史臣克作爲駉駜泮閟之詩〔七〕，使聲于其廟，以假魯靈〔八〕。今天子嘉田侯服父訓不違，用康靖我國家〔九〕，蓋寵銘之，所以休寧田氏之祖考；而臣適執筆隸太史〔一〇〕，奉明命，其可以辭？

〔一〕武元衡。

〔二〕李吉甫。

〔三〕李絳。

〔四〕「事嗣」，或作「嗣事」；「嗣」下或有「于」字。此篇今亦從方氏所據石本。

〔五〕弘正父廷玠，大曆中爲滄州刺史。恒州李寶臣、幽州朱滔聯兵攻擊，欲兼其土宇，廷玠固守，卒能保全。朝廷嘉之，遷洛州，改湘州。建中初，田悦領魏博節度使，志圖凶逆，召廷玠爲副，蓋悦父承嗣與廷玠爲從昆弟也。及悦姦謀敗露，廷玠曰：「爾藉伯父遺業，可守朝廷法度，坐享富貴；何苦與恒鄆同爲叛臣？若狂志不悛，可先殺我。」乃謝病不出。三年，憤鬱而卒。

〔六〕〔補注〕曾國藩曰：起最得勢，樸茂典重，近追漢京，遠法尚書。

〔七〕「駜」，音佖。

〔八〕「假」，音格。

〔九〕「服」上或有「能」字。「靖」，或作「静」。

〔一〇〕或無「隸」字。

謹案：魏博節度使、銀青光禄大夫、檢校工部尚書，兼魏州大都督府長史、御史大夫、沂國公田弘正〔一〕，北平盧龍人。故爲魏博諸將〔二〕，忠孝畏慎。田季安卒〔三〕，其子幼弱，用故事代父，人吏不附，迎弘正於其家，使領軍事〔四〕。弘正籍其軍之衆與六州之人，還之朝廷，悉除河北故事，比諸州，故得用爲帥。已而復贈其父故滄州刺史兵部尚書，母夫人鄭氏梁國太夫人，得立廟祭三代：曾祖都水使者府君祭初室，祖安東司馬贈襄州刺史府君祭二室，兵部府君祭東室。其銘曰：

〔一〕「州」，或作「博」。或無「兼」字。元和七年十月以弘正爲銀青光禄大夫、檢校工部尚書、魏州大督府長史，兼御史大夫、上柱國、沂國公，充魏博等州節度觀察、處置、支度、營田等使。

〔二〕弘正始名興，季安時爲衙内兵馬使。

〔三〕季安高祖環，平州人，官都水使者。環二子：守義、延惲。延惲安東都護府司馬。守義二子：承嗣、廷琳。承嗣子緒，緒子季安，季安子懷諫。廷琳子悦。延惲子廷玠。元和七年八月，季安卒。

〔四〕季安卒，懷諫自知軍務，時年十一；以弘正爲都知兵馬使。懷諫幼弱，軍政皆決於家僮蔣士則，數以愛憎移易諸將；諸將憤怒，咸曰：「兵馬使吾帥也」；即詣其家迎之，弘正拒之不可。

唐繼古帝，海外受制〔一〕。狎于太寧〔二〕，燕盜以驚。羣黨相維，河北失平。號登元和，大聖載營。風揮日舒，咸順指令。業業魏土，嬰兒戲兵〔三〕；吏戎愁毒，莫保腰頸〔四〕。人曰田侯，其德可倚，叫譟奔趨，乘門請起。田侯攝事，奉我天明〔五〕；束縛弓戈，考校度程；提壃籍户〔六〕，來復邦經。帝欽良臣，曰維錫予；嗟我六州，始復故初；告慶于宗，以降命書〔七〕。旄節有韜，豹尾神旗；櫜兜戟纛〔八〕，以長魏師。田侯稽首，臣愚不肖；迨兹有成，祖考之教。帝曰俞哉，維汝忠孝。予思乃父，追秩夏卿；媲德娠賢，梁國是榮〔九〕。田侯作廟，相方視阯；見于蓍龜，祖考咸喜。曁曁田侯〔一〇〕，兩有文武；訖其外庸，可作承輔〔一一〕。咨汝田侯，勿亟勿遲〔一二〕；覲饗式時，爾祖爾思〔一三〕。

〔一〕此據石本。「外」，或作「内」、「受」，或作「臣」。

〔二〕「狎」，或作「洽」。

〔三〕「嬰兒」，謂懷諫。

〔四〕「頸」，或作「領」。

〔五〕「天」，或作「王」。左傳：「范氏中行氏反易天明。」注：「言不事君也。」又云：「二三子順天明。」公語出此。

〔六〕「提」，或作「堤」。

〔七〕「于宗」，或作「宗廟」。「以降」，或作「降以」。

〔八〕「櫜」，或作「橐」；蜀本作「櫜」；石本同，但省「人」耳。今按：「櫜」謂弓服；「橐」乃囊之無底者，非兵仗也。當從石本。

〔九〕「媲」，配也。言梁國配兵部之德。「娠」，孕也。左氏：「后緡方娠。」「娠賢」，謂生田弘正也。「媲」，匹詣切。「娠」，之刃切，又音身。

〔一〇〕「暨暨」，果毅也。禮：「戎容暨暨。」「暨」，音忌。

〔一一〕「承」，或作「丞」。〔補注〕陳景雲曰：「承輔」，謂承輔天子。見漢書。

〔一二〕〔補注〕陳景雲曰：春秋桓公八年：「春正月己卯，烝。」公羊傳「譏亟也」。注：「亟，數也，音去冀反。」

〔三〕「饗」，或作「嚮」。「爾祖爾思」，或作「祖考之思」，或作「爾祖之思」。

劉統軍碑

公嘗誌統軍劉昌裔墓矣，今又銘其碑，此篇並從方所據石本爲正；可疑者别見。諸本作「唐故右龍武統軍劉公墓碑」。

唐故陳許軍節度使〔一〕，金紫光禄大夫、檢校尚書左僕射，兼御史大夫、右龍武統軍、彭城郡開國公，食邑二千户，贈潞州大都督劉公諱昌裔，字光後，薨既葬〔二〕，將反机于京，舍于墓次〔三〕。故吏文武士門人送客訖事，會哭將退，咸顧戀牽連，一口言曰：「自我公薨至葬，凡所以較德焯勤者〔四〕莫不粗完。隱卒崇終，有都督之詔〔五〕；日事時功，以著不可誣〔六〕，有太史之狀、太常之狀〔七〕，有謚〔八〕，有誄，有幽堂之銘；又如即外碑刻文以顯詩之〔九〕，其於傳無已，豈不益可保？」於是相許諾，以告其孤縱〔一〇〕。縱哭〔一一〕，捂杖拜曰：「縱不敢違。」則相與刻銘。文曰：

〔一〕「許」下或無「軍」字，方從石本。

〔二〕元和八年十一月，昌裔卒，九年九月，葬河南。

〔三〕「机」，或作「柩」，或作「几」，或作「主」，「京」下有「師」字。〔補注〕沈欽韓曰：蓋廟在京，行反哭之禮，布机虞祭。

〔四〕「焯」，之藥切，明也。一作「悼」，一作「卓」。

〔五〕昌裔卒，有詔贈潞州大都督。

〔六〕「可」下或有「以」字。

〔七〕「太常」上或有「有」字。

〔八〕昌裔謚威公。

〔九〕〔補注〕方苞曰：既誌其墓，故特載請刻外碑。沈欽韓曰：内則注：「詩，承也。」封禪文：「詩，大澤之溥。」與此詩義同。

〔一〇〕昌裔四子，縱其長也。

〔一一〕或無「哭」字。

劉處彭城，本自楚元〔一〕。陽曲之別，繇公祖遷〔二〕。公曾祖考，爲朔州守。祖令太原，仍世北邊。樂其高寒，棄楚不還。逮于公身，三世晉人〔三〕。

〔一〕漢高帝季弟楚元王交之後。

〔二〕昌裔曾祖承慶，爲朔州刺史；祖巨敖，爲太原晉陽令，樂其土俗，遂占籍爲太原之陽曲，曰：

「自我爲此邑人，可也；何必彭城。」

〔三〕趙德夫云：石本「三世」作「再世」，上文「祖令太原」作「考令太原」；然其篇首既言「陽曲之別，由公祖遷」，則爲晉人非「再世」矣。碑當時所立，不應差其世次，莫可曉也。今按：劉志在後卷，所述世次尤詳，與「再世」之云皆不合，亦石本不足信之一驗也。

公生而異，魋顔鉅鼻；幼如舒退，少長好事。西戎乘勢，盜有河外；公雖家居，爲國喑噫〔一〕；來告邊帥〔二〕，可破之計。楊琳爲横，巴蜀靡彫〔三〕；公由游寄〔四〕，單船諭招〔五〕；折其尾毒〔六〕，不得動摇。琳後來降，公不有功。終琳之已，還臥民里〔七〕。蓋古有云，「人職其憂」；無事於職，而與國謀〔八〕。

〔一〕「喑噫」，上於金切，下烏界切。

〔二〕「帥」，或作「師」。

〔三〕大曆三年，瀘州刺史楊子琳反。昌裔説子琳事，通鑑亦可考。新書作楊惠琳，誤矣。

〔四〕〔補注〕曾國藩曰：因遊浮寄於蜀也。

〔五〕爾雅「士特舟」，注：「單船。」

〔六〕「其尾毒」，或作「旗纛尾」。

〔七〕昌裔説邊將不售，去入三蜀。楊琳之亂，蜀人苦之，昌裔單船往説琳。大曆四年二月，琳遣使詣闕謝罪，以琳爲從事，以昌裔爲從事，後琳死，客河朔間。

〔八〕〔補注〕曾國藩曰：四言詩中有此收束，瘦勁之筆。

德宗之始，爲曲環起；奮筆爲檄，强寇氣死〔一〕；決敗筭成，效於屈指。環有許師〔二〕，公遂佐之。蘇民軋敵〔三〕，多出公畫。累拜郎中，進兼中丞；雖在陪貳，天子所憑。蔡卒幸喪〔四〕，圍我許郛；新師不牢〔五〕，劻勷將逋〔六〕。公爲陳方〔七〕，應變爲械；與之上下；寇無所賴〔八〕，遂至遁敗〔九〕。以功遷陳，實許之半〔一〇〕。聲駕元侯，以勢自憚〔一一〕。復入居許，爲軍司馬〔一二〕。脱權下威〔一三〕，士心益歸。卒嗣環職〔一四〕，棄惡從德。乃與蔡通，塗其榛棘。稚耋嬉遨〔一五〕，連手歌謳；上無可怨，外無與讎。

〔一〕建中初，曲環爲邠隴兩軍都知兵馬使。其收濮州也，辟昌裔爲判官。爲環檄李納，剴曉大義，環上其藁，德宗異之。

〔二〕貞元二年七月，環自邠隴行營節度拜陳許節度使，昌裔從府還。

〔三〕「軋」，或作「戰」，或作「朝」。

〔四〕〔補注〕曾國藩曰：謂蔡卒幸許有新喪也。

〔五〕〔補注〕沈欽韓曰：「師」，當作「帥」。

〔六〕「劻勷」，急走貌；又，遽也。「劻」，曲羊切；「勷」，如羊切。〔補注〕曾國藩曰：「劻勷將逋」，幕府諸人也。

〔七〕「方」或作「力」。

〔八〕方云：或云「此當脱一句」，非也。今按：此篇文體整齊，無奇句爲韻者，或説是也；不然則衍「與之上下」一句，未知果孰是也。石本之不足信，此又顯然，前亦屢辨之矣。

〔九〕貞元十五年八月，環卒，淮西吴少誠遣兵掠臨潁，陳州刺史上官涚知陳許留後，遣大將王令忠將兵救之，皆爲少誠所虜。丙午，以涚爲陳許節度使。少誠遂圍許州，涚欲棄城走。昌裔時爲營田副使，止之，曰：「城中兵足以辦賊，但閉城勿戰，賊氣自衰，吾以全制其敝，蔑不克矣。」昌裔募勇士千人，鑿城出擊，大破之，城由是全。

〔一〇〕許州圍解，昌裔以功拜陳州刺史。

〔一一〕貞元十六年七月，少誠進擊，蔡州行營招討使韓全義敗于溵水，與諸道兵皆走保陳州，求舍。昌裔登城謂曰：「天子命公討蔡州，何爲來陳；且賊不敢至我城下，君其舍外，無恐！」明日，從十餘騎，持牛酒，抵全義營勞軍。全義不自意，迎拜歎服。〔補注〕何焯曰：「『元侯』謂上官涚，非韓全義。曾國藩曰：『『駕』，謂駕其上也。』陳景雲曰：劉除陳州，由佐新帥上官涚却蔡兵之功，其威名在節度使之上，而能盡禮以事大府，故曰『以勢自憚』也。

〔一二〕貞元十八年，以昌裔爲陳許行軍司馬。

〔一三〕〔補注〕曾國藩曰：「『脱權』，不攬權也。『下』，弛也。

〔四〕貞元十九年六月，涚卒，以昌裔檢校工部尚書，兼許州刺史，充陳許節度使。

〔五〕「邀」或作「遊」。

既長事官，峻之大夫〔一〕；其償未塞，僕射以都〔二〕。及癸巳歲，秋涌水出；流過其部，破民廬室〔三〕。公即疏言，此皆臣愆；防斷不補，潰民於泉〔四〕。臣耄且疾，宜即大罰。上曰災害〔五〕，大臣其來；允余之思，其可止哉？驛隸走呼，有中使來；公迎于驛，遂行不迴。六月隆熱，上下歊赩〔六〕。公鞭公驅，去馬以輿。公病日惡，不能造闕；仆臥在宅〔七〕，閔有加錫。命爲統軍，龍武之右；兼官左相，百僚長首〔八〕。

〔一〕「峻」，諸本作「浚」。今按：此一字亦可疑，未詳其説。

〔二〕封彭城郡公，再加檢校尚書右僕射。「償」，或作「賞」。「以」，或作「已」。今按：上句有「未」字，此當作「已」；然此集二字通用者亦多，姑從舊。〔補注〕姚範曰「既長事官」，時拜檢校工部尚書也；「峻之大夫」，謂拜金紫光禄大夫也；「僕射以都」，謂拜僕射而都於許也。陳景雲曰：「峻」，陟也。張説平貞脊碑銘曰：「嚴嚴憲府，公三峻之。」與此同。吳汝綸曰：朱子説尚書「俊在厥服」，引古器識欵多云「俊在位」，此亦同指，義當訓「進」也。

〔三〕元和八年五月，許州大水，壞廬舍，漂溺居人。六月，徵昌裔還京師。〔補注〕陳景雲曰：「秋」字誤。

〔四〕「潰」，或作「憒」。

〔五〕「熘」，或作「菑」。今按：「熘害滅除」，字本秦刻。

〔六〕「歊」，或作「歆」。「赩」，大赤也。字見楚辭大招。「赩」，許極切。

〔七〕始憲宗惡昌裔自立，欲召之；宰相李吉甫曰：「陛下乘人愁苦，可召也。」六月以東都留守韓皋代之，詔昌裔還京師；至長樂驛，知帝意，因請歸私第，許之，稱風眩。

〔八〕昌裔至，天子以爲恭，即其家拜檢校尚書左僕射，兼右龍武統軍，知軍事。

冬十一月，日將南至；公遂薨殂，年六十二。奏聞怛悼，俾官臨弔。悲不聽朝。贈督潞州。存歿之賚，於數爲優。明年九月，東葬金谷；公往有命，匪後人卜。

衢州徐偃王廟碑

徐偃王事見史記後漢書博物志元和姓纂；然後漢書云：「楚文王滅之。」楚辭亦云：「荆文寤而徐亡。」按：周穆王時無楚文王；春秋時無徐偃王：辨見於楚辭補注中。石刻云：「朝議郎守尚書考功郎中知制誥昌黎韓愈撰，福州刺史元錫書，元和十年十二月九日立。」〔補注〕何焯曰：偃王本不合祀典，特其子孫爲之立廟，故借秦之憒國沉宗以相形，而略舉小説稗史所載偃王事，以見本宜有後，而非淫祠可比。其迴護處，甚得體。曾國藩曰：徐州有偃王廟，其事本支離漫誕，文以恢詭出之，其神在若有若無之間。〔補注〕張裕釗曰：此種文無可著思，借秦抒論，便生精采，此作家工於創意處。

徐與秦俱出柏翳爲嬴姓〔一〕，國於夏殷周世，咸有大功〔二〕。秦處西偏，專用武勝〔三〕；遭世衰，無明天子，遂虎吞諸國爲雄〔四〕；諸國既皆入秦爲臣屬，秦無所取利，上下相賊害，卒僨其國而沈其宗〔五〕。徐處得地中，文德爲治〔六〕，及偃王誕當國，益除去刑争末事，凡所以君國子民待四方，一出於仁義。當此之時，周天子穆王無道，意不在天下〔七〕，好道士説，得八龍，騎之西遊〔八〕，同王母宴于瑤池之上，歌謳忘歸〔九〕。四方諸侯之争辯者無所質正，咸賓祭於徐〔一〇〕：贄玉帛死生之物于徐之庭者，三十六國；得朱弓赤矢之瑞〔一一〕。穆王聞之恐，遂稱受命，命造父御〔一二〕，長驅而歸〔一三〕，與楚連謀伐徐〔一四〕。徐不忍鬬其民，北走彭城武原山下，百姓隨而從之萬有餘家。偃王死，民號其山爲徐山〔一五〕，鑿石爲室，以祠偃王。偃王雖走死失國〔一六〕，民戴其嗣爲君如初。駒王〔一七〕章禹〔一八〕，祖孫相望；自秦至今〔一九〕，名公巨人繼迹史書〔二〇〕。徐氏十望，其九皆本於偃王〔二一〕；而秦後迄兹無聞家。天於柏翳之緒，非偏有厚薄，施仁與暴之報，自然異也〔二二〕。

〔一〕史記秦本紀：大業之子曰大費，是爲柏翳。舜賜姓嬴氏。柏翳二子：太廉之後爲秦，若木之後爲徐。是爲「俱出柏翳」也。「嬴」，余輕切。

〔二〕秦本紀又曰：太廉玄孫孟戲中衍，殷帝大戊以爲御而妻之。自大戊以下，中衍之世遂世有功以佐殷國，故嬴姓多顯，遂爲諸侯。若木玄孫費昌，當夏桀之時，去夏歸商，爲殷御，以敗桀於鳴條，是有大功也。「殷」，或作「商」，今從石本。此篇内同，疑者别見。

〔三〕中衍曾孫曰戎胥軒，軒生仲潏，潏生飛廉，廉生惡來，來生女防，防生旁皋，皋生大几，几生大駱，駱生非子。周孝王以爲附庸，邑之於秦，是爲處西偏也。

〔四〕「國」，或作「侯」。

〔五〕「僨」，猶亡也。爾雅云：「僨僵也。」莊子：「一僨一起。」「沈其宗」，謂滅其族。「僨」，方運切，又甫運切。

〔六〕「文」，或作「又」。今以上文奏「用武勝」者推之，此宜作「文」。

〔七〕穆王名滿，左傳昭十二年云：「穆王欲肆其心，周行天下，將皆必有車轍馬迹焉。」

〔八〕列子曰：周穆王駕八駿之乘，西征崑崙。八駿：驊騮、緑耳、赤驥、白羲、渠黄、踰輪、盗驪、山子。

〔九〕穆天子傳云：穆王見西王母，觴于瑶池之上，母爲天子謡曰：「白雲在天，山陵自出。道里悠遠，山川間之。將子無死，尚能一來。」天子答曰：「予歸東土，和理諸夏。萬民均平，吾顧見汝。比及三年，將復而野。」石本無「宴」字。今按：無「宴」字不成文，以它本補。

〔一〇〕「祭」方從杭作「寮」，云：「今廟中有傳刻慶曆中石本亦作『寮』。」今按：「賓寮」無理明甚；況慶曆石本非當時物，尤不足據。而左傳有「賓祭」字，當從諸本作「祭」爲是。

〔一一〕博物志云：偃王欲舟行上國，乃通溝陳蔡之間，得朱弓赤矢，以爲得天瑞，遂因名爲弓，自稱「偃王」。江淮諸侯服從者三十六國。「朱弓」，一作「象犀」。

〔一二〕造父，穆王御，飛廉玄孫也。「造」，七到切；「父」，音甫。

〔一三〕史記秦本紀：造父以善御幸于周穆王，得驥温驪驊騮騄耳之駟，西巡狩，樂而忘歸。徐偃王作亂，造父爲穆王御，長驅歸周救亂。

〔一四〕以史記世系表考之，穆王所與連謀伐徐者，殆楚熊勝也。

〔一五〕〔補注〕沈欽韓曰：一統志：徐山在徐州府城南六十里。

〔一六〕「失」下或有「其」字。

〔一七〕禮記曰：邾婁考公之喪，徐君使容居來弔含，曰：先君駒王西討。駒王，徐之先也。

〔一八〕左氏昭三十年，吴滅徐，徐子章禹斷其髮以奔楚。章禹，宗十一世孫。

〔一九〕「秦」或作「奉」。

〔二〇〕「史」，或作「文」。

〔二一〕〔補注〕沈欽韓曰：廣韻：「徐氏出東海、高平、東莞、瑯琊、渤陽五望。」

〔三〕〔補注〕曾國藩曰：以上以秦配徐，彰偃王之有後。

衢州，故會稽太末也〔一〕。民多姓徐氏，支縣龍丘有偃王遺廟，或曰：偃王之逃戰，不之彭城，之越城之隅，棄玉几研于會稽之水〔二〕。或曰：徐子章禹既執於吳，徐之公族子弟散之徐、揚二州間〔三〕，即其居立先王廟云〔四〕。

〔一〕太末，春秋時姑蔑也。至漢改焉。唐號曰龍丘。越絶書：「姑末今太末。」後漢：「吴有龍丘萇者，隱居太末。」「太」，音闥。〔補注〕沈欽韓曰：寰宇記云：「漢獻帝時，分太末立新安縣。太康元年，改爲信安。武德四年，於信安縣置衢州。」

〔二〕選：「緑苔鬖髿乎研上。」南越志：「生研石上」，注：「研與硯同。」

〔三〕「公」，或作「宗」。

〔四〕〔補注〕曾國藩曰：以上叙徐州所以有偃王廟。

開元初，徐姓二人〔一〕相屬爲刺史，帥其部之同姓，改作廟屋，載事于碑。後九十年當元和九年，而徐氏放復爲刺史。放字達夫；前碑所謂今户部侍郎，其大父也。春行視農至于龍丘，有事于廟，思惟本原，曰：「故制⿰牜甬樸下窄〔二〕，不足以揭虔妥靈〔三〕。而又梁桷赤白，陊剥不治〔四〕，圖像之威，黜昧就滅〔五〕；藩拔級夷〔六〕，庭木秃鞅〔七〕。祈甿日慢，祥慶弗下〔八〕；州之羣支〔九〕，不獲蔭庥。余惟遺紹，而尸其土，不即不圖，以有資聚，罰其可辭！」乃命因故爲新，衆工齊事，惟月若日，工告訖功，大祠于廟，宗卿咸序應〔一〇〕。是歲，州無怪風劇雨，民不夭厲，穀果完實，民皆曰：「耿耿祉哉〔一一〕，其不可誣！」〔一二〕乃相與請辭京師，歸而鑱之于石，辭曰：

〔一〕徐堅字元固，徐嶠字巨山。
〔二〕「觕」，倉胡切；或作「桷」。
〔三〕「揭」，音羯，又丘傑切。〔補注〕沈欽韓曰：「揭」，表；「虔」，敬也。
〔四〕選：「期不陁陊。」「陊」，壞落也。「陊」，池耳切，又徒可切。
〔五〕「黖」，音餼。玉篇云：「深黑也。」
〔六〕〔補注〕曾國藩曰：藩籬撤，階級平也。
〔七〕或作「缺」，今按：「缺」，正字；「鞅」，俗體：然唐人多用之，姑從其舊。
〔八〕「日」，方云：洪以石本定作「由」。今按：「由」義未詳，姑從諸本作「日」。
〔九〕「羣支」，或作「支郡」，或作「羣吏」，皆非是。
〔一〇〕「卿」，或作「御」。〔補注〕「卿」，或作「鄉」。姚範曰：作「御」近是，如「御事」之「御」。「宗」，其徐姓也；「御」，言州吏之有事於其廟者。

〔一一〕「耿耿祉哉」，或作「祉哉祉哉」。方從閣本無「祉」字，而不言石本之有無。又云：「耿」，當讀從炯，今從諸本。

〔一二〕〔補注〕曾國藩曰：以上叙達夫修廟。

秦傑以顛，徐由遜縣〔一〕。秦鬼久飢，徐有廟存。婉婉偃王〔二〕，惟道之耽；以國易仁，爲笑于頑。自初擅命，其實幾姓。歷短詈長〔三〕，有不償亡；課其利害，孰與王當〔四〕。姑蔑之墟，太末之里〔五〕；誰思王恩，立廟以祀。王之聞孫，世世多有；唯臨茲邦，廟上實守。堅嶠之後，達夫廓之；王歿萬年，如始祔時。王孫多孝，世奉王廟；達夫之來，先慎詔教。盡惠廟民，不主於神。維是達夫，知孝之元。太末之里，姑蔑之城；廟事時脩，仁孝振聲；宜寵其人，以及後生。嗟嗟維王，雖古誰亢〔六〕；王死于仁，彼以暴喪〔七〕。文追作誄，刻示茫茫〔八〕。

〔一〕「遜」，或作「遯」。

〔二〕「婉」，音苑。

〔三〕「詈」，或作「言」。

〔四〕「與」，方從洪氏石本作「當」，今從諸本。

〔五〕今衢州有姑蔑城，左傳哀公十三年，越伐吴，王孫彌庸自泓上觀之，見姑蔑之旗，曰：「吾父之旗也。」杜預注：「姑蔑，越地。」〔補注〕沈欽韓曰：一統志：姑蔑城在龍游縣穀溪之南。
〔六〕「古」，或作「死」，「亢」協韻，若郎切。
〔七〕「暴」，方作「常」，而不言石本。今從諸本。
〔八〕「示」，或作「石」，方云：「石本如此，而不敢從。」今亦不敢從也。

袁氏先廟碑

袁滋履歷並詳本傳，碑特其概耳。唐書新傳以滋爲袁範之後，則又誤矣。〔補注〕劉大櫆曰：昌黎習爲瑰怪雄奇之語以追盤誥，鹿門譏之非也。又曰：詩亦極追雅頌。

袁公滋既成廟〔一〕，明歲二月，自荆南以旂節朝京師〔二〕，留六日，得壬子春分，率宗親子屬用少牢于三室。既事退言曰：「嗚呼遠哉！維世傳德，襲訓集余，乃今有濟。今祭既不薦金石音聲，使工歌詩載烈象容，其奚以飭稚昧於長久？唯敬繫羊豕幸有石〔三〕，如具著先人名迹〔四〕，因爲詩繫之語下，於義其可。雖然，余不敢；必屬篤古而達於詞者。」遂以命愈，愈謝非其人，不獲命；則謹條袁氏本所以出，與其世系里居；起周歷漢魏晉拓拔魏周隋入國家以來〔五〕，高曾祖考所以劬躬壽後，委祉于公；公之所以逢將承應者：有概有詳，而綴以詩〔六〕。

〔一〕〔補注〕何焯曰：截去無限陳冗。

〔二〕「歲」，或作「年」。方云：「考之史，袁滋以元和十一年朝京師。『旂』，或作『旌』。」

〔三〕即所謂「麗牲之碑」；祭義云：「祭之日，君牽牲入廟門，麗于碑。」「麗」，「繫」也。

〔四〕「著」，或作「者」。

〔五〕或作「已來」。「拓」，音「託」，「拔」蒲撥切。注見集賢院校理墓誌銘。

〔六〕〔補注〕曾國藩曰：以上叙立碑之由。

其語曰：周樹舜後陳〔一〕，陳公子有爲大夫食國之地袁鄉者，其子孫世守不失，因自別爲袁氏。春秋世陳常壓於楚，與中國相加尤疏，袁氏猶班班見，可譜〔二〕。常居陽夏〔三〕，陽夏至晉屬陳郡〔四〕，故號陳郡袁氏。博士固〔五〕，申儒遏黃〔六〕，唱業於前；至司徒安，懷德於身〔七〕，袁氏遂大顯，連世有人；終漢連魏晉〔八〕，分仕南北。始居華陰，爲拓拔魏鴻臚；鴻臚諱恭，生周梁州刺史新縣孝侯諱顗〔九〕。孝侯生隋左衛大將軍諱温，去官居華陰，武德九年以大耋薨，始葬華州〔一〇〕。左衛生南州刺史諱士政。南州生當陽令諱倫，於公爲曾祖。當陽生朝散大夫石州司馬諱知玄；司馬生贈工部尚書咸寧令諱暐，是爲皇考。袁氏舊族，而當陽以通經爲儒，位止縣令；石州用春秋持身治事，爲州司馬以終；咸寧備學而貫以一，文武隨用，謀行功從，出入有立，不爵于朝。比三世宜達而窒，歸成後人，數當于公〔一一〕。公惟曾大父、大父、皇考比三世存不大夫食〔一二〕，歿祭在子孫〔一三〕。唯將相能致備物。世彌遠，禮則益不及；在慎德行業治，圖功載名，以待上可。無細大，無敢不敬畏；無早夜，無敢不思。成于家，進于外，以立于朝。自侍御史歷工部員外郎、祠部郎中、諫議大夫、尚書右丞、華州刺史〔一四〕、金吾大將軍〔一五〕，由卑而鉅，莫不官稱〔一六〕；遂爲宰相，以贊辨章〔一七〕；仍持節將蜀滑襄荆〔一八〕：略苞河山，秩登禄富，以有廟祀，具如其志；又垂顯刻〔一九〕，以教無忘，可謂大孝〔二〇〕。詩曰〔二一〕：

〔一〕「語」，或作「詩」。「樹」或作「封」。「後」下或有「爲」字。

〔二〕或作「可見于譜」。

〔三〕陳陽夏，漢世淮陽國，前漢「發兵拒之陽夏」，注：「今亳州。」「夏」，音賈。

〔四〕或無「郡」字。

〔五〕轅固。

〔六〕漢儒轅固，齊人。竇太后好老子書，召問固，固曰：「此家人言耳。」太后怒曰：「安得司空城且書乎！」轅固以治詩，孝景時爲博士，與黄生争論景帝前，黄生曰：「湯武非受命，乃弑。」固曰：「不然，夫桀紂虐亂，天下之心皆歸湯武；湯武不得已而立，非受命爲何？」

〔七〕袁安，後漢時仕終司徒。

〔八〕「終」或作「紛」，非是。

〔九〕「新」下或有「安」字。「穎」或作「頻」。

〔一〇〕「耋」，或作「耄」。

〔一一〕〔補注〕曾國藩曰：以上歷叙先世。

〔一二〕或無再出「大父」字，有「公」字；「大父」或作「大夫」。「比」，或作「妣」。皆非是。

〔一三〕〔補注〕方苞曰：其所誌，適至是而止。

〔一四〕貞元十六年二月，自尚書右丞出刺華州。

〔一五〕貞元二十一年三月，召拜。

〔一六〕〔補注〕曾國藩曰：「官稱」，能稱其位也。

〔一七〕「辨章」，便章也。史記：「便章百姓。」即平章耳。〔補注〕沈欽韓曰：史記集解鄭云：「辨，別；章，明也。」江聲曰：「釆，古辨字。説文『平』字古文作『𠂇』，後學遂誤仞『釆』爲古文『平』。」王鳴盛曰：「史作『便』，假借同音字。」

〔一八〕永貞元年十月，以滋爲西川節度使；元和元年十月，徙義成軍節度；八年正月，自户部尚書出爲山南東道節度；九年九月，徙荆南節度。「蜀」謂四川；「滑」謂義成；「襄」謂山南東道；「荆」謂荆南。

〔一九〕「刻」，或作「烈」。

〔二〇〕〔補注〕曾國藩曰：以上袁公滋歷官功績。

〔二一〕「詩」下或有「文」字。

袁自陳分，初尚蹇連。越秦造漢，博士發論。司徒任德，忍不錮人〔一〕。收功厥後，五公重尊〔二〕。晉氏于南，來處華下。鴻臚孝侯，用適操捨。南州勤治，取最不懈。當陽耽經，唯義之畏。石州烈烈，學專春秋。懿哉咸寧，不名一休；趨難避成，與時泛浮。是生孝子，天子之宰；出把將符，羣州承楷〔三〕。數以立廟〔四〕，祿以備器；由曾及考，同堂異置；柏版松楹，其筵肆肆〔五〕。維袁之廟，孝孫之爲；順勢即宜，以諏以龜；以平其巘，屋牆持持。孝孫來享，來拜廟庭；陟堂進室，親登籩鉶〔六〕；肩臑胉骼〔七〕，其樽玄清；降登受胙，于慶爾成〔八〕。維曾維祖，維考之施；于汝孝嗣，以報以祇；凡我有今，非本曷思；刻詩牲繫〔九〕，維以告之。

〔一〕「忍」，一作「思」。漢明帝時，安爲河南尹，未嘗以贓罪鞫人。嘗曰：「凡學仕者，高則望宰相，下則希牧守，錮人於聖世，所不忍爲。」方云：「『博士』，轅固，『司徒』，袁安也。按左傳，陳有轅濤塗，又有袁僑。漢有轅固，轅豐，又有袁安。蓋兩姓也。杜預謂：袁僑，濤塗四世孫。不知何以至漢復出兩姓。」今按：歐公集古録：漢三老袁良碑亦云，濤塗立姓爲袁，蓋「轅」「袁」古字通用，袁盎又通作「爰」，亦非别爲一姓也。

〔二〕安，章帝時爲司徒，二子京、敞。京子湯，字仲河，桓帝時太尉。湯子逢，字周陽，靈帝時司空。逢弟隗，字次陽，獻帝時太傅。京弟敞，字叔平，安帝時司空。凡四世五公焉。

〔三〕「把」，或作「祀」，或作「持」。「羣」，或作「郡」。

〔四〕「數」，或作「教」，説見烏氏廟碑。

〔五〕「筵」，或作「業」。

〔六〕「鉶」，或作「鈃」。

〔七〕「臑」，臂節也。禮記：「其禮太牢，則以牛左肩臂臑，折九个。」儀禮：「臂臑肫骼胉脅也。」儀禮：「兩胉脊肺，設扃鼎骼，禽獸骨也。」四者皆所薦之羞。「臑」，奴報切，又女朱切。「胉」，音粕。「骼」，音格。

〔八〕「爾」，或作「示」，非是。

〔九〕或作「繫牲」。

清河郡公房公墓碣銘

房啓之死及葬，誌皆不載年月日。啓以貞元末爲容管帥，在容九年，遷桂管，坐中使事，貶虔州死，元和十年也。〔補注〕歸有光曰：典質精嚴。姚鼐曰：依次叙述，是東漢以來刻石文體；但出韓公手，自然簡古清峻，其筆力不可强幾也。

公諱啓，字某〔一〕，河南人，其大王父融，王父琯，仍父子爲宰相：融相天后，事遠不大傳；琯相玄宗、肅宗，處艱難中，與道進退，薨贈太尉，流聲于兹。父乘〔二〕，仕至秘書少監，贈太子詹事〔三〕。

〔一〕〔補注〕陳景雲曰：啓字開士，見劉夢得集。

〔二〕琯三子：長偃，御史中丞；次乘也；次孺復，容州刺史。

〔三〕〔補注〕曾國藩曰：以上先世。

公胚胎前光，生長食息，不離典訓之内，目擩耳染〔一〕，不學以能。始爲鳳翔府參軍，尚少，人吏迎觀望見〔二〕，咸曰：「真房太尉家子孫也。」不敢弄以事。轉同州澄城丞，益自飾理〔三〕，同官憚伏。衞晏使嶺南黜陟〔四〕，求佐得公，擢摘良姦，南土大喜，還進昭應主簿〔五〕。裴胄領湖南，表公爲佐〔六〕。拜監察御史，部無遺事。胄遷江西，又以節鎮江陵，公一隨遷，佐胄〔七〕，累功進至刑部員外郎，賜五品服，副胄使事爲上介；上聞其名，徵拜虞部員外，在省籍籍；遷萬年令，果辨憿絶〔八〕。

〔一〕「擩」，或作「濡」，或作「揣」，方云：「擩」亦染也。今按：「擩」而遇切，字見儀禮；然作「濡」亦通。〔補注〕沈欽韓曰：特牲禮注：「擩醢者，染於醢。」

〔二〕或無「觀」字。

〔三〕「理」，或作「治」。

〔四〕建中元年二月，遣黜陟使洪經綸柳冕衞晏等一十人分行天下，晏使嶺南。

〔五〕「進」，或作「遷」。

〔六〕貞元三年閏五月，以國子司業裴胄爲湖南觀察使，胄字胤叔，河東聞喜人。

〔七〕「又」，或作「胄」，非是。「佐胄」，或作「爲佐」。

〔八〕「辨」，或作「辦」。「憿」，音激，疾也。〔補注〕曾國藩曰：以上歷官。

貞元末，王叔文用事，材公之爲，舉以爲容州經略使〔一〕，拜御史中丞，服佩視三品，管有嶺外十三州之地〔二〕。林蠻洞蜒〔三〕，守條死要〔四〕，不相漁劫，税節賦時，公私有餘。削衣貶食，不立資遺，以班親舊朋友爲義〔五〕。在容九年，遷領桂州〔六〕，封清河郡公，食邑三千户〔七〕。

〔一〕貞元二十一年五月，以啓爲容州刺史，兼御史中丞、容管經略使。

〔二〕「州」下或無「之」字。容管所隷：容辨白牢欽巖禺湯瀼古等州。

〔三〕「蜓」，當作「蜑」，南方夷也。「蜓」，音誕。

〔四〕「要」，伊消切，約誓也。

〔五〕「朋」，或作「爲」，非是。

〔六〕元和八年四月，以啓爲桂管觀察使。

〔七〕〔補注〕曾國藩曰：以上經略容桂。

中人使授命書，應待失禮，客主違言，徵貳太僕〔一〕；未至，貶虔州長史，而坐使者〔二〕。以疾卒官，年五十九，其子越，能輯父事無失，謹謹致孝。既葬，碣墓請銘，銘曰：

〔一〕啓除桂管觀察使，其本道邸吏賂吏部主者，私得官告，飛驛以授啓；既而憲宗自遣中使持詔賜啓，啓畏使者邀重賂，即曰「先五日已得詔」。使者紿請視，因持之歸，以聞；七月，貶啓太僕少卿。

〔二〕啓自陳獻使者南口十五，帝怒，殺中使。啓未至京師，貶虔州長史，始詔五管福建黔中道，不得以口饋遺，罷臘口等使。九月丙午，中官李建章坐受啓賂，杖一百，處死。癸未，貶啓虔州長史。啓先賂建章口十五人，既怨其發官告事，乃具上言，帝既殺建章，并黜啓。

房氏二相，厥家以聞；條葉被澤，況公其孫。公初爲吏，亦以門庇；佐使于南〔一〕，乃始已致。既辦萬年，命屏容服；功緒卓殊，氓僚循業〔二〕。維不順隨〔三〕，失署亡資；非公之怨，銘以著之〔四〕。

〔一〕謂佐衛晏。

〔二〕「僚」，張絞切。

〔三〕不順中使。

〔四〕「非公」，或作「非君」。

唐故銀青光禄大夫檢校左散騎常侍兼右金吾衛大將軍贈工部尚書太原郡公神道碑文

或無「尚書」以上二十八字。〔補注〕何焯曰：此文可謂贍而不穢。

公諱用，字師柔，太原人，莊憲皇太后之弟〔一〕，今天子之舅〔二〕，太師之子，太尉之孫，司徒之曾孫〔三〕。元和元年，上朝太后南宫，大褒外氏，自外高王父而下至外王父，咸册登公師，事載之史〔四〕。皇太后昆弟唯公一人〔五〕，於是特拜銀青光禄大夫、太子少詹事〔六〕；未三月，因遷大詹事，賜勳上柱國，爵封郡公，國于太原，益掌厩苑之事。

〔一〕順宗后弟。

〔二〕憲宗舅。

〔三〕王用父曰子顔，生順宗后，后生憲宗，憲宗元和元年贈太師；用祖曰難得，元和元年贈太尉；用曾祖曰思敬，元和元年贈司徒。〔補注〕按：唐書外戚傳作「贈太傅」。

〔四〕「高王」上或有「祖」字。

〔五〕子顔二子：重榮官至王傅；次即用也。

〔六〕「特」，或作「時」。

公起外戚子弟，秩卑年少，歲餘超居上班，官尊職大，朝夕兩宫；而能敬讓以敏，持以禮法，不挾不矜，賓接士大夫，高下中度〔一〕，興官耆事，滋久愈謹〔二〕：由是朝廷推賢，所處號治。轉少府監，太子賓客，别職仍初〔三〕；遷左散騎常侍，兼右金吾大將軍：皆以選進，不專爲恩〔四〕。

〔一〕「士」下或無「大」字。

〔二〕「興」，或作「與」。「耆」，或作「嗜」，方云：「耆」，音指，致也。詩：「耆定爾功。」國語：「嗜其股肱，以從司馬。」今按：「耆」，或疑即「嗜」字，更詳之。〔補注〕陳景雲曰：「耆」「嗜」同，介甫葛度支墓銘「樂職嗜事」，正用韓文。

〔三〕「仍」，或作「如」。「初」，方從館杭本作「祔」。今按：「仍」即如也。「祔」字無理明甚；可以見閣杭本之謬矣。

〔四〕「專」下或有「於」字。

十一年秋，將以八月葬莊憲太后〔一〕。前一月壬申，以疾告薨，春秋四十有七。上罷朝二日，爲位以哭，贈工部尚書。十一月壬申，葬于萬年縣落女原〔二〕。夫人河南胡氏，號太原郡夫人。有子六人，女子一人。葬得日，公之姉壻京兆尹李翛〔三〕謂太子右庶子韓愈曰：「子以文常銘賢公卿〔四〕，今不可以辭。」應曰「諾」。而爲銘曰：

〔一〕元和十一年三月，太后崩；八月，葬豐陵。

〔二〕「落女」，或作「樂安」。

〔三〕或作「脩」，考舊史當作「翛」。

〔四〕「常」，或作「章」。

有蟜氏國，實出炎軒〔一〕；蜀塗莘摯〔二〕，正妃之門；孰豐其川，不羨其源。王氏周胄〔三〕，官封繼繼〔四〕；實生聖女，以母唐帝。公惟后季，天子吾甥〔五〕；卑躬慎德，不與寵横。方年未老，后哀猶新；如何不惠，而殞其身！刻文兹石，久載攸存〔六〕。

〔一〕按史記：軒轅黄帝娶西陵之女曰螺祖，爲黄帝正妃。生二子：曰元囂、曰昌意。元囂生蟜極。晉語云：「少典娶于有蟜氏，生黄帝炎帝。」「有蟜」，古之諸侯也。「蟜」，音喬，又音矯。

〔二〕史記：黄帝之子昌意娶蜀山氏之女，生高陽，有聖德，立爲帝，是爲顓帝。禹者，黄帝之玄孫、顓帝之孫也，娶塗山氏之女，生啓。書曰：「娶于塗山。」季歷娶太任，蓋摯國任氏之中女。詩曰：「摯仲氏任。」子昌立，是爲西伯。西伯曰文王，娶莘國之長女，曰太姒。詩曰：「命此文王，于周于京，纘女維莘。」列女傳：「湯妃，有莘氏之女，生仲任外丙。」又云：「太任，文王之母，摯仲氏之中女，王季娶以爲妃。」「摯」，音「至」。「莘」，一作「華」，非是。

〔三〕王氏，周靈王太子晉之後。

〔四〕上「繼」字，或作「相」，非是。

〔五〕「吾」，或作「其」，非是。

〔六〕「攸」，方作猶。今按文理當作「攸」。又上句已有「猶新」字，不應重出也。

曹成王碑

曹成王碑，造語法子雲也。退之性不喜書，然嘗云：「凡爲文詞，宜略識字。」如此碑中用「剜」「䌇」「鏺」「掀」「撇」「掇」「筴」「跐」等字是也。〔補注〕方苞曰：此韓碑之最詳者。然所詳特討希烈一事耳。自轉貳國子秘書以上，著宗蔭承王官之由也；行刺史事，試郡之由也；貶潮還衡，跌而復起之迹也；被召還襄，衰絰即戎之義也；討國良，則虚言其方略；討希烈，始實次其戰績，而不及其兵謀；末乃總括治行：案之，無一語可汰損者。曾國藩曰：貶潮與降良事小振，平李希烈事大振，凡叙事皆分大小爲主賓，驟看乃似直叙漫鋪。張裕釗曰：退之叙事文，簡嚴生動，一變東漢文格，後人無從追步；然直叙處多本東漢舊法，出退之手筆，便簡古不可及，却與東漢不同。於此能辨，則於叙事之法，思過半矣。

王姓李氏，諱皋，字子蘭，謚曰成。其先王明，以太宗子國曹；絶復封，傳五王至成王〔一〕。成王嗣封在玄宗世，蓋於時年十七八。紹爵三年而河南北兵作，天下震擾，王奉母太妃逃禍民伍，得間走蜀從天子〔二〕。天子念之，自都水使者拜左領軍衛將軍〔三〕，轉貳國子秘書〔四〕。

〔一〕永隆元年十月，明坐與太子賢通謀，降封零陵王，徙黔州，都督謝祐逼殺之。二子：俊，嗣王，南州別駕；傑爲黎國公。垂拱四年，並遇害。神龍初，以傑子胤爲嗣曹王，胤叔備自南州還，詔停胤封而封備。備卒開元十二年，復封胤。胤卒，子戢嗣，位左衛率府中郎將。子臯嗣，是爲成王。

〔二〕或無「得」字；或無「蜀從」二字。

〔三〕「衛」下或有「大」字。

〔四〕自都水監使者三遷至秘書少監。

王生十年而失先王〔一〕，哭泣哀悲，弔客不忍聞。喪除，痛刮磨豪習〔二〕，委己於學。稍長重知人情，急世之要，耻一不通。侍太妃從天子于蜀，既孝既忠；持官持身，内外斬斬〔三〕：由是朝廷滋欲試之於民。上元元年，除温州長史，行刺史事。江東新刳於兵〔四〕，郡旱飢，民交走死無弔〔五〕。王及州，不解衣，下令掊鎖擴門〔六〕，悉棄倉實與民，活數十萬人〔七〕。奏報，升秩少府〔八〕。與平袁賊〔九〕，仍徙秘書，兼州別駕，部告無事〔一〇〕。

〔一〕開元二十一年，父戢卒。

〔二〕「痛」下或有「自」字。

〔三〕「持身」，或作「將身」。「斬斬」，或作「漸漸」，非是。

〔四〕謂爲兵所剟割也。「剟」，空胡切。

〔五〕「交」，或作「皆」。今按：唐人語多用「交」字。如陸宣公奏議云：「交駭物聽」、「交下不存濟者」之類；意猶曰「即今」云爾。

〔六〕「掊」，音剖；「擴」，苦莫切。「擴」，一作「擴」。

〔七〕「活」下或有「者」字；或無「十」字。

〔八〕或無「報」字。「府」下或有「監」字。時大饑，有官粟數十萬斛，皋欲行賑救，掾吏叩頭乞候上旨；皋曰：「人日不再食，且死，安暇稟命？若我一身活數千人命，利莫大焉。」於是開倉盡散之。以擅貸之罪。飛章自劾。天子嘉之，答以優詔，就加少府監。

〔九〕寶應元年八月，台州人袁晁反，詔河南道副元帥李光弼討之。四月，晁平。「與」，及也。易繫辭：「其孰能與於此？」「與」，音預。〔補注〕方苞曰：後叙湖南江西戰績，故此第曰「與平袁賊」，一字不可增。

〔一〇〕「兼」，方作「處」，云：考舊傳合。今按：成王本以溫州長史行刺史事，今兩奏功而得處州別駕，又不行州事，則於地望事權皆爲左降矣：以事理推之，不應如此。疑方本誤，而諸本作「兼」者爲是：蓋以舊官仍兼本州別駕以寵之爾。下文又云「部告無事」，則謂溫州前此旱飢，而今始無事也。又云「還真于衡」，則是自行刺史事而爲真刺史也。其間不應復有處州一節明矣。舊史亦承集誤，不足爲據。〔補注〕沈欽韓曰：寰宇記：「大曆十四年改括州爲處州，避德宗諱。」循下文，楊炎相德宗正大曆十四年事，時曹王已貶潮州，則自溫遷衡，尚在代宗時，不得先爲處州，唐書誤。曾國藩曰：以上刺溫州。

遷真于衡〔一〕，法成令脩，治出張施〔二〕，聲生勢長〔三〕。觀察使噎媢不能出氣〔四〕，誣以過犯，御史助之〔五〕，貶潮州刺史。楊炎起道州相德宗，還王于衡〔六〕，以直前謾〔七〕。王之遭誣在理，念太妃老，將驚而戚〔八〕，出則囚服就辯，入則擁笏垂魚，坦坦施施〔九〕。即貶于潮，以遷入賀。及是然後跪謝告實。初，觀察使虐使將國良往戍界〔一〇〕，良以武岡叛，戍衆萬人〔一一〕。歛兵荆黔洪桂伐之。二年尤張，於是以王帥湖南〔一二〕，將五萬士，以討良爲事。王至則屏兵，投良以書，中其忌諱〔一三〕。良羞畏乞降，狐鼠進退〔一四〕。王即假爲使者，從一騎，踔五百里〔一五〕，抵良壁，鞭其門大呼：「我曹王，來受良降，良今安在？」良不得已，錯愕迎拜〔一六〕，盡降其軍。太妃薨〔一七〕，王棄部隨喪之河南葬，及荆，被詔責還〔一八〕。會梁崇義反，王遂不敢辭以還〔一九〕。升秩散騎常侍〔二〇〕。

〔一〕「真」，或作「鎮」。

〔二〕「施」，或作「弛」。

〔三〕上聲。

〔四〕時辛京杲爲湖南觀察使。「噎」，烏結切。「娼」，音墨、冒、寐三音。

〔五〕「助」，或作「勑」。

〔六〕或無「于」字。大曆十二年四月，貶吏部侍郎楊炎爲道州司馬。十四年五月，德宗即位。八月，召炎爲相。炎還皐于衡。

〔七〕或無「前」字。

〔八〕「理」，或作「治」。

〔九〕詩：「丘中有麻，將其來施。」注：「施，舒行也。」

〔一〇〕方云：閣杭蜀本「察使」下有「殘」字，而無「國」字。「將國良」，王國良也。馬大年所得柴氏善本無「殘」字，「良」下有「往」字，以「虐」字屬下句，云：「良不願往，而辛强使之也。」然按舊史云，「前使貪殘」，新史亦云「前帥貪虐，國良以富獲譴」，則馬説爲非是。國良只稱良，猶南霽雲只稱雲，李光顔只稱顔也。下文亦可並考。今按文勢，則馬説爲是。「虐使」亦古語，新史所載，疑亦以碑語料其如此耳。今從馬説。但「國良」初見，當全書二名，其後乃可單出；如霽雲光顔，亦先全書，後乃單出也。

〔一一〕「成」，或作「成」。

〔一二〕建中元年四月，以皐爲湖南觀察使。

〔一三〕〔補注〕沈欽韓曰：通鑑：臯遺良書言：「將軍非敢爲逆，欲救死耳；我與將軍俱爲辛京杲所構，我已蒙聖朝湔洗，何心復加兵刃於將軍乎？將軍遇我，不速降，後悔無及！」按良後入衛中禁，錫名維新。

〔一四〕「羞」，或作「爲」。「狐」，史作「首」。「鼠」，或作「疑」。

〔一五〕「踔」，勑教切。

〔一六〕「愕」，或作「迕」，方云：集韻「愕，逆各切，相遇驚也」。或作「還」，隸作「遻」，後漢寒朗傳「二人錯愕不能對」，新舊史亦謂「愕眙不敢動」，則此用「愕」字爲正。

〔一七〕〔補注〕沈欽韓曰：穆員太妃墓誌云：建中三年冬薨。

〔一八〕「責」，或作「遣」。

〔一九〕建中二年：臯丁母艱，奉喪至江陵。二月，山南東道節度使梁崇義反，乃授臯起復左衛大將軍，復還湖南。

〔二〇〕或無「常侍」字。〔補注〕曾國藩曰：以上刺衡州、遭誣受降、喪母三事。

明年，李希烈反〔一〕，遷御史大夫，授節帥江西以討希烈〔二〕。命至，王出止外舍，禁無以家事關我。裒兵大選江州，羣能著職〔三〕，王親教之搏力、勾卒、嬴越之法〔四〕，曹誅五畀〔五〕。艦步二萬人〔六〕，以與賊遌〔七〕。嘬鋒蔡山，踣之〔八〕，剜蘄之黄梅〔九〕，大鞣長平〔一〇〕，鏺廣濟〔一一〕，掀蘄春〔一二〕，撇蘄水〔一三〕，掇黄岡〔一四〕，筴漢陽〔一五〕，行跐汉川〔一六〕，還大膊蘄水界中〔一七〕，披安三縣，拔其州，斬僞刺史〔一八〕，標光之北山〔一九〕，𨂝隋光化〔二〇〕，掊其州〔二一〕，十抽一推〔二二〕，救兵州東北屬鄉，還開軍受降〔二三〕：大小之戰三十有二，取五州十九縣〔二四〕；民老幼婦女不驚〔二五〕，市買不變，田之果穀下無一迹〔二六〕。加銀青光禄大夫、工部尚書，改户部；再換節臨荆及襄〔二七〕，真食三百。王之在兵，天子西巡于梁〔二八〕，希烈北取汴鄭〔二九〕，東略宋，圍陳，西取汝，薄東都〔三〇〕；王坐南方北向，落其角距，賊死咋不能入寸尺，亡將卒十萬，盡輸其南州〔三一〕。

〔一〕或無「李」下四字。

〔二〕建中三年十月，淮寧軍節度使李希烈反，以臯爲江西觀察使，兼御史大夫。

〔三〕「江」，方作「洪」。「州」，或作「南」。方云：考新舊史皆作「洪」。今按：洪州即江西帥治所，若只大選洪州，乃是未曾出門一步，無足書者。選兵江州，蓋爲北向進討之勢，故其下文遂攻蘄州，道里亦便。史承集誤，不足據。當從諸本作「江」爲是。不然，則以「州」爲「南」，猶勝作「洪州」也。「著」，直略切。

〔四〕「摶」，新書作「團」，方作「摶」。「贏」，或作「嬴」。方云：樊澤之馬大年皆曰「作嬴」，非是。「嬴」謂秦也；「越」謂勾踐伐吳之兵法也。今按：「摶」，徒官切，團也；楚辭云：「圜果摶兮。」古字通用，而新書從今字也。然秦紀越語世家皆無「摶力勾卒」之文，不知諸家之説何所據。唯蘇氏古史見之，則恐或是反用此碑語也。「摶」，或疑是「竱」字，亦未有據。但「摶力」無理，其誤無疑耳。或疑杜牧之有「以力摶力」之語，然杜後出，韓公不當用其語也。今參考姚令威集注云：商子農戰篇：「凡治國者，患民之散不可摶也；是以聖人作一以摶之。」又曰「摶民力以待外事，然後患可以去，而王可致。」則「摶力」知其爲秦法也。左傳哀公十七年，「越子伐吴，吴子禦之笠澤，夾水而陣，越子爲左右勾卒。」杜預注云：「勾卒，鈎伍相著，别爲左右屯。」則「勾卒」知其爲越法也。〔補注〕吴汝綸曰：「嬴越」當是用兵之一法，説者以「摶力」爲秦法，「勾卒」爲越法，因曰「嬴越」，其説未安。新書云：「教以秦兵固力法」，亦誤讀此文也。

〔五〕「五」，或作「伍」。「畀」，或作「卑」。方云：「曹」「五」字，見馬融廣成頌「曹伍相保」是也。馬大年云：「『曹誅五畀』，敗則誅及其曹，有獲則分畀其伍。」樊澤之云：「『畀』凡數音。如字，賤也；音脾，償也；音俾，使也；音婢，形下大也；音班，水名。或云『音畀』，然集韻所無。」新書「皐自將五百人，教以秦兵團力法，聯其賞罰，弛張如一」，即約此碑語而爲文也。

〔六〕「艦」，禦敵船。釋名：「上下重板曰艦。」音檻。

〔七〕「遻」，吾故切，遇也。義見祭張員外文。

〔八〕「嘬」，謂一舉盡臠。禮記「無嘬炙」。「踣」，僵也。時希烈兵栅廣濟之蔡山，不可攻。皐聲言西取蘄州，引舟師泝流而上。賊聞，以羸師保栅，悉軍行江北，與臯直，西去蔡山三百餘里。臯遣步士悉登舟，順流而攻蔡山，拔之。「嘬」，楚快切。「踣」，蒲墨切。〔補注〕沈欽韓曰：蔡山在黄梅縣南五十里。見一統志。

〔九〕臯既拔蔡山，間一日，賊救至，遂大敗，乃取蘄州。降將李良又攻黄梅，殺賊將韓霜露。「黄梅」，蘄州縣名。「剜」，烏丸切。

〔一〇〕「鞣」，説文云：「耎也」。「長平」，地名。「鞣」，如又切；一音柔。

〔一一〕説文：「鏺，兩刃，木柄，可以刈草。」「廣濟」，蘄州縣名。「鏺」，普活切。

〔一二〕「掀」，舉也。「蘄春」，亦蘄州縣名。「掀」，音軒。

〔一三〕「撇」，擊也，選：「撇波而濟水。」「蘄水」亦蘄州縣名。「撇」，普滅切；或誤作「撤」。

〔一四〕「黄岡」，縣名，屬黄州。

〔一五〕廣韻：「筴，箸也。鋏箭具。」「漢陽」，縣名，屬沔州。「筴」，古業切，又音夾。〔補注〕沈欽韓曰：「筴」，周禮作「夾」，「射鳥氏職，矢在侯高，則以并夾取之。」注云：「并夾，鋏箭具也。」按：「鋏」，俗通鉗。

〔一六〕「跐」，蹋也。莊子：「跐黄泉而登大皇。」「汊川」，縣名，屬沔州今漢陽地。汊水岐流也。「跐」，音紫。「汊」，測駕切。「汊川」，一作「汶水」，非是。〔補注〕沈欽韓曰：地理志，漢陽府漢川縣，唐析漢陽縣置汊川縣，宋改曰漢川。

〔一七〕或無「中」字，左傳成二年：「殺而膊諸城上。」注：「膊，磔也。」音博，又音粕。

〔一八〕「拔」，或作「誅」，或作「株」。馬本作「詸」。左傳云：「又拔其邑。」「安三縣」，安州三縣也。「其州」，安州也。興元元年七月，皐遣伊慎王鍔將兵圍安州，州城阻溳水爲固，攻之，累不下；希烈遣甥劉戒虚以步騎八千援之，皐命李伯潛分師迎擊於應山，俘之；遂下安州；斬其刺史王嘉祥。

〔一九〕光州有光山縣，無北山，恐誤，「標」，匹遥切。

〔二〇〕「喈」，大食也。説文云：「歠也。」「隋」、「光化」，二縣名。並屬隋州。「喈」，他合切。〔補注〕沈欽韓曰：明史志「隋州東有光化廢縣」。此謂隋之光化縣，下云「梏其州」，方及隋縣。

〔二一〕「捁」，或作「梏」。廣成頌：「散毛族，捁羽羣。」李賢曰：「捁，古酷切，字从手，即古攪字。」

〔二二〕後山談叢云：「唐令，民二十成丁，以下爲推。宋次道云：『推者，稚也。避高宗諱而闕耳。』呂縉叔云：『推者，椎也。獨髻爲椎。蓋傳寫誤耳。』」唐人初不諱嫌名也，陳以呂説爲是。按：史記漢書陸賈傳有「魋結字」，注讀爲「椎髻」，故唐令以「椎」爲未冠之稱。此云「十抽一推」者，十椎而取其一以爲兵。即杜詩所謂無丁而選中男者也。然唐志但云「十六爲中」，而無「椎」字，會要亦然，未詳其説。〔補注〕沈欽韓曰：册府元龜廣德元年赦令「一户之中有三丁放一丁。」李翺楊於陵碑：「改京兆尹，請屬諸軍諸使，人置挾名勅，五丁者推兩丁屬軍，遞立節限，以便於治」。

〔二三〕「屬」，或作「厲」。〔補注〕陳景雲曰：「兵州」，文章正宗作「其州」爲是。蓋蒙上梏其州之文，謂隋州也。「屬」，方本作「厲」，與史合。舊史曹王臯令伊慎擊李希烈兵於隋州厲鄉大破之。漢地理志南陽隨縣下注：「厲鄉，故厲國。」隨縣在唐爲隋州。沈欽韓曰：通鑑興元元年，臯擊李希烈將康叔夜於厲鄉，走之。按：作「厲」是也。水經注：「溠水北出大義山，南至厲鄉西。」一統志：「大義山在隨州城東北五十里。」又：「厲山在隨州城北一百八十里。」明史志：「厲山下爲厲鄉。」漢志注：「隨，故厲國也。」

〔二四〕「五州」謂蘄黄安沔隋也。舊史云：「凡下州四，縣十七。」按地理志：蘄四縣，安六縣，黄三縣，隋四縣：凡十七縣。傳止書其取蘄安黄隋故云「四州十七縣」。公又書「沔州」，「漢陽」、「汊川」二縣，故云「五州十九縣」。「縣」下一有「之」字。

〔二五〕「民」下或有「之」字。

〔二六〕〔補注〕何焯曰：此段學左傳襄十八年圍齊文法，而變其語。

〔二七〕貞元元年四月，以臯爲荆南節度使；三年閏五月，以臯爲襄州刺史，山南東道節度使。〔補注〕沈欽韓曰：曹王爲山南東道節度，張東之有園圃在襄陽，王將市取之。馬彝諫曰：「漢陽有中興功，當百世共保，奈何使其子孫鬻乎？」王謝曰：「主吏失辭，以爲君羞，微君安得聞此言？」見事文類聚。

〔二八〕興元元年二月，車駕幸梁州。

〔二九〕建中四年十二月，希烈陷汴州。

〔三〇〕「薄」，或作「亳」，非是。

〔三一〕「亡」，或作「土」，非是。「咋」，仄革切；聲大也。〔補注〕姚鼐曰：叙功績總括要害，使當時情事豁然。許國公碑後段同法。永叔范文正碑自「公初坐貶」云云，同此機軸。曾國藩曰：以上帥江西討李希烈，而於帥荆襄事略之。

王始政於温，終政於襄，恒平物估，賤斂貴出，民用有經。一吏軌民，使令家聽户視，姦宄無所宿〔一〕。府中不聞急步疾呼。治民用兵，各有條次，世傳爲法。任馬彝、將慎、將鍔、將潛，偕盡其力能〔二〕。薨，贈右僕射〔三〕。元和初，以子道古在朝，更贈太子太師〔四〕。

〔一〕「一吏」，方從杭蜀本作「吏一」，云：「『一』當如『壹民而重威』之壹；『吏一軌民』，用吉日辰良體也。『使令』，疑衍一字。『宿』上或無『所』字，非是。」今按：方説「一」字是也，但因沈存中説「吉日辰良」一句，遂更不問是非，每有訛舛，悉以遷就。如此以「一吏」爲「吏一」，則無理之尤耳。「宄」，或作「冗」。

〔二〕「任」至「潛」九字，或作「任馬彝伊慎王鍔將」。方云：「潛，李伯潛也。時馬彝掌幕府，故不言將。」今從之。「偕盡其力能」，一作「偕能盡其功」。「偕」上或有「王」字。「其力」，方作「力其」，非是。今按：「能」字合在「盡」字上。〔補注〕沈欽韓曰：舊傳：皐至江西，集將吏而言曰：「嘗有功未申者別爲行，有策謀及器能堪佐軍者別爲行。」有裨將伊慎李伯潛皆自占，皐皆察其詞氣，驗其有功，悉補大將。擢王鍔委之中軍，以馬彝許孟容爲賓佐。

〔三〕貞元八年三月卒，贈右僕射。

〔四〕〔補注〕曾國藩曰：以上總叙治民用兵。

道古進士，司門郎〔一〕。刺利隨唐睦，徵爲少宗正，兼御史中丞，以節督黔中〔二〕。朝京師，改命觀察鄂岳蘄沔安黄〔三〕，提其師以伐蔡。且行泣曰：「先王討蔡，實取沔蘄安黄〔四〕，寄惠未亡〔五〕；今余亦受命有事于蔡〔六〕，而四州適在吾封〔七〕，庶其有集。先王薨於今二十五年，吾昆弟在〔八〕，而墓碑不刻無文，其實有待，子無用辭！」乃序而詩之〔九〕，辭曰：

〔一〕貞元五年，道古登第，憲宗即位，以道古爲司門員外郎。「進士」上或有「中」字；下或有「第遷」字。

〔二〕元和八年十月，自宗正卿除御史中丞，充黔中觀察使。

〔三〕元和十一年，道古自黔中朝京師，以爲六州都團練觀察使。

〔四〕〔補注〕方苞曰：即所輸南州。

〔五〕「寄」，或作「其」。
〔六〕「受」，或作「授」。
〔七〕「州」，或作「邑」，「四州」謂沔蘄安黄。
〔八〕臯三子：象古道古復古。
〔九〕「詩」，或作「請」；或無「之」字：皆非是。

太支十三，曹於弟季〔一〕；或亡或微，曹始就事〔二〕。曹之祖王，畏塞絶遷〔三〕。零王黎公，不聞僅存〔四〕；子父易封，三王守名〔五〕。延延百載，以有成王。成王之作，一自其躬；文被明章，武薦畯功。蘇枯弱彊，齦其姦猖〔六〕；以報于宗，以昭于王〔七〕。王亦有子〔八〕，處王之所，唯舊之視；蹶蹶陛陛〔九〕，實取實似，刻詩其碑，爲示無止。

〔一〕「弟」，或作「第」。
〔二〕「微」，或作「徵」，二「或」字並作「既」，或無下一句。曹始封於貞觀二十一年，時太宗十三子：三早卒，二貶死，泰與愔亦皆遷降也。
〔三〕「曹」，方作「明」。宋景文云：「豈有爲人作銘而名其祖者？當作曹。」方云：「明坐太子賢事，降零陵王，徙黔州，都督謝祐逼殺之。」今按：銘文四字，未詳其義。疑「畏」如「畏厭溺」

之「畏」，「塞」如「其行塞」之「塞」：言見殺於閉塞之中，而封絶於遷謫之時也。方說近是。而別圖云「明徙黔州都督」；則不知明但徙黔州，而爲都督所殺，遂誤以「都督」屬上句也。

〔四〕按：新史：明子俊嗣王，傑黎國公，皆爲武后所殺。

〔五〕按史，中宗神龍初，以傑子胤爲嗣曹王，後明少子備自南還，詔停胤而封備；備薨，復封胤：所謂「子父易封」也。胤薨，子戢嗣，自備至戢，所謂「三王守名」也。

〔六〕「蘇枯弱彊」，或作「吹枯蘇僵」。廣韻云：「齦，齧也。」音懇。

〔七〕或無此一句。

〔八〕或云：語下脱一句。按：公爲銘，不必盡偶句用韻，劉昌裔、王仲舒碑可見。今按：劉碑脱句，前已論之，不可爲法。王碑雖可爲例，然彼文從韻協，無可疑者；而此篇下文亦不可曉，不知其果然否耳。

〔九〕「蹶」，居衞切。詩「良士蹶蹶」，下「陛」字，方作「陛」，云：「陛陛」，猶階而升也。今按：方說無理。作「陛陛」則韻協，故且從之。然其義亦不可曉。大抵此篇多不可曉，今姑闕之。〔補注〕沈欽韓曰：「陛」當爲「暨」。玉藻：「戎容暨暨。」

息國夫人墓誌銘

其曰「葬河南河陽」，「以其事乞銘於其鄰韓愈」，則李欒實河南人耳。欒無傳。

貞元十五年，靈州節度使御史大夫李公諱欒〔一〕，守邊有勞，詔曰：「欒妻何氏可封息國夫人。」元和二年，李公入爲户部尚書，薨，夫人遂專家政。公之男五人，女二人，而何氏出者二男一女。夫人教養嫁娶如一，雖門内親戚不覺有纖毫薄厚。御僮使〔二〕，治居第生產，皆有條序。居卑尊間〔三〕，無不順適。命服在躬，承祀孔時。年若干，元和七年甲子日南至，以疾卒。明年八月庚寅，葬河南河陽。

〔一〕貞元九年十二月，靈州節度使杜希全卒。十年正月，以本軍行軍司馬李欒爲留後。十一年五月，以欒爲節度使。

〔二〕「僮」下或有「僕」字，非是。

〔三〕「卑尊」，或作「尊卑」。

夫人曾祖某，綏州刺史；祖某，潞州别駕；父某，晉州録事參軍。二男：戡，左威衛倉曹參軍〔一〕；成，左清道率府録事參軍。戡强以肅，成敏以和〔二〕。女子嫁興元參軍鄭博古。將葬，戡與成以其事乞銘於其鄰韓愈。愈乃爲銘曰：

〔一〕「倉」或作「胄」。

〔二〕或無「戡」下八字。

男主外事〔一〕，治不爲易；施于其家，難甚吏治〔二〕。又況公族，族大而貴；夫人是專，厥聲惟懿。昔在貞元，有錫自天〔三〕；啓封備服，以疇時勳〔四〕。婉婉夫人，有籍宫門〔五〕；克承其後，以嫁以婚。隨葬東土，在河之陽；遥望公墳，而不同藏。

〔一〕「主」，或作「女」，非是。

〔二〕「難甚」，或作「甚難」，非是。

〔三〕「錫」，或作「息」，方云：「蓋以國封言之」，非也。

〔四〕「時」，或作「以」。

〔五〕〔補注〕沈欽韓曰：漢書佞幸傳「詔令董賢妻得引籍殿中」，此言得宴朝宫中也。

試大理評事王君墓誌銘

王荆公云：退之善爲銘，如王適張徹銘尤奇也。〔補注〕茅坤曰：澹宕多奇。曾國藩曰：以蔡伯喈碑文律之，此等已失古意。然能者游戲，無所不可；末流效之，乃墮惡趣矣。

君諱適，姓王氏。好讀書，懷奇負氣，不肯隨人後舉選。見功業有道路可指取，有名節可以戾契致〔一〕，困於無資地，不能自出，乃以干諸公貴人，借助聲勢。諸公貴人既志得，皆樂熟軟媚耳目者，不喜聞生語，一見輒戒門以絶〔二〕。上初即位〔三〕，以四科募天下士〔四〕。君笑曰：「此非吾時邪！」即提所作書，緣道歌吟，趨直言試。既至，對語驚人，不中第，益困〔五〕。

〔一〕「取」下「有」字或作「而」；或本無之。「戾」，力結切。「契」，詰結切；字本作「奊」，通俗文曰：「奊，多節目謂之奊奊。」方言作「謑詬」，賈誼傳「奊詬亡節」。今按：「取」下「有」字當屬上句，言功業可指取而有之，名節可以戾契而致之也；不然則當作「而」。〔補注〕沈欽韓曰：「契」，讀如鍥。淮南齊俗訓：「越人契臂。」與「鍥」字同。「戾」，亦與「⿰戾刂」同。集韻：「⿰戾刂，割也。」言名節可以刻劃致之也。

〔二〕「門」下或無「以」字。

〔三〕謂憲宗。

〔四〕元和元年四月，試博通墳典達於教化科、才識兼茂明於體用科、達於吏理可使從政科、軍謀宏遠堪任將帥科。

〔五〕〔補注〕曾國藩曰：以上所如不遇。

久之，聞金吾李將軍年少喜士〔一〕，可撼。乃蹐門告曰〔二〕：「天下奇男子王適願見將軍白事。」一見語合意，往來門下。盧從史既節度昭義軍，張甚〔三〕，奴視法度士，欲聞無顧忌大語；有以君生平告者，即遣客鉤致。君曰：「狂子不足以共事。」立謝客。李將軍由是待益厚，奏爲其衛胄曹參軍，充引駕仗判官，盡用其言。將軍遷帥鳳翔〔四〕，君隨往。改試大理評事，攝監察御史觀察判官。櫛垢爬痒，民獲蘇醒〔五〕。

〔一〕李惟簡，憲宗時爲金吾衛大將軍。「年少」，上或有「惟簡」字，或無「年」字。「士」或作「事」。

〔二〕「蹐」，或作「踏」。

〔三〕「張」，去聲。

〔四〕元和六年五月，以惟簡爲鳳翔隴州節度使。

〔五〕〔補注〕曾國藩曰：以上從李將軍。

居歲餘，如有所不樂。一旦載妻子入閿鄉南山不顧〔一〕。中書舍人王涯、獨孤郁，吏部郎中張惟素，比部郎中韓愈〔二〕日發書問訊，顧不可强起，不即薦。明年九月，疾病〔三〕，輿醫京師，其月某日卒，年四十四。十一月某日，即葬京城西南長安縣界中。曾祖爽，洪州武寧令；祖微，右衛騎曹參軍；父嵩蘇州崑山丞。妻上谷侯氏處士高女〔四〕。

〔一〕弘農湖縣有閿鄉，汝南西平有閿亭。前漢：「以湖閿鄉邪里聚爲戻園。」注云：「『閿』字本從

『旻』，其後轉訛，誤作『門』中『受』耳。」「閿」，音聞。

〔二〕「比」上或有「太史」字。

〔三〕或無「疾」字。

〔四〕或無「高女」二字，非是。今按：侯高事見李翺文集。〔補注〕曾國藩曰：以上卒葬及家世。

高固奇士，自方阿衡、太師，世莫能用吾言，再試吏，再怒去，發狂投江水〔一〕。初，處士將嫁其女，懲曰：「吾以齟齬窮〔二〕，一女憐之，必嫁官人；不以與凡子。」君曰：「吾求婦氏久矣，唯此翁可人意；且聞其女賢，不可以失。」即謾謂媒嫗：「吾明經及第，且選，即官人。侯翁女幸嫁，若能令翁許我，請進百金爲嫗謝。」諾許，白翁〔三〕。翁曰：「誠官人邪？取文書來！」君計窮吐實。嫗曰：「無苦，翁大人，不疑人欺我〔四〕，得一卷書粗若告身者，我袖以往，翁見未必取眎，幸而聽我。」行其謀〔五〕。翁望見文書銜袖〔六〕，果信不疑，曰：「足矣！」以女與王氏〔七〕。生三子，一男二女。男三歲夭死，長女嫁亳州永城尉姚挺，其季始十歲，銘曰：

〔一〕〔補注〕沈欽韓曰：李翺處士侯君墓誌不言投江水，諱其事也。

〔二〕「窮」下或有「瘁」字。

〔三〕「諾許」，或作「許諾」。

〔四〕「大」，或作「丈」。
〔五〕「行」，或作「施」。
〔六〕「袖」，或作「軸」。
〔七〕〔補注〕曾國藩曰：通首寫奇崛疏狂之態，皆因此事而引伸之。

鼎也不可以柱車，馬也不可使守閭〔一〕。佩玉長裾〔二〕，不利走趨。祇繫其逢，不繫巧愚。不諧其須〔三〕。有銜不祛。鑽石埋辭，以列幽墟。

〔一〕淮南子：「柱不可以摘齒，筐不可以持屋，馬不可以服重，牛不可以追速。」公取此意。
〔二〕「長」，或作「曳」。
〔三〕「須」，或作「願」，非是。

扶風郡夫人墓誌銘

夫人，馬暢之妻。

夫人姓盧氏，范陽人，亳州城父丞序之孫，吉州刺史徹之女。嫁扶風馬氏，爲司徒侍中莊武王之冢婦〔一〕，少府監西平郡王贈工部尚書之夫人〔二〕。

〔一〕馬遂字洵美，貞元三年拜司徒侍中；十一年薨，贈太傅，謚莊武。〔補注〕「王」，原本作「公」，據別本校正。

〔二〕遂二子：彙、暢。暢，元和五年終少府監，贈工部尚書。

初，司徒與其配陳國夫人元氏惟宗廟之尊重，繼序之不易〔一〕，賢其子之才，求婦之可與齊者。内外親戚曰〔二〕：「盧某舊門，承守不失其初，其子女聞教訓，有幽閒之德，爲公子擇婦，宜莫如盧氏。」媒者曰「然」；卜者曰「祥」。夫人適年若干〔三〕，入門而媪御皆喜，既饋而公姑交賀。克受成福，母有多子。爲婦爲母，莫不法式〔四〕。天資仁恕，左右媵侍常蒙假與顏色，人人莫不自在，杖婢使數未嘗過二三，雖有不懌〔五〕，未嘗見聲氣。

〔一〕「序」或作「緒」。

〔二〕「親」下或有「戚」字。

〔三〕「若干」，或作「十四」。

〔四〕〔補注〕曾國藩曰：金石之文，造句正軌。

〔五〕「雖」下或無「有」字。

元和五年，尚書薨，夫人哭泣成疾。後二年亦薨。年四十有六。九年正月癸酉，祔于其夫之封。長子殿中丞繼祖，孝友以類〔一〕。葬有日，言曰：「吾父友惟韓丈人視諸孤，其往乞銘。」以其狀來，愈讀，曰：「嘗聞乃公言然，吾宜銘。」銘曰：

〔一〕「子」下諸本有「敖」字，或作「穀」，或作「教」。晁本作「長子繼祖殿中丞，孝友嗣類」。本或「孝友」上有「承考」二字。方云：此碑謂少府監者，馬暢也。暢子繼祖，公嘗誌其墓。新舊傳：暢只有此一子。世系表，燧之子彙暢。彙子赦剔；暢子亦只有繼祖。豈繼祖先名敖邪？或「敖」字當删。今按：馬少監墓誌云：「君諱繼祖」，則方説得之。仍當更從晁本删「敖」字，但以其兄弟連名考之，則又疑作「敖」爲是。而其下或有「承考」二字者，乃言敖能繼北平承少傅而孝友似之也。少監志云：「諱繼祖」，或是反用此志誤本補足，而世系表又承集誤。然不可考，始從晁本，而并著其所疑如此云。〔補注〕陳景雲曰：繼祖乃德宗賜名，事見李肇國史補。

陰幽坤從，維德之恒〔一〕；出爲辨强，乃匪婦能。淑哉夫人，夙有多譽；來嬪大家，不介母父〔二〕。有事賓祭，酒食祇飭；協于尊章，畏我侍側〔三〕。及嗣内事，亦莫有施；齊其躬心，小大順之。夫先其歸，其室有丘〔四〕；合葬有銘，壼彝是收〔五〕。

〔一〕「恒」胡登切。
〔二〕或作「父母」。
〔三〕「章」，或作「卑」。漢書廣川王傳：「背尊章。」顏注：「猶言舅姑也。」作「卑」非是。「畏我侍側」，此句未詳。「畏我」，或作「我之」，亦未安。或疑「畏」當作「慰」。
〔四〕「夫先其歸」，或作「不失其歸」，或作「夫其先歸」。今按：下文有「合葬」字，作「夫先」爲是。「其室」，或作「有室」。
〔五〕「壼」，苦本切，宮中道。詩「室家之壼」。

殿中侍御史李君墓誌銘

殿中侍御史李君名虚中，字常容。其十一世祖沖，貴顯拓拔世〔一〕。父惲，河南温縣尉，娶陳留太守薛江童女，生六子，君最後生，愛於其父母。年少長〔二〕，喜學；學無所不通，最深於五行書〔三〕。以人之始生年月日所直日辰支干相生勝衰死王相〔四〕，斟酌推人壽夭貴賤利不利；輒先處其年時，百不失一二。其説汪洋奥美〔五〕，關節開解，萬端千緒，參錯重出。學者就傳其法，初若可取，卒然失之〔六〕。星官曆翁莫能與其校得失。

〔一〕舊注云：據元和姓纂，虚中乃沖八世孫。
〔二〕「少」，或作「以」，或無「少」字。
〔三〕今世有李虚中命書。
〔四〕「王相」，或作「相王」，並去聲讀。
〔五〕「美」，或作「義」。
〔六〕「卒」，子忽切。

進士及第〔一〕，試書判入等，補秘書正字〔二〕，母喪去官。卒喪，選補太子校書。河南尹奏疏授伊闕尉，佐水陸運事〔三〕。故宰相鄭公餘慶繼尹河南，以公爲運佐如初〔四〕。宰相武公元衡之出劍南〔五〕，奏奪爲觀察推官，授監察御史〔六〕。未幾，御史臺疏言行能高，不宜用外府，即詔爲真御史。半歲，分部東都臺，遷殿中侍御史。元和八年四月，詔徵，既至，宰相欲白以爲起居舍人。經一月，疽發背，六月乙酉卒，年五十二。其年十月戊申，葬河南洛陽縣，距其祖澠池令府君僑墓十里〔七〕。

〔一〕貞元十一年，虚中登第。
〔二〕「秘書」下或有「省」字。
〔三〕貞元十六年九月，以張式爲河南尹、水陸轉運使，奏虚中爲佐。

〔四〕元和元年十一月，以故相鄭餘慶代式。

〔五〕元和二年十月，以宰相武元衡爲西川節度使。

〔六〕今諸葛武侯碑陰，元和四年二月二十九日題名，有「觀察使推官監察御史裏行李虛中」在焉。其碑裴度時爲元衡書記所作。

〔七〕澠池，縣名。史記：秦王與趙王飲于澠池。「澠」，音泯。

君昆弟六人，先君而殁者四人。其一人嘗爲鄭之滎澤尉〔一〕，信道士長生不死之説，既去官，絶不營人事；故四門之寡妻孤孩，與滎澤之妻子，衣食百須，皆由君出。自初爲伊闕尉，佐河南水陸運使，换兩使，經七年不去；所以爲供給教養者。及由蜀來，輩類御史皆樂在朝廷進取；君獨念寡稚，求分司東出。嗚呼，其仁哉！

〔一〕「嘗」，或作「常」，非是。

君亦好道士説，於蜀得秘方，能以水銀爲黄金，服之冀果不死。將疾，謂其友衛中行大受、韓愈退之〔一〕曰：「吾夢大山裂，流出赤黄物如金。左人曰，是所謂大還者，今三矣。」〔二〕君既殁，愈追占其夢曰：「山者艮，艮爲背，裂而流赤黄，疽象也。大還者，大歸也。其告之矣。」〔三〕

〔一〕「謂」或作「爲」，非是。
〔二〕「三」下或有「年」字。
〔三〕〔補注〕曾國藩曰：叙占夢事，與前叙推算事，首尾兩相映發。何焯曰：深於五行，百不失一二；乃信道士説，妄冀大還，卒以疽死：所以深著學仙服食之愚也。

妻范陽盧氏，鄭滑節度使兼御史大夫羣之女〔一〕。與君合德，親戚無退一言〔二〕。男三人：長曰初，協律〔三〕；次曰彪；其幼曰還，適三歲。女子九人。銘曰：

〔一〕羣字戴初，范陽人。貞元十六年四月，爲義成節度使。
〔二〕「退一」或作「一退」，或疑「無」字在「退」下。
〔三〕或無「協」字，或疑「律」下有「郎」字。

不羸其躬，以尚其後人〔一〕。

〔一〕「羸」，或作「嬴」。獨孤郁墓銘曰：「年再不羸，惟後之成。」義同此也。

唐故朝散大夫商州刺史除名徙封州董府君墓誌銘

董溪，即晉之子也，史附晉傳，謂討王承宗，爲行營糧料使，坐盜軍資流封州；至長沙，賜死。誌不詳其事，止曰死湘中，諱之也。公詩有送董溪壻陸暢云：「我實門下士，力薄蚋與蚊；受恩不即報，永負湘中墳。」謂溪流封州死湘中也。公嘗佐董晉幕中，觀其銘辭，意在言外，既微而顯，誠太史氏之筆哉。〔補注〕劉大櫆曰：韓公琢句鍊字，務在獨造出奇，以警人爲能。董溪房啓石洪獨孤郁數篇，約略相似。

公諱溪，字惟深，丞相贈太師隴西恭惠公第二子〔一〕。十九歲明兩經，獲第有司〔二〕。沈厚精敏，未嘗有子弟之過。賓接門下，推舉人士，侍側無虛口；退而見其人，淡若與之無情者。太師賢而愛之，父子間自爲知己，諸子雖賢，莫敢望之。太師之累踐大官〔三〕，臻宰相，致平治，終始以禮，號稱名臣；晨昏之助，蓋有賴云。太師平汴州〔四〕，年考益高，挈持維綱，鋤削荒纇〔五〕，納之大和而已；其囊篋細碎無遺漏，繄公之功。上介尚書左僕射陸公長源〔六〕，齒差太師，標望絶人，聞其所爲，每稱舉以戒其子。楊凝孟叔度以材德顯名朝廷〔七〕，及來佐幕府〔八〕，詣門請交，屏所挾爲〔九〕。

〔一〕隴西公，董晉也。生四子：全道全溪全素全澥。溪即全溪也。

〔二〕〔補注〕沈欽韓曰：唐六典：凡貢舉人通二經以上者爲明經。

〔三〕「大」，或作「久」，非是。

〔四〕「師」下或無「之」字。

〔五〕「纇」，絲節。淮南子：「明月之珠，不能無纇。」音耒。「纇」或作「頑」。
〔六〕長源字泳之。是歲八月，自前汝州刺史爲宣武行軍司馬。
〔七〕或作「於朝」。
〔八〕「佐」，或作「往」。凝自左司郎中爲檢校吏部郎中、觀察判官；叔度自殿中侍御史爲檢校金部員外郎、度支判官。
〔九〕或作「屏棄所挾」。

太師薨〔一〕，始以秘書郎選參軍京兆府法曹〔二〕，日伏階下，與大尹争是非，大尹屢黜己見〔三〕。歲中奏爲司録參軍，與一府政〔四〕。以能拜尚書度支員外郎，遷倉部郎中、萬年令。兵誅恒州〔五〕，改度支郎中，攝御史中丞，爲糧料使〔六〕。兵罷〔七〕，遷商州刺史。糧料吏有忿争相牽告者，事及於公，因徵下御史獄〔八〕。公不與吏辨，一皆引伏，受垢除名，徙封州。元和六年五月十二日死湘中，年四十九〔九〕。明年，立皇太子，有赦令許歸葬〔一〇〕。其子居中始奉喪歸，元和八年十一月甲寅，葬于河南河南縣萬安山下太師墓左，夫人鄭氏祔。

〔一〕貞元十五年二月，晉卒。
〔二〕「選」，或作「遷」。

〔三〕「大」，或並作「太」。

〔四〕「與」，音預。〔補注〕沈欽韓曰：京兆司録參軍，蓋當古之五官掾及公府之西曹，總録諸曹者也。

〔五〕成德軍也。

〔六〕元和四年十月，以神策軍中尉吐突承璀爲鎮州行營招討處置使，征王承宗。以溪及于皋謨爲東道行營糧料使。

〔七〕元和五年七月赦承宗。

〔八〕「因」，方作「顯」，云：「漢書韓安國傳：『由此顯結於漢』，當用此義。」今按：此召對獄耳。與方所引者不類，當只作「因」。

〔九〕「州」下方本無年月日，但於「湘中」下云：「年若干」，今以晁本定。按唐書「元和七年，立遂王爲太子」，亦與下文相應。二月，糧料吏有忿争相告言。五月，溪、皋謨皆坐贓數千緡。敕貸死，流皋謨春州，溪封州；行至潭州，並遣中使賜死。權德輿傳亦云：「董溪、于皋謨以運糧使盜軍資，流嶺南。憲宗悔其輕，詔中使半道殺之。」〔補注〕沈欽韓曰：銘誌之體，曰「薨」、曰「卒」、其曰「死」者，則非命之正矣。與張圓死於汴城同一例。

〔一〇〕元和七年七月，立遂王宥爲太子，大赦天下。〔補注〕何焯曰：左降官死，亦必遇赦而後歸葬。李道古墓誌可參考。

公凡再娶，皆鄭氏女。生六子，四男二女。長曰全正，惠而早死。次曰居中，好學善爲詩，張籍稱之。次曰從直〔一〕、曰居敬，尚小。長女嫁吴郡陸暢；其季女，後夫人之子。公之母弟全素孝慈友弟，公坐事，棄同官令歸。公殁比葬三年，哭泣如始喪者。大臣高其行，白爲太子舍人。將葬〔二〕，舍人與其季弟澥問銘於太史氏韓愈〔三〕。愈則爲之銘。辭曰：

〔一〕「直」下或有「次」字。

〔二〕「將葬」下，方有「中」字，云：「以上文考之，無者爲是。然世系表：『全素，太子中書舍人。』通典：『中舍一云中書舍人』，又安知全素不自舍人遷中舍邪？」今按：「中」字有，則前後皆當有；無則皆當無。不應前無而後有也。審如方説，此志亦必是未遷時作，況它本自有無「中」字者。今姑從之。不必曲爲之説也。〔補注〕沈欽韓曰：太子舍人與中書舍人官階懸絶，何容并稱？此世系表之謬耳。

〔三〕元和八年正月，公爲比部郎中，史館修撰。

物以久弊，或以轢毁〔一〕；考致要歸，孰有彼此。由我者吾，不我者天；斯而以然，其誰使然？

〔一〕「轢」音櫪。〔補注〕方苞曰：「轢毁」，謂死於非命也。以法死，於誌諱之；而於銘著其實。曰：「不我者天」，豈溪之獄尚有枉橈耶？

貞曜先生墓誌銘〔一〕

唐元和九年，歲在甲午八月己亥〔二〕，貞曜先生孟氏卒。無子，其配鄭氏以告，愈走位哭〔三〕，且召張籍會哭。明日使以錢如東都供葬事，諸嘗與往來者〔四〕咸來哭弔韓氏〔五〕，遂以書告興元尹故相餘慶〔六〕。閏月〔七〕，樊宗師使來弔，告葬期〔八〕，徵銘〔九〕。愈哭曰：「嗚呼，吾尚忍銘吾友也夫！」興元人以幣如孟氏賻〔一〇〕，且來商家事〔一一〕；樊子使來速銘，曰：「不則無以掩諸幽。」乃序而銘之〔一二〕。

〔一〕「先生」，孟郊也。湖州武康人。以詩名，唐人謂「孟詩韓筆」，故公誌及銘皆以詩稱之。〔補注〕姚範曰：公與楊生書稱「平昌孟東野」。唐志：「德州有平昌縣。」新書孟簡傳：「德州平昌人。」

〔二〕「己」或作「乙」。考唐曆，是月無乙亥也。

〔三〕「走」，或作「赴」。「位」，或作「泣」。〔補注〕沈欽韓曰：此乃韓公設朋友之位而受人弔也。

〔四〕「嘗」，或作「常」。

〔五〕〔補注〕何焯曰：「哭弔韓氏」，檀弓所謂「吾哭諸賜氏也」。方苞曰：伯高之喪，孔子使子貢爲之主；故退之得受哭弔。

〔六〕元和元年三月，以故相鄭餘慶爲山南西道節度使。

〔七〕是歲閏八月。

〔八〕時宗師自太子舍人持母喪在東都。

〔九〕「銘」下或有「於愈」字。

〔一〇〕「人」，或作「尹」。

〔一一〕「家事」，謂孟郊家事。公集有與鄭餘慶書云：「再奉示問，皆緣孟家事。」又云：「樊宗師在東都經營孟家事，不啻如己。」其言大抵與此誌合。

〔一二〕〔補注〕曾國藩曰：以上敍弔賻雜事。

先生諱郊，字東野。父庭玢〔一〕，娶裴氏女，而選爲崑山尉，生先生及二季酆郢而卒。先生生六七年〔二〕，端序則見〔三〕，長而愈騫，涵而揉之〔四〕，内外完好，色夷氣清，可畏而親。及其爲詩，劌目鉥心〔五〕，刃迎縷解〔六〕，鉤章棘句，掐擢胃腎〔七〕，神施鬼設，間見層出。唯其大翫於詞而與世抹摋〔八〕，人皆劫劫，我獨有餘〔九〕。有以後時開先生者；曰〔一〇〕：「吾既擠而與之矣〔一一〕，其猶足存邪！」〔一二〕

〔一〕「玢」，音彬。

〔二〕天寶十載，郊生。

〔三〕「則見」，或作「有法」。

〔四〕「之」，或作「足」。

〔五〕「劌」，利傷也。荀子不苟篇「廉而不劌」。「銶」，長針也。說文：「橥，鍼也。」「劌」，居衛切。「銶」，時橘切。

〔六〕「刃」，或作「物」。

〔七〕「胃胥」，或作「皆盡」。「掐」，音淊；掐搯也。廣韻引周書「師乃掐搯」。

〔八〕或作「採掇」，從閣杭南唐本，云：字林：「抹摋，掃滅也。」漢谷永傳：「末殺災異。」

〔九〕〔補注〕何焯曰：言其翫詞而抹摋名利，故人所儆逐者，處之裕如。

〔一〇〕「開」，或作「聞」。

〔一一〕「擠」，或作「儕」。

〔一二〕〔補注〕何焯曰：是我所棄以讓人者，不足爭先也。曾國藩曰：以上敘人與詩。

年幾五十，始以尊夫人之命來集京師〔一〕，從進士試，既得，即去〔二〕。間四年，又命來選，爲溧陽尉〔三〕，迎侍溧上〔四〕。去尉二年，而故相鄭公尹河南，奏爲水陸運從事〔五〕，試協律郎。親拜其母於門内〔六〕。母卒五年，而鄭公以節領興元軍〔七〕，奏爲其軍參謀，試大理評事〔八〕。

〔一〕〔補注〕沈欽韓曰：「尊夫人」，猶言家尊也。文苑英華獨孤良弼路公碑云：「年八歲，丁尊夫人艱。」

〔二〕貞元十二年吕渭知舉，郊登第，年五十四。

〔三〕「又」下或有「以」字。「溧」，音栗。

〔四〕陸龜蒙曰：溧陽有投金瀨、平陵城，林薄蒙翳，下有積水，郊閒往坐水旁，裴回賦詩，而曹務多廢。令白府以假尉代之，分其半俸。

〔五〕「陸」下或有「轉」字。元和元年十一月，以鄭餘慶爲河南尹、水陸轉運使。李翺分司洛中，與郊善，薦之餘慶，以爲判官。

〔六〕或無「内」字。

〔七〕元和九年三月，以餘慶爲興元尹。

〔八〕〔補注〕方苞曰：於當官無一語贊美，位卑職散，不足言也。曾國藩曰：以上科第官階。

挈其妻行之興元〔一〕，次于閿鄉〔二〕，暴疾卒，年六十四。買棺以斂，以二人輿歸。酆郢皆在江南〔三〕，十月庚申，樊子合凡贈賻而葬之洛陽東其先人墓左〔四〕，以餘財附其家而供祀〔五〕。將葬，張籍曰：先生揭德振華，於古有光〔六〕，賢者故事有易名，況士哉〔七〕？如曰「貞曜先生」，則姓名字行有載，不待講説而明〔八〕。皆曰「然」。遂用之〔九〕。

〔一〕或無「之興元」字。

〔二〕「閔」，音閔。詳見大理評事王君墓誌。

〔三〕鄮郢家湖州武康縣，湖屬江南。

〔四〕樊子，樊宗師。

〔五〕或無「而供祀」字，有「以俟」字；或無「供祀」字，有「俟」字。

〔六〕或無「古有光」字。

〔七〕杭本無「賢者」下十字。〔補注〕姚範曰：賢者雖無位於時，尚有私謚；而東野以進士從事幕府得官，蓋亦上士之列矣。

〔八〕「待」，或作「從」，非是。

〔九〕〔補注〕曾國藩曰：以上死葬私謚。

初，先生所與俱學同姓簡〔一〕，於世次爲叔父，由給事中觀察浙東〔二〕，曰：「生吾不能舉，死吾知恤其家。」〔三〕銘曰：

〔一〕簡字幾道。

〔二〕元和九年九月，簡自給事中爲浙東觀察使。

〔三〕〔補注〕沈欽韓曰：此亦諷辭，上言賻財，不及孟簡。方苞曰：前後載朋友哀感賻恤，中間志其高才而窮，故末用閒語總結通篇。與藍田丞廳壁記樊宗師志同法。曾國藩曰：以上補叙孟簡。

於戲貞曜！維執不猗，維出不訾〔一〕；維卒不施，以昌其詩〔二〕。

〔一〕或無「戲」字。「執」或作「持」。或無「維執不猗」一句，或此句在「維出不訾」之下。「訾」凡數義，集韻云：「思也，毁也，思不稱意也。」惟前漢書「訾」讀與「貲」同。顏師古注：「多財也」。若曰「不貲」，則貧也。「猗」亦二義：詩那云「猗歟」，歎辭也；節南山云「有實其猗」，鄭氏注「倚也」；若曰「不猗」，則無所倚也。東野以貧出仕，而中立不倚，卒至於無所施爲，止用昌其詩，銘意如是而已。〔補注〕姚範曰：「猗」，當讀欹。何焯曰：齊語「訾相其質」，韋昭注：「訾，量也。」「不訾」，蓋不可量也。按：此言其執持於内者，正所謂「貞」也；其表見於外者不可量，所謂「曜」也。惟其無所遇，故獨「以昌其詩」耳。

〔二〕蘇子瞻嘗舉此以問王定國：當昌其身耶，昌其詩也？來詩下語不契，作詩答之；有云：「昌身如飽腹，飽盡還腹飢，昌詩如膏面，爲人作容姿。不如昌其氣，鬱鬱老不衰。雖云老不衰，却懷安所之。不如昌其志，志一氣自隨。養之塞天地，孟軻不吾欺。」公謂東野「昌其詩」，而東坡乃云「不如昌其志」，蓋蘇嘗讀東野詩，有「未足當韓豪」之句，不爲所取也。

唐故秘書少監贈絳州刺史獨孤府君墓誌銘

獨孤郁有傳，事多出此誌。

君諱郁，字古風，河南人〔一〕。常州刺史贈禮部侍郎憲公諱及之第二子〔二〕。憲公躬孝踐行，篤實而辨於文，勸飭指誨以進後生〔三〕，名聲垂延，紹德惟克。君生之年，憲公殁世〔四〕，與其兄朗〔五〕，畜於伯父氏〔六〕。始微有知，則好學問，咨稟教飭，不煩提諭，月開日益，卓然早成。年二十四登進士第〔七〕。時故相太常權公掌出詔文〔八〕，望臨一時〔九〕，登君於門，歸以其子〔一〇〕，選授奉禮郎。楊於陵爲華州，署君鎮國軍判官，奏授協律郎〔一一〕；朋遊益附，華問彌大。元和元年，對詔策，拜右拾遺〔一二〕。二年，兼職史館〔一三〕。四年，遷右補闕。詔中貴人承璀〔一四〕將兵誅王承宗河北，君奏疏諫，召見問狀，有言動聽。其後上將有所相，不可於衆，君與起居舍人李約交章指摘，事以不行〔一五〕。五年，遷起居郎，爲翰林學士，愈被親信，有所補助。權公既相，君以嫌自列〔一六〕，改尚書考功員外郎，復史館職〔一七〕。七年，以考功知制誥，入謝，因賜五品服。八年，遷駕部郎中，職如初。權公去相，復入翰林〔一八〕。九年，以疾罷，尋遷秘書少監〔一九〕，即聞于郊〔二〇〕。十年正月，病遂殆。甲午，輿歸，卒於其家。贈絳州刺史〔二一〕。年四十。

〔一〕河南洛陽人。

〔二〕及字至之，代宗時官常州刺史。二子：朗、郁。

〔三〕舊史公傳：大曆貞元間，文士多尚古學，效揚雄董仲舒之述作，而獨孤及梁肅最稱淵奥。愈從其徒游，鋭意鑽仰，欲自振於一代。

〔四〕大曆十二年四月二十九日卒，年五十三，時郁始二歲。〔補注〕陳景雲曰：「君生之年，憲公殁世」，則始生而孤明矣。「二」字誤。吴汝綸曰：舊史稱：公少從獨孤及梁肅之徒遊，及大曆十二年卒，公貞元二年始至京師，則與憲公不相及矣。

〔五〕「朗」，即用晦。

〔六〕郁始生而孤，與朗育於伯父汜。

〔七〕貞元十二年，郁與朗同來舉進士，時郁年二十二。十四年，郁登第。

〔八〕時權德輿爲中書舍人，知制誥。

〔九〕「望」或作「迎」。
〔一〇〕「歸」，或作「妻」。
〔一一〕晁本無「奉禮」至「奏授」十八字。
〔一二〕元和元年四月，應材識兼茂明於體用科，中第四等，爲右拾遺。
〔一三〕兼史館修撰。
〔一四〕「璀」，七罪切。
〔一五〕〔補注〕陳景雲曰：謂裴均也。不著其姓名，蓋均帥江陵時，公嘗在幕府；以故吏爲府主諱耳。李約斥均之辭甚醜，見新史均傳。
〔一六〕元和五年九月，德輿同平章事，郁以嫌自列，守本官起居郎。
〔一七〕郁以德輿故辭翰苑，憲宗曰：「德輿乃有此佳婿！」因詔宰相高選世族，故杜悰尚岐陽公主，然帝猶謂不如德輿之得郁也。因拜爲考功員外郎，充史館修撰，判院事。
〔一八〕元和八年，德輿罷相。一月，復以郁爲翰林學士。
〔一九〕元和九年，以疾辭内職。十月，改秘書少監。
〔二〇〕謂屏居鄠縣。「閒」下或有「居」字。
〔二一〕晁本有上五字，本或繫於「年四十」下，方並無。

男子二人：長曰某，早死；次曰天官，始十歲〔一〕，有至性，聞呼父官與聞弔客至，輒號泣以絶。女子一人。夫人天水權氏，贈太子太保貞孝公臯之承孫〔二〕，故相今太常德輿之女。胤慶配良，是似是宜〔三〕。四月己酉，其兄右拾遺朗以喪東葬河南壽安之甘泉鄉家塋憲公墓側〔四〕。將以五月壬申窆〔五〕，謂愈曰：「子知吾弟久〔六〕，敢屬以銘！」銘曰：

〔一〕傳云：「子庠，字賢府，喪父始十歲。」此云「天官」，豈小字耶。

〔二〕「承孫」字未詳。

〔三〕「是似」，方作「是以」。今按：「是似是宜」承上句，言胤慶而似，配良而宜也。方「似」作「以」，非是。

〔四〕「家」，或作「冢」。

〔五〕「窆」，彼驗切。

〔六〕「知」，或作「與」。「久」，或作「友」。

於古風，襮順而裏方〔一〕；不耀其章，其剛不傷。戴美世令〔二〕，而年再不贏〔三〕。

惟後之成。

〔一〕詩「繡衣朱襮」，謂衣領之在外者。「於」下或有「乎」字。上篇四言，不應首句爲三字。今按：此乃雜言，或有此三字句也。「瀑」布谷切，又音博。

〔二〕「戴」，或作「載」。「令」，或作「命」。今按：此言戴前人之美，而世其令德也。

〔三〕〔補注〕曾國藩曰：上載前人之美，世有令德：「年再不羸」，謂父子俱不永年也。

唐故虞部員外郎張府君墓誌銘

張府君卒葬之年月日，誌皆不書。以公祭文考之，公時在京師，以考功郎知制誥，季友歸葬長安，公於是乎祭之，且誌其墓。時元和十年也。

尚書虞部員外郎安定張君諱季友，字孝權，年五十四，病卒東都。明年〔一〕，兄子塗與其弟庾揆等〔二〕，護柩歸葬長安縣馬額原夫人北海唐氏之封。前事，塗進韓氏門，伏哭庭下，曰〔三〕：「叔父且死，幾於不能言矣；張目而言曰〔四〕：『吾不可無告韓君别，藏而不得韓君記，猶不葬也。塗爲書致吾意。』已而自署其末與封，敢告以請。」愈既與爲禮，發書云云，其末有複語「千萬永訣」八字〔五〕，名日月與封〔六〕，皆孝權迹。

〔一〕「明」下或無「年」字；或作「月」。

〔二〕「庾揆」或作「庚揆」。

〔三〕或無「曰」字。

〔四〕「張目」方從杭本無「目」字，云：後漢嚴光傳「良久，張目熟眎」；然此恐當從杭本爲正。今按：方知古有「張目」字，而必以杭本爲正，殊不可曉。今從諸本。

〔五〕或無「未有」字。

〔六〕「日月」，一作「月日」。

孝權與余同年進士〔一〕，其上世有舄者，當宇文時爲車騎大將軍、鄜城太守，卒葬河北，謚曰忠公，至孝權，間五世矣。孝權大父諱孝先〔二〕，太子通事舍人；父諱庭光，贈綏州刺史。綏州之卒〔三〕，孝權蓋尚小。母曰太原縣君。卒〔四〕，既葬，孝權守墓，樹松柏，三年而後歸。選爲河南府文學〔五〕。去官，徐州使拜章請爲判官〔六〕，授協律郎。孝權始不痛絶，詔下，大悔，即詐稱疾不言三年。元和初，徐使死〔七〕，孝權疾即日已。試判入高等，授鄂縣尉〔八〕。

〔一〕貞元八年，中進士第八，與公同年。

〔二〕或作「奉先」。〔補注〕陳景雲曰：或本是也，唐人重家諱，不應犯祖名。

〔三〕杭本「史」下無「綏州」字，非是。

〔四〕「卒」上或有複出「縣君」字。

〔五〕或無「府」字。
〔六〕貞元十六年六月，以張建封之子愔爲徐州團練使。
〔七〕元和元年十一月愔卒。
〔八〕「鄂」，胡古切。

明年，故相趙宗儒鎮荆南，以孝權爲判官，拜監察御史。經二年，拜真御史。明年，分司東臺，轉殿中〔一〕。按皇甫氏子母病不侍，走京師求試職。宰相怒曰：「吾故皇甫氏，御史助所善相戲法侮我，皇甫媼何疾！」〔二〕銜未決，皇甫母病果死，得解，遷留司虞部員外郎〔三〕。孝權爲人孝謹，與人語恐傷之，而時嶷嶷有立〔四〕。與孝權遊者極衆，而獨以其死累余，可尚也已！是爲銘〔五〕。

〔一〕轉殿中侍御史。
〔二〕「媼」，母老稱也。漢書：「常從王媼負貰酒。」「媼」，音襖。
〔三〕謂分司東都也。
〔四〕「嶷」，魚力切。
〔五〕此下或注「銘亡」二字，或注「疑闕銘詞」字。〔補注〕曾國藩曰：澮宕遽收。

唐故檢校尚書左僕射右龍武軍統軍劉公墓誌銘

一本「檢校」上有「金紫光禄大夫」字，「僕射」下有「兼御史大夫」字，「統軍」下有「知軍事上柱國彭城郡開國公食邑二千户贈潞州大都督」字。公既爲劉統軍作此誌又爲作碑銘。碑銘見前。

公諱昌裔，字光後，本彭城人。曾大父諱承慶，朔州刺史；大父巨敖，好讀老子莊周書，爲太原晉陽令。再世宦北方〔一〕，樂其土俗，遂著籍太原之陽曲，曰：「自我爲此邑人可也，何必彭城？」父訟〔二〕，贈右散騎常侍〔三〕。

〔一〕「宦」，或作「官」。

〔二〕或作「誦」。今按：名「訟」無理，疑避諱而改。

〔三〕「〔補注〕曾國藩曰：以上先世。」

公少好學問。始爲兒時，重遲不戲〔一〕，恒若有所思念計畫。及壯自試，以開吐蕃說干邊將，不售。入三蜀，從道士遊。久之，蜀人苦楊琳寇掠，公單船往說，琳感欷，雖不即降，約其徒不得爲虐〔二〕。琳降，公常隨琳不去，琳死，脱身亡，沈浮河朔之間。建中中，曲環招起之〔三〕，爲環檄李納〔四〕，指摘切刻。納悔恐動心，恒魏皆疑惑氣懈〔五〕。環封奏其本，德宗稱焉。環之會下濮州，戰白塔，救寧陵襄邑〔六〕，擊李希烈陳州城下〔七〕，公常在軍間。環領陳許軍，公因爲陳許從事，以前後功勞，累遷檢校兵部郎中、御史中丞、營田副使〔八〕。

〔一〕「遲」，音穉。

〔二〕唐史昌裔傳云：「入蜀，楊子琳反，昌裔説之。」惠琳之亂在夏州，歲月相遠。子琳事詳見崔寧傳。

〔三〕按新傳：曲環方攻濮州，表爲判官。

〔四〕建中二年七月，平盧淄青節度使李正己卒，子納自稱留後。

〔五〕「恒」謂成德節度使李惟岳；「魏」謂魏博節度使田悦。

〔六〕二縣並屬宋州。

〔七〕興元元年閏十月，李希烈遣將翟崇暉悉衆圍陳州，宋亳節度使劉洽遣隴右神策兵馬使曲環將兵二萬救之。十一月，敗崇暉於州西，擒之以獻。

〔八〕〔補注〕曾國藩曰：以上從楊琳曲環。

吴少誠乘環喪，引兵叩城，留後上官涚咨公以城守，所以能擒誅叛將〔一〕，爲抗拒，令敵人不得其便。圍解，拜陳州刺史。韓全義敗，引軍走陳州，求入保，公自城上揖謝全義曰：「公受命詣蔡，何爲來陳？公無恐，賊必不敢至我城下。」明日領騎步十餘抵全義營，全義驚喜，迎拜歎息，殊不敢以不見舍望公。改授陳許軍司馬〔一〕。

〔一〕「擒」或作「檢」。今按：此謂安國寧謀以城降賊，昌裔密計斬之。當作「擒」。

〔二〕〔補注〕曾國藩曰：以上守陳州，爲陳州刺史司馬。

上官涚死，拜金紫光禄大夫，檢校工部尚書，代涚爲節度使〔一〕。命界上吏不得犯蔡州人，曰：「俱天子人，奚爲相傷？」〔二〕少誠吏有來犯者，捕得縛送，曰：「妄稱彼人，公宜自治之。」少誠慙其軍〔三〕，亦禁界上暴者，兩界耕桑交迹，吏不何問〔四〕。封彭城郡開國公，就拜尚書右僕射〔五〕。

〔一〕〔補注〕沈欽韓曰：通鑑：貞元十九年，節度使上官涚薨，其婿田偁欲脅其子使襲軍政，牙將王沛亦涚之婿也，知其謀，以告監軍范日用，討平之。以昌裔爲節度使。

〔二〕〔補注〕吴汝綸云：與蔡通和，文特婉妙。

〔三〕公誌李郱亦曰：「尹慙其庭中人。」漢袁盎爲吴相，告歸，道逢丞相申屠嘉，下車拜謁。丞相從車上謝，盎還，愧其吏。公所謂「慙其軍」「慙其庭中人」語出此耳。

〔四〕「何」，或作「呵」。漢書賈誼傳：「大譴大何。」衞綰傳：「不孰何。」顏曰：「何即問也。」「何」上或有「可」字，亦非是。今按：過秦論云，「陳利兵而誰何」，顏注云：「問之曰，此爲誰人何人也。」亦此義。

〔五〕〔補注〕曾國藩曰：以上爲陳州節度。

元和七年，得疾，視政不時。八年五月，涌水出他界，過其地，防穿不補，没邑屋，流殺居人，拜疏請去職即罪，詔還京師〔一〕。即其日與使者俱西，大熱，旦暮馳不息，疾大發。左右手轡止之，公不肯，曰：「吾恐不得生謝天子。」上益遣使者勞問，敕無亟行。至則不得朝矣。天子以爲恭，即其家拜檢校左僕射、右龍武軍統軍知軍事。十一月某甲子薨，年六十二〔二〕。上爲之一日不視朝，贈潞州大都督，命郎弔其家〔三〕。明年某月某甲子，葬河南某縣某鄉某原〔四〕。

〔一〕始昌裔代涚爲節度也，憲宗惡其自立，欲召之，而重生變。宰相李吉甫曰：「陛下乘人心愁苦可召也。」遂以韓皐代之。至長樂驛，知帝意，因稱風眩臥第，歲中卒。史與誌少異。誌爲之諱耶？〔補注〕吴汝綸曰：此殆畏蔡，藉詞去許，所謂「環寇之師，瞋目語難」者也。史所稱疑非事實，或昌裔欲去，帝亦適欲召之乎？

〔二〕「某」下或有「日」字，下同。

〔三〕「郎」下或有「中」字。

〔四〕〔補注〕曾國藩曰：以上得罪還京及卒葬。

公不好音聲，不大爲居宅，於諸帥中獨然。夫人，郃國夫人武功蘇氏。子四人：嗣子光禄主簿縱，學於樊宗師，士大夫多稱之；長子元一，樸直忠厚，便弓馬〔一〕，爲淮南軍衙門將；次子景陽、景長，皆舉進士。葬得日，相與選使者哭拜階上，使來乞銘〔二〕。銘曰：

〔一〕「便」或作「使」，非是。

〔二〕〔補注〕曾國藩曰：以上妻子。

提將之符，尸我一方；配古侯公，維德不爽〔一〕；我銘不亡，後人之慶〔二〕。

〔一〕楚辭：「厲而不爽些。」注：「楚人謂羹敗曰爽。」「爽」，平聲。〔補注〕沈欽韓曰：韻會：「爽，叶師莊切。」詩：「其德不爽，壽考不忘。」

〔二〕「慶」讀若「羌」，離騷云：「慶天悴而喪榮。」沈存中云：古人諧聲，如「慶」字多與「章」字協韻。「孝孫有慶，萬壽無疆」，「黍稷稻粱，農夫之慶」是也。集韻並入平聲。

韓昌黎文集第七卷

桐城馬其昶通伯校注　馬茂元整理

碑　誌

唐故監察御史衛府君墓誌銘

其弟中行，字大受，貞元九年第進士，至是爲兵部郎中，元和十年也。公此誌自「與其弟中行别」下至「可餌以不死」，造語雄奇，所謂「唯陳言之務去」者也。〔補注〕茅坤曰：獨述採藥鑄金一事，文自澹宕雋永。曾國藩曰：公與中行書交誼絶厚，銘其兄專叙合藥事，極愚可憫。若中行存世俗之見，止肯稱美，公或俛從之而夾叙其善事一二，則文不能如此之奇警矣。

君諱某，字某〔一〕，中書舍人御史中丞諱某之子〔二〕，贈太子洗馬諱某之孫〔三〕。家世習儒，學詞章。昆弟三人俱傳父祖業，從進士舉，君獨不與俗爲事〔四〕，樂弛置自便〔五〕。

〔一〕或作「諱之玄，字造微」。

〔二〕「某」，或作「晏」。

〔三〕「某」，或作「璿」。按元和姓纂，晏三子：長之玄、次中立、次中行。汪彦章云：王仲信本謂此衞中立墓誌。中立字退之，非之玄也。〔補注〕方氏增考年譜云：此誌今本皆作衞之玄，及質之善本，實中立，非之玄也。中立字退之，餌奇藥求不死，而卒死；故白樂天詩云：「退之服硫黄，一病竟不痊。」孔毅夫陳無己之徒皆指以爲公，非也。觀白氏所紀退之微之杜子崔君三四人，皆非有聞於時者。適以中立之字偶同耳。陳景雲曰：所謂善本，即汪彦章所據王仲信本也，方説甚辨而核。

〔四〕「不」下或有「興」字，云：「讀去聲。」非是。或疑此「與」字當作「以」，更詳之。

〔五〕「弛」，或作「施」。

父中丞薨，既三年，與其弟中行別曰：「若既克自敬勤，及先人存，趾美進士〔一〕，續聞成宗〔二〕，唯服任遂功，爲孝子在不怠。我恨已不及，假令今得，不足自貫〔三〕。我聞南方多水銀、丹砂，雜他奇藥，爊爲黄金〔四〕，可餌以不死。今於若丐我，我即去。」遂踰嶺阨〔五〕，南出。藥貴不可得，以干容帥〔六〕，帥且曰：「若能從事於我，可一日具。」許之，得藥，試如方，不效。曰：「方良是，我治之未至耳。」留三年，藥終不能爲黄金，而佐帥政成，以功再遷監察御史。帥遷于桂〔七〕，從之。帥坐事免〔八〕，君攝其治，歷三時，夷人稱便。新帥將奏功，君捨去，南海馬大夫使謂君曰〔九〕：「幸尚可成，兩濟其利。」君雖益厭，然不能無萬一冀〔一〇〕。至南海，未幾竟死，年五十三。

〔一〕貞元九年中行登第。

〔二〕〔補注〕曾國藩曰：「趾美」，猶踵美。「纘聞成宗」，纘令聞成大宗也。

〔三〕或作「貴」，作「貫」。「貰」，音射，又音世。

〔四〕「爊」，於刀切。

〔五〕「阨」，於革切，塞也；一作「沍」。

〔六〕貞元二十一年五月，以房啓爲容管經略使。

〔七〕元和八年四月，以啓爲桂管觀察使。

〔八〕是歲七月，啓以罪降爲太僕少卿。

〔九〕十二月，以馬摠爲嶺南節度使。

〔一〇〕〔補注〕曾國藩曰：二句襲封禪書。

子曰某〔一〕。元和十年十二月某日，歸葬河南某縣某鄉某村，祔先塋〔二〕。於時中行爲尚書兵部郎〔三〕，號名人，而與余善，請銘。銘曰：

〔一〕「某」或作「景徵」。
〔二〕「某縣某鄉某村」，諸本作「伊闕縣伊國鄉高都村」。
〔三〕或無「於」字。「郎」下或有「中」字。

嗟惟君，篤所信〔一〕。要無有，弊精神。以棄餘，賈於人〔二〕。脱外累，自貴珍。訊來世，述墓文。

〔一〕「信」音新。漢武悼李夫人賦「申以信兮」；班固幽通賦云「苟無實，其孰信」。〔二〕「賈」，音古。

唐故河南令張君墓誌銘

貞元十九年，公與張君同自監察御史以言事黜：張爲郴州臨武；公爲連州陽山。二年俱徙江陵。至是張卒，公既誌其墓，又文以祭，且及銘墓之意：可謂厚矣。〔補注〕茅坤曰：多劖刻之音。張裕釗曰：堅淨精峭，峻潔之氣瑩然紙上。

君諱署，字某，河間人。大父利貞，有名玄宗世。爲御史中丞，舉彈無所避，由是出爲陳留守〔一〕，領河南道採訪處置使〔二〕，數歲卒官。皇考諱郇，以儒學進，官至侍御史〔三〕。

〔一〕本鄭所并陳之留邑。秦并天下，以宋亦有留，故加「陳」以别之。

〔二〕開元二十二年十一月，初置十道採訪處置使。

〔三〕「郇」，或作「詢」。

君方質有氣，形貌魁碩，長於文詞。以進士舉博學宏詞，爲校書郎〔一〕。自京兆武功尉拜監察御史；爲幸臣所讒〔二〕，與同輩韓愈李方叔三人俱爲縣令南方〔三〕。二年，逢恩俱徙掾江陵〔四〕。半歲，邕管奏君爲判官〔五〕，改殿中侍御史，不行〔六〕。

〔一〕署，貞元二年進士第。

〔二〕「幸臣」，李實也。

〔三〕時三人俱爲監察御史。貞元十九年冬，三人皆以言事得罪，貶爲縣令，詳見題注下。〔補注〕沈欽韓曰：文苑有李方叔南風之薫賦，則貞元五年進士第也。

〔四〕貞元二十一年正月，順宗即位，大赦，張與公俱量移江陵。

〔五〕貞元二十一年八月，路恕爲容管經略使，表署判官。

〔六〕〔補注〕曾國藩曰：以上自校書至殿中侍御史，凡七遷。

拜京兆府司録〔一〕，諸曹白事，不敢平面視〔二〕；共食公堂，抑首促促就哺歠，揖起趨去，無敢闌語〔三〕；縣令丞尉畏如嚴京兆。事以辦治〔四〕。京兆改鳳翔尹，以節鎮京西〔五〕，請與君俱，改禮部員外郎，爲觀察使判官。帥他遷〔六〕，君不樂久去京師，謝歸，用前能拜三原令。歲餘，遷尚書刑部員外郎。守法争議，棘棘不阿〔七〕。

〔一〕貞元二十一年十月，李鄘爲京兆尹，表署爲府司録參軍。

〔二〕〔補注〕姚範曰：此言署能使諸曹嚴畏，不敢平視。

〔三〕「促促」或作「且且」。「促」，如「齷齪」之「促」，本或作「娖娖」。「闌」，或作「閒」。〔補注〕沈欽韓曰：史記：「出入爲闌。」應劭曰：「闌，妄也。」「闌語」即妄語。

〔四〕「辦」，或作「幹」。

〔五〕元和二年二月，以鄘爲鳳翔尹，鳳翔隴右節度使，表署爲判官。

〔六〕元和四年三月，以鄘爲河東節度使。

〔七〕諸本無「議」字及下「棘」字。晁本校增此二字。「阿」或作「撓」。今按：歐公嘗疑此上有脱字，不知晁氏以何本校也。詳其文理，當有此二字，故從之。〔補注〕曾國藩曰：以上自京兆司録至刑部員外，凡四遷。

改虔州刺史。民俗相朋黨，不訴殺牛〔一〕，牛以大耗；又多捕生鳥雀魚鼈，可食與不可食相買賣；時節脱放期爲福祥：君視事，一皆禁督立絶〔二〕。使通經吏與諸生之旁大郡〔三〕，學鄉飲酒喪婚禮，張施講説，民吏觀聽從化，大喜。度支符州，折民户租，歲徵緜六千屯〔四〕，比郡承命惶怖，立期日，唯恐不及事被罪；君獨疏言：「治迫嶺下，民不識蠶桑。」〔五〕月餘，免符下，民相扶攜，守州門叫讙爲賀〔六〕。

〔一〕或無「不訴」字。
〔二〕「祥」下或有「事」字；或無「視事」二字；或但有「事」字。
〔三〕「吏」，或作「史」。
〔四〕〔補注〕姚鼐曰：詩：「白茅純束。」箋：「讀如屯。」
〔五〕〔補注〕曾國藩曰：他手摘録疏言，必數句乃了，此獨一句，故遒。
〔六〕〔補注〕曾國藩曰：以上虔州刺史。

改澧州刺史。民税出雜産物與錢，尚書有經數；觀察使牒州徵民錢倍經。君曰：「刺史可爲法〔一〕，不可貪官害民。」留牒不肯從，竟以代罷。觀察使使劇吏案簿書〔二〕，十日不得毫毛罪。改河南令。而河南尹適君平生所不好者，君年且老，當日日拜走，仰望階下，不得已就官。數月，大不適，即以病辭免〔三〕。

〔一〕疑必有脱誤，或「爲」字當作「守」。〔補注〕按：「經」，常也。「經數」，即法也。刺史但可爲法，不可爲非法之事。

〔二〕「吏」，或作「史」。

〔三〕〔補注〕曾國藩曰：以上澧州刺史，河南令。

公卿欲其一至京師，君以再不得意於守令，恨曰：「義不可更辱，又奚爲於京師間。」竟閉門死，年六十〔一〕。君娶河東柳氏女。二子：昇奴、胡師。將以某年某月某日葬某所〔二〕。

〔一〕或無「閉門」二字。

〔二〕〔補注〕曾國藩曰：以上卒葬子女。

其兄將作少監昔請銘於右庶子韓愈〔一〕。愈前與君爲御史被讒，俱爲縣令南方者也〔二〕，最爲知君。銘曰：

〔一〕「昔」或作「者」。李遜赴襄陽送行詩有「著作郎張昔」。

〔二〕〔補注〕曾國藩曰：觀祭張十一文，其往還情事最密，而此僅一句，故知文各有裁。

誰之不如，而不公卿！奚養之違，以不久生〔一〕！唯其頡頏，以世厥聲。

〔一〕「以」，一作「而」。

鳳翔隴州節度使李公墓誌銘

一本上有「唐故」字。「度」下有「觀察使開府儀同三司檢校户部尚書贈尚書左僕射」字。李惟簡父寶臣見藩鎮傳：誌所載多與傳合。〔補注〕歸有光曰：峻潔。

公諱惟簡〔一〕，字某，司空平章事贈太傅之子〔二〕。太傅初姓張氏〔三〕，肅宗時，舉恒趙深冀易定六州戰卒五萬人、馬五千匹以歸聽命。天子嘉之，賜姓曰「李」，更其名「寶臣」〔四〕，立其軍，號之曰「成德」，由是姓李氏〔五〕。

〔一〕「簡」，或作「某」。

〔二〕太傅李寶臣，本范陽内屬奚族。

〔三〕故范陽張鎖高畜之爲假子，遂冒姓張，名忠志。

〔四〕「名」下或有「曰」字。

〔五〕寶應元年十一月，忠志以僞恒陽節度使挈其所管五州降于河東節度使辛雲京。以忠志爲成德軍節度使，仍統其所管州，賜姓「李」，名「寶臣」。

太傅薨〔一〕，公兄弟讓嗣〔二〕，公竟棄其家自歸京師。及兄死家覆，有司設防守〔三〕。德宗如奉天〔四〕，守卒出公〔五〕，即馳歸，與母韓國夫人鄭氏拜訣，屬家徒隨走所幸〔六〕，道與賊遇，七鬭乃至〔七〕。有功，遷太子諭德，加御史中丞〔八〕。從幸梁州，天黑失道，識焦中人聲〔九〕，得見德宗於盩厔西〔一〇〕。上曰：「卿有母，可隨我耶？」〔一一〕曰：「臣以死從衛。」及幸還，録功，封武安郡王〔一二〕，號「元從功臣」〔一三〕，圖其形御閣，而以神威將軍居北軍衛〔一四〕；久乃加御史大夫。丁韓國憂去官，累遷神威大將軍，加工刑二曹尚書、天威統軍；又改户部尚書，金吾大將軍〔一五〕。有長上萬國俊者〔一六〕，以軍勢奪興平人地，吏憚莫敢治。及公爲金吾，興平人曰：「久聞李將軍爲人公平，庶能直吾屈。」即齎縣牒來見。公發視，立杖國俊，廢之，以地還興平人。聞者莫不稱歎。

〔一〕建中二年正月，寶臣卒，贈太傅。

〔二〕寶臣三子：惟誠惟岳惟簡。

〔三〕惟岳叛，惟簡以家僮票士百餘奉母鄭歸京。建中三年閏正月，成德兵馬使王武俊殺惟岳，傳首京師，德宗拘惟簡於客省，防伺甚峻。

〔四〕〔補注〕沈欽韓曰：一統志：「奉天羅城，在乾州。」德宗幸焉。胡三省云：「奉天在長安西北一百五十里。」

〔五〕〔補注〕曾國藩曰：天子蒙塵，故守卒弛而放出罪人也。

〔六〕〔補注〕曾國藩曰：走德宗所至之地。

〔七〕建中四年十月，德宗幸奉天，惟簡將赴難，謀於鄭。鄭曰：「爾父立功河朔，位宰相，身未嘗至京師；兄死於人手，爾入朝，未識天子，不能效忠，吾不子汝矣。」督其行，曰：「兒能死王事，吾不朽矣。」乃斬關出，道更七戰，得及行在。

〔八〕帝見惟簡，厚撫之，拜太子諭德，累遷禁軍將軍，從渾瑊率師討賊，頻戰屢捷，加御史中丞。

〔九〕〔補注〕沈欽韓曰：釋地：「周有焦獲。」郭注：「今扶風池陽縣瓠中是也。」一統志：「焦獲澤在涇陽縣北。」

〔一〇〕盩厔，雍縣名，屬鳳翔。「盩」，音輈；「厔」，音窒：義見興元少尹墓誌銘。〔補注〕沈欽韓曰：上將幸梁州，蓋迴輿而入駱谷也。

〔一一〕「可」，或作「何」。

〔一二〕或作「公」，考之史，當作「王」。

〔一三〕四月，詔奉天隨從將士，並賜號「元從功臣」。

〔一四〕遷左神威衛大將軍。「居」，或作「爲」。「衛」，或作「御」。

〔一五〕元和初，檢校户部尚書，改爲左金吾衛大將軍，充街使。

〔一六〕「上」或作「尚」，新史蜀本作「上」。今按：「長上」蓋衛卒之號，猶今言長入也。當從蜀本。

〔補注〕沈欽韓曰：六典，兵部郎中職：「凡長上、折衝、果毅應宿衛者，并一日上，兩日下。諸色長上，若司階、中候、司戈、執戟，并五日上，十日下。長入長上每日上，隨仗下。」按唐時宿衛有番第，若漢之衛士，一歲一更之，意其曰「長上」，則長直不代者也。「長入長上」，則如明大將軍之色目。

於是天子以公材果可任用，治人將兵，無所不宜；元和六年，即以公爲鳳翔隴州節度使、户部尚書，兼鳳翔尹〔一〕。隴州地與吐蕃接，舊常朝夕相伺，更入攻抄，人吏不得息〔二〕。公以爲國家於夷狄當用長筭：邊將當承上旨，謹條教〔三〕，蓄財穀，完吏農力以俟；不宜規小利，起事盜恩〔四〕；禁不得妄入其地。益市耕牛鑄鎛鉏斸〔五〕，以給農之不能自具者；丁壯興勵〔六〕，歲增田數十萬畝。連八歲，五種俱熟，公私有餘。販者負入褒斜〔七〕，船循渭而下，首尾相繼不絶〔八〕。十三年，公與忠武軍節度使司空光顔〔九〕，邠寧節度使尚書釗〔一〇〕俱來朝，上爲之燕三殿〔一一〕，張百戲，公卿侍臣咸與〔一二〕。既事赦還，公因進曰：「臣幸得宿衛二十餘年〔一三〕，今年老斥外任〔一四〕，不勝慕戀，願得死輦下。」天子加慰遣焉。還鎮告疾，其夏五月戊子薨，年五十五。訃至，上悼惜罷朝，遣郎中臨弔，贈尚書左僕射。以其年十一月景申〔一五〕，葬萬年鳳棲原〔一六〕。

〔一〕五月以惟簡爲鳳翔尹、鳳翔隴州節度使。

〔二〕〔補注〕何焯曰：叙事詳贍。

〔三〕或作「務」，非是。

〔四〕〔補注〕曾國藩曰：「起事」，起邊釁也。每有小獲；朝廷輒與以恩，是盜竊也。

〔五〕詩：「庤乃錢鎛。」注：「田器也。」「銚」，大鎌也。「斸」，大鋤也。「鎛」，音博；「銚」，山監切；又所鑒切；「鉏」，陟初切，又仕葅切；「斸」，陟玉切。

〔六〕「興」，或作「愈」。

〔七〕梁州記：「萬石城泝漢上七里，有褒谷：南口曰褒，北口曰斜。」選：「右界褒斜。」「斜」，余遮切。

〔八〕〔補注〕曾國藩曰：褒斜不通舟車，肩負以入，西上也；船循渭，東下也；「首尾」句兼承上二句。

〔九〕李光顔。

〔一〇〕郭釗。

〔一一〕唐麟德殿有三面，故曰「三殿」。

〔一二〕「與」，音預。

〔一三〕或無「得」字。

〔一四〕「斥」或作「許」，或作「訴」。

〔一五〕「丙」作「景」，避唐諱也。

〔一六〕「萬年」下或有「縣」字。

夫人博陵郡崔氏，河陽尉鎬之孫，大理評事可觀之女，賢有法度〔一〕。公有四子：長曰元孫，三原尉；次曰元質，彭之濛陽尉；曰元立，興平尉；曰元本，河南參軍：皆愿敏好善。元立、元本皆崔氏出。葬得日，嗣子元立與其昆弟四人，請銘於韓氏，曰：「先人嘗有託於夫子也。」愈曰：「太傅功在史氏記，僕射以孤童囚羈京師〔二〕，卒能以忠爲節自顯，取爵位，立名績，使天下拭目觀，父母與榮焉。既忠又孝，法宜銘。」〔三〕銘曰：

〔一〕「賢」下或有「而」字。

〔二〕或無「記」字。「童」下或有「子」字。今按翟方進傳，無者爲是。

〔三〕或無「法」字。

太傅之顯，自其躬興；僕射童羈，孰與之朋。遭國之難，以節自發；致其勤艱，以復考烈。孝由忠立，爵名隨之；銘此玄石，維昧之詒。

唐故中散大夫少府監胡良公墓神道碑

此篇從方氏石本，疑者別出。蜀本注：「牛僧孺撰墓志，陳鴻撰謚，張籍撰行狀。」歐陽公集古録有胡良公碑跋云：「珦者，韓之門人張籍妻父也。」今按：方本無「中散大夫」、「良」五字；又它神道碑不著「墓」字，唯此有之，亦變例也。

少府監胡公者，諱珦，字潤博，年七十九以官卒。明年八月十四日，葬京兆奉先〔一〕，夫人天水趙氏祔焉。其子湜、迺、巡、遇、述、遷、造〔二〕與公壻廣文博士吴郡張籍，以公之族出、行治、歷官、壽年爲書〔三〕，使人自京師南走八千里至閩南兩越之界上，請爲公銘刻之墓碑於潮州刺史韓愈〔四〕，曰：

〔一〕「八月」，或作「七月」，無「十四日」字。〔補注〕沈欽韓曰：一統志奉先城在同州郃陽縣。

〔二〕或無「迺」字，或無「巡」字。

〔三〕「出」下或有「處文」二字，非是。

〔四〕〔補注〕吴汝綸曰：三十三字爲句，岸然自喜。

胡姓本出安定，後徙清河，於今爲宗城，屬貝州〔一〕。大父諱秀，武后時以文材徵爲麟臺正字〔二〕。父宰臣，用進士卒官平陽冀氏令〔三〕，贈潭州大都督。公早孤，能自勸學，立節槩〔四〕，非其身力，不以衣食。凡一試進士，二即吏部選，皆以文章占上第。樂爲儉勤，自刻削，不干人，以矯時弊。及爲富平尉，一府稱其斷決。建中四年，侍郎趙贊爲度支使〔五〕，薦公爲監察御史，主餽給渭橋以東軍，洗手奉職，不以一錢假人。賊平，有司考覈羣吏，多坐貶死〔六〕；獨公以清苦能檢飭，無漏失，遷河南倉曹。魏公賈躭以節鎮鄭滑〔七〕，以公佐觀察事、檢校尚書工部員外郎。以剛直齟齬不阿忤權貴，除獻陵令〔八〕。居陵下七年，市置田宅，務種樹爲業以自給，教授子弟〔九〕。貞元十一年，吏部大選，以公考選人藝學，以勞遷奉先令，以治辦遷尚書膳部郎中，改坊州刺史。州經亂，無孔子廟，公至則命築宫造祭器，率博士生講讀以時〔一〇〕，如法以祠，人吏聚觀歎息。遷舒州刺史。州歲大熟，麥一莖數穗，閭里歌舞之〔一一〕。考功以聞，遷尚書駕部郎中。數以事犯尚書李巽〔一二〕；巽時主鹽鐵事，富驕恃勢，以語丞相〔一三〕，由是退公爲鳳翔少尹。巽死，遷少大理，改少詹事。元和十二年，朝廷以公年老能自祇力，事職不懈，可嘉，拜少府監，兼知内中尚〔一四〕。明年，以病卒〔一五〕。

〔一〕「河」下或有複出「清河」字，「宗城」，縣名。武德九年屬貝州。

〔二〕垂拱元年二月，改秘書省爲麟臺。

〔三〕或無「官」字。

〔四〕「勸」，或作「勤」。

〔五〕建中三年五月，以中書舍人趙贊爲户部侍郎，判度支。

〔六〕「考覈」一作「覈考」。或無「貶」字。或無「死」字。

〔七〕貞元二年九月，以賈耽爲鄭滑節度使，辟珦佐其府。

〔八〕獻陵，高祖陵。〔補注〕沈欽韓曰：獻陵等令，從五品，掌山林營兆之事，率其户而守陵。見六典。

〔九〕「業」下或無「以」字，杭並無「以自給」字。「子弟」，或作「弟子」。

〔一〇〕「生」下或有「徒」字。

〔一一〕或無「舞」字。

〔一二〕「事」上或有「公」字。

〔一三〕「丞」，或作「宰」。

〔一四〕百官志：少府監，從三品，掌百工技藝之政，總中尚、左尚、右尚。〔補注〕沈欽韓曰：會要：「中尚使以檢校進奉雜作，多以少府監及諸司高品爲之。」

〔一五〕或無「病」字，非是。

公始以進士孤身旅長安，致官九卿爲大家。七子皆有學守。女嫁名人。年幾八十，堅悍不衰，事可傳載，可謂成德〔一〕。銘曰：

〔一〕「謂」，或作「爲」，非是。

堨堨胡公〔一〕，既果以方；挾藝射科，每發如望〔二〕。人求於人，我已爲之；自始訖終，不降色辭。因官立事，隨有可載；發迹餽軍〔三〕，遭讒府界〔四〕。去居陵下，爲吏爲隱；坊舒之政，于兹有靳〔五〕。守官駕部，名昇己屈〔六〕；躋于少府，甚宜秩物。不配其有〔七〕，君子耻之；少府古卿，公優止之。刻文碑石，以顯公行；維公後人〔八〕，無怠嗣慶〔九〕。

〔一〕「堨」，丘竭切。

〔二〕「望」，平聲。

〔三〕「軍」，或作「運」。

〔四〕〔補注〕曾國藩曰：「界」，讀作介，佐人者也。魏公開府鄭滑，以胡爲佐，故曰「府界」。

〔五〕「靳」，或作「歎」。

〔六〕「昇」，或作「升」。「己」或作「民」。

〔七〕〔補注〕曾國藩曰：言官不稱其能。

〔八〕「維公」，或作「維彼」。

〔九〕〔補注〕方苞曰：此及權公銘皆綜括生平，義意亦微有別出者。

唐故相權公墓碑

權德輿，憲宗朝拜同平章事，新舊史有傳，所載加詳於誌云。〔補注〕劉大櫆曰：昌黎叙事，枝枝節節，造爲奇語。曾國藩曰：矜慎簡練，一字不苟，金石文字之正軌也。張裕釗曰：退之碑誌之文，其前後錯注及錘句鍊響，並堅淨簡勁，坦然出之；而雄渾高古不可及。

上之元和五年，其相曰權公，諱德輿，字載之〔一〕。其本出自殷帝武丁，武丁之子降封於權——權，江漢間國也〔二〕。周衰，入楚爲權氏〔三〕。楚滅徙秦，而居天水略陽。苻秦之王中國，其臣有安丘公翼者〔四〕，有大臣之言〔五〕。後六世至平涼公文誕〔六〕，爲唐上庸太守、荆州大都督長史，焯有聲烈〔七〕。平涼曾孫諱倕〔八〕，贈尚書禮部郎中，以藝學與蘇源明相善〔九〕，卒官羽林軍録事參軍，於公爲王父。郎中生贈太子太保諱皐，以忠孝致大名〔一〇〕，去官，累以官徵，不起〔一一〕，追謚貞孝〔一二〕，是實生公〔一三〕。

〔一〕元和五年九月，以德輿同中書門下平章事。

〔二〕權故城在南郡當陽縣。

〔三〕唐韻云：權始出天水，本顓頊之後，楚武王使鬬緡尹權，後因氏焉。

〔四〕翼字子良，略陽人。與太原薛讚俱爲苻堅謀主。堅即僞位，拜給事中，後爲右僕射，封安丘公。

〔五〕堅伐晉，翼力諫不從，堅遂大敗。〔補注〕何焯云「大臣之言」，即銘所稱「詆訶浮屠」也。

〔六〕翼子宣褒事姚秦，爲黄門侍郎。宣褒四世之孫榮，隋開府儀同三司、鄘城郡公。榮子文誕。

〔七〕「焯」，或作「綽」。

〔八〕文誕子崇本，匡城令。崇本子無待，成都尉。無待子倕。「倕」音垂。

〔九〕源明，京兆武功人，初名預，字弱夫，肅宗時終秘書少監。

〔一〇〕臯字士繇，天寶末，安禄山爲河北按察使，表臯爲從事，察禄山有異志，詐死，奉其母南去。及渡江，禄山已反。由是名聞天下。

〔一一〕代宗徵臯爲起居舍人，以疾辭。李季卿黜陟江淮，奏臯節行，改著作郎，復不起。

〔一二〕大曆二年四月十四日，臯卒於潤州，年四十六。元和中，謚貞孝。〔補注〕方苞曰：詳其先世，以皆聞人也。

〔一三〕〔補注〕曾國藩曰：以上先世。

公在相位三年〔一〕，其後以吏部尚書授節鎮山南〔二〕，年六十以薨。贈尚書左僕射，謚文公〔三〕。

〔一〕元和五年九月相，八年五月罷。

〔二〕元和十一年十月，以德輿檢校吏部尚書，充山南西道節度使。〔三〕元和十三年八月，以病乞還，卒於道。「以薨」：「以」或作「六」。考舊史當作「以」。〔補注〕方苞曰：先揭官階所極及年享、謚法，以叙前世官階、謚法牽連而書；又通篇順叙，即用此爲關鍵也。曾國藩曰：以上略叙文公晚節謚法。

公生三歲，知變四聲〔一〕；四歲能爲詩；七歲而貞孝公卒，來弔哭者見其顏色聲容，皆相謂「權氏世有其人」。及長，好學，孝敬祥順。貞元八年，以前江西府監察御史徵拜博士〔二〕，朝士以得人相慶。改左補闕，章奏不絶，譏排姦倖〔三〕，與陽城爲助。轉起居舍人〔四〕，遂知制誥，凡撰命詞九年，以類集爲五十卷，天下稱其能。十八年，以中書舍人典貢士，拜尚書禮部侍郎〔五〕。薦士於公者：其言可信，不以其人布衣不用；即不可信，雖大官勢人交言，一不以綴意。奏廣歲所取進士明經，在得人，不以員拘。轉户兵吏三曹侍郎、太子賓客〔六〕，復爲兵部，遷太常卿〔七〕，天下愈推爲鉅人長德〔八〕。

〔一〕「知」或作「能」。〔補注〕沈欽韓曰：「變」讀爲辨。

〔二〕貞元初，江西觀察使李兼表德輿爲判官，再遷監察御史。府罷，八年正月，除太常博士。

〔三〕貞元八年八月，司農大卿裴延齡以巧詐除户部侍郎，判度支，德輿上疏論其姦，不省。

〔四〕貞元十年四月遷。

〔五〕貞元十七年冬，以本官知禮部貢舉。十八年，真拜禮部侍郎。

〔六〕貞元二十一年六月，轉户部侍郎。元和初，歷兵部、吏部侍郎。後坐郎吏誤用官缺，改太子賓客。

〔七〕元和四年五月遷。

〔八〕〔補注〕曾國藩曰：以上歷官京師。

時天子以爲宰相宜參用道德人，因拜禮部尚書，同中書門下平章事〔一〕。公既謝辭，不許。其所設張舉措，必本於寬大；以幾教化，多所助與〔二〕；維匡調娛，不失其正；中於和節，不爲聲章〔三〕；因善與賢，不矜主己〔四〕。以吏部尚書留守東都〔五〕，東方諸帥有利病不能自請者，公常與疏陳，不以露布〔六〕。復拜太常〔七〕，轉刑部尚書，考定新舊令式爲三十編，舉可長用〔八〕。其在山南河南，勤于選付〔九〕，治以和簡，人以寧便〔一〇〕。

〔一〕元和五年，宰相裴垍寢疾；九月，德輿同平章事。

〔二〕「與」或作「爲」，或無此一字。今按：「助與」，如後救于頔事之類是也；作「爲」，非是。

〔三〕〔補注〕曾國藩曰：不爲嚴刻之條教也。

〔四〕「矜」，或作「務」。〔補注〕曾國藩曰：敘權公相業，專述用人一節，大抵「嘉善而矜不能，和而不流」，二語該之；而文特矜鍊。祇此是敘名臣之法。若一一敘列事蹟，則累牘不能盡矣。

〔五〕元和八年正月，罷相，守本官。七月，以檢校吏部尚書爲東都留守。〔補注〕沈欽韓曰：通鑑：元和八年，李吉甫李絳數争論於上前，德輿居中，無所可否。上鄙之，罷守本官。

〔六〕「不以」或無「不」字。「露布」，或作「布露」。

〔七〕元和九年十月除。

〔八〕或無「長」字。先是，詔許孟容蔣乂等删定格敕，成三十卷。表上，留中不出。德輿請下刑部，與侍郎劉伯芻代考定，復爲三十卷。十年十月，奏請行用。從之。

〔九〕〔補注〕曾國藩曰：選擇事之要務，即與分付，不繁瑣，無留滯也。

〔一〇〕〔補注〕曾國藩曰：以上爲宰相，及在山南河南。

以疾求還，十三年某月甲子，道薨于洋之白草。奏至，天子痌傷〔一〕，爲之不御朝，郎官致贈錫。官居野處，上下弔哭，皆曰：「善人死矣！」其年某月日〔二〕，葬河南北山，在貞孝東五里〔三〕。

〔一〕「痌」，或作「痛」。

〔二〕「月」下或有「某」字。

〔三〕〔補注〕曾國藩曰：以上卒葬。

公由陪屬升列，年除歲遷，以至公宰，人皆喜聞，若己與有，無忌嫉者。于頔坐子殺人，失位自囚，親戚莫敢過門省顧，朝莫敢言者〔一〕；公將留守東都〔二〕，爲上言曰〔三〕：「頔之罪既貰不竟，宜因賜寬詔。」上曰：「然，公爲吾行諭之。」頔以不憂死〔四〕。前後考第進士及庭所策試士踵相躡爲宰相達官，與公相先後；其餘布處臺閣外府凡百餘人。自始學至疾未病，未嘗一日去書不觀〔五〕。公既以能爲文辭擅聲於朝〔六〕，多銘卿大夫功德；然其爲家不視簿書〔七〕，未嘗問有亡，費不待餘〔八〕。

〔一〕「頔」音迪。「顧」下或有「者」字。「朝」上或有「在」字。

〔二〕「公」下或有「時」字。

〔三〕「曰」下或有「于」字。

〔四〕元和七年正月，司空同平章事于頔使其子太常丞敏重賂梁正言，求出鎮。正言詐漸露，敏索其賂不得，誘其奴支解之，棄溷中。事覺，頔率其子殿中少監季友等，素服詣建福門請罪。頔左遷恩王傅，仍絶朝謁；敏流雷州；季友等皆貶官。八年七月，德輿將留守東都，爲言之。

〔五〕或無「未病」二字。

〔六〕或無「能」字。

〔七〕「視」或作「親」。

〔八〕「問」下或有「其」字。諸本「偫」作「待」，或作「儲」。〔補注〕曾國藩曰：以上節叙數大事。

公娶清河崔氏女，其父造，嘗相德宗，號爲名臣〔一〕。既葬，其子監察御史璩纍然服喪來有請〔二〕。乃作銘文〔三〕曰：

〔一〕德宗貞元元年正月，以崔造平章事；至十二月罷。「德」，或作「代」，考宰相表當作「德」。

〔二〕德輿二子：璩字大圭，瑶字大玉。「服喪」，或作「喪服」。或無「來」字。

〔三〕或無「銘」字。

權在商周，世無不存〔一〕。滅楚徙秦，嬴劉之間。甘泉始侯，以及安丘；詆訶浮屠〔二〕，皇極之扶。貞孝之生，鳳鳥不至〔三〕；爵位豈多，半塗以税〔四〕；壽考豈多，四十而逝。惟其不有，以惠厥後；是生相君，爲朝德首。行世祖之，文世師之〔五〕；流連六官〔六〕，出入屏毗。無黨無讎，舉世莫疵。人所憚爲〔七〕，公勇爲之；其所競馳，公絶不窺〔八〕。孰克知之〔九〕，德將在斯。刻詩墓碑，以永厥垂。

〔一〕「無」，或作「次」。

〔二〕苻堅嘗游東苑，命沙門道安同輦。翼諫曰：「臣聞天子法駕，侍中陪乘，清道而行，進止有度；道安毁形賤士，不宜參穢神輿。」

〔三〕或作「至世」。

〔四〕「以」或作「已」。〔補注〕曾國藩曰：「税」，止也。用「税駕」字。

〔五〕「祖」，或作「師」。「師」，或作「推」，或作「祖」。

〔六〕謂吏、户、禮、兵、刑、工。

〔七〕「爲」，或作「焉」。

〔八〕「其」，或作「人」。「競」作「共」。「絶」，作「有」。今按：作「絶」乃與上文「勇」字相應。

〔九〕「克」，或作「先」。

平淮西碑 并序

據舊史，元和十二年八月，宰臣裴度爲淮西宣慰處置使，兼彰義軍節度使，請公爲行軍司馬。淮蔡平。十二月，隨度還朝，以功授刑部侍郎，仍詔撰平淮西碑，其詞多叙裴度事。時先入蔡州擒吴元濟，李愬功第一；愬不平之。愬妻唐安公主女也，出入禁中，因訴碑辭不實。詔令磨公文，命段文昌重撰。史所載如此。原公之意，大抵以度能固帝意，故諸將不敢首鼠，遂能平蔡，意多歸功於指蹤者也。帝亦重失武臣心，故詔文昌。然史臣之贊裴度，必取公之銘曰：「凡此蔡功，惟斷乃成。」則世固自有公論也。文昌文見姚鉉文粹。李商隱有讀韓碑詩，長篇甚美，有「公之斯文不示後，曷與三五相攀追」之句；東坡有臨江驛小詩云：「淮西功業冠吾唐，吏部文章日月光；千載斷碑人膾炙，不知世有段文昌。」則二公之文，不待較而明矣。陳無己曰：龍圖孫學士覺喜論文，謂退之淮西碑叙如書，銘如詩。又云：少游謂元和聖德詩於韓文爲下，與淮西碑如出兩手，蓋其少作也。李商隱讀韓碑詩：元和天子神武姿，彼何人哉軒與羲；誓將上雪列聖耻，坐法宫中朝四夷。淮西有賊五十載，封狼生貙貙生羆；不據山河據平地，長戈利矛日可麾。帝得聖相相曰度，賊斫不死神扶持；腰懸相印作都統，陰風慘淡天王旗。愬武古通作牙爪，儀曹外郎載筆隨；行軍司馬智且勇，十四萬衆猶虎貔。入蔡縛賊獻太廟，功無與比恩不訾；帝曰汝度功第一，汝從事愈宜爲辭。愈拜稽首蹈且舞，金石刻畫臣能爲；古者世稱大手筆，此事不繫於職司；當仁自古有不讓，言訖屢頷天子頤。公退齋戒坐小閣，濡染大筆何淋漓；點竄堯典舜典字，塗改清廟生民詩。文成破體書在紙，清晨再拜鋪丹墀；表曰臣愈昧死上，詠神聖功書之碑。碑高三丈字如斗，負以靈鼇蟠以螭；句奇語重喻者少，讒之天子言其私。長繩百尺拽碑倒，麄砂大石相磨治；公之斯文若元氣，先時已入人肝脾。湯盤孔鼎有述作，今無其器存其辭；嗚呼聖皇及聖相，相與烜爀流淳熙。公之斯文不示後，曷與三五相攀追！願書萬本誦萬過，口角流沫右手胝。傳之七十有二代，以爲封禪玉檢明堂基。〔補注〕茅坤曰：頌文淋漓，並合繩斧。姚範曰：自元和九年用兵淮蔡，至十三年而始平，銘及之。其間命將出師，攻城降卒，俱非一時事，亦非盡命裴度後事也；而序皆類之若一時事者，蓋序其所以聳唐憲奮武耆功，申命伐叛之威。裴度以宰相宣慰，君臣協謀，著度之威，而主威益隆：此江漢常武之義也；於以見保大定功，綏馭震叠之謨。若詳著入蔡禽一叛臣，其於唐宗威德替矣。此公表所云，「詩書之言，各有品章條貫」者也。而宋子京乃云：公以元濟之平，由度能固上意得不赦，故諸將不敢首鼠，卒禽之，多歸度功。此與義山詩見處同耳，未達撰次之旨也。但序事非實，王介甫有「類俳」之譏，或以是歟？或以銘詞當出序外，補序所不及，僅以避重文複説者，亦未達詩書之殊軌，文質之異同也。又云：古人謂序似書，銘似詩，余謂銘詞酣恣奮動，正以不全似詩爲佳；而子厚乃以淮西雅矜出其上，謬矣！規模章句，何處得此生氣横出耶？張裕釗曰：此文自秦以後殆無能爲之者。竊謂此文可追尚書，原道可追孟子，畫記可追考工：退之詣絶之作，欲度越盛漢，與周人并席矣。

天以唐克肖其德。聖子神孫，繼繼承承，於千萬年，敬戒不怠；全付所覆，四海九州，罔有内外，悉主悉臣。高祖太宗，既除既治。高宗中睿，休養生息。至于玄宗，受報收功，極熾而豐，物衆地大，孽牙其間。肅宗代宗，德祖順考，以勤以容；大慝適去〔一〕，稂莠不薅〔二〕，相臣將臣，文恬武嬉，習熟見聞，以爲當然〔三〕。

〔一〕〔補注〕曾國藩曰：「大慝」謂安史也。

〔二〕詩「以薅荼蓼」。「薅」，奴豆切。除田草也。

〔三〕〔補注〕曾國藩曰：以上歷叙唐之先朝。

睿聖文武皇帝〔一〕既受羣臣朝，乃考圖數貢〔二〕，曰：「嗚呼！天既全付予有家，今傳次在予，予不能事事，其何以見于郊廟？」羣臣震懾，奔走率職〔三〕：明年，平夏〔四〕；又明年，平蜀〔五〕；又明年，平江東〔六〕；又明年，平澤潞；遂定易定〔七〕，致魏博貝衛澶相〔八〕，無不從志。皇帝曰：「不可究武〔九〕，予其少息！」〔一〇〕

〔一〕下或有「陛下」字，非是。元和三年正月，受尊號。

〔二〕或無「乃」字。「數」，色阻切。〔補注〕沈欽韓曰：會要：「諸州圖，每三年一送職方。建中元年，改五年一造送。」

〔三〕或無「奔」「卒」二字。

〔四〕永貞元年八月，夏綏銀節度留後楊惠琳叛；元和元年三月，兵馬使張承全討斬之。〔補注〕沈欽韓曰：通鑑：永貞元年，韓全義入朝，以其甥楊惠琳知夏綏留後。杜黄裳以全義出征無功，驕蹇不遜，直令致仕，以李演爲節度使。惠琳勒兵拒之。詔河東天德軍合擊。

〔五〕永貞元年八月，劍南節度使韋臯卒，行軍司馬劉闢自稱留後。元和元年九月，東川節度使高崇文擒闢以獻。「蜀」下方有「西川」字，云：「劉闢求都統三川，方圍梓州而敗，亂固不及他郡也。」今按：既圍梓州，則亂已及東川矣。方説非是。

〔六〕元和二年十月，鎮海軍節度使李錡反；大將張子良執錡以獻。

〔七〕元和五年十月，義武節度使張茂昭以易定二州歸于有司。

〔八〕元和七年十月，魏博節度使田弘正以所管六州歸于有司。「澶」，澶淵也。説文：「澶淵水在宋。」左氏「盟于澶淵」。「澶」音蟬。

〔九〕「究」，或作「窮」。

〔一〇〕〔補注〕曾國藩曰：以上憲宗前此武功。

九年，蔡將死；蔡人立其子元濟以請，不許〔一〕。遂燒舞陽，犯葉襄城〔二〕，以動東都，放兵四劫。皇帝歷問于朝，一二臣外〔三〕皆曰：「蔡帥之不廷授，于今五十年〔四〕，傳三姓四將〔五〕，其樹本堅，兵利卒頑，不與他等。因撫而有，順且無事。」大官臆決唱聲，萬口和附，並爲一談〔六〕，牢不可破〔七〕。

〔一〕元和九年閏八月，彰義節度使吴少陽卒，其子元濟攝蔡州刺史，匿喪以病聞，自領軍務，表請主兵，上不許。〔補注〕沈欽韓曰：元和四年，吴少誠病甚。李絳上言：「淮西與河北不同，四旁皆國家州縣，無黨援相助，朝廷可命帥；不從，可議征討。」九年，吴少陽死。李吉甫上言：「少陽軍中，上下攜離，失今不取，後難圖矣。」

〔二〕「城」上或有「等」字，洪云：「此謂葉與襄城耳。『等』字非是。」

〔三〕或作「外臣」，杭苑無「外」字。今按：此句若作「外臣」，則當時朝臣自以伐蔡爲不可，非獨外臣也。若作「一二臣」，則當時舉朝之臣皆以伐蔡爲不可，又非獨一二人也。考之下文所謂「一二臣同，不爲無助」者，又正指武元衡裴度一二人贊伐蔡之謀者而言，則此乃謂唯一二臣以爲可，而其外羣臣皆以爲不可耳。諸本作「外臣」及無「外」字，皆非是。唯作「臣外」者得之。

〔四〕「帥」，或作「師」。「于」，或作「於」。

〔五〕廣德元年十月，以李忠臣爲淮西節度使也；貞元二年四月，以陳奇；十月，以吴少誠爲之：是爲「三姓」。大曆十四年三月，忠臣爲其將李希烈所逐，自爲節度。忠臣、希烈、少誠、少陽：是爲「四將」。

〔六〕「并」，或作「併」。

〔七〕曾國藩曰：以上廷臣不願代蔡。

皇帝曰：「惟天惟祖宗所以付任予者，庶其在此，予何敢不力〔一〕！況一二臣同，不爲無助。」〔二〕曰：「光顏，汝爲陳許帥〔三〕，維是河東魏博郃陽三軍之在行者，汝皆將之！」〔四〕曰：「重胤，汝故有河陽懷，今益以汝〔五〕，維是朔方義成陝益鳳翔延慶七軍之在行者，汝皆將之！」〔六〕曰：「弘，汝以卒萬二千屬而子公武往討之！」〔七〕曰：「文通，汝守壽〔八〕，維是宣武淮南宣歙浙西四軍之行于壽者，汝皆將之！」〔九〕曰：「道古，汝其觀察鄂岳！」〔一〇〕曰：「愬，汝帥唐鄧隨〔一一〕，各以其兵進戰！」曰：「度，汝長御史，其往視師！」〔一二〕曰：「度，惟汝予同〔一三〕，汝遂相予〔一四〕，以賞罰用命不用命！」曰：「弘，汝其以節都統諸軍！」〔一五〕曰：「守謙，汝出入左右，汝惟近臣，其往撫師！」〔一六〕曰：「度，汝其往，衣服飲食予士，無寒無飢〔一七〕。以既厥事，遂生蔡人。賜汝節斧，通天御帶，衛卒三百〔一八〕。凡茲廷臣，汝擇自從，惟其賢能，無憚大吏〔一九〕。庚申，予其臨門送汝！」〔二〇〕曰：「御史，予閔士大夫戰甚苦，自今以往，非郊廟祠祀，其無用樂！」〔二一〕

〔一〕「天」上或有「夫」字，非是。或無「何」字。

〔二〕「不」上或有「固」字。〔補注〕沈欽韓曰：時羣臣請罷兵者衆，上患之，黜錢徽、蕭俛、韋貫之等，以警其餘。宰相李逢吉、王涯等競言師老財竭，欲罷兵。裴度請自往督戰。翰林學士令狐楚與逢吉善，度恐其令中外合勢以沮軍事，罷之。茅坤曰：以下撰次如畫，溝途可睹。

〔三〕元和九年十月，以陳州刺史李光顔爲忠武節度使，忠武管陳許二州。

〔四〕元和十年正月，命宣武等十六道進軍討元濟。以光顔等分掌行營。二月，命神策軍郃陽鎮遏將索日進，以涇原兵六百人會李光顔。「郃陽」，左馮翊郃陽縣。「郃」，或作「涇」，非是。〔補注〕曾國藩曰：叙諸將皆述皇帝詔言，故文氣振拔異常，通首得勢在此。

〔五〕元和九年閏八月，以河陽節度使烏重胤爲汝州刺史，充河陽懷汝節度使，徙隸汝州。〔補注〕沈欽韓曰：元和九年，田弘正以魏博歸附。宰相李吉甫以爲汝州扞蔽東都，河陽宿兵本以制魏博，今弘正歸附，則河陽爲内鎮，不應屯重兵以示猜阻。

〔六〕義成管鄭滑二州。「陝」「益」即劍南東西川，延屬鄜坊丹延節度使，慶屬邠寧節度使。「延慶」，本或作「鄜延寧慶」。〔補注〕沈欽韓曰：「陝」爲陝州，自有陝虢觀察使，非東川。

〔七〕元和十年九月，以宣武節度使韓弘爲淮西諸軍都統，弘請使子公武以兵萬三千會蔡下，歸財與糧，以濟諸軍。「屬」下或有「集」字，或在「公武」下，皆非是。

〔八〕元和十年二月，以左金吾大將軍李文通爲壽州團練使。〔補注〕沈欽韓曰：册府元龜：元和十一年，詔壽州以兵三千保其境内茶園。通鑑，吴少陽時抄掠壽州茶山，以實其軍。

〔九〕「西」下或有「徐泗」字。「四」或作「五」，皆非是。「行」上或有在字。

〔一〇〕元和十一年，以黔州觀察使李道古爲鄂岳觀察使。

〔一一〕元和十一年十二月，以太子詹事李愬爲唐鄧隨節度使。

〔一二〕謂度爲御史中丞，故云「長」。元和十年五月，上遣度詣行營宣慰，察用兵形勢。

〔一三〕「汝」下一有「與」字。

〔一四〕元和十年六月，以度爲中書侍郎同平章事。

〔一五〕「節」下或有「度」字。「諸」，方作「討」。今按：前輩有引左傳「討其事實」爲「討軍」之證者，恐未必然；若必作「討」，則秦芝罘刻石自有「遂發討師」之語，而晉官有「都督征討諸軍事」，皆足爲證，不必引左傳却不相似也。但公所作韓弘碑但云：「都統諸軍」，則作「討」者爲誤矣，不可以偶有旁證，而强引以從之也。

〔一六〕元和十一年十一月，上命知樞密梁守謙宣慰，因留監其軍。「汝惟」或作「惟汝」。

〔一七〕或無「服飲」字；或無「服」字，有「飲」字；或無「衣服」字。「寒」下或無「無」字。

〔一八〕元和十二年八月，度赴淮西，詔以神策軍三百人衛從，賜以犀帶。

〔一九〕元和十二年七月，度以宰相出爲淮西宣慰處置使，度奏刑部侍郎馬摠爲副使，右庶子韓愈爲行軍司馬。

〔二〇〕度行，上御通化門送之。〔補注〕沈欽韓曰：長安志：京城東面三門，北曰通化。

〔二一〕或無「其」字。〔補注〕曾國藩曰：以上命將伐蔡。

顔胤武合攻其北，大戰十六，得栅城縣二十三，降人卒四萬〔一〕。道古攻其東南，八戰，降萬三千〔二〕，再入申，破其外城〔三〕。文通戰其東，十餘遇，降萬二千，愬入其西，得賊將，輒釋不殺〔四〕，用其策，戰比有功〔五〕。十二年八月，丞相度至師〔六〕，都統弘責戰益急，顔胤武合戰益用命，元濟盡并其衆洄曲以備〔七〕。十月壬申，愬用所得賊將，自文城因天大雪疾馳百二十里，用夜半到蔡，破其門〔八〕，取元濟以獻，盡得其屬人卒。辛巳，丞相度入蔡〔九〕，以皇帝命赦其人。淮西平，大饗賚功；師還之日，因以其食賜蔡人。凡蔡卒三萬五千，其不樂爲兵願歸爲農者十九〔一〇〕，悉縱之。斬元濟京師〔一一〕。

〔一〕或無「人」字，此謂降其民與卒也，故下語皆不再出「人卒」字。今按：莊子云「人卒雖衆」，公語亦有自也。

〔二〕「降」下或有「卒」字。

〔三〕元和十二年，道古攻申州，克其外郭。〔補注〕沈欽韓曰：申州，今信陽州，屬汝寧府。

〔四〕元和十二年五月，淮西騎將李祐率士卒刈麥於張柴村。李愬令廂虞候史用誠生擒以歸，待以客禮。〔補注〕沈欽韓曰：十二年，愬遣十將馬少良巡邏，遇吴元濟捉生虞候丁士良，擒之。士良驍將，常爲東邊患，衆請刳其心，愬許之。既而詰之，士良無懼色，愬曰：「真丈夫也。」釋其縛，署爲「捉生將」。

〔五〕「比」或作「皆」。

〔六〕「師」，或作「帥」，非是。

〔七〕四月，蔡人董昌齡以郾城降，李光顔引兵入據之。元濟甚懼，時董重質將騾軍守洄曲，元濟悉發親近及守城卒詣重質以拒之。「洄」，或作「迴」。今按：「洄」與史合。〔補注〕沈欽韓曰：乾隆志：洄曲河，在許州郾城縣東南三十里。

〔八〕〔補注〕沈欽韓曰：明史志：汝寧府遂平縣西有故文成栅，一名鐵城。一統志：「懸瓠池，在府城北門外，李愬夜擊鵝鴨，以亂軍聲，即此。」

〔九〕度建彰義軍節，將降卒萬餘人入城。

〔一〇〕或無「歸」字。

〔一一〕「濟」下或有「於」字。十一月丙戌朔，御興安門，受淮西之俘，以元濟徇兩市，斬於獨柳樹。〔補注〕曾國藩曰：以上平蔡戰功。

册功：弘加侍中；愬爲左僕射，帥山南東道〔一〕；顔胤皆加司空〔二〕；公武以散騎常侍帥鄜坊丹延〔三〕；道古進大夫；文通加散騎常侍〔四〕。丞相度朝京師，道封晉國公〔五〕，進階金紫光禄大夫，以舊官相〔六〕，而以其副摠爲工部尚書，領蔡任〔七〕。既還奏，羣臣請紀聖功，被之金石，皇帝以命臣愈〔八〕。臣愈再拜稽首而獻文曰：

〔一〕制加愬檢校尚書左僕射，襄州刺史，充山南東道節度、襄鄧隋唐復郢均房觀察使、涼國公。

〔二〕李光顔烏重胤並檢校司空；光顔封武威郡公，重裔邠國公。

〔三〕以宣武軍都虞候韓公武爲檢校左散騎常侍、鄜州刺史、鄜坊丹延節度使。

〔四〕考之史及段文昌碑皆合。一本無「大夫文通加」五字，非是。道古時已爲中丞，故不復言御史也。今按：道古墓志亦可考。

〔五〕或無「道」字，或作「進」；或無「國」字。

〔六〕度歸京師，十二月，制加彰義軍節度、申光蔡溵觀察使、充淮西宣慰處置等使、朝議大夫、門下侍郎平章事兼蔡州刺史、飛騎尉裴度金紫光禄大夫，依前門下侍郎，弘文館大學士，仍賜上柱國，封晉國公，食邑三千户。

〔七〕以蔡州留後馬摠檢校工部尚書，爲蔡州刺史，彰義節度使。〔補注〕曾國藩曰：以上册功。

〔八〕或無「以」字。

唐承天命，遂臣萬邦〔一〕；孰居近土，襲盗以狂。往在玄宗〔二〕，崇極而圮，河北悍驕〔三〕，河南附起〔四〕。四聖不宥〔五〕，屢興師征；有不能剋，益戍以兵。夫耕不食，婦織不裳；輸之以車，爲卒賜糧。外多失朝，曠不嶽狩；百隸怠官，事亡其舊〔六〕。

〔一〕「邦」，或作「方」。

〔二〕「在」，方作「居」，云：「唐人多以『在』爲『居』，公本政亦曰『居我其周從是也』。」今按：以「在」爲「居」，亦草書之誤，本政「居」字已論於本篇，方説非是。

〔三〕安史既平，燕趙魏相繼而起。

〔四〕謂鄆蔡之屬居河南者。

〔五〕肅代德順。

〔六〕「百隸怠官」，或作「百司隸官」。「亡」，或作「忘」。〔補注〕曾國藩曰：以上唐中興後，藩鎮多叛。

帝時繼位〔一〕，顧瞻咨嗟；惟汝文武，孰恤予家。既斬吴蜀，旋取山東〔二〕；魏將首義，六州降從。淮蔡不順，自以爲强；提兵叫讙，欲事故常。始命討之，遂連姦鄰；陰遣刺客，來賊相臣〔三〕。方戰未利，内驚京師；羣公上言〔四〕，莫若惠來。帝爲不聞，與神爲謀；乃相同德〔五〕，以訖天誅〔六〕。

〔一〕憲宗。

〔二〕「吴蜀」或作「蜀吴」。「取」，或作「出」。

〔三〕元和十年六月，宰相武元衡入朝，東平李師道遣刺客暗中突出射之。

〔四〕「公」或作「臣」。

〔五〕「乃」，或作「及」，非是。

〔六〕〔補注〕曾國藩曰：以上憲宗與裴相同謀。

乃敕顔胤，愬武古通；咸統於弘〔一〕，各奏汝功〔二〕。三方分攻〔三〕，五萬其師；大軍北乘，厥數倍之〔四〕。常兵時曲〔五〕，軍士蠢蠢；既翦陵雲〔六〕，蔡卒大窘。勝之邵陵〔七〕，郾城來降〔八〕；自夏入秋，復屯相望〔九〕。兵頓不勵，告功不時〔一〇〕；帝哀征夫，命相往釐。士飽而歌，馬騰於槽〔一一〕；試之新城〔一二〕，賊遇敗逃〔一三〕。盡抽其有，聚以防我；西師躍入，道無留者〔一四〕。

〔一〕謂以韓弘爲都統。

〔二〕「奏」或作「走」，非是。

〔三〕「三方」，即上所言顔胤武攻其北，道古攻其東南，文通戰其東也。

〔四〕〔補注〕陳景雲曰：此合攻其北也。

〔五〕元和十年五月，光顔大破賊黨於時曲。〔補注〕沈欽韓曰：明史志：陳州商水縣西北有故凌雲柵，又有時曲。十年八月，光顔兵敗於時曲。

〔六〕元和十一年九月，光顔奏拔陵雲柵。

〔七〕「勝」，或作「遂」，又作「翦」。〔補注〕沈欽韓曰：乾隆志：召陵故城在郾城縣東卅五里。

〔八〕〔補注〕沈欽韓曰：十二年三月，光顔敗淮西三萬於郾城，走其將張伯良。郾城令董昌齡、守將鄭懷英舉城降。陳景雲曰：以上挈前文大戰十六，得柵城縣廿三之要而言之。

〔九〕「入」，或作「及」。「復」，或作「複」。

〔一〇〕〔補注〕沈欽韓曰：十一年六月，唐鄧隨節度高霞寓敗於鐵城；十二年八月，光顔重胤敗於賈店；九月，淮西兵寇溵水鎮，殺三將。

〔一一〕〔補注〕沈欽韓曰：裴度以郾城爲治所，帥僚佐觀築城於沱口。董重質出五溝邀之，李光顔田布力戰，度僅得入城。布扼其溝中歸路，賊死者千餘人。

〔一二〕〔補注〕沈欽韓曰：金史志：郾城有新寨鎮。

〔一三〕〔補注〕陳景雲曰：顔胤武合戰益用命也。

〔一四〕〔補注〕陳景雲曰：賊專備北境，故西師擣虚而入。曾國藩曰：以上破蔡。

頟頟蔡城〔一〕，其壃千里〔二〕；既入而有，莫不順俟。帝有恩言，相度來宣：「誅止其魁，釋其下人。」〔三〕蔡之卒夫，投甲呼舞；蔡之婦女，迎門笑語。蔡人告飢，船粟往哺；蔡人告寒，賜以繒布〔四〕。始時蔡人，禁不往來；今相從戲，里門夜開。始時蔡人，進戰退戮；今旰而起，左飧右粥〔五〕。爲之擇人，以收餘憊〔六〕；選吏賜牛，教而不税〔七〕。

〔一〕「頟」，與「額」同。〔補注〕姚範曰：儀禮賈疏鄭注「三年練冠」，引大戴禮「小功以下頟頟」云：「弔賓以下，望之頟頟然。」又劉熙釋名：「頟，鄂也。有垠鄂也。」據此：「頟」亦讀「鄂」。

〔二〕「壃」，或作「疆」。

〔三〕「釋其」，或作「釋于」。

〔四〕「賜以」或作「詔賜」，非是。

〔五〕「旰」，或作「眠」。「飧」，或作「餐」，舊本皆作「飧」。今按：「還予授子之粲兮」，傳云「粲，餐也」。史記「餐未及下咽，酒未及濡脣」。漢書「令其裨將傳餐」。則「餐」字亦有義。公祭鄭夫人文「念寒而衣，念飢而餐」，同以「衣」對「餐」也，或當作「餐」。

〔六〕「收」，或作「牧」。

〔七〕〔補注〕曾國藩曰：以上裴公惠政。

蔡人有言，始迷不知；今乃大覺，羞前之爲。蔡人有言，天子明聖；不順族誅，順保性命。汝不吾信，視此蔡方；孰爲不順，往斧其吭〔一〕。凡叛有數，聲勢相倚；吾强不支，汝弱奚恃。其告而長，而父而兄〔二〕；奔走偕來〔三〕，同我太平。淮蔡爲亂，天子伐之；既伐而飢，天子活之〔四〕。

〔一〕「吭」，古郎切。

〔二〕或作「及汝父兄」。

〔三〕或作「來偕」。

〔四〕〔補注〕曾國藩曰：以上蔡人知感。

始議伐蔡，卿士莫隨；既伐四年，小大並疑。不赦不疑，由天子明；凡此蔡功，惟斷乃成。既定淮蔡〔一〕，四夷畢來〔二〕；遂開明堂，坐以治之。

〔一〕或作「淮蔡既定」。

〔二〕「來」，力知切；至也，還也。左氏「于思于思，棄甲復來」。

南海神廟碑

此碑石刻其首云：「使持節袁州諸軍事、守袁州刺史韓愈撰，使持節循州諸軍事、守循州刺史陳諫書并篆額。」其後云：「元和十五年十月一日建。」歐陽公云：「昌黎集類多訛舛，惟南海碑不舛者，以石刻人家多有故也。」石刻與刊本異者，今注于下。蘇内翰嘗移書楊康公，使遷廟文登，因古廟而新之。楊不從，故蘇詩云：「退之仙人也，游戲於斯文。笑談出奇偉，鼓舞南海神。」「神」，或作「東」。〔補注〕劉大櫆曰：退之文集大成，此以所得於相如子雲者爲之，故叙祠祀而上林甘泉之體奔赴腕下，富麗雄奇。曾國藩曰：四字句凡百廿句，漢賦之氣體也，筆力足以追相如作賦之才，而鋪叙少傷平直；故王氏謂骨力差減也。然古來文士，并以賦物爲難，蓋藻繪三才，刻畫萬態，而不可剽襲一字，故其難也。後人雜綴前人字句爲文，又不究事物之情狀，淺矣。

海於天地間爲物最鉅。自三代聖王莫不祀事，考於傳記，而南海神次最貴，在北東西三神、河伯之上，號爲祝融〔一〕。天寶中，天子以爲古爵莫貴於公侯，故海嶽之祝〔二〕，犧幣之數，放而依之；所以致崇極於大神。今王亦爵也，而禮海嶽尚循公侯之事，虚王儀而不用，非致崇極之意也。由是册尊南海神爲廣利王〔三〕。祝號祭式，與次俱昇〔四〕；因其故廟，易而新之，在今廣州治之東南海道八十里，扶胥之口，黄木之灣。常以立夏氣至，命廣州刺史行事祠下，事訖驛聞〔五〕。

〔一〕太公金匱云：「南海之神曰祝融，東海之神曰勾芒，北海之神曰顓頊，西海之神曰蓐收。」今按：東海神名阿明，南海祝融，西海巨乘，北海禺强。亦見養生雜書。然公言「南海神次最貴」，則是據太公書矣。

〔二〕「祝」，或作「祀」。

〔三〕天寶十載正月，封東海廣德王，南海廣利王，西海廣潤王，北海廣澤王。「册」，詔也。

〔四〕或作「升」。武德貞觀之制：四海年别一祭，各以五郊迎氣日祭之，祀官以當界都督刺史充。至是封王，分命卿監十三人取三月十七日一時備禮兼册制祭，其祭儀具開元禮。

〔五〕〔補注〕曾國藩曰：以上言南海神之尊，祀事之嚴。

而刺史常節度五嶺諸軍，仍觀察其郡邑〔一〕，於南方事無所不統，地大以遠，故常選用重人。既貴而富，且不習海事，又當祀時海常多大風，將往皆憂慼；既進，觀顧怖悸：故常以疾爲解〔二〕，而委事於其副，其來已久。故明宫齋廬上雨旁風，無所蓋障；牲酒瘠酸，取具臨時；水陸之品，狼藉籩豆；薦祼興俯，不中儀式；吏滋不供〔三〕，神不顧享；盲風怪雨〔四〕，發作無節，人蒙其害〔五〕。

〔一〕唐制：嶺南爲五府，而嶺南節度使觀察四府事。

〔二〕「解」，或作「辭」。

〔三〕「滋」或作「兹」。「供」從石本作「恭」，誤。

〔四〕或謂秘閣本「盲」作「𧈡」，字見吕氏春秋。考石本只作「盲」。月令「盲風至」，注「疾風也」；山海經「符陽之山多怪雨，風雲之所出也」。

〔五〕〔補注〕曾國藩曰：以上前刺史不躬親其事。

元和十二年始詔用前尚書右丞國子祭酒魯國孔公爲廣州刺史、兼御史大夫以殿南服〔一〕。公正直方嚴，中心樂易，秪慎所職；治人以明，事神以誠〔二〕；内外單盡，不爲表襮。至州之明年，將夏，祝册自京師至，吏以時告，公乃齋袚視册，誓羣有司曰：「册有皇帝名，乃上所自署，其文曰：『嗣天子某，謹遣官某敬祭。』〔三〕其恭且嚴如是，敢有不承！明日，吾將宿廟下，以供晨事。」明日，吏以風雨白，不聽。於是州府文武吏士凡百數，交謁更諫，皆揖而退〔四〕。

〔一〕天寶十二載七月，以孔戣爲嶺南節度使。「殿」，定也，詩：「殿天子之邦。」按戣傳：「先是，準詔禱南海神，多令從事代祠；戣每受詔，自犯風波而往。韓愈在潮州作詩以美之。」傳所謂「詩」，豈公此作耶。「殿」，丁練切。〔補注〕「右」下原本無「丞」字，據别本校補。

〔二〕〔補注〕方苞曰：神依人而行，故先言治人。

〔三〕唐制：岳瀆以上祝版御署，附中使送往。「其」上或有「具」字，或作「且」字。「官」上或有「某」字。今按：「其」上宜有「且」字，然石本無之，不欲增也。「官」上某字，石本無之，或以爲用左傳「其官臣偃」之語。

〔四〕〔補注〕曾國藩曰：以上叙孔公親往將事。

公遂陞舟，風雨少弛，櫂夫奏功，雲陰解駮，日光穿漏，波伏不興。省牲之夕，載暘載陰；將事之夜，天地開除，月星明穊〔一〕。五鼓既作，牽牛正中〔二〕，公乃盛服執笏以入即事。文武賓屬，俯首聽位，各執其職。牲肥酒香，罇爵静潔，降登有數，神具醉飽〔三〕。海之百靈秘怪，慌惚畢出，蜿蜿虵虵，來享飲食〔四〕。闔廟旋艫〔五〕，祥飈送颿〔六〕，旗纛旄麾，飛揚晻藹，鐃鼓嘲轟，高管噭譟〔七〕，武夫奮櫂，工師唱和，穹龜長魚，踊躍後先，乾端坤倪，軒豁呈露。祀之之歲〔八〕，風災熄滅，人厭魚蟹，五穀胥熟。明年祀歸〔九〕，又廣廟宫而大之：治其庭壇，改作東西兩序、齋庖之房，百用具脩。明年其時，公又固往，不懈益虔，歲仍大和，耋艾歌詠〔一〇〕。

〔一〕「穊」，几利切，説文「稠也」。選何晏景福殿賦「穊若幽星之纚連」，李善注「音古愛切」。蜀本作「概」，非是。〔補注〕蜀本作「概」，姚範曰：「概」與「溉」同，「概」，拭也，言月星之明拭。

〔二〕月令：「季春之月旦，牽牛中。」上文言立夏行事，正此時也。

〔三〕「具」，或作「其」。

〔四〕「慌」，或作「恍」。「虵虵」，或作「蜒蜒」。「享」或作「慕」。「蜿」，音鴛。「蜒」音延。

〔五〕「艫」，音「盧」。

〔六〕「颿」與帆同。

〔七〕「譟」，音叫。

〔八〕「祀之」，石本作「祝」。今按：「祝」當作「祀」，其理甚明，或疑誤刻，今改從諸本。
〔九〕「祀」，諸本石本皆同，方作「祝」，誤。
〔一〇〕〔補注〕方苞曰：以上事神，以下治人。曾國藩曰：以上事神獲福。

始公之至，盡除他名之税，罷衣食於官之可去者；四方之使，不以資交；以身爲帥，燕享有時，賞與以節；公藏私畜，上下與足。於是免屬州負逋之緡錢廿有四萬，米三萬二千斛〔一〕。賦金之州，耗金一歲八百，困不能償，皆以丐之〔二〕。加西南守長之俸〔三〕，誅其尤無良不聽令者，由是皆自重慎法。人士之落南不能歸者與流徙之胄百廿八族〔四〕，用其才良，而廩其無告者。其女子可嫁，與之錢財，令無失時〔五〕。刑德並流，方地數千里不識盜賊；山行海宿，不擇處所；事神治人，其可謂備至耳矣〔六〕。咸願刻廟石以著厥美，而繫以詩〔七〕，乃作詩曰：

〔一〕「廿有四萬」，或作「十有八萬」。「廿」，方誤作「二十」。「三」，或作「八」。
〔二〕「丐」，一作「正」。
〔三〕「西南」，或作「四面」。
〔四〕〔補注〕沈欽韓曰：柳芳姓系論：魏孝文帝遷洛，有八氏、十姓、三十六族、九十二姓。八氏、十姓，生於帝宗屬或諸國從魏者；卅六族、九十二姓，世爲部落大人，并號「河南洛陽人」。「百廿八族」，蓋當時譜局中語；「卅六」、「九十二」，合之爲語。

〔五〕「嫁」下方有「者」字，石本無，方誤也。「時」，或作「所」。

〔六〕或無「其」字；或無「耳」字。

〔七〕〔補注〕曾國藩曰：以上附叙孔公諸善政。

南海陰墟〔一〕，祝融之宅；即祀于旁，帝命南伯〔二〕。吏惰不躬，正自今公；明用享錫，右我家邦〔三〕。惟明天子，惟慎厥使；我公在官，神人致喜。海嶺之陬，既足既濡；胡不均弘，俾執事樞。公行勿遲，公無遽歸；匪我私公，神人具依〔四〕。

〔一〕「陰」或作「之」。

〔二〕〔補注〕方苞曰：略舉事端，因别出義意。

〔三〕「右」，或作「祐」。

〔四〕今按：此文石本今最易得，而方本失考者凡五條；然則它云石本者，恐亦不能無謬也。

處州孔子廟碑

此篇方從石本。碑記不載年月日，第云「朝散大夫國子祭酒賜紫金魚袋韓愈撰」。公爲祭酒在元和十五年。〔補注〕何焯曰：韓公之文，無不根據經籍，而議論仍未嘗襲前人陳言，故下筆如魚龍百變。又曰：與偃王碑皆以賓形主，其輕重不失銖黍。曾國藩曰：切定祀事，不泛作孔子頌，是文家定法。

自天子至郡邑守長通得祀而徧天下者，唯社稷與孔子爲然。而社祭土，稷祭穀〔一〕，句龍與弃乃其佐享，非其專主，又其位所不屋而壇；豈如孔子用王者事，巍然當座，以門人爲配〔二〕，自天子而下，北面跪祭〔三〕，進退誠敬，禮如親弟子者？句龍弃以功，孔子以德：固自有次第哉！自古多有以功德得其位者，不得常祀〔四〕；句龍弃孔子皆不得位而得常祀；然其祀事皆不如孔子之盛〔五〕：所謂生人以來未有如孔子者〔六〕，其賢過於堯舜遠者，此其效歟〔七〕？

〔一〕「爲」或作焉，「然」字屬下句。「而社」，方無「而」字。「句」上方有「而」字。皆非是。

〔二〕杜牧云：「稱夫子之尊，莫如韓吏部。」蓋公作此碑云「社稷不屋而壇，孔子用王者事，巍然當坐，以門人爲配」也。張文潛曰：廟貌之設，起於後世，如祭天地，亦不屋而壇耳。開元二十七年八月，追謚孔子文宣王，南面而坐，以顏子配享。〔補注〕何焯曰：句龍與弃，不得專立廟，附祭于壇；非謂廟屋尊於壇也。

〔三〕「跪祭」或作「拜跪薦祭」。

〔四〕〔補注〕何焯曰：又轉此層，波瀾始富，筆力始高。

〔五〕「不如」，或作「無如」。

〔六〕「人」，或作「民」。「以」，或作「已」。「孔」或作「夫」。

〔七〕邵太史曰：歐陽公平生尊用韓退之，於其學無少異。然退之處州孔子廟碑云云，永叔作穀城縣夫子廟記乃云：「後之人徒見官爲立祠，而州縣莫不祭之、夫子之尊，由此爲盛。甚者乃謂生雖不得位，而歿有所享，以爲夫子榮；謂有德之報，雖堯舜莫若。何其謬論者歟？」是歐陽以退之爲謬矣。雖然，韓與歐，其尊夫子之心則一也。杜牧之云：「自古稱夫子者多矣，稱夫子之德莫如孟子，稱夫子之尊莫如韓吏部。」

業。郡邑皆有孔子廟，或不能修事；雖設博士弟子，或役於有司，名存實亡，失其所業。獨處州刺史鄴侯李繁至官〔一〕，能以爲先。既新作孔子廟，又令工改爲顏子至子夏十人像〔二〕，其餘六十子〔三〕，及後大儒公羊高左丘明孟軻荀況伏生毛公韓生董生高堂生揚雄鄭玄等數十人〔四〕，皆圖之壁。選博士弟子必皆其人。又爲置講堂〔五〕，教之行禮，肄習其中。置本錢廩米，令可繼處以守。廟成，躬率吏及博士弟子入學行釋菜禮〔六〕，耆老歎嗟，其子弟皆興於學。鄴侯尚文，其於古記無不貫達，故其爲政知所先後，可歌也已！乃作詩曰：

〔一〕繁，鄴侯泌之子。

〔二〕「令」，或作「命」。「顏子」，或作「顏回」。

〔三〕「子」上或有「二」字。

〔四〕貞觀二十一年，詔左丘明公羊高毛萇鄭玄伏勝高堂生等二十二人，春秋行釋奠之禮，而無孟軻荀況韓生董生揚雄等。伏生即伏勝，毛公即毛萇，韓生名嬰，董生名仲舒，高堂生能言禮，見漢書儒林傳。

〔五〕「又爲」字或在「其中」字下。「置」，或作「設」。

〔六〕「菜」，或作「奠」。歐陽曰：「釋奠」，菜祭之略者也。古者士之見師，以菜爲摯；故始入學者，必釋菜以禮其先師。其學官四時之祭，乃皆釋菜。「釋奠」有樂無尸，而「釋菜」無樂，則又其略也。

惟此廟學，鄴侯所作。厥初庳下〔一〕，神不以宇；生師所處〔二〕，亦窘寒暑。乃新斯宫，神降其獻；講讀有常，不誡用勸。揭揭元哲〔三〕，有師之尊；羣聖嚴嚴，大法以存。像圖孔肖，咸在斯堂；以瞻以儀，俾不惑忘〔四〕。後之君子，無廢成美；琢詞碑石，以贊攸始。

〔一〕「庳」，音卑，又音婢。

〔二〕「生」，或作「先」。

〔三〕「揭」，居謁切，又音桀，又音羯。

〔四〕「惑」，或作「或」。〔補注〕方苞曰：「厥初」四語，補記所不及；「揭揭」八語，原圖象之意，故不嫌複。

柳州羅池廟碑

此篇方從石本。羅池神，子厚也。其碑石本首云：「尚書吏部侍郎賜紫金魚袋韓愈撰，中書舍人史館修撰賜紫金魚袋沈傳師書」。其後云「朝議郎桂管觀察使試太常寺協律郎上柱國陳曾篆額；長慶元年正月十一日，桂管都防禦先鋒兵馬使朝散大夫試左衛長史孫季雄建立。」歐陽集古録：「羅池碑後題云：『長慶元年正月建。』按穆宗實録，長慶二年二月，傳師爲中書舍人、史館修撰；九月，愈遷吏部。時愈未爲吏部，沈亦未爲舍人。當是長慶二年，則二君官正與此碑同。其書『元年正月』，蓋傳模者誤。」按舊史公傳云：「南人妄以柳宗元爲羅池神，而愈撰碑以實之。」蓋以是罪公。而新史書其事於子厚傳，無所褒貶。元祐七年六月，詔賜唐柳州刺史羅池神廟爲「靈文之廟」，以郡人言其雨暘應祈故也。田表聖書其碑陰云：「子厚終於柳州，以精多魄强爲羅池之神。昌黎叙其事而銘之，大意謂子厚宏深之量，昭明之識，當爲星辰、爲岳瀆，胡爲在柳州之陋爲神？其所以推尊甚大。石敏若此，世以公此文爲語怪，非也。

士有抱負不克施，遭流落以死，爲明神烈鬼，巍峨廟食，理也。李衞公竄海上，死矣，其精魄凛然，尚能使犬鼠餘黨破膽於夢中；不然，退之豈矯誣柳州以求異乎？」晁氏曰：「此亦銘羅池神之文，弔宗元之文也。」〔補注〕曾國藩曰：此文情韻不匱，聲調鏘鏗，乃文章第一妙境。情以生文，文亦足以生情；文以引聲，聲亦足以引文：循環互發，油然不能自已，庶可漸入佳境。

羅池廟者，故刺史柳侯廟也。柳侯爲州〔一〕，不鄙夷其民，動以禮法；三年，民各自矜奮〔二〕：「茲土雖遠京師，吾等亦天氓，今天幸惠仁侯，若不化服，我則非人。」於是老少相教語，莫違侯令。凡有所爲於其鄉閭及於其家，皆曰：「吾侯聞之，得無不可於意否？」莫不忖度而後從事。凡令之期，民勸趨之，無有後先，必以其時。於是民業有經，公無負租，流逋四歸，樂生興事；宅有新屋，步有新船〔三〕，池園潔脩，豬牛鴨雞，肥大蕃息；子嚴父詔，婦順夫指，嫁娶葬送，各有條法，出相弟長，入相慈孝。先時，民貧以男女相質，久不得贖，盡没爲隸；我侯之至，按國之故，以傭除本，悉奪歸之。大修孔子廟，城郭巷道，皆治使端正〔四〕，樹以名木。柳民既皆悦喜〔五〕。

〔一〕元和十年三月，以永州司馬柳宗元爲柳州刺史。

〔二〕「奮」下或有「曰」字。今按：宜有「曰」字，然石本無之，不欲補也。

〔三〕「步」，或作「涉」。柳子厚鐵爐步志曰：「江之滸，凡舟可縻而上下曰『步』。」今按：孔戣志亦有「泊步」字。〔補注〕沈欽韓曰：述異記：「吳楚間謂『浦』爲『步』」，通雅：「後人遂作『埠』，北方曰『務』。」

〔四〕「巷道」，或作「道巷」。

〔五〕〔補注〕方苞曰：以上「生能澤其民」，以下「死能驚動禍福之」。

嘗與其部將魏忠謝寧歐陽翼飲酒驛亭〔一〕，謂曰：「吾棄於時，而寄於此，與若等好也。明年吾將死，死而爲神，後三年爲廟祀我。」及期而死〔二〕。三年孟秋辛卯〔三〕，侯降于州之後堂，歐陽翼等見而拜之。其夕，夢翼而告曰：「館我於羅池。」〔四〕其月景辰，廟成大祭，過客李儀醉酒慢侮堂上，得疾，扶出廟門即死。明年春，魏忠歐陽翼使謝寧來京師，請書其事于石。

〔一〕「嘗」，或作「常」。

〔二〕元和十四年十月，宗元卒。〔補注〕吳汝綸曰：此因柳人神之，遂著其死後精魄懍懍，以見生時之屈抑。所謂深痛惜之意指，最爲沈鬱。史官乃妄議之，不知此乃左氏之神境也。

〔三〕長慶三年也。

〔四〕〔補注〕沈欽韓曰：一統志：「羅池在柳州府城東，水可溉。」

余謂柳侯生能澤其民，死能驚動福禍之以食其土〔一〕，可謂靈也已。作迎享送神詩遺柳民，俾歌以祀焉，而并刻之。柳侯，河東人，諱宗元，字子厚，賢而有文章，嘗位於朝光顯矣；已而擯不用〔二〕。其辭曰：

〔一〕「福禍」，或作「禍福」。

〔二〕〔補注〕曾國藩曰：不叙一事，文各有裁。

荔子丹兮蕉黄〔一〕，雜肴蔬兮進侯堂。侯之船兮兩旗，度中流兮風泊之，待侯不來兮不知我悲。侯乘駒兮入廟〔二〕，慰我民兮不嚬以笑。鵝之山兮柳之水，桂樹團團兮白石齒齒。侯朝出游兮暮來歸，春與猨吟兮秋鶴與飛〔三〕。北方之人兮爲侯是非〔四〕，千秋萬歲兮侯無我違。福我兮壽我，驅厲鬼兮山之左。下無苦濕兮高無乾，秔稌充羨兮〔五〕蛇蛟結蟠。我民報事兮無怠其始，自今兮欽于世世〔六〕。

〔一〕「蕉」下或有「葉」字，或有「子」字。

〔二〕〔補注〕陳景雲曰：舟中樹兩旗，設寓馬以迎神：此嶺外祀神舊俗，見南宋臨邛韓本注。蓋「船」「駒」諸句，皆紀實也。

〔三〕或作「秋與鶴飛」。今按：歐公以此句爲石本之誤。沈存中云：非也，倒用「鶴」「與」兩字則語勢愈健。如楚辭云：「吉日辰良」也。但此石本「團團」字，初誤刻作團圓」，後鐫改之，今尚可見，則亦石本不能無誤之一證也。

〔四〕〔補注〕陳景雲曰：此言中原士大夫方多騰口吹毛者也。史言子厚從永州召還，復有嶺外之行，蓋深爲言路所排。

〔五〕「秔」音庚。「稌」，徒古切，又音土。

〔六〕〔補注〕陳景雲曰：元祐五年，賜額曰「文靈廟」；崇寧三年，賜爵「文惠侯」；紹興末，加封「文惠昭靈侯」；致和元年，又進封「文惠昭靈公」。見重修廟記及元史。所謂「欽于世世」者，信矣！曾國藩曰：銘詞嗣響九歌。

黄陵廟碑

此篇方從石本。曾子開曰：「湘水出全，瀟水出道：二水至永合而爲一，以入洞庭。黄陵廟在瀟湘之尾，洞庭之口。孫氏曰『廟在潭州之湘陰縣北八十里。』或云在岳州。」首題云：「通議大夫守尚書兵部侍郎上柱國賜紫金魚袋韓愈撰、正議大夫守潭州刺史兼御史中丞湖南都團練觀察安撫使上柱國賜紫金魚袋沈傳師書。」今本多誤。據歐陽公集古録云，當以碑爲正。〔補注〕沈欽韓曰：碑文云：「抵岳州新廟」，則此廟在岳州，非湘陰也。方苞曰：體近訓詁，而不類漢唐人之滯晦，宋以後之冗弱。曾國藩曰：此等題以高簡爲要，百數十言足矣。

湘旁有廟曰黄陵〔一〕，自前古以祠堯之二女——舜二妃者。庭有石碑〔二〕，斷裂分散在地，其文剥缺，考圖記，言「漢荆州牧劉表景升之立」〔三〕，題曰「湘夫人碑」。今驗其文，乃晉太康九年；又其額曰「虞帝二妃之碑」，非景升立者。

〔一〕筆墨閒録云：黄陵廟碑首言「湘旁」，即龜策傳言「江旁老人」也。

〔二〕「石」，或作「古」，或無此字。

〔三〕表字景升，東漢末，爲荆州刺史。

秦博士對始皇帝云：「湘君者，堯之二女，舜妃者也。」〔一〕劉向鄭玄亦皆以二妃爲湘君，而離騷九歌既有湘君，又有湘夫人。王逸之解，以爲湘君者，自其水神；而謂湘夫人乃二妃也，從舜南征三苗不及〔二〕，道死沅湘之間。山海經曰：「洞庭之山，帝之二女居之。」郭璞疑二女者帝舜之后〔三〕，不當降小水爲其夫人〔四〕，因以二女爲天帝之女。以余考之，璞與王逸俱失也。堯之長女娥皇爲舜正妃，故曰「君」；其二女女英自宜降曰「夫人」也。故九歌辭謂娥皇爲「君」，謂女英「帝子」〔五〕，各以其盛者推言之也。禮有「小君君母」，明其正自得稱君也〔六〕。書曰「舜陟方乃死」，傳謂「舜昇道南方以死」〔七〕；或又曰：「舜死葬蒼梧，二妃從之不及，溺死沅湘之間。」余謂竹書紀年〔八〕帝王之没皆曰「陟」，「陟」，昇也，謂昇天也。書曰「殷禮陟配天」，言以道終，其德協天也。書紀舜之没云「陟」者，與竹書周書同文也。其下言「方乃死」者，所以釋「陟」爲「死」也。地之勢東南下，如言舜南巡而死，宜言「下方」，不得言「陟方」也。以此謂舜死葬蒼梧，於時二妃從之不及而溺者，皆不可信〔九〕。

〔一〕事見史記秦始皇廿七年。
〔二〕或作「返」，據下文當作「及」。
〔三〕石本書「璞」作「樸」，唐人多然。下文「揭陽」亦作「楬陽」。
〔四〕「小水」或作「小君」；考山海經，作「小水」是也。
〔五〕「帝」上或有「爲」字。
〔六〕或無「君母」二字。
〔七〕「昇」，或作「升」。
〔八〕「紀年」，書名。晉太康元年汲郡人發冢得之，起夏殷至魏哀王，以竹簡寫之，故謂之「竹書」。
〔九〕「溺」下或有「死」字。

二妃既曰以謀語舜，脱舜之厄，成舜之聖；堯死而舜有天下爲天子，二妃之力。

宜常爲神，食民之祭。今之渡湖江者，莫敢不進禮廟下〔一〕。

〔一〕「湖」，或作「潮」，非是。又或作「湘」。

元和十四年春，余以言事得罪，黜爲潮州刺史。其地於漢爲南海之揭陽〔一〕，厲毒所聚，懼不得脱死，過廟而禱之。其冬，移袁州刺史。明年九月，拜國子祭酒〔二〕。使以私錢十萬抵岳州，願易廟之圮桷腐瓦於刺史王堪〔三〕。長慶元年，刺史張愉自京師往，與愉故善〔四〕，謂曰：「丐我一碑石，載二妃廟事，且令後世知有子名。」愉曰：「諾。」既至州，報曰：「碑謹具。」遂篆其事俾刻之。

〔一〕漢書地理志有南海郡。唐爲潮州揭陽縣。石本「揭」作「楬」，音竭。〔補注〕「漢」下原本無「爲」字，據別本校補。

〔二〕元和十四年十月，以赦令量移袁州；明年九月，自袁州召爲國子祭酒。

〔三〕「刺史王堪」上或有「州」字。

〔四〕「與」上或有「余」字。今按：此合有「余」字，然石本無之，不欲補也。

唐故江南西道觀察使中大夫洪州刺史兼御史中丞上柱國賜紫金魚袋贈左散騎常侍太原王公神道碑銘

王仲舒爲連州司户，公令連之陽山；仲舒觀察江西，公爲袁州刺史。公既爲作燕喜亭記，修滕王閣記；今誌其墓，又書神道碑。新史並取公碑誌作傳。〔補注〕歸有光曰：約束明法，叙致詳雅。方苞曰：退之於鉅人碑誌，多直叙；其詞之繁簡，一視功績大小。不立間架，而首尾神氣自相貫輸，不可增損。北宋諸公，不能與於斯矣。姚範曰：當與墓誌參看。

王氏皆王者之後，在太原爲姬姓〔一〕。春秋時，王子成父敗狄有功〔二〕，因賜氏，厥後世居太原。至東漢隱士烈〔三〕，博士徵不就，居祁縣〔四〕，因號所居鄉爲「君子」〔五〕，公其君子鄉人也。魏晉涉隋，世有名人。國朝大王父玄暕〔六〕，歷御史屬三院，止尚書郎〔七〕；生景肅，守三郡，終傅涼王；生政，襄鄧等州防禦使，鄂州採訪使，贈吏部尚書。

〔一〕或無「之」字。周靈王太子晉以直諫廢爲庶人，時人號曰「王家」，因以爲氏。

〔二〕左氏文十一年：鄋瞞侵齊，王子成父獲其弟曰榮如。
〔三〕烈字彥芳，後漢書有傳。
〔四〕後漢徵君霸始居太原，霸子殷，別居祁縣。
〔五〕「子」下或有「鄉」字。
〔六〕「暕」，古限切。
〔七〕「三院」謂侍御史、殿中侍御史、監察御史。玄暕終比部員外郎。

公尚書之弟某子，公諱仲舒，字弘中〔一〕。少孤，奉母夫人家江南。讀書著文，其譽藹鬱，當時名公，皆折官位輩行〔二〕願爲交。貞元初，射策拜左拾遺〔三〕，與陽城合遏裴延齡不得爲相。德宗初怏怏無奈，久而嘉之〔四〕。其後入閣，德宗顧列謂宰相曰：「第幾人必王某也。」果然。月餘，特改右補闕〔五〕，遷禮部考功吏部三員外郎。在禮部奏議詳雅，省中伏其能〔六〕；在考功吏部提約明故，吏無以欺。同列有恃恩自得者〔七〕，衆皆媚承；公嫉其爲人，不直視〔八〕：由此貶連州司户〔九〕。移夔州司馬，又移荊南，因佐其節度事〔一〇〕，爲參謀〔一一〕，得五品服。放迹在外積四年。

〔一〕蜀作「諱弘中，字某」，後墓志同。今按：上句已有「公」字，此不當再出，當删。然無別本可據，姑存之。

〔二〕「行」，下浪切。
〔三〕貞元十年十二月，仲舒中賢良方正直言極諫科，起拜拾遺。
〔四〕或無「而」字。「之」，或作「其」，下又有「直」字。
〔五〕或無「右」字。
〔六〕「伏」，或作「服」。
〔七〕〔補注〕陳景雲曰：謂韋執誼也。
〔八〕或無「人」字。
〔九〕貞元十九年，弘中自吏部員外郎責連州司户。
〔一〇〕或無「事」字。
〔一一〕爲荆南節度裴均參謀。

元和初，收拾俊賢，徵拜吏部員外郎；未幾，爲職方郎中、知制誥。友人得罪斥逐後，其家親知過門縮頸不敢視；公獨省問，爲計度論議，直其冤。由是出爲峽州刺史〔一〕，轉廬州；未至，丁母夫人憂。服除，又爲婺州。時疫旱甚，人死亡且盡，公至，多方救活，天遂雨，疫定，比數年里閭完復。制使出巡，人塡道迎顯公德〔二〕。事具聞，就加金紫。轉蘇州，變其屋居以絶火延，隄松江路，害絶阻滯〔三〕。秋夏賦調，自爲書與人以期，吏無及門而集，政成爲天下守之最〔四〕。

〔一〕「峽」，或作「硤」。「友人」，楊憑也。〔補注〕沈欽韓曰：舊書本傳：京兆尹楊憑爲御史中丞李夷簡所奏，貶臨賀尉，仲舒與憑善，宣言於朝，言李掎摭憑罪，坐貶峽州。

〔二〕「顯」，或作頌。

〔三〕「火」上或有「其」字。「阻」，或作「沮」。

〔四〕「政」或作「化」。

天子曰：「王某之文可思，最宜爲誥，有古風，豈可久以吏事役之？」復拜中書舍人。既至京師，儕流無在者，視同列皆邈然少年，益自悲，而謂人曰：「豈可復治筆硯於其間哉！上若未棄臣，宜用所長。在外久，周知俗之利病〔一〕，俾治之，當不自愧。」宰相以聞，遂得觀察江南西道〔二〕。奏罷榷酤錢九千萬〔三〕。軍息之無已〔四〕，掌吏壞產猶不釋，因之；公至，脱械不問。人遭水旱，賦窘，公曰：「我且減燕樂，絶他用錢，可足乎？」遂以代之〔五〕。罷軍之息錢〔六〕，禁浮屠誑誘，壞其舍以葺公宇。三年，法大成，錢餘於庫，粟餘廩〔七〕，人享於田廬，謳謡於道途。天子復思，且徵以代，虚吏部左丞位以待之。長慶三年十一月十七日薨於洪州，年六十二。上哀慟輟朝，贈左散騎常侍。某日，歸葬於某處〔八〕。

〔一〕或無「利」字，非是。

〔二〕元和十五年六月，除江西觀察使。

〔三〕「千」，或作「十」。

〔四〕〔補注〕沈欽韓曰：唐制有「捉錢令史」，自宰相堂廚及府縣，皆以公錢付之取息，以爲經費。

〔五〕或無「足」字，「代」下無「之」字。

〔六〕「息」上或有「日」字。〔補注〕方東樹曰：按：誌文「罷榷酤錢九千萬，以其利與民；又罷軍吏官債五千萬，悉焚簿文書；又出庫錢二千萬，丐貧民遭旱不能供稅者」。公以誌文三事已明，故碑文簡括言之，此「罷軍之息錢」，即焚簿文書事，足上軍息一事，文義彌固。

〔七〕「廩」上或有「於」字。

〔八〕長慶四年二月，葬河南。「葬」下或無「於」字。

某既以公之德刻而藏之墓矣，子初又請詩以揭之〔一〕。詞曰：

〔一〕仲舒七子：初哲貞弘泰復迥。「既」上或無「某」字。「某」，或作「愈」。

生人之治，本乎斯文〔二〕。有事其末，而忘其源；切近昧陋，道由是堙。有志其本，而泥古陳；當用而迂，乖戾不伸：較是二者，其過也均。

〔一〕〔補注〕方苞曰：發端仍別出義意。

有美王公，志儒之本，達士之經。秩秩而積，涵涵而停。韡爲華英〔一〕，不矜不盈，孰播其馨，孰發其明。介然而居，士友以傾。

〔一〕「韡爲」，諸本作「韡而」，「華英」作「英華」。

敷文帝階，擢列侍從；以忠遠名，有直有諷；辨遏堅懇〔一〕，巨邪不用。秀出班行，乃動帝目；帝省竭心，恩顧日渥。翔于郎署，騫于禁密；發帝之令，簡古而蔚。

〔一〕或作「聖邈」。

不比于權，以直友冤；敲撼挫揠，竟遭斥奔。久淹于外，歷守大藩；所至極思，必悉利病。萎枯以膏，燠暍以醒〔一〕；坦之敞之，必絶其徑；浚之澄之，使安其泳。

〔一〕「暍」，或作「暘」。

帝思其文，復命掌誥；公潛謂人，此職宜少；豈無凋郡，庸以自效。上藉其實〔一〕，俾統于洪；逋滯攸除，姦訛革風；袪蔽于目，釋負于躬。方乎所部〔二〕，禁絶浮屠；風雨順易，秔稻盈疇；人得其所，乃恬乃謳〔三〕。化成有代，思以息勞；虚位而竢，奄忽滔滔〔四〕：維德維績，志于斯石，日遠彌高〔五〕。

〔一〕「藉」，或作「籍」。

〔二〕「乎」，或作「平」。

〔三〕「所」，或作「饒」。「謳」，或作「謡」。

〔四〕「奄忽」，或作「勿隨」。

〔五〕方云：此銘「有美王公」不用韻。末章三語分兩韻，例又異也。今按：銘之卒章，「績」「石」二句雖自叶韻，而末句「高」字仍與「勞」、「滔」韻叶，非有異也。

司徒兼侍中中書令贈太尉許國公神道碑銘

韓弘新史有傳，多取碑詞，傳間有誤處，當以碑爲正。蓋淮西之役，弘爲行營都統，公爲行軍司馬，其知弘非一日也。〔補注〕沈欽韓曰：行軍司馬，自在裴度行營，韓弘未出其治所一步。方苞曰：首詳微時材行知略，著自軍中拔起爲帥之由也；其代帥不由朝命，故歷叙其在鎮諸大節，而以朝京師終焉；末乃及其餘事，而意亦相承。折蔡鄆之奸謀，所以能成其忠順也；治法嚴信，所以吏感民樂而敵不敢犯也；至子弟貴盛，乃弘之由，故并及之，以見其行事甚中正，居位甚安逸也；定汴之略，始於誅鍔，因總計在鎮及朝京之年，以爲前後關鍵。退之不襲左史格調，而未嘗不師其義法，觀此可見。姚範曰：韓弘碑文，嚴毅威重，與其人相稱。姚鼐曰：觀弘本傳及李光顔傳，載弘以女子間撓光顔事，與誌正相反；而文則雄偉，首尾無一字懈，精神弈然。鄭杲曰：史家是非，往往失實。韓弘自應以吏部文爲定論，豈可反録其飛謀釣謗之詞！

韓，姬姓，以國氏〔一〕。其先有自潁川徙陽夏者〔二〕，其地於今爲陳之太康〔三〕。太康之韓〔四〕，其稱蓋久，然自公始大著。公諱弘。公之父曰海，爲人魁偉沈塞，以武勇游仕許汴之間，寡言自可，不與人交，衆推以爲鉅人長者〔五〕，官至游擊將軍，贈太師。娶鄉邑劉氏女，生公，是爲齊國太夫人。

〔一〕「國」下或有「爲」字。今按「以國氏」，春秋傳語。唐韻云：「韓姓出自唐叔虞之後，曲沃桓叔之子萬食邑於韓，因以爲氏。」

〔二〕「夏」，音假。

〔三〕秦滅韓，以其地爲潁川郡。陽夏，隋改爲太康。

〔四〕新舊史皆言弘滑州匡城人。

〔五〕「交」，或作「校」，以上文「自可」言之，作「不與人交」爲是；今以下文「長者」言之，又似作「不與人校」爲是：更詳之。「鉅」上或無「爲」字；或無「以鉅人」三字，而爲上有「之」字；或併無「以爲鉅人」四字。

夫人之兄曰司徒玄佐〔一〕，有功建中貞元之間〔二〕，爲宣武軍帥，有汴宋亳潁四州之地，兵士十萬人。公少依舅氏，讀書習騎射，事親孝謹，偘偘自將〔三〕，不縱爲子弟華靡遨放事〔四〕。出入敬恭，軍中皆目之。嘗一抵京師，就明經試。退曰：「此不足發名成業。」復去，從舅氏學，將兵數百人〔五〕，悉識其材鄙怯勇，指付必堪其事，司徒歎奇之，士卒屬心〔六〕，諸老將皆自以爲不及〔七〕。司徒卒〔八〕，去爲宋南城將〔九〕。比六七歲，汴軍連亂不定。貞元十五年劉逸淮死〔一〇〕，軍中皆曰：「此軍司徒所樹，必擇其骨肉爲士卒所慕賴者付之〔一一〕，今見在人，莫如韓甥，且其功最大，而材又俊。」即柄授之，而請命於天子。天子以爲然。遂自大理評事拜工部尚書，代逸淮爲宣武軍節度使〔一二〕，悉有其舅司徒之兵與地〔一三〕。

〔一〕「夫人」字，或作「齊國」。

〔二〕「功」下或有「於」字。

〔三〕「偘偘」或作「侃」字，「侃」與「偘」同。
〔四〕「縱」，或作「從」。
〔五〕「兵」下或有「將」字。
〔六〕「屬」，之欲切。
〔七〕或無「皆」字。
〔八〕貞元八年二月，玄佐卒。
〔九〕玄佐卒年四月，以其子士寧代爲使。九年十二月，軍亂，逐士寧，以副使李萬榮爲使，弘出爲宋州南城將。
〔一〇〕九月劉卒。
〔一一〕「肉」下或有「而」字。
〔一二〕弘事逸淮爲都知兵馬使，逸淮死，汴軍懷玄佐之惠，以弘長厚，共請爲留後，環監軍請表其事，朝廷許之。自試大理評事檢校工部尚書，充宣武軍節度副大使，知節度事。
〔一三〕「其舅」，或作「舅氏」。〔補注〕曾國藩曰：以上叙公所以得鎮汴。

當此時，陳許帥曲環死，而吳少誠反〔一〕，自將圍許，求援於逸淮，啖之以陳歸汴，使數輩在館，公悉驅出斬之。選卒三千人，會諸軍擊少誠許下，少誠失勢以走，河南無事〔二〕。

〔一〕或無「而」字。

〔二〕〔補注〕何焯曰：先叙擊走少誠，然後叙誅劉鍔事，便不平直；此左氏叙事法也。若今人則於「有其舅兵與地」之下，即接「自吾舅殁」云云矣。曾國藩曰：以上拒蔡。

公曰：「自吾舅殁，五亂於汴者，吾苗薅而髮櫛之幾盡〔一〕；然不一揃刈，不足令震駭。」〔二〕命劉鍔以其卒三百人待命于門，數之以數與於亂〔三〕，自以爲功，并斬之以徇，血流波道。自是訖公之朝京師廿有一年，莫敢有讙呶叫號于城郭者〔四〕。

〔一〕「苗薅而髮櫛之」，淮南子語。「薅」，呼豪切。

〔二〕「不」下或無「一」字。「駭」，或作「駴」。

〔三〕上「數」，上聲；下「數」，入聲。「與」，音預。

〔四〕「讙」音歡；「呶」，尼交切。〔補注〕何焯曰：能遏賊，然後能自立，故有其舅之兵與地，下急叙走少誠也；能久安，然後可以居二寇之間而不懾，故繼即叙誅劉鍔也。古人作文，設身處地，井井有條，一字不亂下。曾國藩曰：以上治汴。

李師古作言起事〔一〕，屯兵于曹，以嚇滑帥〔二〕，且告假道。公使謂曰：「汝能越吾界而爲盜邪〔三〕？有以相待，無爲空言！」滑師告急〔四〕，公使謂曰：「吾在此，公無恐！」〔五〕或告曰：「翦棘夷道，兵且至矣，請備之！」公曰：「兵來不除道也。」不爲應〔六〕。師古詐窮變索，遷延旋軍〔七〕。

〔一〕「作」，或作「詐」。

〔二〕〔補注〕沈欽韓曰：通鑒：「時告哀使未至諸道，義成牙將有自長安還得遺詔者，節度使李元素以師古鄰道，欲示無外，遣使密告之。師古欲乘國喪侵噬鄰境，乃集將士曰：『聖上萬福，而元素忽傳遺詔，是反也，宜擊之。』發兵屯曹州。」

〔三〕「盜」上或無「爲」字。

〔四〕「師」或作「帥」。前「滑帥」字疑亦當作「師」。「急」，或作「及」。〔補注〕沈欽韓曰：下文有「公無恐」語，則作「帥」字是。通鑑作「元素告急」。

〔五〕「無」上或有「安」字。

〔六〕「爲」下或有「之」字。

〔七〕〔補注〕曾國藩曰：以上拒鄆。

少誠以牛皮鞵材遺師古，師古以鹽資少誠，潛過公界，覺，皆留輸之庫。曰：「此於法不得以私相餽。」〔一〕田弘正之開魏博〔二〕，李師道使來告曰〔三〕：「我代與田氏約相保援，今弘正非其族〔四〕，又首變兩河事〔五〕，亦公之所惡，我將與成德合軍討之，敢告。」公謂其使曰：「我不知利害，知奉詔行事耳。若兵北過河，我即東兵以取曹。」〔六〕師道懼，不敢動，弘正以濟〔七〕。誅吴元濟也，命公都統諸軍〔八〕，曰：「無自行以遏北寇！」公請使子公武以兵萬三千人會討蔡下，歸財與糧〔九〕，以濟諸軍，卒擒蔡姦〔一〇〕，於是以公爲侍中，而以公武爲鄜坊丹延節度使〔一一〕。

〔一〕〔補注〕曾國藩曰：以上并拒蔡鄆。
〔二〕元和七年十月，以田弘正爲魏博節度使。
〔三〕元和元年閏六月，東平帥李師古卒，其弟師道代之。
〔四〕「非其」，或作「其非」，非是。
〔五〕〔補注〕曾國藩曰：「兩河」謂河東河内。
〔六〕「兵以」，或作「以兵」，非是。〔補注〕曾國藩曰：由鄆至河東，故「北過」；汴在鄆西，故「東兵」。
〔七〕〔補注〕曾國藩曰：以上拒蔡。
〔八〕元和十年九月，以弘充淮西行營都統使。
〔九〕〔補注〕曾國藩曰：「歸」，輸也。

〔一〇〕「三千」，淮西碑作「二千」。

〔一一〕元和十二年十一月，録平淮西功，加弘檢校司徒，兼侍中，封許國公；罷都統。公武檢校左散騎常侍，充節度使。〔補注〕曾國藩曰：以上平蔡。

師道之誅〔一〕，公以兵東下，進圍考城，克之；遂進迫曹，曹寇乞降〔二〕。鄆部既平，公曰：吾無事於此，其朝京師。天子曰：「大臣不可以暑行，其秋之待。」公曰：「君爲仁，臣爲恭，可矣。」遂行。既至，獻馬三千匹，絹五十萬匹〔三〕，他錦紈綺纈又三萬，金銀器千；而汴之庫廄，錢以貫數者尚餘百萬，絹亦合百餘萬匹，馬七千，糧三百萬斛，兵械多至不可數。初公有汴〔四〕，承五亂之後，掠賞之餘〔五〕，且斂且給，恒無宿儲〔六〕；至是公私充塞，至於露積不垣〔七〕。

〔一〕〔補注〕曾國藩曰：若他手爲之，則曰「誅李師道也」，與上文對舉矣。退之則隨手變換，無所不可。

〔二〕〔補注〕曾國藩曰：以上平鄆。

〔三〕「五十」，或作「七十」。

〔四〕「初公」下或有「之」字。

〔五〕〔補注〕曾國藩曰：「掠」，亂兵掠去也；「賞」，亂時重賞，購募也。

〔六〕「無」上或無「恒」字。
〔七〕〔補注〕何焯曰：瀠洄曲折，不可一覽而盡。按：叙入京貢獻，而遂及治汴之時公私給足，蓋文字精神旺，乃能旁溢也。

冊拜司徒兼中書令〔一〕，進見上殿，拜跪給扶，贊元經體〔二〕，不治細微，天子敬之。元和十五年，今天子即位，公爲冢宰〔三〕，又除河中節度使〔四〕。在鎮三年，以疾乞歸。復拜司徒中書令〔五〕，病不能朝。以長慶二年十二月三日薨於永崇里第，年五十八。天子爲之罷朝三日〔六〕，贈太尉，賜布粟〔七〕，其葬物有司官給之，京兆尹監護〔八〕。明年七月某日，葬于萬年縣少陵原京城東南三十里，楚國夫人翟氏祔。子男二人：長曰肅元，某官；次曰公武，某官。肅元早死〔九〕。公之將薨，公武暴病先卒，公哀傷之，月餘遂薨。無子，以公武子——孫紹宗爲主後〔一〇〕。

〔一〕弘三上章，堅辭戎務，願留京師奉朝請。八月，守司徒兼中書令。
〔二〕「元」下或有「老」字，非是。
〔三〕元和十五年正月，穆宗即位，以弘攝冢宰。
〔四〕元和十五年六月，以本官爲河中尹，河中晉絳節度觀察等使。
〔五〕長慶三年，請罷戎鎮，三表，從之。十月，依前守司徒兼中書令。

〔六〕「年五十八」，或作「年八十」，考新舊史定從今本。或無「天子爲之」四字。

〔七〕「布粟」，或作「布帛」。按舊史，實賜米千石。「賜」下或有「之」字。

〔八〕〔補注〕陳景雲曰：時公方尹京，監護喪事者即公也。

〔九〕「死」，或作「歿」。

〔一〇〕〔補注〕沈欽韓曰：雜記：「喪有無後，無無主。」此「主後」二字所本。〔補注〕曾國藩曰：以上卒葬。

汴之南則蔡，北則鄆，二寇患公居間，爲己不利，卑身佞辭〔一〕，求與公好。薦女請昏，使日月至。既不可得，則飛謀釣謗，以間染我。公先事候情〔二〕，壞其機牙，姦不得發，王誅以成。最功定次，孰與高下〔三〕！

〔一〕「卑」，或作「畢」。

〔二〕「至既」，或作「既至」，非是。「不可」下或無「得」字。「釣」或作「鈎」。「染」或作「諜」。「先事候情」，或作「先得事情」。「候」，或作「後」。

〔三〕〔補注〕曾國藩曰：叙次既畢，復摘其尤大者著議以最其功，筆端大廉悍，亦其位置裁布有以顯之也。曾國藩曰：以上明許公之功，即通篇意旨。

公子公武，與公一時俱授弓鉞，處藩爲將，疆土相望。公武以母憂去鎮，公母弟充自金吾代將渭北〔一〕。公以司徒中書令治蒲，于時，弟充自鄭滑節度平宣武之亂，以司空居汴〔二〕。自唐以來，莫與爲比〔三〕。

〔一〕元和十二年十一月，以公武爲渭北鄜坊節度使。十四年十一月，以母憂去官。十五年正月，以弘弟充代公武鎮渭北。

〔二〕長慶二年七月，汴州逐節度李愿，立牙將李岕爲留後，充自義成節度徙鎮宣武。八月，汴州監軍斬岕降，充入汴州，詔加充檢校司空。

〔三〕〔補注〕何焯曰：此段又叙國家報功之厚，淋漓有餘情極色之工，然於事未嘗有所增加。宋以後人不及也。〔補注〕曾國藩曰：以上子弟同秉節鉞。

公之爲治，嚴不爲煩，止除害本，不多教條；與人必信，吏得其職，賦入無所漏失，人安樂之，在所以富。公與人有畛域〔一〕，不爲戲狎，人得一笑語，重於金帛之賜；其罪殺人，不發聲色，問法何如，不自爲輕重〔二〕：故無敢犯者。其銘曰：

〔一〕「畛」，或作「軫」，非是。

〔二〕或無「自爲」字，非是。〔補注〕方苞曰：雖淡語，而丰稜治術，具見於此，故以結束通篇。曾國藩曰：以上補叙瑣事。

在貞元世，汴兵五猘〔一〕；將得其人，衆乃一愒〔二〕。其人爲誰，韓姓許公；磔其梟狼〔三〕，養以雨風〔四〕；桑穀奮張，厥壤大豐。貞元元孫〔五〕，命正我宇；公爲臣宗，處得地所。河流兩壖〔六〕，盜連爲羣；雄唱雌和，首尾一身。公居其間，爲帝督姦；察其嚬呻，與其眴眴〔七〕；左顧失視，右顧而跽〔八〕。蔡先鄆鈕，三年而墟〔九〕；槁乾四呼，終莫敢濡；常山幽都〔一〇〕，孰陪孰扶〔一一〕；天施不留，其討不逋〔一二〕；許公預焉，其賚何如〔一三〕。

〔一〕「猘」，居例切，狂犬也。

〔二〕「愒」，息也。與「憩」同。詩「不尚愒焉」。「愒」，丘例切。

〔三〕「磔」，陟格切。

〔四〕〔補注〕茅坤曰：句字魁岸。

〔五〕貞元皇帝之孫憲宗。

〔六〕「壖」，江河邊地。前漢「坐侵廟壖爲宫」。「壖」，而緣切。

〔七〕淮南子「視焉無眴」。邪視也。「晲」，音詣；「眴」音荀。

〔八〕「跽」，巨几切。

〔九〕〔補注〕曾國藩曰：三年之内，蔡鄆并爲墟也。

〔一〇〕「常山」，成德軍；「幽都」，幽州也。

〔一一〕「陪」，或作「悖」，或作「倚」。

〔一二〕〔補注〕曾國藩曰：天之所施不憖留，謂魏博也；天之所討不稽逋，謂蔡鄆也。

〔一三〕「賚」，或作賴。

悠悠四方，既廣既長。無有外事，朝廷之治。許公來朝，車馬干戈；相乎將乎，威儀之多。將則是矣，相則三公；釋師十萬，歸居廟堂。上之宅憂〔一〕，公讓太宰；養安蒲坂〔二〕，萬邦絶等〔三〕。有弟有子，提兵守藩；一時三侯，人莫敢扳〔四〕。生莫與榮，殁莫與令。刻文此碑，以鴻厥慶〔五〕。

〔一〕「上」，謂穆宗。

〔二〕元和十五年六月，出鎮河中。

〔三〕〔補注〕沈欽韓曰：韻會：等，叶海韻。

〔四〕春秋傳：「扳隱而立之。」「扳」與「攀」同，又音班。

〔五〕〔補注〕何焯曰：銘詩偉麗絶世。

柳子厚墓誌銘

此誌作於袁州。公之誌子厚詳矣，其祭文推許尤厚。劉夢得序子厚集曰：「子厚之喪，昌黎韓退之誌其墓，且以書來弔，曰：『哀哉，若人之不淑！吾嘗評其文，雄深雅健，似司馬子長，崔蔡不足多也。』安定皇甫湜於文章少推許，亦以退之之言爲然。」〔補注〕何焯曰：此文亦在遠貶後作，故尤淋漓感慨。

子厚諱宗元。七世祖慶爲拓跋魏侍中〔一〕，封濟陰公〔二〕。曾伯祖奭爲唐宰相，與褚遂良韓瑗俱得罪武后，死高宗朝〔三〕。皇考諱鎮，以事母棄太常博士，求爲縣令江南，其後以不能媚權貴失御史〔四〕；權貴人死，乃復拜侍御史。號爲剛直，所與游皆當世名人〔五〕。

〔一〕或無「拓跋」二字。

〔二〕慶字更興，河東解人，仕周爲宜州刺史，封平齊縣公。〔補注〕姚範曰：慶仕終於宇文，又不爲侍中，周書本傳可考。封平齊公，其子旦封濟陰公，子厚六世祖也。沈欽韓曰：柳集侍御府君表亦作平齊公，五代祖旦，周中書侍郎，濟陰公。恐韓公誤以其子之封移用也。

〔三〕「高」，或作「中」。「朝」，或作「時」。

〔四〕肅宗平賊，鎮上書言事，擢左衛率府兵曹。佐郭子儀朔方府，三遷殿中侍御史。以事觸竇參，貶夔州司馬。

〔五〕「游」上或無「與」字。〔補注〕沈欽韓曰：子厚先友記有袁高、姜公輔、齊映、杜黄裳等。曾國藩曰：以上先世。

子厚少精敏，無不通達。逮其父時，雖少年已自成人，能取進士第，嶄然見頭角〔一〕；衆謂柳氏有子矣。其後以博學宏詞授集賢殿正字〔二〕。儁傑廉悍，議論證據今古〔三〕，出入經史百子，踔厲風發〔四〕，率常屈其座人；名聲大振，一時皆慕與之交，諸公要人爭欲令出我門下，交口薦譽之〔五〕。

〔一〕「嶄」，士咸切，又士減切。〔補注〕姚範曰：學記：「開而弗達。」鄭注：「開，爲發其頭角。」

〔二〕或作「授校書郎」。柳集可考，或本非是。此下或有「藍田尉」三字。今按：三字下文已見，不當重出。

〔三〕「今古」，或作「古今」。

〔四〕「踔」，敕角切。

〔五〕〔補注〕曾國藩曰：以上科第、文學、名譽。

貞元十九年，由藍田尉拜監察御史。順宗即位，拜禮部員外郎。遇用事者得罪，例出爲刺史〔一〕；未至，又例貶州司馬〔二〕。居閒益自刻苦，務記覽，爲詞章汎濫停蓄，爲深博無涯涘，而自肆於山水間〔三〕。元和中，嘗例召至京師，又偕出爲刺史，而子厚得柳州〔四〕。既至，歎曰：「是豈不足爲政邪！」因其土俗，爲設教禁，州人順賴〔五〕。其俗以男女質錢，約不時贖，子本相侔，則没爲奴婢〔六〕。子厚與設方計，悉令贖歸；其尤貧力不能者，令書其傭，足相當，則使歸其質。觀察使下其法於他州，比一歲，免而歸者且千人。衡湘以南爲進士者，皆以子厚爲師，其經承子厚口講指畫爲文詞者，悉有法度可觀〔七〕。

〔一〕或作「貞元十九年拜監察御史，王叔文韋執誼用事，拜尚書禮部員外郎，且將大用，遇叔文等敗，例出爲刺史」。今按：方本得婉微之體，它本則幾乎罵矣。疑初本直書，後乃更定也。若從初本，則上文須補「藍田尉」三字。

〔二〕「州」上或有「永」字。永貞元年八月，憲宗即位，貶叔文渝州司户參軍。九月，宗元與同輩七人皆坐王叔文黨同貶。宗元邵州刺史；十一月，道貶永州司馬。

〔三〕「水」下或有「之」字。

〔四〕元和十年三月，以永州司馬柳宗元爲柳州刺史。

〔五〕〔補注〕何焯曰：羅池碑著其有功德於斯土可以世祀者，故詳叙政事；誌則重文章必傳於後，區區下州之理，特餘事也，故止以三語虛括。

〔六〕〔補注〕沈欽韓曰：隋地理志：「嶺南諸蠻，父子別業；父貧，乃有質身於子者。」

〔七〕東坡至廣州寄二子詩云：「莫學柳儀曹，詩書教蠻獠。」事本於此。〔補注〕何焯曰：通篇重文學，故此不得略。曾國藩曰：以上官階、政事。

其召至京師而復爲刺史也，中山劉夢得禹錫亦在遣中，當詣播州。子厚泣曰：「播州非人所居，而夢得親在堂，吾不忍夢得之窮，無辭以白其大人；且萬無母子俱往理。」請於朝，將拜疏，願以柳易播，雖重得罪，死不恨〔一〕。遇有以夢得事白上者〔二〕，夢得於是改刺連州〔三〕。嗚呼！士窮乃見節義。今夫平居里巷相慕悅，酒食游戲相徵逐，詡詡强笑語以相取下，握手出肺肝相示，指天日涕泣，誓生死不相背負，真若可信；一旦臨小利害，僅如毛髮比，反眼若不相識；落陷穽，不一引手救〔四〕，反擠之又下石焉者，皆是也。此宜禽獸夷狄所不忍爲，而其人自視以爲得計，聞子厚之風，亦可以少媿矣〔五〕！

〔一〕〔補注〕何焯曰：詳待劉之厚，所以愧他人有力不救子厚者。

〔二〕〔補注〕沈欽韓曰：裴度崔羣也。

〔三〕「白上」或作「上白」。「改」下或無「刺」字。

〔四〕「救」下或有「而」字。

〔五〕「少」上或無「以」字。〔補注〕曾國藩曰：以上願以柳易播。

子厚前時少年，勇於爲人，不自貴重顧藉〔一〕，謂功業可立就，故坐廢退；既退，又無相知有氣力得位者推挽，故卒死於窮裔〔二〕，材不爲世用，道不行於時也〔三〕。使子厚在臺省時，自持其身已能如司馬刺史時，亦自不斥；斥時有人力能舉之，且必復用不窮〔四〕。然子厚斥不久，窮不極，雖有出於人，其文學辭章，必不能自力以致必傳於後如今，無疑也〔五〕。雖使子厚得所願，爲將相於一時；以彼易此，孰得孰失，必有能辨之者〔六〕。

〔一〕〔補注〕陳景雲曰：詩箋「爲，猶助也」。史言王叔文密結柳劉諸人爲死友。又曰：「顧藉」，與顧惜同。

〔二〕「死」，或作「厄」。

〔三〕「道」上或有「而」字。

〔四〕「時有」，或作「而有」；「能」，或作「解」，或「能」下復出「解」字；皆非是。

〔五〕「力以」，或作「以力」；或作「以力」而無「致必」二字：皆非是。

〔六〕〔補注〕陳景雲曰：八司馬初貶時，有永不量移之命。後八人中惟程异以大臣李巽力薦，復得進用，位登宰輔，可謂有鉅力推挽矣；然物望素輕，旋即身名俱滅。异先子厚卒，誌中云云，似專爲异發也。曾國藩曰：以上因久斥極窮乃能自力於文學。

子厚以元和十四年十一月八日卒，年四十七。以十五年七月十日歸葬萬年先人墓側〔一〕。子厚有子男二人：長曰周六，始四歲；季曰周七，子厚卒乃生〔二〕。女子二人，皆幼。其得歸葬也，費皆出觀察使河東裴君行立〔三〕。行立有節概，立然諾〔四〕，與子厚結交，子厚亦爲之盡，竟賴其力。葬子厚於萬年之墓者，舅弟盧遵。遵，涿人〔五〕，性謹慎，學問不厭。自子厚之斥，遵從而家焉〔六〕，逮其死不去；既往葬子厚，又將經紀其家，庶幾有始終者〔七〕。銘曰：

〔一〕「十一月八日」或作「十月五日」。「七月」上或有「秋」字。或無「十日」字。

〔二〕咸通四年，右常侍蕭倣知舉，試謙光賦、澄心如水詩，中第者二十五人，柳告第三人，韓綰第八人。告即子厚之子，字用益。綰即退之之孫。〔補注〕按摭言，蕭倣雪門生薛扶狀：「韓綰，是文公令孫；柳告，是柳州之子。鳳毛殊有，而名字陸沈。」

〔三〕「費」，或作「資」。

〔四〕下「立」字，或作「重」。

〔五〕「涿」，或作「可」，或作「爲」。

〔六〕或無「焉」字。

〔七〕〔補注〕何焯曰：復詳裴盧之待子厚，以愧有力者。

是惟子厚之室，既固既安，以利其嗣人〔一〕。

〔一〕下「既」字，或作「且」。

唐故昭武校尉守左金吾衛將軍李公墓誌銘

李道古，曹成王皋之子。公嘗銘曹成王碑，新史附皋傳後，而載薦柳賁事，少加詳焉。

公諱道古，字某，曹成王子〔一〕。其先王明，以太宗子王曹，絶輒復封，五世而至成王。成王諱皋〔二〕，有功建中貞元間，以多才能，能行賞誅爲名。至今追數當時内外文武大臣，成王必在其間〔三〕。

〔一〕成王三子：象古、道古、復古。

〔二〕「王諱」上或無「成」字，非是。

〔三〕或無「成王」字，「數」，所矩切。

公以進士舉及第〔一〕，獻文輿三十卷，拜校書郎、集賢學士，四遷至宗正丞。憲宗即位，選擢宗室，遷尚書司門員外郎，以選爲利隨唐睦州刺史，遷少宗正。元和九年，以御史中丞持節鎮黔中〔二〕。十一年來朝，遷鎮鄂州〔三〕，以鄂岳道兵會平淮西，以功加御史大夫。十三年，徵拜宗正，轉左金吾。

〔一〕貞元五年登第。

〔二〕貞元八年十月，自宗正少卿出爲黔中觀察使。

〔三〕貞元十一年，鄂岳觀察使柳公綽爲飛譖上聞，會道古自黔中來朝，即以爲鄂岳沔蘄安黄團練觀察使，代公綽。

上即位，以先朝時嘗信妄人柳泌能燒水銀爲不死藥薦之〔一〕，泌以故起閭閻氓爲刺史，不效，貶循州司馬〔二〕。其年九月三日〔三〕，以疾卒于貶所，年五十三。長慶元年詔曰：左降而死者，還其官以葬，遂以其年某月日葬于東都某縣〔四〕。

〔一〕「泌」，或作「賁」。新舊史李干墓志、石本皆作「泌」。

〔二〕〔補注〕沈欽韓曰：通鑑，道古先爲觀察使，以貪暴聞，思所以自媚，乃薦山人柳泌，言天台山多靈草，臣力不能致，誠得爲彼長吏，庶或可求。上信之，以泌知台州，采藥無所得，舉家逃入山中，捕送京師。皇甫鏄李道古保護之。上復使待詔翰林，服其藥，日加躁渴，暴崩於中和殿。沈欽韓曰：明史志：「循州，宋惠州，洪武初爲府。」

〔三〕「月」下或有「十」字。

〔四〕「其年」或作「某年」。「月」上無「某」字。

公三娶，元配韋氏諱脩，脩生子紘〔一〕，紘爲進士學〔二〕；女貢，嫁崔氏；夫人隋雍州牧鄖公〔三〕叔裕五世孫〔四〕，父士佺〔五〕，蓬山令。次配崔氏諱葯〔六〕，生綽、紹、綰，女會，嫁鄭氏季毗；夫人父昭，嘗爲京兆尹〔七〕。今夫人韋氏，無子；父光憲，光禄卿。其葬用古今禮，以元配韋氏夫人祔而葬〔八〕。次配崔氏夫人於其域異墓。

〔一〕「脩」，或並作「循」。

〔二〕「學」，或作「舉」。

〔三〕「鄖」，音云。

〔四〕叔裕字孝寬，京兆杜陵人，周大象二年十一月卒，贈雍州牧。

〔五〕「佺」，且緣切。

〔六〕「葯」，乙角切，又音約。

〔七〕大曆三年五月，昭自左散騎常侍爲尹。

〔八〕或無「用古今禮」至「而葬」十四字，非是。

公宗室子，生而貴富〔一〕，能學問以中科取名，善自傾下，以交豪傑，身死賣宅以葬。銘曰：

〔一〕或無「生」字，非是。

太支於今，其尚有封〔一〕；當公弟兄〔二〕，未續又亡。其遷于南，年及始衰；誰黜不復〔三〕，而以喪歸。海豐彌彌，萬里于畿〔四〕，載其始終，以哀表之。

〔一〕「太」，或作「本」，非是；「太」，謂太宗也。「尚」，或作「上」。〔補注〕曾國藩曰：言太宗之支久，不當有封矣。賴成王特起，故尚有封也。

〔二〕「弟兄」，或作「兄弟」。

〔三〕「誰」，或作「雖」。〔補注〕曾國藩曰：「誰」，猶誰謂也。

〔四〕〔補注〕沈欽韓曰：毛傳「畿，門内也」。

唐故朝散大夫尚書庫部郎中鄭君墓誌銘

公在江陵，與鄭羣同官，詩有鄭羣贈簟，即其人，至是銘之。〔補注〕茅坤曰：雋才逸興。

歸有光曰：歐王多有此體格。劉大櫆曰：韓公文法勁挺獨造，獨此篇叙次遒逸，風神略近太史公。

君諱羣〔一〕，字弘之，世爲滎陽人。其祖於元魏時有假封襄城公者〔二〕，子孫因稱以自别〔三〕。曾祖匡時，晉州霍邑令。祖千尋，彭州九隴丞。父迪，鄂州唐年令，娶河南獨孤氏女，生二子，君其季也〔四〕。

〔一〕「君」，或作「公」。

〔二〕鄭偉字子直，西魏大統中封襄城郡公。

〔三〕此下或有「君其後也」四字。今按：下文有「君其季也」，此則不應重出。

〔四〕〔補注〕曾國藩曰：以上先世。

以進士選〔一〕吏部〔二〕，考功所試判爲上等，授正字，自鄠縣尉拜監察御史〔三〕，佐鄂岳使。裴均之爲江陵〔四〕，以殿中侍御史佐其軍。均之徵也〔五〕，遷虞部員外郎。均鎮襄陽〔六〕，復以君爲襄府左司馬、刑部員外郎，副其支度使事。均卒，李夷簡代之〔七〕，因以故職留君。歲餘，拜復州刺史，遷祠部郎中〔八〕。會衢州無刺史，方選人，君願行〔九〕，宰相即以君應詔。治衢五年，復入爲庫部郎中。行及揚州，遇疾，居月餘〔一〇〕，以長慶元年八月二十四日卒，春秋六十。即以其年十一月二十二日，從葬於鄭州廣武原先人之墓次〔一一〕。

〔一〕「以」上或有「君」字。

〔二〕〔補注〕姚範曰：選舉志集試六品以下云：「試三條，謂之『拔萃』，中者即授官。」鄭蓋守選吏部，選未滿而試者也。疑以「吏部」絶句。

〔三〕鄠縣屬京兆府。

〔四〕貞元十九年五月，均自荆南行軍司馬爲本軍節度使。均字君齊，河東聞喜人。

〔五〕「之徵」，或作「户徵」，非是。元和三年四月，召均爲尚書左僕射。

〔六〕九月，加均同平章事，爲山南東道節度使。

〔七〕元和六年四月，以夷簡代均鎮襄陽。五月，均卒。

〔八〕「遷」上或有「方」字，非是。

〔九〕或無「會」字；或無「方」字；「君願行」，作「行願者」。

〔一〇〕或無「居」字。

〔一一〕〔補注〕曾國藩曰：以上歷官卒葬。

君天性和樂，居家事人與待交遊，初持一心，未嘗變節，有所緩急曲直薄厚疏數也〔一〕。不爲翕翕熱，亦不爲崖岸斬絶之行〔二〕。俸禄入門，與其所過逢吹笙彈箏，飲酒舞歌，詼調醉呼，連日夜不厭，費盡不復顧問〔三〕，或分挈以去，一無所愛惜，不爲後日毫髮計留也；遇其空無時，客至，清坐相看，或竟日不能設食〔四〕，客主各自引退，亦不爲辭謝；與之遊者，自少及老，未嘗見其言色有若憂歎者：豈列禦寇莊周等所謂「近於道者」邪！其治官守身，又極謹慎，不挂於過差；去官而人民思之，身死而親故無所怨議，哭之皆哀，又可尚也〔五〕。

〔一〕「數」，音朔。

〔二〕「熱」，或作「然」。「斬」，或作「嶄」。

〔三〕或無此上六字。

〔四〕「看」，或作「對」。「看」下或無「或」字。

〔五〕〔補注〕曾國藩曰：以上性情、治行。

初娶吏部侍郎京兆韋肇女〔一〕。生二女一男。長女嫁京兆韋詞，次嫁蘭陵蕭儹〔二〕。後娶河南少尹趙郡李則女。生一女二男。其餘男二人，女四人〔三〕，皆幼。嗣子退思，韋氏生也〔四〕。銘曰：

〔一〕肇，京兆人，大曆中爲中書舍人。累上疏言得失，爲元載所惡，左遷京兆少尹。載誅，除吏部侍郎卒。

〔二〕「詞」，或作「嗣宗」。「儹」，或作「讚」。

〔三〕「四」或作「一」。

〔四〕〔補注〕曾國藩曰：以上妻子。

再鳴以文進塗闢〔一〕，佐三府治藹厥蹟〔二〕。郎官郡守愈著白〔三〕，洞然渾樸絶瑕謫〔四〕。甲子一終反玄宅。

〔一〕「再鳴」，謂進士及書判拔萃也。

〔二〕「三府」，謂鄂岳江陵襄府。

〔三〕「官」，或作「中」。

〔四〕「樸」，或作「璞」。

唐故朝散大夫越州刺史薛公墓誌銘

薛戎，元稹爲神道碑，而公誌其墓。公嘗爲河南，與薛爲代，故誌及之。〔補注〕按：元稹神道碑題「唐故越州刺史兼御史中丞浙江東道觀察等使贈左散騎常侍河東薛公」。

公諱戎，字元夫〔一〕，其上祖懿爲晉安西將軍，實始居河東。公之四世祖嗣汾陰公諱德儒〔二〕，爲隋襄城郡書佐以卒〔三〕。襄城有子二人皆貴〔四〕，其後皆蕃以大，而其季尤盛，官至邠州刺史。邠州諱寶胤，有子九人〔五〕，皆有名位，其最季諱縑〔六〕，爲河南令以卒。河南有子四人，其長諱同，卒官湖州長史，贈刑部尚書。尚書娶吴郡陸景融女，有子五人〔七〕，皆有名迹，其達者四人〔八〕。

〔一〕河中寶鼎人。

〔二〕汾陰，河中縣也。後名寶鼎。

〔三〕「隋」上或無「爲」字。〔補注〕沈欽韓曰：六典煬帝罷州置郡，改司功、司倉、司户、司兵、司法、司士等參軍爲書佐。

〔四〕「二人」，寶積寶胤。

〔五〕續純絢綰繪紘縉絳縑。

〔六〕「縑」或作「謙」，世系表作「縑」。

〔七〕乂丹戎放朗。

〔八〕乂，温州刺史；丹，盧州刺史；戎，浙東觀察使；放，江西觀察使。

公於倫次爲中子，仁孝慈愛忠厚而好學，不應徵舉，沈浮閭巷間，不以事自累爲貴〔一〕。常州刺史李衡遷江西觀察使，曰〔二〕：「州客至多，莫賢元夫，吾得與之俱，足矣。」即署公府中職，公不辭讓〔三〕，年四十餘，始脱褐衣爲吏。衡遷給事中，齊映自桂州以故相代衡爲江西。公因留佐映治〔四〕。映卒〔五〕，湖南使李巽、福建使柳冕交表奏公自佐，詔以公與冕。」〔六〕在冕府累遷殿中侍御史。冕使公攝泉州，冕文書所條下，有不可者，公輒正之。冕惡其異於己，懷之未發也。遇馬摠以鄭滑府佐忤中貴人，貶爲泉州别駕，冕意欲除摠，附上意爲事，使公按置其罪。公歎曰：「公乃以是待我，我始不願仕者，正爲此耳。」不許。冕遂大怒，因公於浮圖寺，而致摠獄，事聞遠近。值冕亦病且死，不得已，俱釋之〔七〕。冕死，後使至，奏公自副〔八〕，又副使事於浙東府〔九〕，轉侍御史。元和四年，徵拜尚書刑部員外郎〔一〇〕，遷河南令，歷衢湖常三州刺史，所至以廉貞寬大爲稱，朝廷嘉之。某年，拜越州刺史，兼御史中丞、浙東觀察使〔一一〕。至則悉除去煩弊〔一二〕，儉出薄入，以致和富。部刺史得自爲治〔一三〕，無所牽制，四境之内，竟歲無一事。公篤於恩義，盡用其禄以周親舊之急，有餘頒施之内外親，無疏遠皆家歸之。

〔一〕戎少有學術，不求聞達，居於毗陵之陽羡山，年四十餘，不易其操。

〔二〕「使」下或有「日」字；無「曰」字。

〔三〕李衡爲常州刺史，能以禮下戎。貞元八年二月，衡自湖南移鎮江西，辟爲從事，使者三返，乃應。

〔四〕貞元八年六月，以桂管觀察使故相齊映代衡鎮江西，召衡爲給事中，映表戎留之。「桂」，或作「睦」，考傳當作「桂」。「治」，或作「始」，屬下文，非是。

〔五〕貞元十一年七月，映卒，戎復歸陽羨。

〔六〕貞元十一年三月，以柳冕爲福建觀察使，表戎爲判官。

〔七〕〔補注〕沈欽韓曰：舊傳云：杜佑鎮淮南，知戎之冤，乃上其表，發書諭冕，戎難方解。

〔八〕冕卒，閻濟美代冕使福建，奏戎爲團練副使。

〔九〕濟美使浙東，戎又副之。

〔一〇〕元碑云：給事中穆質有直氣，愛戎，稱於朝，因拜刑部員外郎。

〔一一〕「某年」，或作「元和十二年正月二十二日」，方云：前已云「元和四年」，此不當複出年號，它銘亦無書除授月日者，或本非是。「史」下方無「兼」字。

〔一二〕〔補注〕沈欽韓曰：碑云：「所部郡皆禁酒，官自爲壚，以酒禁坐死者不知數。公即日奏罷之。舊制，包橘之貢取於人，未三貢鬻者，罪且死。公命市貢之鬻者無所禁。」

〔一三〕〔補注〕何焯曰：此「部刺史」，謂觀察使所部中之州守，與漢之部刺史不同。

疾病去官，長慶元年九月庚申，至於蘇州以卒〔一〕，春秋七十五。奏至〔二〕，天子爲之罷朝，贈左散騎常侍，使臨弔祭之。士大夫多相弔者〔三〕。以其年十一月庚申〔四〕，葬于河南偃師先人之兆次，以韋氏夫人祔。公凡再娶：先夫人京兆韋氏，後夫人趙郡李氏，皆先卒。子男二人：曰泝〔五〕，曰洽。長生九歲，而幼七歲矣。女四人，皆已嫁。愈既與公諸昆弟善，又嘗代公令河南〔六〕，公之葬也，故公弟集賢殿學士尚書刑部侍郎放屬余以銘〔七〕。其文曰：

〔一〕「卒」上或有「病」字。

〔二〕或無此二字。

〔三〕「大夫」，或作「人」。

〔四〕「其」，或作「明」。

〔五〕或作「泝」，世系表作「泝」。

〔六〕公嘗令河南，與薛爲代。

〔七〕「故」字疑當在上文「公」之字上。「刑」，或作「兵」。

薛氏近世，莫盛公門；公倫五人，咸有顯聞。公之初志，不以事累〔一〕；僶俛以隨，亦貴於位。無怨無惡，中以自寶〔二〕；不能百年，曷足謂壽。公宜有後，有二稚子；其祐成之，公食廟祀。

〔一〕或作「不累以事」。

〔二〕或作「中人以自」。此文四句一韻，古音「寶」與「壽」叶；「寶」或作「貴」，或作「實」。〔補注〕沈欽韓曰：以「壽」叶「寶」。

楚國夫人墓誌銘

夫人許國公韓弘妻也。夫人之葬，以長慶二年三月，時公武尚執喪不變。許國以是年十二月薨，則公武已死矣。許國之誌詳焉。

楚國夫人姓翟氏，故檢校御史大夫宋州刺史良佐之女，今司徒兼中書令許國公之妻〔一〕，前鄜坊節度使散騎常侍兼御史大夫公武之母〔二〕。

〔一〕或無「今」字。

〔二〕「坊」，或作「州」，非是。「鄜」音孚。

夫人在家，以孝友聰明爲父母所偏愛。選所宜歸，以適韓氏。韓氏族大且貴，又太尉劉公甥〔一〕，内外尊顯。夫人入門，上下莫不贊賀〔二〕。事皇姑齊國太夫人〔三〕，肅恭誠至，奉養不怠。皇姑以夫人能盡婦道〔四〕，稱之六親。其事夫，義以順；其教子，愛以公。司徒公曰：「我之能守貴富不危溢者，楚國有助焉耳。」大夫領梁偏師，卒就蔡功，受節居藩，爲邦家令人：父母之教然也〔五〕。

〔一〕劉玄佐之甥。「又」或作「父」，非是。「公」下或有「之」字。

〔二〕「賀」，或作「賢」。

〔三〕太夫人弘母劉氏也。玄佐之妹。

〔四〕「能」上或有「爲」字。

〔五〕〔補注〕曾國藩曰：兩層意相配，而詞不對，荆國於此等，則皆置對停匀矣。

夫人以元和十四年十一月一日薨于鄜之公府，春秋若干。大夫委節去位，奉喪以居東都。詔起之〔一〕，辭以羸毁不任即命。又加喻勉，固不變〔二〕。天子嗟歎之。長慶二年三月某日，葬夫人于洛陽北山。夫人生二子：長曰肅元，爲太子司議郎以卒，贈尚書主客郎中；其次大夫公武也。銘曰：

〔一〕「起」上或有「再」字。

〔二〕「固」下或有「守」字。

翟氏之先〔一〕，蓋出宗周；璜顯於魏〔二〕，以佐文侯。高陵相漢〔三〕，義以家酬〔四〕；遷于南陽，始自郎苗。逮魏晉宋，代不絶史；以至夫人，太守之子，司徒之妻，大夫之母〔五〕。公居河東〔六〕，子在鄜畤〔七〕；爲王屏翰，有壤千里。公曰姑止，以承我祀；子曰母兮，莫我撫已〔八〕。文駟雕軒，往來有煒。莫尊於母，莫榮於妻。從古迄今，孰盛與夷〔九〕！用昭厥裔，篆此銘詩。

〔一〕元和姓纂云：「翟，黄帝之後，代居翟地，後爲晉所滅。」

〔二〕翟璜佐魏文侯。

〔三〕漢成帝時，翟方進封高陵侯。

〔四〕翟義也。〔補注〕曾國藩曰：義，方進子，傾家以酬國恩。

〔五〕〔補注〕沈欽韓曰：韻會「母，紙韻叶，音美」。蔡邕崔夫人誄亦「母」「紀」并韻。

〔六〕「公」或作「父」，非是。

〔七〕史記秦文公夢黄蛇自天下屬地，其口止於鄜衍，於是作鄜畤祭白帝，今之鄜州，蓋取名於此。〔補注〕方苞曰：以下皆誌所未詳。

〔八〕「莫我」或作「莫慰」。

〔九〕〔補注〕曾國藩曰：「夷」，等夷也。

唐故國子司業竇公墓誌銘

公嘗有送竇平從事序，謂「其族人殿中侍御史牟，合東都之交遊能文者賦詩以贈之」，必此司業公也。序稱「殿中侍御史」而誌不載，若可疑焉。考誌載其兩佐東都留守，則序所謂「合東都之交遊」即司業明矣。〔補注〕陳景雲曰：序稱「殿中侍御史」者，蓋先是司業佐留府之官也；誌中明言「佐六府五公，八遷至檢校虞部郎中」，則前此使府所歷官具在其中矣。

國子司業竇公諱牟，字某〔一〕。六代祖敬遠〔二〕，嘗封西河公。大父同昌司馬，比四代仍襲爵名。同昌諱胤，生皇考諱叔向，官至左拾遺，溧水令，贈工部尚書〔三〕。

〔一〕京兆金城人，或作「字貽周」。

〔二〕「代」，或作「世」。

〔三〕〔補注〕曾國藩曰：以上先世。

尚書於大曆初名能爲詩文；及公爲文，亦最長於詩。孝謹厚重，舉進士登第〔一〕。佐六府五公，八遷至檢校虞部郎中〔二〕。元和五年，真拜尚書虞部郎中，轉洛陽令、都官郎中、澤州刺史，以至司業。年七十四〔三〕，長慶二年二月丙寅，以疾卒。

其年八月某日，葬河南偃師先公尚書之兆次〔四〕。

〔一〕「孝謹厚重」又作「孝愛謹厚」。貞元二年進士。
〔二〕或無「虞部」字。
〔三〕牟生於天寶八年。
〔四〕〔補注〕曾國藩曰：以上總叙歷官卒葬。

初，公善事繼母，家居未出，學問於江東，尚幼也；名聲詞章行于京師，人遲其至〔一〕。及公就進士，且試，其輩皆曰：「莫先竇生。」于時，公舅袁高爲給事中〔二〕，方有重名，愛且賢公；然實未嘗以干有司〔三〕。公一舉成名而東，遇其黨必曰：「非我之才，維吾舅之私。」〔四〕

〔一〕易「遲歸有時」，漢書「側席遲士」。「遲」，待也，音穉。
〔二〕高字公頤，滄州東光人，貞元初爲給事中。
〔三〕「嘗」下或有「有」字。
〔四〕〔補注〕曾國藩曰：以上科名。

其佐昭義軍也，遇其將死〔一〕，公權代領以定其危。後將盧從史〔二〕重公不遺，奏進官職。公視從史益驕不遜，僞疾經年，㪅歸東都〔三〕。從史卒敗死〔四〕。公不以覺微避去爲賢告人〔五〕。

〔一〕貞元二十年六月，昭義軍節度使李長榮卒。

〔二〕貞元二十年八月，以昭義兵馬使盧從史爲節度使。

〔三〕「㪅」，舁車也。吕氏春秋：「下㪅命封夏后之後於杞。」漢書：「皇后㪅駕。」「㪅」，音預。

〔四〕元和五年六月，從史爲其都知兵馬使烏重胤所縛，送京師，貶驩州司馬卒。

〔五〕〔補注〕曾國藩曰：以上佐昭義軍。

公始佐崔大夫縱留守東都〔一〕，後佐留守司徒餘慶〔二〕，歷六府五公〔三〕，文武細纖不同，自始及終，於公無所悔望有彼此言者〔四〕。六府從事幾且百人，有愿姦易險賢不肖不同，公一接以和與信，卒莫與公有怨嫌者。其爲郎官令守〔五〕，慎法寬惠不刻；教誨於國學也，嚴以有禮，扶善遏過〔六〕，益明上下之分〔七〕，以躬先之，恂恂愷悌，得師之道〔八〕。

〔一〕貞元二年九月，以吏部侍郎崔縱爲東都留守，奏牟爲府巡官。

〔二〕元和五年六月，以河南尹鄭餘慶爲東都留守，奏牟爲府判官。

〔三〕牟初爲東都留守巡官，歷河陽昭義從事，再爲留守判官。〔補注〕曾國藩曰：六府五公，而僅叙崔鄭，餘皆不叙；文所以貴簡，正在此；而叙事簡直有法，故文氣遒而不冗。

〔四〕或無「者」字。

〔五〕「令守」，疑當作「守令」，謂守法令也。〔補注〕何焯曰：「令守」，即上爲洛陽澤州刺史。

〔六〕「遏」，或作「蓋」。「過」，或作「惡」。漢書路温舒傳：「遏過者謂之妖言。」

〔七〕或無益字。

〔八〕〔補注〕曾國藩曰：以上爲府佐、郎官、守令、司業，各得其道。

公一兄三弟：常羣庠鞏〔一〕。常，進士〔二〕，水部員外郎，朗夔江撫四州刺史；羣以處士徵〔三〕，自吏部郎中拜御史中丞〔四〕，出帥黔容以卒〔五〕；庠三佐大府〔六〕，自奉先令爲登州刺史；鞏亦進士〔七〕，以御史佐淄青府〔八〕：皆有材名。公子三人：長曰周餘，好善學文〔九〕，能謹謹致孝，述父之志，曲而不黷；次曰某〔一〇〕，曰某，皆以進士貢。女子三人〔一一〕。

〔一〕〔補注〕沈欽韓曰：新書藝文志有竇氏聯珠集，其兄弟五人也。

〔二〕常字中行，大曆十四年進士。

〔三〕羣字丹列，以處士隱居毗陵，貞元十六年十月，吏部侍郎韋夏卿爲京兆尹，薦羣，徵拜左拾遺。〔補注〕沈欽韓曰：貞元十年，詔徵隱居邱園不求聞達之士，韋夏卿薦羣表云：「受天清氣，與道消遥。」獨不除授。後韋又以其所著史記名臣疏進入，不報。韋入爲侍郎，改京兆，復面薦，以白衣召見，授拾遺。

〔四〕元和二年正月，以武元衡同平章事，舉羣代己爲御史中丞。

〔五〕元和三年十月，貶黔中觀察使。八年四月，遷容管經略使。九年，召還，至衡州卒。

〔六〕庠字胄卿，貞元二十一年五月，韓皋出鎮武昌，奏庠爲推官。元和三年二月，皋移鎮浙西，以庠爲副使，又爲宣歙副使。

〔七〕鞏字友封，元和二年登第。

〔八〕元和十四年三月，以薛平爲平盧淄青節度使，表鞏自副。

〔九〕或作好學善文，或作好古善文。

〔一〇〕下或有「少」字。

〔一一〕〔補注〕方苞曰：以久故，又相敬重，詳其兄弟及子，亦誌中變體。曾國藩曰：以上兄弟子女。

愈少公十九歲〔一二〕，以童子得見，於今四十年。始以師視公，而終以兄事焉。公待我一以朋友，不以幼壯先後致異。公可謂篤厚文行君子矣。其銘曰：

〔一〕公大曆三年生，至是年五十五，故云「少公十九歲」。「少」或作「以」，非。

后緡竇逃閔腹子，夏以再家竇爲氏〔一〕。聖愕旋河犢引比〔二〕，相嬰撥漢納孔軌〔三〕。後去觀津，而家平陵〔四〕；遥遥厥緒，夫子是承〔五〕。我敬其人，我懷其德；作詩孔哀，質于幽刻。

〔一〕昔有過澆滅夏后相，后緡方娠，逃歸自竇，生少康。少康二子：曰杼、曰龍。龍居有仍，遂爲竇氏。

〔二〕史記云：「孔子不得用於衞，將西見趙簡子，至于河，聞竇鳴犢、舜華之死也，臨河而歎曰：『美哉水，洋洋乎，丘之不濟，此命也夫！』」

〔三〕「撥」，或作「發」。竇太后從兄子嬰相武帝，武帝太后好黄老，而嬰隆推儒術，貶道家言，此云「撥漢納孔軌」，蓋謂撥漢家黄老之習，而納之孔子之道。〔補注〕曾國藩曰：謂竇嬰撥漢亂，而納之於正大之軌也。

〔四〕「而」，或作「西」。「觀」，音貫。

〔五〕南史何昌寓爲吏部，有姓閔者求官，自曰子騫後。昌寓笑曰：「遥遥華胄。」「遥遥」字出此。

唐正議大夫尚書左丞孔公墓誌銘

孔戣新舊史皆有傳。〔補注〕歸有光曰：跌宕。曾國藩曰：通首得勢在前半叙去官事；

前半得勢，又在首句；筆愈提，則氣愈振。

孔子之後三十八世，有孫曰戣，字君嚴〔一〕，事唐爲尚書左丞〔二〕。年七十三，三上書去官〔三〕，天子以爲禮部尚書，禄之終身，而不敢煩以政〔四〕。吏部侍郎韓愈常賢其能〔五〕，謂曰：「公尚壯，上三留〔六〕，奚去之果？」曰：「吾敢要君？吾年至，一宜去；吾爲左丞，不能進退郎官，唯相之爲，二宜去。」〔七〕愈又曰：「古之老於鄉者，將自佚，非自苦；閭井田宅具在，親戚之不仕與倦而歸者，不在東阡在北陌，可杖屨來往也。今異於是，公誰與居？且公雖貴而無留資，何恃而歸？」曰：「吾負二宜去，尚奚顧子言？」愈面歎曰：「公於是乎賢遠於人！」〔八〕明日奏疏曰：「臣與孔戣同在南省，數與相見〔九〕。戣爲人守節清苦，論議正平〔一〇〕，年纔七十，筋力耳目，未覺衰老，憂國忘家，用意至到。如戣輩在朝不過三數人〔一一〕，陛下不宜苟順其求，不留自助也。」〔一二〕不報。明年，長慶四年正月己未，公年七十四，告薨於家，贈兵部尚書〔一三〕。

〔一〕孔子後三十五世曰務本，務本子如珪，如珪子岑父，岑父五子：載、戡、戣、戢、戡。

〔二〕長慶二年，以戣爲尚書左丞。

〔三〕「上」上或無「三」字。

〔四〕長慶三年，戣累表請老，詔戣以禮部尚書致仕。優詔褒美，如漢徵士故事。

〔五〕或無「韓」字。

〔六〕「留」下或有「公」字。

〔七〕方從杭本無「至」字，云：「洪引龔勝邴漢俱乞骸骨答詔：『古者有司年至則致事，今大夫年至矣』，恐未必然。」今按：洪所引漢書文理甚明，方以欲從杭本之故，遂以爲未必然而不取，殊不可曉。今正之。一本乙「君」「吾」二字，語尤健，但如此則「君」下却少一「吾」字，不敢輒補耳。「郎官」或作「郎中」。〔補注〕沈欽韓曰：通典：「左丞掌管轄諸司，糾正省内，勾吏部户部禮部等十二司，通判都省事；右丞掌管兵刑工等十二司，餘同左丞。」舊書元稹傳：「入爲尚書左丞，振舉紀綱，出郎官頗乖公議者八人。」

〔八〕「於是」，或作「是於」。「於」音烏。或無「賢」字。皆非是。

〔九〕「相」上或有「孔戣」字。今按：上下文「孔戣」字多，此不宜有。「數」，音朔。

〔一〇〕或作「平正」；「平」或作「直」。

〔一一〕〔補注〕曾國藩曰：他手爲之，「三數人」下，必有「足以致治」四字。

〔一二〕〔補注〕曾國藩曰：絶似漢書諸雜奏記。

〔一三〕〔補注〕曾國藩曰：以上叙其致仕。

公始以進士佐三府〔一〕，官至殿中侍御史。元和元年，以大理正徵，累遷江州刺史、諫議大夫。事有害於正者，無所不言〔二〕。加皇太子侍讀，改給事中，言京兆尹阿縱罪人，詔奪京兆尹三月之俸〔三〕。權知尚書右丞，明年，拜右丞〔四〕，改華州刺史。明州歲貢海蟲淡菜蛤蚶可食之屬，自海抵京師，道路水陸，遞夫積功歲爲四十三萬六千人，奏疏罷之〔五〕。下邽令笞外按小兒〔六〕，繫御史獄，公上疏理之。詔釋下邽令，而以華州刺史爲大理卿〔七〕。

〔一〕建中元年戣第進士。

〔二〕〔補注〕沈欽韓曰：會要：元和六年，左衛上將軍知内侍省事吐突承璀出監淮南軍。有李涉者，附託承璀邪險，投匭上疏，白承璀公忠，不合斥棄。諫議大夫知匭使孔戣覽其副章，大怒，逐之。涉乃以賂進光順門達其疏。戣因上陳古今之佞幸可爲鑒戒者，又言涉之奸險欺天，請加顯戮。上悟，貶涉而黜承璀。

〔三〕「三」上或無「尹」字。戣爲給事中，江西觀察使李少和坐贓，獄寢不下。博陵崔易簡殺從父兄，鞫，狀具，京兆尹左右三翻其情，戣慷慨論正，貶少和，殺易簡，奪尹三月俸。

〔四〕或作「拜左丞」，或兩皆作「左」。戣元和中未嘗爲左丞，蓋權知右丞事，踰年而正除右丞。長慶二年，還自廣州，乃爲左丞耳。新舊史戣傳皆誤。南海碑石本可考也。而山谷本於「爲尚書左丞」之上，從蜀本增一「復」字，蓋於元和兩次除授，皆已誤作「左丞」，故又誤謂長慶爲再除也。陳齊之又去「拜右丞」三字。皆非。

〔五〕「改華州刺史」，或在罷貢海物之下。華州乃輸貢之途，此疏專爲「遞夫」而言也，新史亦可考。或無「可食」二字。〔補注〕曾國藩曰：叙事絶狡獪。

〔六〕「外按」，或作「按外」。今按唐會要：每歲冬，以鷹犬出近畿習狩，謂之「外按」。使領徒數百，恃恩恣横，郡邑煩擾。元和九年，裴寰爲下邽令，疾其擾人，但據文供饋。使者歸，乃譖寰有慢言。上大怒。宰相武元衡、中丞裴度懇救甚切，即此事也。「小兒」事見順宗實録。

〔七〕「邽」，音圭。〔補注〕曾國藩曰：以上叙官階而及華州刺史政績。

十二年，自國子祭酒拜御史大夫，嶺南節度等使〔一〕。約以取足。境内諸州負錢至二百萬，悉放不收。蕃舶之至泊步，有下碇之稅〔二〕，始至有閲貨之燕，犀珠磊落，賄及僕隸〔三〕，公皆罷之。絶海之商有死于吾地者，官藏其貨，滿三月無妻子之請者，盡没有之〔四〕。公曰：「海道以年計往復，何月之拘？苟有驗者，悉推與之，無筭遠近。」厚守宰俸，而嚴其法〔五〕。嶺南以口爲貨，其荒阻處父子相縛爲奴，公一禁之〔六〕。有隨公吏得無名兒〔七〕，蓄不言官；有訟者，公召殺之。山谷諸黄，世自聚爲豪，觀吏厚薄緩急〔八〕，或叛或從。容桂二管〔九〕利其虜掠，請合兵討之，冀一有功，有所指取。當是時，天子以武定淮西河南北〔一〇〕，用事者以破諸黄爲類，向意助之〔一一〕。

公屢言遠人急之則惜性命相屯聚爲寇，緩之則自相怨恨而散，此禽獸耳〔一三〕；但可自計利害，不足與論是非。天子入先言，遂斂兵江西岳鄂湖南嶺南，會容桂之吏以討之，被霧露毒，相枕藉死，百無一還。安南乘勢殺都護李象古〔一三〕。桂將裴行立，容將楊旻皆無功，數月自死〔一四〕。嶺南囂然〔一五〕。祠部歲下廣州祭南海廟，廟入海口，爲州者皆憚之，不自奉事，常稱疾，命從事自代，唯公歲常自行〔一六〕。官吏刻石爲詩美之〔一七〕。

〔一〕元和十二年七月，嶺南節度使崔詠卒，帝謂裴度曰：「嘗論罷蚶菜者誰歟？今安在？是可爲朕求之。」度以戣對，庚戌，以戣爲節度使。

〔二〕「步」，水岸渡處。「碇」，錘舟石，與「矴」同。「碇」，丁定切。

〔三〕「賄」，或作「財」。

〔四〕「没」下或無「有」字。

〔五〕〔補注〕曾國藩曰：不許守宰没海商之貨，故嚴立法令也。

〔六〕「縛」，或作「傳」。或無「公一禁之」四字。

〔七〕「吏」上或有「之」字。

〔八〕「觀」下或有「察」字，非是。自貞元中，黄洞諸蠻叛，久不平。

〔九〕容管經略使楊旻，桂管觀察使裴行立。

〔一〇〕「武定」，或作「定武」，非是。

〔一一〕「類」，或作「願」，非是。〔補注〕曾國藩曰：謂與淮西河南北等類也。

〔一二〕「恨」下或有「焉」字，無「而散」字；或「焉」字在「散」字下。「此」上或有「況」字。或無「耳」字。

〔一三〕元和十四年十月，安南軍亂，殺都護李象古。〔補注〕沈欽韓曰：象古，道古之兄也，以貪縱苛刻失衆心。楊清世爲蠻酋，象古召爲牙將，鬱鬱不得志，將兵三千討黄洞蠻，因人心怒怨，引兵夜還，襲府城陷之。

〔一四〕「月」，或作「日」，非是。

〔一五〕〔補注〕曾國藩曰：叙諸黄事住此。不申言孔公料事之明，最爲簡裁。吴汝綸曰：詳叙黄家賊事，以與用事者異議也。

〔一六〕「常自」或作「自常」，非是。事見本集南海神廟碑云。

〔一七〕「詩」，或作「詞」。〔補注〕曾國藩曰：以上嶺南節度使任内善政六事。

十五年。遷尚書吏部侍郎。公之北歸，不載南物，奴婢之籍，不增一人〔一〕。長慶元年，改右散騎常侍；二年而爲尚書左丞。曾祖諱務本，滄州東光令。祖諱如珪，海州司户參軍，贈尚書工部郎中。皇考諱岑父，秘書省著作佐郎，贈尚書左僕射。公夫人京兆韋氏，父种，大理評事。有四子：長曰温質，四門博士；遵孺、遵憲、温裕〔二〕，皆明經。女子長嫁中書舍人平陽路隋，其季者幼。公之昆弟五人，載、戡、戢、戳〔三〕。公於次爲第二。公之薨，戢自湖南入爲少府監〔四〕。其年八月甲申，戢與公子葬公于河南河陰廣武原〔五〕先公僕射墓之左〔六〕。銘曰：

〔一〕〔補注〕何焯曰：嶺南以口爲貨，故書不增。

〔二〕下「温」或作「遵」，方云：作「温」與傳合，蓋晚年皆從「温」。世系表云：四子皆從「温」，非也。今按：上文長子已名温質，則非晚年從「温」也。豈以嫡庶爲異耶？然非要切，不必强解。

〔三〕「戳」，音衢。

〔四〕長慶元年正月，戢自湖南觀察入爲少府監。

〔五〕河陰，縣名，屬河南。

〔六〕〔補注〕曾國藩曰：以上先世及妻子兄弟。

孔世卅八〔一〕，吾見其孫。白而長身〔二〕，寡笑與言。其尚類也〔三〕，莫與之倫。德則多有，請考于文〔四〕。

〔一〕「卅」，或作「三十」；此銘皆以四言爲句，作「三十」者非。今按：「卅」依字當作「卄」，蘇合切。

〔二〕「白」，或作「自」，非是。

〔三〕或作「耶」。〔補注〕曾國藩曰：謂吾不得見孔子，而見其孫云云，其或尚與孔子類也。

〔四〕〔補注〕方苞曰：觀此可知誌記之有銘，其原出於史記之贊。銘詞絶奇。

故江南西道觀察使贈左散騎常侍太原王公墓誌銘

或有「中大夫洪州刺史兼御史中丞」十二字。王弘中嘗爲連州司户；公爲連之陽山令，嘗爲作宴喜亭記。後爲江南西道觀察使，公時刺袁州，又爲作滕王閣記，至是銘其墓，又爲神道碑，然則公於弘中可謂厚矣。邵氏聞見録曰：「孔子作經，使後世讀易者如無春秋，讀書者如無詩，其法固不知也。獨韓退之作王仲舒碑，又作誌；蘇子瞻作司馬君實行狀，又作碑：其事同，其詞各異，庶幾知之矣。」〔補注〕姚鼐曰：此文已開荆公誌銘文法。曾國藩曰：特叙觀察使一段於中以爲主峯，餘則叙官階於前，叙政績於後，章法變化；神道碑則逐段叙其政績。觀二篇無一字同，可知叙事之文，狡獪變化，無所不合。

公諱仲舒，字弘中〔一〕。少孤，奉其母居江南，游學有名。貞元十年，以賢良方正拜左拾遺，改右補闕，禮部、考功、吏部三員外郎。貶連州司户參軍，改夔州司馬。佐江陵使，改祠部員外郎，復除吏部員外郎〔二〕，遷職方郎中，知制誥。出爲峽州刺史〔三〕，遷廬州，未至，丁母憂。服闋，改婺州蘇州刺史〔四〕。

〔一〕并州祈人。
〔二〕或無「復」字。「吏部員外」下或無「郎」字。
〔三〕「峽州」，説已見前。
〔四〕「闋」，或作「缺」。「改」或作「除」。〔補注〕曾國藩曰：以上歷官中外。

徵拜中書舍人，既至，謂人曰：「吾老，不樂與少年治文書〔一〕。得一道，有地六七郡，爲之三年，貧可富，亂可治，身安功立，無愧於國家可也。」日日語人，丞相聞問，語驗，即除江南西道觀察使，兼御史中丞〔二〕。至則奏罷榷酒錢九千萬，以其利與民〔三〕；又罷軍吏官債五千萬，悉焚簿文書〔四〕；又出庫錢二千萬，以丐貧民遭旱不能供税者；禁浮屠及老子爲僧道士〔五〕不得於吾界内因山野立浮屠老子象〔六〕，以其誑丐漁利，奪編人之産〔七〕。在官四年，數其蓄積，錢餘於庫，米餘於廩〔八〕。

〔一〕「樂」，或作「宜」。「文書」下或有「事」字。

〔二〕〔補注〕曾國藩曰：拜中書與除觀察使事迹即叙於官階下，與碑同一位置，有變有不變也。

〔三〕「千」，或作「十」。「與民」，或作「丐貧民」。方云：「諸本以後語誤入。釀户非盡貧民。」今按：「丐貧民」一語，下文已有，不應再出，方本是也；但其説非是：除酒榷蓋與民共之，使得自釀，非直以錢九千萬與釀户也。

〔四〕或無「文」字。

〔五〕「禁」，或作「學」。今按：作「學」非是。但下文自有「浮屠老子」字，此不應重出。且其文理亦不明白，疑此自「浮」至「爲」六字亦是衍文，去之則文理通暢矣。但無本可證，不敢删耳。

〔六〕「界」下或無「内」字；「山」，或作「出」；「立」，或作「去」：皆非是。

〔七〕「其」字疑衍。「編」，或作「經」。今按：以「民」爲「人」，蓋避諱，當作「民」乃是，下「求人利害」、「與人吏約」，放此。〔補注〕曾國藩曰：謂户口編列版籍，相如傳云：「非編列之民。」

〔八〕〔補注〕曾國藩曰：以上服闋後爲中書舍人，江南西道觀察使。

朝廷選公卿於外，將徵以爲左丞〔一〕，吏部已用薛尚書代之矣〔二〕。長慶三年十一月十七日，未命而薨，年六十二。天子爲之罷朝，贈左散騎常侍。遠近相弔。以四年二月某日葬于河南某縣先塋之側〔三〕。

〔一〕或無「以」字。

〔二〕長慶三年十一月，以尚書左丞薛放代仲舒鎮江西。

〔三〕〔補注〕曾國藩曰：以上卒葬。

公之爲拾遺，朝退，天子謂宰相曰：「第幾人非王某邪？」〔一〕是時公方與陽城更疏論裴延齡詐妄，士大夫重之。爲考功吏部郎也，下莫敢有欺犯之者；非其人，雖與同列，未嘗比數收拾；故遭讒而貶。在制誥〔二〕，盡力直友人之屈〔三〕，不以權臣爲意。又被讒而出〔四〕。元和初，婺州大旱，人餓死，户口亡十七八〔五〕，公居五年，完富如初；按劾羣吏，奏其贓罪，州部清整。加賜金紫。其在蘇州，治稱第一〔六〕。

〔一〕〔補注〕吴汝綸曰：荆公孔道輔銘全仿此文爲之，其痕迹猶未化也。

〔二〕「在」，或作「及知」二字。

〔三〕「友人」蓋楊憑。憑尹京兆日，御史中丞李夷簡劾憑江西姦贓，貶臨賀尉云。「屈」，一作「寃」。

〔四〕〔補注〕方苞曰：補叙拾遺、考功，以見行身本末。

〔五〕或無「口」字。

〔六〕〔補注〕方苞曰：附入婺州蘇州，甚略。曾國藩曰：以上歷官賢聲。

公所至，輒先求人利害廢置所宜〔一〕，閉閤草奏，又具爲科條與人吏約。事備〔二〕，一旦張下，民無不抃叫喜悦；或初若小煩，旬歲皆稱其便〔三〕。公所爲文章，無世俗氣，其所樹立，殆不可學〔四〕。

〔一〕「利」或作「之」。李云：古本無「利」字。神道碑：「周知俗之病」，亦無利字。今按：下文云「廢置所宜」，則此句合有「利」字。古本偶皆脱漏，不足爲據。

〔二〕下或有「悉」字，或有複出「事」字。今按文勢，疑當有「悉字在「備」字上。〔補注〕沈欽韓曰：「事備」爲句，無脱字。

〔三〕〔補注〕曾國藩曰：「旬」，偏也。「周」，一歲也。「旬月」，周一月。「旬日」，周天干之十日也。

〔四〕〔補注〕曾國藩曰：以上總叙治行文學。

曾祖諱玄暕〔一〕，比部員外郎；祖諱景肅，丹陽太守；考諱政〔二〕，襄鄧等州防禦使鄂州採訪使，贈工部尚書〔三〕。公先妣渤海李氏，贈渤海郡太君〔四〕。公娶其舅女，有子男七人：初哲貞弘泰復泂。初進士及第；哲文學俱善；其餘幼也。長女壻劉仁師，高陵令；次女壻李行脩，尚書刑部員外郎〔五〕。銘曰：

〔一〕或無「諱」字，下同。
〔二〕「政」或作「某」。
〔三〕「工」，或作「吏」。
〔四〕或無「太」字。
〔五〕「脩」，或作「循」。或無「郎」字。

氣鋭而堅，又剛以嚴，哲人之常〔一〕。愛人盡己，不倦以止，乃吏之方。與其友處，順若婦女，何德之光。墓之有石，我最其迹，萬世之藏〔二〕。

〔一〕「又」，或作「文」。「哲」，或作「若」。皆非是。
〔二〕「之有」，或作「中之」。「最」，或作「撮」，或作「載」。方云：集韻「最，撮之省文」。今按：方説非也。史漢功臣傳末，總計其功，皆以「最」字起之。〔補注〕沈欽韓曰：此韻同嶧山碑法。

殿中少監馬君墓誌

或有「銘」字。〔補注〕方苞曰：他無可述，故獨載死生離合之迹。何焯曰：如此俯仰淋漓，仍是簡古，不覺繁溢。姚鼐曰：古者書旌柩前，即謂之銘，故不必有韻之文始可稱銘。曾國藩曰：情韻不匱。又曰：誌文盧陵遷谷改，故刻石以告後世，語氣須對不知誰何之人立言。此文少乖，似哀誄文字。

君諱繼祖〔一〕，司徒贈太師北平莊武王之孫〔二〕，少府監贈太子少傅諱暢之子〔三〕。生四歲，以門功拜太子舍人。積三十四年，五轉而至殿中少監。年三十七以卒，有男八人，女二人。

〔一〕繼祖始生，德宗賜名，退而笑曰：「是有二義：謂之索繫祖。」事見國史補。

〔二〕北平王，馬燧也。

〔三〕燧二子：彙、暢。暢娶盧氏，生二子：長敖，次繼祖。

始余初冠，應進士貢在京師〔一〕，窮不自存〔二〕，以故人稚弟拜北平王於馬前〔三〕，王問而憐之，因得見於安邑里第〔四〕。王軫其寒飢，賜食與衣〔五〕。召二子使爲之主，其季遇我特厚，少府監贈太子少傅者也。姆抱幼子立側〔六〕，眉眼如畫，髮漆黑，肌肉玉雪可念〔七〕，殿中君也。當是時，見王於北亭，猶高山深林鉅谷〔八〕，龍虎變化不測，傑魁人也；退見少傅，翠竹碧梧〔九〕，鸞鵠停峙，能守其業者也〔一〇〕；幼子娟好靜秀，瑶環瑜珥，蘭茁其牙〔一一〕，稱其家兒也〔一二〕。後四五年，吾成進士〔一三〕，去而東游，哭北平王於客舍〔一四〕；後十五六年，吾爲尚書都官郎，分司東都，而分府少傅卒，哭之〔一五〕；又十餘年至今，哭少監焉〔一六〕。嗚呼！吾未耄老，自始至今未四十年，而哭其祖子孫三世，于人世何如也！人欲久不死而觀居此世者，何也〔一七〕？

〔一〕「頁」，一作「舉」。

〔二〕「不」下或有「能」字。

〔三〕貞元三年，平涼之盟，馬燧預議，韓弇時以殿中侍御史爲判官，死焉。其年罷燧兵，奉朝請京師。弇，公之兄也。〔補注〕陳景雲曰：貞元三年，平涼有吐蕃劫盟事，公兄御史弇遇害，始主和戎之議者馬燧也。念弇新歿王事，故撫卹公特厚。

〔四〕〔補注〕閻若璩曰：安邑乃長安坊，非山右縣名。

〔五〕「食」上方無「賜」字。今按：無「賜」字即不成文。方説非是。「食」「衣」並讀如字。

〔六〕儀禮：「姆纚笄宵衣在其右。」注：「姆，婦人年五十無子，出而不復嫁，能以婦道教人者。」若今時乳母矣。「姆」，莫捕切，又莫豆切。

〔七〕方云：畫，胡麥切。左思嬌女詩：「眉目璨如畫。」今按：「畫」當音胡卦切。左詩叶韻故爾。「髮」下或有「如」字，非是。「念」或作「憐」。妬記云：「王丞相夫人於青疏臺中觀有兩三兒騎羊，皆端正可念。」黄魯直亦嘗用「玉雪可念」語。

〔八〕或無「鉅谷」二字。
〔九〕「碧」，或作「蒼」。
〔一〇〕「業」，或作「恭」，非是。
〔一一〕「茁」，鄒滑切，又側劣切。
〔一二〕〔補注〕姚鼐曰：宋人卑選學，故文少此等境界。
〔一三〕公貞元八年登第。
〔一四〕十一年五月，公東歸河陽，八月燧卒。
〔一五〕「分府」，此見當時分司官之稱號。或無此二字，非是。元和五年，暢卒，自貞元十一年至是凡十六年。
〔一六〕長慶初，繼祖卒。
〔一七〕李本云：晁以道乙「觀居」字。今按：此篇末兩三句不可曉，疑「而」字當作「亦」，而「可」下當有「如」字，蓋誤寫著上文也。然無别本可證，姑闕以俟知者。〔補注〕何焯曰：使我亦不樂其生，則於故舊盛衰之際，哀歎至矣。按：收處語意甚明，並無誤脱。

南陽樊紹述墓誌銘

歐陽文忠公云：退之與樊紹述作銘，便似樊文，誠不虚語。按宗師元和九年尚爲前太子舍人，未使南方也，見公與鄭相公書。元和十二年，固在京師，未出刺絳州也，見示郊詩及薦狀。自絳還朝，當在長慶初年。序不載其卒之年月，或法不必載邪？

樊紹述既卒〔一〕，且葬，愈將銘之，從其家求書，得書號魁紀公者三十卷，曰樊子者又三十卷，春秋集傳十五卷，表牋狀策書序傳記紀誌説論今文讚銘凡二百九十一篇〔二〕，道路所遇及器物門里雜銘二百二十，賦十，詩七百一十九〔三〕。曰：多矣哉！古未嘗有也。然而必出於己，不襲蹈前人一言一句，又何其難也〔四〕！必出入仁義，其富若生蓄萬物，必具海含地負、放恣横從〔五〕，無所統紀；然而不煩於繩削而自合也。嗚呼！紹述於斯術其可謂至於斯極者矣〔六〕！

〔一〕紹述河中人。

〔二〕「誌」上或無「紀」字。

〔三〕「一十」，或作「又十」。今以藝文志考之，皆有其目，獨銘賦詩亡焉。所謂表牋狀策等文「凡二百九十一篇」，曰「樊宗師集二百九十一卷」，數同；而以「卷」爲「篇」，疑誌之字誤也。

〔四〕國史補云：「元和之後，文筆則學奇於韓愈，學澀於樊宗師。」退之作樊墓誌，稱其爲文不剽襲，觀絳守居園池記，誠然，亦大奇澀矣。本朝王晟、劉忱皆爲之注解，如「瑶翻碧瀲，蒐眼傾耳」等語，皆前人所未道也。歐陽公跋絳守居園池記云：「元和文章之盛極矣，其奇怪至於如此。」又詩曰：「嘗聞紹述絳守居，偶來登覽周四隅。異哉樊子怪可吁，心欲獨去無古初。窮荒探幽入無有，一語詰曲百盤紆。孰云己出不剽襲，句斷欲學盤庚書。」云云。〔補注〕曾國藩曰：退之言屬文，皆親切有味。

〔五〕「從」，子容切。

〔六〕〔補注〕曾國藩曰：以上著作之多。

生而其家貴富，長而不有其藏一錢〔一〕，妻子告不足，顧且笑曰：「我道蓋是也。」〔二〕皆應曰：然。無不意滿。嘗以金部郎中告哀南方〔三〕，還言某師不治，罷之，以此出爲綿州刺史〔四〕。一年，徵拜左司郎中，又出刺絳州〔五〕。綿絳之人至今皆曰：「於我有德。」〔六〕以爲諫議大夫，命且下，遂病以卒。年若干〔七〕。

〔一〕「長而」，或作「而長」。

〔二〕「蓋」下疑有「如」字。

〔三〕或無「嘗」字。元和十五年正月，憲宗崩，宗師以金部郎中告哀南方。

〔四〕「師」，或作「帥」。方無「出」字；以下文「又出」觀之，宜有。

〔五〕或無「刺」字。

〔六〕〔補注〕方苞曰：守官以一語括之，蓋誌以文爲主；詳其行身居官，則于首尾不稱。

〔七〕「病以」，或作「以病」。〔補注〕曾國藩曰：以上居家居官。

紹述諱宗師，父諱澤，嘗帥襄陽、江陵，官至右僕射，贈某官〔一〕。祖某官，諱泳〔二〕。自祖及紹述三世，皆以軍謀堪將帥策上第以進〔三〕。

〔一〕興元元年正月，樊澤爲山南東道節度使；貞元二年閏五月，徙鎮荆南；八年二月，自荆南復爲山南東道節度使；十二年，加檢校右僕射；十四年九月卒于鎮，贈司空。

〔二〕泳試大理評事，累贈兵部尚書。

〔三〕開元中，泳舉草澤科；建中元年，澤舉賢良方正直言極諫科；元和三年四月，宗師舉軍謀宏遠堪任將帥科。〔補注〕曾國藩曰：以上家世。

紹述無所不學，於辭於聲天得也〔一〕，在衆若無能者。嘗與觀樂，問曰：「何如？」曰：「後當然。」已而果然〔二〕。銘曰：

〔一〕「得」下或有「地」字，或有「地出」字，皆非是。〔補注〕方苞曰：以其於聲有獨得，證其於辭無可疑。

〔二〕「後」上或有「某」字，非是。〔補注〕曾國藩曰：若叙知聲如叙其於辭，則冗長不警拔矣。前半叙其文辭，銘亦專贊其文，而此言其於聲云云，警絶。又曰：以上知音。

惟古於詞必己出，降而不能乃剽賊〔一〕，後皆指前公相襲〔二〕，從漢迄今用一律。寥寥久哉莫覺屬〔三〕，神徂聖伏道絶塞。既極乃通發紹述，文從字順各識職。有欲求之此其躅。

〔一〕「賊」，或作「脱」。

〔二〕〔補注〕曾國藩曰：「公」者，心之所安而昭彰無疑也。左傳「賄賂公行」。

〔三〕「覺」，或作「學」，非是。

中大夫陝府左司馬李公墓誌銘

郱七子，漢其一也，即公之壻。新舊史有傳可考。故誌云「漢，韓氏壻也，故予爲銘。」〔補注〕方苞曰：世稱退之敘事文不肯步趨太史公，故作毛穎傳以示非不能，觀此文序次世系，不惟骨法大類史記，即逕陌亦同，膚學自不能辨耳。

公諱郱〔一〕，字某，雍王繪之後〔二〕，王孫道明，唐初以屬封淮陽王，又追王其祖父〔三〕曰雍王、長平王〔四〕。淮陽生景融〔五〕，景融親益疏，不王；生務該，務該生思一，思一生岌〔六〕。比四世官不過縣令州佐，然益讀書爲行，爲士大夫家。

〔一〕「郱」，薄經切。

〔二〕「繪」或作「會」，新舊史作「繪」，太祖景皇帝之第五子也，爲隋夏州總管。「雍」，於衆切。〔補注〕曾國藩曰：屬天潢族屬。

〔三〕「追王」之「王」字，音旺。

〔四〕下或有「長平生淮陽」五字。繪子贊，贊子道玄。武德元年六月，封道玄淮陽王，追封繪曰雍，贊爲河南王。

〔五〕「生」，一作「王」。

〔六〕「岌」，魚及切。

岌爲蜀州晉原尉〔一〕，生公，未晬以卒〔二〕，無家，母抱置之姑氏以去，姑憐而食之〔三〕。至五六歲，自問知本末，因不復與羣兒戲，常默默獨處，曰：「吾獨無父母，不力學問自立，不名爲人！」年十四五，能闇記論語、尚書、毛詩、左氏、文選，凡百餘萬言，凛然殊異，姑氏子弟莫敢爲敵。浸傳之聞諸父〔四〕，諸父泣曰：「吾兄尚有子耶？」迎歸而坐問之，應對横從無難〔五〕。諸父悲喜，顧語羣子弟曰：「吾爲汝得師。」〔六〕於是縱學無不觀。

〔一〕「原」，或作「康」。

〔二〕子生一歲曰「晬」。說文：「周年也。」

〔三〕「食」，音嗣。

〔四〕「敵」，或作「嫡」，非是。「之聞」，或作「聞之」。

〔五〕「從」，子容切。

〔六〕「語」，或作「謂」。或無「曰」字，無「吾」字。

以朝邑員外尉選，魯公真卿第其所試文上等〔一〕，擢爲同官正尉，曰：「文如李尉，乃可望此。」其後比以書判拔萃〔二〕，選爲萬年尉，爲華州録事參軍。争事於刺史，去官，爲陸渾令。河南尹鄭餘慶薦之朝〔三〕，拜南鄭令。尹家奴以書抵縣請事〔四〕，公走府，出其書投之尹前。尹慚其廷中人，曰：「令辱我，令辱我！」〔五〕且曰：「令退！」遂怨之。拾掇三年，無所得〔六〕。拜宗正丞。宰相以文理白爲資州刺史，公喜曰：「吾將有爲也！」讒宰相者言之上曰〔七〕：「是與其故〔八〕，故得用。」改拜陝府左司馬〔九〕，公又喜曰：「是官無所職，吾其不以吏事受責死矣！」長慶元年正月丙辰以疾卒〔一〇〕，春秋七十三。公内外行完，潔白奮厲，再成有家，士大夫談之。

〔一〕「文」下或有「爲」字。試書判拔萃爲上等。〔補注〕曾國藩曰：言魯公而不稱姓，蓋古法也。

〔二〕或無「比」字。

〔三〕元和十年十月，鄭餘慶爲河南尹。

〔四〕〔補注〕沈欽韓曰：興元尹也。山南西道節度使兼之。

〔五〕漢張耳傳：「李良素貴，起慚其從官。」又，袁盎：「還愧其吏。」公此文與劉昌裔誌皆用此。或無複出「令辱我」三字。

〔六〕或無「所」字。〔補注〕曾國藩曰：言摭拾其罪過不得。

〔七〕或無「者」字，非是。

〔八〕〔補注〕曾國藩曰：言與宰相爲親故。

〔九〕陝虢節度使衛中行辟佐其府。

〔一〇〕或無「正月」字，而云「李本作『正月』，蓋正月十八日也」。今按：是年辛丑歲。「丙辰」非歲名，則爲日名，而在「月」下爲是。方知日辰所直，而不以李本補「正月」字，不可曉也。

夫人博陵崔氏，朝邑令友之之女，其曾伯父玄暐有功中宗時〔一〕。夫人高明，遇子婦有節法，進見侍側肅如也。七男三女：郃爲澄城主簿；其嫡激，鄜城令〔二〕；放，芮城尉；漢，監察御史〔三〕；滻、洸、潘，皆進士〔四〕。及公之存，内外孫十有五人。五月庚申，葬華陰縣東若干里。漢，韓氏壻也。故予與爲銘〔五〕。其詞曰：

〔一〕長慶四年六月，玄暐爲鳳閣侍郎同平章事。神龍元年，率羽林兵誅張易之、昌宗，迎太子監國，是爲中宗。

〔二〕「激」下，或有「爲」字。

〔三〕漢字南紀，元和七年進士，時爲監察御史，終於宗正少卿。

〔四〕漼字經野，洸字正武，潘字子及；皆登進士第。潘，大中初爲禮部侍郎。「漼」，所簡切。「洸」音光。

〔五〕〔補注〕方苞曰：叙事文最易散漫，故左傳細碎處往往兩事相對，於通篇杼柚外，隨處置機牙，使章法相接。篇中姑之憐，與母之棄、諸父之聞相對；魯公之拔擢，與鄭尹之抑扱相對；喜得有爲，與喜不受責相對：乃其遺則。

愈下而微，既極復飛〔一〕，其自公始。公多孫子，將復廟祀〔二〕。

〔一〕〔補注〕曾國藩曰：言王封後，累世式微也。極言窮極無家。

〔二〕「廟」，或作「其」。今按唐會要禮官議户部尚書韋損四代祖所立私廟：「子孫官卑，其祠久廢，今損官至三品，凖令合立三廟。」此以郱之先嘗有王封，而後世官卑不得立廟，故云「將復廟祀」也。然唐制亦非古，而本廟立法尤疏略，唯蘇魏公嘗議立廟與襲爵之法相爲表裏。其説爲善，惜乎當時不施行也。

故幽州節度判官贈給事中清河張君墓誌銘

張徹爲范陽府監察御史，其帥張弘靖也。誌不出弘靖姓名，若有所諱焉耳。徹死于亂，具載之史，其言多出公誌。〔補注〕姚鼐曰：昌黎蓋鄙張之請，「噎喑以爲生」，蓋即謂之耶。張裕釗曰：介甫論韓文惟王適張徹志最奇，王文叙事作意主間架，實從此二篇脱化，而未能自然，故不逮韓；且其規模堂廡，較永叔則已隘矣。

張君名徹，字某，以進士〔一〕累官至范陽府監察御史。長慶元年，今牛宰相爲御史中丞〔二〕，奏君名迹中御史選〔三〕，詔即以爲御史。其府惜不敢留，遣之，而密奏：「幽州將父子繼續，不廷選且久，今新收，臣又始至〔四〕孤怯，須强佐乃濟。」發半道，有詔以君還之，仍遷殿中侍御史〔五〕，加賜朱衣銀魚。至數日，軍亂，怨其府從事，盡殺之，而囚其帥；且相約：張御史長者，毋侮辱轢蹙我事，無庸殺，置之帥所〔六〕。

〔一〕徹中進士第，在元和四年。

〔二〕「元」，或作「二」，考之史，當作「元年」。陳齊之云：常疑牛僧孺之爲人，觀此語，則知韓公亦不喜其人矣。然「牛宰相」三字，或作「今宰相牛公」，未知孰是。

〔三〕〔補注〕曾國藩曰：謂聲名形迹。

〔四〕長慶元年二月，幽州節度使劉總請去位；三月，以總爲太平軍節度使，張弘靖爲幽州節度使，代總。

〔五〕「仍」，或作「乃」。

〔六〕「轢」，音歷。「毋」，或作「無」。「我事」下或有「無罪」二字。長慶元年七月，幽州軍亂，囚節度使張弘靖於薊門館，殺判官韋雍張宗元崔仲卿等；以徹長者，不殺，置之於薊門館。〔補注〕曾國藩曰：以上在幽州，值軍亂。

居月餘，聞有中貴人自京師至。君謂其帥：「公無負此土人。上使至，可因請見自辨，幸得脱免歸。」〔一〕即推門求出。守者以告其魁，魁與其徒皆駭曰：「必張御史。張御史忠義，必爲其帥告此〔二〕餘人，不如遷之别館。」〔三〕即與衆出君〔四〕。君出門罵衆曰：「汝何敢反！前日吴元濟斬東市，昨日李師道斬於軍中，同惡者父母妻子皆屠死，肉餧狗鼠鴟鴉〔五〕。汝何敢反！汝何敢反！」〔六〕行且罵。衆畏惡其言〔七〕，不忍聞，且虞生變，即擊君以死。君抵死口不絶駡，衆皆曰：「義士！義士！」或收瘞之以俟〔八〕。

〔一〕或無「免」字。

〔二〕「史」下或無「張」字及無「告此」二字。按「告」字疑當作「言」。

〔三〕今按：「餘人」二字疑衍，而下文「不如遷之別館」自爲一句，蓋述其言如此。下文又云「即與衆出君」，乃記其事也。但無所考，不敢輒删耳。或云「餘人」字不必去，其曰「遷之別館」，蓋言今當如此耳。亦通。〔補注〕姚鼐曰：「餘人」，非叛者黨也，恐其以言動之。

〔四〕「與」，或作「以」。

〔五〕新史書徹事，大抵出公此誌。其所書駡賊語，凡削六字改一字，筆削固史氏事，然而改餧爲飽，則不若公語；且有來處，此前漢陳餘所謂「以肉餧虎」也。

〔六〕〔補注〕曾國藩曰：著語極精神。

〔七〕「畏」下或有「皆」字，非是；或在「畏」上，則或有之。

〔八〕〔補注〕曾國藩曰：以上遇害。

事聞，天子壯之，贈給事中。其友侯雲長佐鄆使，請於其帥馬僕射〔一〕，爲之選於軍中，得故與君相知張恭李元實者〔二〕，使以幣請之范陽，范陽人義而歸之。以聞，詔所在給船轝，傳歸其家，賜錢物以葬。長慶四年四月某日，其妻子以君之喪葬于某州某所〔三〕。

〔一〕馬揔。

〔二〕「恭」，或作「泰」。

〔三〕「四年」，方云：「舊本或作『二年』，或作『三年』。按：鄆帥，馬摠也。摠以二年秋遷右僕射，明年夏召還，當作『二年』或『三年』也。」今按：方説雖如此，而其所定之本却作「四年」，今姑從之。蓋或喪歸踰年，馬既召還，乃克葬也。〔補注〕曾國藩曰：以上歸葬。

君弟復亦進士〔一〕，佐汴宋，得疾，變易喪心，驚惑不常。君得閒即自視衣褥薄厚〔二〕，節時其飲食，而匕筯進養之〔三〕，禁其家無敢高語出聲。醫餌之藥，其物多空青雄黃，諸奇怪物〔四〕，劑錢至十數萬；營治勤劇，皆自君手，不假之人。家貧，妻子常有飢色〔五〕。

〔一〕元和元年，復中進士。

〔二〕「褥」，或作「衾」。

〔三〕或無「養」字。今按：「養」字去聲，禮曰：「以其飲食忠養之。」

〔四〕空青，山出銅處，銅精熏則生空青，腹中空如楊梅者勝。雄黃出武都山，塊方數寸，明徹如雞冠者佳。

〔五〕〔補注〕「色」，原作「邑」，據别本校改。曾國藩曰：以上内行。

祖某，某官；父某，某官〔一〕。妻韓氏，禮部郎中某之孫，汴州開封尉某之女，於余爲叔父孫女。君常從余學，選於諸生而嫁與之。孝順祇修，羣女效其所爲。男若干人，曰某；女子曰某〔二〕。銘曰：

嗚呼徹也！世慕顧以行〔一〕，子揭揭也；噎喑以爲生〔二〕，子獨割也。爲彼不清，作玉雪也；仁義以爲兵，用不缺折也〔三〕。知死不失名，得猛厲也；自申于闇，明莫之奪也〔四〕。我銘以貞之，不肖者之呾也〔五〕。

〔一〕「祖某」，「父某」或作「祖踐」，「父休」。

〔二〕〔補注〕曾國藩曰：以上家世。

〔一〕〔補注〕曾國藩曰：「慕顧」猶瞻徇。

〔二〕〔補注〕曾國藩曰「噎喑」，猶囁嚅。

〔三〕「缺折」，或作「折缺」。

〔四〕「闇明」，當作「明闇」，説見下條。〔補注〕陳景雲曰：張平子靈憲中論日之明云：「由明瞻闇，闇還自奪。」公語似本此。

〔五〕「呾」，當割切。方無「者」字，或無「之」字。方云：此銘以「徹」「揭」「割」「雪」「折」「厲」「奪」「呾」爲韻。而「行」「生」「清」「兵」「名」「闇」「貞」復自爲韻。「厲」，音烈。「闇」，當讀如「諒闇」之「闇」。今按：方説多得之。此銘蓋法兔罝魚麗等詩，隔句用韻耳。詩隔句用韻，先儒所未知，觀公此銘，則既識之矣。但「闇明」二字，乙之則韻自叶，而義亦勝，若如方説，則雖讀「闇」作「鶕」，韻終不叶，而義亦不通也。〔補注〕方苞曰：其體蓋出九章。

河南府法曹參軍盧府君夫人苗氏墓誌銘

或無「府苗氏」三字，或作「范陽盧君夫人苗氏」。〔補注〕方苞曰：韓公于婦人皆略于誌而詳于銘，可爲典則。

夫人姓苗氏，諱某，字某，上黨人。曾大父襲夔，贈禮部尚書，大父殆庶，贈太子太師〔一〕。父如蘭，仕至太子司議郎，汝州司馬〔二〕。

〔一〕以宰相世系考之，襲夔生殆庶、延嗣；殆庶生如蘭、晉卿。襲夔殆庶所贈官，疑晉卿仕至宰相而贈也。

〔二〕或作「别駕」，世系表作「永王府諮議參軍」。

夫人年若干，嫁河南法曹盧府君諱貽〔一〕，有文章德行，其族世所謂甲乙者〔二〕，先夫人卒〔三〕。夫人生能配其賢，歿能守其法。男二人：於陵、渾，女三人，皆嫁爲士妻〔四〕。貞元十九年四月四日，卒於東都敦化里，年六十有九。其年七月某日〔五〕，祔于法曹府君墓，在洛陽龍門山。其季女壻昌黎韓愈爲之誌〔六〕。其詞曰：

〔一〕「府君」字或複出。「河南」或作「范陽」。

〔二〕〔補注〕曾國藩曰：崔盧，唐世所稱巨族，「甲乙」猶云第一第二也。

〔三〕或作「卒先夫人」。

〔四〕夫人長女壻河南緱氏主簿唐充；次亡；公其季女壻也。

〔五〕「其年」，或作「其明年」。「七」或作「八」。

〔六〕「之」下或有「銘」字；或有「銘」字而無「之」字；又或作「爲其」字。

赫赫苗宗，族茂位尊；或毗于王，或貳于藩。是生夫人〔一〕，載穆令聞；爰初在家，孝友惠純。乃及于行〔二〕，克媲德門〔三〕；肅其爲禮〔四〕，裕其爲仁。法曹之終，諸子實幼；煢煢其哀，介介其守。循道不違，厥聲彌劭〔五〕；三女有從，二男知教；閭里歎息，母婦思效。歲時之嘉，嫁者來寧；累累外孫〔六〕，有攜有嬰。扶牀坐膝，嬉戲讙争，既壽而康，既備而成。不歉于約，不矜于盈。伊昔淑哲，或圖或書；嗟咨夫人，孰與爲儔！刻銘寘墓，以賛碩休〔七〕。

〔一〕「是」，或作「厥」。
〔二〕〔補注〕陳景雲曰：「及於行」，謂及於嫁之年。
〔三〕「乃及」，或作「亨乃」。「克」，或作「光」。
〔四〕「爲禮」，方作「禮容」。今以下句「爲仁偶」之，方説非是。
〔五〕或作「既克其家，厥問愈劭」。
〔六〕「累累」，或作「纍纍」。
〔七〕「銘」，或作「石」。「寘」，或作「誌」。「書」「儔」「休」以古韻叶。

故貝州司法參軍李君墓誌銘

「參軍」，李翱習之之祖。習之嘗自爲其皇祖實録，其行治皆如誌所書。翱之實録終曰：「先祖有美而不知，不明也；知而不傳，不仁也。翱欲傳，懼文章不足以稱頌道德，光耀來世；是以頓首欲假辭於執事者，亦惟不斥其愚而爲之傳焉。」意翱乞公銘之辭也。〔補注〕曾國藩曰：李翱善爲文，故公此首尤矜慎，稍變其豪横之氣，而出以瘦勁。

貞元十七年九月丁卯〔一〕，隴西李翱合葬其皇祖考貝州司法參軍楚金、皇祖妣清河崔氏夫人于汴州開封縣某里〔二〕。昌黎韓愈紀其世，著其德行，以識其葬〔三〕。

〔一〕「七」或作「八」；「月」下或有「一日」字。

〔二〕「開封縣某里」，或作「陳留縣安豐里」，後「開封」字同。

〔三〕「識」，或作「誌」。

其世曰〔一〕：由涼武昭王六世至司空〔二〕，司空之後二世爲刺史清淵侯〔三〕，由侯至于貝州凡五世〔四〕。

〔一〕「其世」，或作「其詞」。

〔二〕「至」，或作「有」。

〔三〕涼武昭王名暠，字玄盛，晉安帝時自稱西涼公。（新版按，「涼」原作「梁」，誤，據《五百家注昌黎文集》改。）子翻。翻子寶。寶子沖，後魏孝文時封清淵縣侯，卒贈司空。沖，暠曾孫也。今云「六世」，恐誤。沖子延實，都督青州刺史。延實子彬，襲祖爵清淵縣侯，卒贈齊州刺史。子桃枝襲封。

〔四〕一作「六世」。桃枝玄孫詔，諮議參軍。詔子楚金。

其德行曰〔一〕：事其兄如事其父，其行不敢有出焉。其夫人事其姒如事其姑〔二〕，其於家不敢有專焉。其在貝州，其刺史不悦於民〔三〕，將去官，民相率讙譁，手瓦石，胥其出擊之〔四〕。刺史匿不敢出，州縣吏由别駕已下不敢禁，司法君奮曰：「是何敢爾！」〔五〕屬小吏百餘人持兵仗以出〔六〕，立木而署之曰：「刺史出，民有敢觀者，殺之木下！」民聞，皆驚相告，散去。後刺史至，加擢任〔七〕，貝州由是大理。

〔一〕或無「曰」字。
〔二〕「姒」，或作「姊」。
〔三〕「刺」上或無「其」字，據李翺集：「刺史」，嚴正晦也。
〔四〕「胥」，或作「須」，或作「需」。或無「其」字。史記趙世家：「太后盛氣胥之入。」又趙奢傳：「胥後令。」注「胥，猶須也」。
〔五〕或無「何」字。或無「爾」字。
〔六〕「仗」，或作「杖」。
〔七〕「加」下或有「禮」字。

其葬曰〔一〕：翺既遷貝州君之喪于貝州，殯于開封，遂遷夫人之喪于楚州。八月辛亥，至于開封。壙于丁巳，墳于九月辛酉，窆于丁卯〔二〕。人謂：「李氏世家也，侯之後，五世仕不遂〔三〕，蘊必發，其起而大乎！」四十年而其兄之子衡〔四〕始至户部侍郎。君之子四人，官又卑。翺，其孫也。有道而甚文，固於是乎在〔五〕。

〔一〕或作「日」，山谷李謝以古本定，與上文「其世曰」、「其德行曰」爲一例。
〔二〕「㝎」，或作「穸」。
〔三〕一無「後」字、「五」字。
〔四〕惟慎子五人，衡其第二子也。貞元七年，自常州刺史鎮湖南；八年徙鎮江西，召爲給事中。
〔五〕或無「固」字。「甚文」字出左傳「楚子西曰：光又甚文」。觀翺實録，亦可見其甚文矣。魯直詩云「習之實録葬皇祖，斯文如女有正色」云云。〔補注〕曾國藩曰：收處絶疏古，化去筆墨痕迹。

處士盧君墓誌銘

公前銘盧君夫人，玆又銘其子於陵，故言「愈於處士，妹壻也。爲其誌且銘」云。

處士諱於陵，其先范陽人。父貽爲河南法曹參軍。河南尹與人有仇，誣仇與賊通，收掠取服。法曹曰：「我官司也，我在不可以爲是！」廷爭之以死。河南怒，命卒捽之〔一〕；法曹争尤强，遂并收法曹，竟奏殺仇，籍其家，而釋法曹。法曹出，徑歸臥家，念河南勢弗可敗，氣憤弗食，歐血卒。東都人至今猶道之。

〔一〕「卒」，或作「峷」。「捽」，昨没切。

處士少而孤，母夫人憐之〔一〕，讀書學文，皆不待强教，卒以自立。在母夫人側，油油翼翼，不忍去時歲。母夫人既終，育幼弟與歸宗之妹〔二〕，經營勤甚，未暇進仕也。年三十有六，元和二年五月壬辰以疾卒。有男十歲，曰義；女九歲，曰孟；又有女生處士卒後〔三〕，未名。於其年九月乙酉，其弟渾以家有無〔四〕，葬以車一乘於龍門山先人兆。愈於處士，妹壻也。爲其誌，且銘其後曰：

〔一〕貽娶苗氏，太師晉卿兄如蘭女。

〔二〕〔補注〕沈欽韓曰：喪服傳：「婦人雖在外，必有歸宗，故服爲父服後者，期。」按：「歸宗者」，既嫁而被出者也。賈公彦于此條誤疏以爲歸寧，非也。

〔三〕「孟」下或無「又」字。

〔四〕〔補注〕沈欽韓曰：「以家有無」，稱其家之有無也；故下申之曰「車一乘」。

貴兮富兮如其材，得何數兮〔一〕；名兮壽兮如其人，豈無有兮。彼皆逢其臧，子獨迎其凶。兹命也邪！兹命也邪！

〔一〕〔補注〕曾國藩曰：材，應得之富貴，不足數也。

故太學博士李君墓誌銘

「學」，或作「常」。〔補注〕何焯曰：深切著明，筆力亦健，誌子弟墓，不嫌於直。

太學博士頓丘李于〔一〕，余兄孫女壻也〔二〕。年四十八〔三〕，長慶三年正月五日卒。其月二十六日，穿其妻墓而合葬之，在某縣某地。子三人，皆幼。

〔一〕一本作「干」。
〔二〕或無「女」字。
〔三〕于大曆元年生。

初，于以進士〔一〕爲鄂岳從事〔二〕。遇方士柳泌〔三〕，從受藥法，服之往往下血，比四年，病益急，乃死〔四〕。其法以鉛滿一鼎〔五〕，按中爲空，實以水銀〔六〕，蓋封四際，燒爲丹沙云。

〔一〕元和十年，于中進士第，年四十。
〔二〕十一年，李道古爲鄂岳觀察使，辟于爲從事。
〔三〕「泌」，或作「賁」。

〔四〕柳泌説已見前。「乃」，或作「及」，非是。

〔五〕一有「以物」字。

〔六〕「實以」或作「以實」。

余不知服食説自何世起，殺人不可計，而世慕尚之益至，此其惑也！在文書所記及耳聞相傳者不説〔一〕，今直取目見親與之游而以藥敗者六七公，以爲世誡〔二〕。

〔一〕或無「相」字。

〔二〕〔補注〕何焯曰：時主好方士，服金丹，公之「爲世誡」者，微詞也。

工部尚書歸登、殿中御史李虛中、刑部尚書李遜、遜弟刑部侍郎建、襄陽節度使工部尚書孟簡、東川節度御史大夫盧坦、金吾將軍李道古：此其人皆有名位，世所共識。工部既食水銀得病，自説若有燒鐵杖自顛貫其下者〔一〕，摧而爲火，射竅節以出，狂痛號呼乞絶；其茵席常得水銀〔二〕，發且止，唾血十數年以斃。殿中疽發其背死。刑部且死謂余曰：「我爲藥誤。」其季建，一旦無病死。襄陽黜爲吉州司馬，余自袁州還京師，襄陽乘舸邀我於蕭洲，屏人曰：「我得秘藥，不可獨不死，今遺子一器，可用棗肉爲丸服之。」別一年而病，其家人至〔三〕，訊之，曰：「前所服藥誤〔四〕，方且下之，下則平矣。」病二歲竟卒。盧大夫死時，溺出血肉，痛不可忍，乞死，乃死〔五〕。金吾以柳泌得罪，食泌藥，五十死海上：此可以爲誡者也！蘄不死，乃速得死，謂之智，可不可也？

〔一〕「顛」，或作「巔」。

〔二〕「茵」或作「裀」。或無「常」字。

〔三〕「其」，一作「有」。

〔四〕「所服」下或有「之」字。

〔五〕「肉」，方作「害」。今按：古書「肉」或作「宍」，今淮南子及内經靈樞尚存此體，疑此别本「害」字乃「宍」之訛；而方考之不詳也。「乃死」，一作「乃絶」；「乃」，或作「及」。或無「死」字。皆非是。

五穀三牲、鹽醯果蔬，人所常御。人相厚勉，必曰强食。今惑者皆曰：「五穀令人夭，不能無食，當務減節。」鹽醯以濟百味〔一〕，豚魚雞三者，古以養老；反曰：「是皆殺人，不可食。」一筵之饌，禁忌十常不食二三。不信常道而務鬼怪，臨死乃悔。後之好者又曰：「彼死者皆不得其道也，我則不然。」始病，曰：「藥動故病，病去藥行，乃不死矣。」及且死，又悔。嗚呼！可哀也已，可哀也已〔二〕！

〔一〕「濟」或作「齊」。

〔二〕孔毅夫雜説云：張籍哭退之詩云：「爲出二侍女，合彈琵琶箏。」白樂天思舊詩云：「退之服硫黄，一病竟不痊。」退之嘗譏人不解文字飲，而自敗於女妓乎？作李博士墓誌，戒人服金石藥，而自餌硫黄邪？又後山嗟哉行亦云：「韓子作誌還自屠，自笑未竟人復吁。」正謂此耳。

盧渾墓誌銘

渾，河南法曹參軍第二子，而公妻弟也；然有銘無誌焉。

前汝父母右汝兄〔一〕，汝從之居，視汝如生。遷汝居兮〔二〕，日月之良。汝居孔固兮，後無有殃。如不信兮，視此銘章〔三〕。

〔一〕「兄」上或有「弟」字；或作「後有汝兄」。渾，於陵弟也；兄弟惟二人。

〔二〕「遷汝」或作「汝遷于」三字。

〔三〕「此」，或作「於」。

虢州司户韓府君墓誌銘

韓氏自魏安定桓王茂五世孫爲叡素，嘗爲桂州刺史。四子：長仲卿，爲武昌令，贈尚書右僕射。次少卿。太白云：「感慨重諾，死於節義。」次雲卿，禮部侍郎。公爲科斗書後記云：「叔父當大曆世，文詞獨行中朝。」即雲卿也。季紳卿，涇陽令，嘗爲揚州録事參軍，太白謂「工古文而能官者」。公與兄會、介，仲卿之子也；俞、弇，雲卿之子也；岌，紳卿之子也。岌爲虢州司户，故公誌云：桂州君之孫，司録君之子。其系明甚。李太白爲武昌德政碑，亦言桂州君四子，名諱長少皆與此誌合；惟唐史世系表乃以桂州君爲有七子；無少卿，而有晉卿、季卿、子卿、升卿，果何據而然？未有公之家世而適誤漏者也。史至是，何以取信後世哉！

安定桓王五世孫叡素〔一〕爲桂州長史〔二〕，化行南方。有子四人，最季曰紳卿。文而能官，嘗爲揚州録事參軍，事故宰相崔圓〔三〕。圓狎愛州民丁某，至顧省其家。後大衙會日，司録君趨以前大言曰：「請舉公過！公與小民狎，至至其家〔四〕，害於政。」圓驚謝曰：「録事言是，圓實過。」乃自署罰五十萬錢〔五〕。由是遷涇陽令，破豪家水碾利民田，頃凡百萬。

〔一〕〔補注〕盧軒曰：叡素即公之祖也。蔡邕祖攜碑云：「曾祖父勳」云云，陳子昂誌父墓云「五世祖太樂」云云，則知臨文不諱之例，由來舊矣。

〔二〕「長」，或作「刺」；考世系表、李太白去思頌、公墓誌、行狀，皆作「長史」。

〔三〕或無「參軍」二字。上元元年二月，以崔圓爲揚州大都督府長史、淮南節度使。

〔四〕或無複出「至」字。

〔五〕〔補注〕沈欽韓曰：按：此事紳卿固與吴良鄄惲同其直矣，而崔圓比歐陽歙尤能服于義也。此盛事，兩漢而下，不多見。

君諱岌，桂州君之孫，司録君之子，亦以能官名。少而奇，壯而强，老而通〔一〕。以元和元年六月十四日卒〔二〕，年五十七。娶京兆田氏女〔三〕。男曰家；女曰門、曰都：皆幼〔四〕。初，君樂虢之土田山水，求掾其州，去官猶家之。既卒，因以其年九月某日葬州北十里崔長史墓西〔五〕，銘曰：

〔一〕閣本無「而强老」三字，方以爲脱。〔補注〕方苞曰：其身無足多者，故詳其父。曰「老而通」，則少壯之奇强，非能循道者矣。

〔二〕「元」，或作「三」。

〔三〕或無「女」字。

〔四〕或無「曰門」二字。

〔五〕「葬」下或有「于」字。

凡兆于兹，唯其家之材〔一〕，蓋歸有時。

〔一〕或作「財」。今按：此句未詳，當有脱誤。

四門博士周況妻韓氏墓誌銘

此誌及張徹墓誌皆以俞爲開封尉，唐宰相表以俞爲開封令，亦誤矣。

四門博士周況妻韓氏諱好〔一〕，尚書禮部郎中諱雲卿之孫，開封尉諱俞之女。開封娶趙氏，生二女三男〔二〕。開封卓越豪縱，不治資業，喜酒色狗馬〔三〕。趙氏卒十一年而開封亦卒。開封從父弟愈於時爲博士〔四〕，乞分教東都生，以收其孥於開封界中教畜之，而歸其長女于周氏況〔五〕。

〔一〕或有複出「好」字。

〔二〕下「開封」字或作「俞」。俞二女：長嫁周況，次嫁張徹。三男：無競、啓餘、州來。

〔三〕〔補注〕方苞曰：不諱其過。

〔四〕或無「弟」字，舊本皆有。今按：公父仲卿與開封之父雲卿爲兄弟；則公與開封固從父兄弟也。

〔五〕「于」，一作「於」。元和元年，況中進士第。是歲，公以好好適況。

況〔一〕，進士，家世儒者。曾祖諱延，潭州長沙令；祖諱晦，常州參軍；父諱良甫，左驍衛兵曹參軍。況立名行，人士譽之。韓氏嫁九年，生一男一女，年二十七以疾卒〔二〕。葬長安城南鳳栖原。其從父愈於時爲中書舍人〔三〕，爲銘曰：

〔一〕或無「況」字。

〔二〕「疾」，或作「病」。

〔三〕「父」下方有「弟」字。今按：方本非是，儀禮喪服篇有「族曾祖父」者，曾祖之兄弟也；其子爲「族祖父」，其孫爲「族父」，其曾孫爲「族兄弟」。有「從祖祖父」者，祖父之兄弟也；其子爲「從祖父」，其孫爲「從祖兄弟」。有「世父」「叔父」者，父之兄弟也；其子爲「從父兄弟」。今韓公於開封及虢州皆爲從父弟矣；於開封之女則公當爲從祖父也。此但云「從父」，爲脱一「祖」字。方作「從父弟」，尤誤。今無別本，不敢輒增「祖」字，且從諸本去「弟」字。

夫失少婦〔一〕，子失壯母。歸咎無處〔二〕。

〔一〕「失」，或作「喪」。

〔二〕〔補注〕方苞曰：義止于此。

韓滂墓誌銘

公爲袁州日，二姪湘滂皆從之。滂死於袁州，故云：「權葬宜春郭南一里。」「宜春」，袁州也。世系表：老成二子：湘，大理丞；滂，竇雞丞。按誌：滂年十九死，則未嘗仕也。表復誤矣。〔補注〕方苞曰：真率自得，而有意味，近世歸震川於戚屬誌銘極力摹此；然渾古健樸之氣，不可强而似矣。

滂，韓氏子。其先仕魏，號安定桓王〔一〕。滂父老成，厚謹以文，爲韓氏良子弟，未仕而死。有二子，滂其季也。其祖諱介，爲人孝友，一命率府軍佐以卒。二子：百川、老成。老成爲伯父起居舍人會後〔二〕。起居有德行言詞，爲世軌式。滂既兄弟二人，而率府長子百川早死〔三〕，無嗣，其叔祖愈命滂歸後其祖。

〔一〕王名茂，滂九世祖也。
〔二〕或無複出「老成」字。〔補注〕「會」，原作「某」，據别本校改；或無「某」字。
〔三〕或無「早」字。

滂清明遜悌以敏，讀書倍文〔一〕，功力兼人。爲文詞，一旦奇偉驟長，不類舊常。

吾曰：「爾得無假之人邪？」〔一〕退大喜，謂其兄湘曰：「某違翁且踰年，懼無以爲見，今翁言乃然，可以爲賀。」羣輩來見，皆曰：「滂之大進，不唯於文詞〔三〕，爲人亦然。」

〔一〕「倍」與「背」同。「倍文」，謂背本暗記也。周禮注：「倍文曰諷」，韓語蓋本此。洪譜以爲「作文」，蓋不考此而誤改；兼下文復有「爲文辭」字，亦不應重複如此也。

〔二〕或無「得」字，無「人」字。

〔三〕或無「文」字。「詞」下或有「於」字。

既數月，得疾以死，年十九矣〔一〕。吾與妻〔二〕哭之傷心，三日而斂；既斂七日，權葬宜春郭南一里〔三〕。嗚呼！其可惜也已〔四〕！銘曰：

〔一〕「死」，或作「卒」，滂貞元十八年生。

〔二〕公妻高平君盧氏。

〔三〕或無「一」字。

〔四〕「也」，一作之。

天固生之邪〔一〕，偶自生邪？天殺也邪〔二〕，其偶自死邪？莫不歸於死〔三〕，壽何少多？銘以送汝，其悲奈何！

〔一〕或無「之」字。

〔二〕或無「也」字。

〔三〕「歸」，或作「悲」。

女挐壙銘

公元和十四年以刑部侍郎諫佛骨，忤上意，出爲潮州，女挐道死商南層峯驛，瘞之山下。其年十一月二十四日，移刺袁州；明年九月，召爲國子祭酒，過墓下，題詩驛梁；至是，發其喪，歸葬于河南之河陽世墓之次云。〔補注〕曾國藩曰：自然沉痛。

女挐〔一〕，韓愈退之第四女也，惠而早死。

〔一〕「挐」，女加、女書二切。

愈之爲少秋官〔一〕，言佛夷鬼，其法亂治，梁武事之〔二〕，卒有侯景之敗，可一掃刮絶去〔三〕，不宜使爛漫。天子謂其言不祥，斥之潮州，漢南海揭陽之地〔四〕。愈既行，有司以罪人家不可留京師，迫遣之〔五〕。女挐年十二，病在席〔六〕，既驚痛與其父訣，又輿致走道〔七〕，撼頓失食飲節，死于商南層峯驛〔八〕，即瘞道南山下。五年，愈爲京兆〔九〕，始令子弟與其姆易棺衾，歸女挐之骨于河南之河陽韓氏墓，葬之〔一〇〕。

〔一〕「爲少」，或作「少爲」，非是。元和十二年十二月，公爲刑部侍郎。〔補注〕姚鼐曰：以刑部侍郎稱「少秋官」，此如以御史稱端公之類，皆徇俗不典；雖昌黎爲之，而不可法。

〔二〕或無「武」字。

〔三〕「刮」，或作「削」。

〔四〕或無「漢」字。「揭」，其逝切，又音竭。

〔五〕或無「可」字。〔補注〕方苞曰：直叙數語，惻然感人，是謂「約六經之旨而成文」。

〔六〕「病」，或作「疾」，或作「在病」，無「席」字。

〔七〕「又」，一作「父」。

〔八〕「層峯」，或作「密」。

〔九〕「兆」下或有「尹」字。

〔一〇〕「葬」上或有「而」字。

女挐死當元和十四年二月二日〔一〕；其發而歸，在長慶三年十月之四日；其葬在十一月之十一日。銘曰：

〔一〕「和」下或有「之」字。

汝宗葬于是，汝安歸之，惟永寧！

河南緱氏主簿唐充妻盧氏墓誌銘

公嘗誌盧君夫人苗氏之墓，今誌唐充妻盧氏，即苗氏長女也。充其長女壻，公季女壻也。

夫人盧氏，諱某，蘭陵太守景柔八世孫。父貽，卒河南法曹。法曹娶上黨苗氏，太師晉卿兄女，生三女三男〔一〕，夫人最長。法曹卒，苗夫人嫁之唐氏充。充〔二〕，明經，宰相休憬曾姪孫，出郄氏〔三〕。外王父昂，中書舍人。夫人年若干嫁唐氏，凡生男與女九人。年四十二，元和四年正月二十二日卒。其年四月十五日，葬河南府河南縣之大石山下。銘曰：

〔一〕考苗夫人志，當云「二男」。

〔二〕或無複出「充」字。

〔三〕今按：「郄」，綺戟反，俗「郤」字，與郗字相亂。今流俗郗超字多作「郄」，誤也。

夫人本宗，世族之後；率其先猷，令德是茂。爰歸得家〔一〕，九子一母；婉婉有儀，柔静以和。命不侔身，兹其奈何！刻銘墓石，以告觀者〔二〕。

〔一〕「得」，或作「其」。
〔二〕「觀」，或作「親」。「者」，之戈切，與「何」叶，吳才老讀如此。

乳母墓銘

舊本作「河南縣令韓愈乳母李氏」。葬乳母且爲之銘，自公始。〔補注〕沈欽韓曰：晉王獻之有保母磚志，其例久矣。歐陽詹與鄭伯義書云：「胡孀物故，仁孝多感。」以書疏慰藉，亦見古人風氣之厚。

乳母李〔一〕，徐州人，號正真。入韓氏〔二〕，乳其兒愈。愈生未再周月，孤失怙恃〔三〕，李憐不忍棄去〔四〕，視保益謹，遂老韓氏。及見所乳兒愈舉進士第，歷佐汴徐軍〔五〕，入朝爲御史、國子博士、尚書都官員外郎、河南令，娶婦，生二男五女〔六〕。時節慶賀，輒率婦孫列拜進壽〔七〕。年六十四，元和六年三月十八日疾卒〔八〕。卒三日，葬河南縣北十五里。愈率婦孫視窆封，且刻其語于石，納諸墓爲銘〔九〕。

〔一〕「李」下或有「氏」字。
〔二〕「入」或作「爲」，下或有「家」字。

〔三〕大曆三年公生，五年而公父仲卿卒；此云「未再周月，孤失怙恃」，未詳。按退之祭嫂鄭夫人云：「我生不辰，三歲而孤。」此言「未再周月，孤失怙恃」，是雖入三歲，而未及兩周也。

〔四〕「李」下或有「氏」字。

〔五〕「見」下或有「其」字。「徐」下或有「二州」字。

〔六〕「二」，或作「三」。

〔七〕「節」下或有「受」字。「輒」上或有「愈」字。

〔八〕「疾」，或作「病」；或無「疾」字；或作「以疾卒」。

〔九〕「語」，或作「誌」。〔補注〕曾國藩曰：銘者，自銘也。自述先祖之德善行誼，刻之金石，長垂令名，故字從「金」從「名」；不必有韻之文而後爲銘也，觀孔悝銘可見。亦有先叙事迹後更爲銘詩者，欲使後世歌頌功德，故詩之也。别有銘相警戒者，如金人銘十七銘之類，爲數語便於記誦，亦昭著使垂不朽，既自警亦警人也。又六朝人遇山水古蹟多爲銘，亦刻石使衆著于耳目之義。總之：銘也者，垂後著名之通稱，不分詞之有韻無韻，亦不分文之爲頌爲箴也。

韓昌黎文集第八卷

桐城馬其昶通伯校注　馬茂元整理

雜文　狀　表狀

瘞硯銘

「銘」，或作「文」。

隴西李觀元賓始從進士貢在京師〔一〕，或貽之硯；既四年，悲歡窮泰，未嘗廢其用。凡與之試藝春官，實二年登上第。行于褒谷〔二〕，役者劉胤誤墜之地，毁焉。乃匣歸埋于京師里中。昌黎韓愈，其友人也。贊且識云：

〔一〕公與元賓皆貞元八年進士也。

〔二〕「褒谷」下或有「間」字。褒斜，地名。

土乎質，陶乎成器。復其質，非生死類。全斯用，毁不忍棄〔一〕。埋而識，之仁之義。硯乎硯乎，與瓦礫異！

〔一〕「斯」，閣作「期」，非是。〔補注〕曾國藩曰：歸于土，故曰「復質」；「全斯用」，謂全時則用之。

毛穎傳

公作此傳，當時有非之者。張籍書所謂「戲謔之言」，當亦指此。舊史亦從而爲之言曰：「譏戲不近人情。」是豈有識者哉？柳子厚豈下人者，乃獨以爲奇；既書其後，又答楊誨之書云：「足下所持韓生毛穎傳來，僕甚奇其書，恐世人非之，今作數百言，知前聖不必罪俳也」云云，則文章固自有知音者哉！李肇國史補謂公此傳「其文尤高，不下遷史」，談藪亦謂此傳似太史公筆，子厚有讀毛穎傳後題，見柳集二十一卷。〔補注〕何焯曰：子厚所最喜者毛穎傳，孫可之所特稱者進學解；今人不以爲俳體，則以爲六朝，多見其不知量也。曾國藩曰：東坡詩云：「退之仙人也，游戲於斯文。」凡韓文無不狡獪變化，具大神通，此尤作劇耳。張裕釗曰：游戲之文，借以抒其胸中之奇，洸洋自恣，而部勒一絲不亂，後人無從追步。

毛穎者，中山人也〔一〕。其先明眎〔二〕，佐禹治東方土，養萬物有功，因封於卯地，死爲十二神〔三〕。嘗曰：「吾子孫神明之後，不可與物同，當吐而生。」已而果然〔四〕。明眎八世孫䨲〔五〕，世傳當殷時居中山，得神仙之術，能匿光使物，竊姮娥〔六〕，騎蟾蜍入月，其後代遂隱不仕云。居東郭者曰㕙〔七〕，狡而善走，與韓盧爭能，盧不及，盧怒，與宋鵲謀而殺之，醢其家〔八〕。

〔一〕中山，國名，今定州。〔補注〕按：宋廣陵馬永卿嬾真子曰：「退之以毛穎爲中山人者，蓋出於右軍經云：『唯趙國毫中用。』蓋趙國平原廣澤，唯有細草，是以兔肥；兔肥則毫長而銳，此良筆也。」

〔二〕禮記：「兔曰明眎。」

〔三〕「治」，方作「理」。「土」，方作「吐」，屬下句，云：「孔氏周書注曰：『土能吐生百穀。』義取此。」今按：東方卯位，此正爲下文「封於卯地，死爲十二神」而言也。然兔與卯皆不屬土，與方所引孔説不合，又不見其所吐何者可養萬物。兼「治東方」爲句，語意亦似未足。唯參同契云「兔者，吐生光」，則「兔」乃有「吐」義，然似亦只與下文「當吐而生」之説相表裏，止是自吐其子，而無吐養萬物之意，未見其必可據也。若作「治東方土」，而自爲一句，但以平水土而言，則於語勢無闕；而下句「養萬物有功」，爲奏庶鮮食之義，意亦自明。故今且從諸本。其以十二物爲十二神，相承已久，亦未見所從來，并闕之以俟知者。〔補注〕沈欽韓曰：論衡物勢篇具言之，則藝文志五行家當有其事，由來久矣。

〔四〕「當吐而生」，見本草。

〔五〕「㝹」，蜀本音奴鉤切。爾雅「兔子娩」，郭注云：「俗呼曰『䰭㝹』與『䰭』同。」論衡曰：「兔舐雄毫而孕，及其生子，從口而出，名曰『娩』。」「娩」，芳萬切。廣雅云「㝹，兔子」。

〔六〕事見淮南子。

〔七〕「者」下或有「號東郭」三字；或有「號東郭毚」，而無「曰」字。説文：「狡兔。」毚，戰國策作「逡」，音俊。

〔八〕「鵲」，或作「猎」。廣雅曰：「韓盧，宋鵲，犬屬。」字林：「猎音鵲，宋良犬也。」

秦始皇時，蒙將軍恬〔一〕南伐楚，次中山，將大獵以懼楚〔二〕，召左右庶長與軍尉〔三〕，以連山筮之〔四〕，得天與人文之兆。筮者賀曰：「今日之獲，不角不牙，衣褐之徒，缺口而長鬚，八竅而趺居〔五〕，獨取其髦，簡牘是資。天下其同書，秦其遂兼諸侯乎！」〔六〕遂獵，圍毛氏之族，拔其豪〔七〕，載穎而歸，獻俘于章臺宮，聚其族而加束縛焉。秦皇帝使恬賜之湯沐，而封諸管城，號曰管城子〔八〕，日見親寵任事。

〔一〕製筆自恬始。

〔二〕中山在秦東北，非伐楚所當次也，此固寓言，然亦不爲無失。〔補注〕沈欽韓曰：「中」，讀爲

「仲」。郊祀志：「行至仲山。」晏温長安志：「仲山在京兆雲陽縣西北四十里。」按：沈説與前文不合。始皇十九年拔趙，二十年擊燕，二十一年擊楚，由燕趙移師伐楚，則次於中山，亦事理之常，不爲失也。

〔三〕或無「右」字，非是。

〔四〕周禮：「三易之法，夏曰連山。」

〔五〕「趺」，音夫。

〔六〕筮詞皆用古韻。詩祈父：「予王之爪牙，靡所止居。」古「牙」「居」通；「髦」與「資」亦然。一云：崔豹古今注，「蒙恬造筆，以柘木爲管，鹿毛爲柱，羊毛爲被」，非兔毫也。公豈它有所自邪？今按：「髦」「資」與「居」「書」叶，今北人語猶謂「毛」爲「謨」。公作董生詩「咨」與「書」「漁」叶，皆可證也。〔補注〕沈欽韓曰：繇辭古趣，置諸内外傳中，何有古今之別？較僞歸藏占辭迥絶矣。

〔七〕或作「毫」，非是。下之「豪」同。

〔八〕或無「曰」字。

穎爲人强記而便敏，自結繩之代以及秦事，無不纂録。陰陽、卜筮、占相、醫方、族氏、山經、地志、字書、圖畫、九流、百家、天人之書，及至浮圖、老子、外國之説，皆所詳悉。又通於當代之務，官府簿書、市井貨錢注記，惟上所使。自秦皇帝〔一〕及太子扶蘇、胡亥、丞相斯〔二〕、中車府令高〔三〕，下及國人，無不愛重。又善隨人意，正直、邪曲、巧拙，一隨其人〔四〕；雖見廢棄，終默不泄〔五〕。惟不喜武士，然見請亦時往〔六〕。累拜中書令，與上益狎，上嘗呼爲「中書君」。上親決事，以衡石自程〔七〕，雖宫人不得立左右，獨穎與執燭者常侍。上休方罷，穎與絳人陳玄、弘農陶泓及會稽褚先生友善，相推致，其出處必偕。上召穎，三人者，不待詔輒俱往，上未嘗怪焉。

〔一〕「皇」上或有「始」字。

〔二〕「相」下或有「李」字。

〔三〕趙高爲中車府令。

〔四〕〔補注〕張裕釗曰：以上所叙，如此奇縱，真可謂才情横溢矣。而部勒要自精嚴，無一字散漫。

〔五〕「雖」下或有「後」字。

〔六〕〔補注〕何焯曰：用筆馳驟。又曰：亦用子雲心畫之意。

〔七〕秦始皇紀：「天下之事，無大小皆決於上。上至以衡石量書，日夜有程；不中程，不得休息。」「石」，百二十斤也。

後因進見，上將有任使，拂拭之，因免冠謝。上見其髮禿，又所摹畫不能稱上意〔一〕，上嘻笑曰〔二〕：「中書君，老而禿，不任吾用。吾嘗謂君中書，君今不中書邪？」〔三〕對曰：「臣所謂盡心者。」因不復召，歸封邑，終于管城。其子孫甚多，散處中國夷狄，皆冒管城；惟居中山者，能繼父祖業。

〔一〕「摹」，或作「暮」。
〔二〕「嘻」，或作「喜」，非是。
〔三〕「君今」：「君」或作「而」。

太史公曰：毛氏有兩族：其一姬姓，文王之子，封於毛，所謂魯衛毛聃者也〔一〕，戰國時有毛公、毛遂〔二〕；獨中山之族不知其本所出，子孫最爲蕃昌〔三〕。春秋之成，見絶於孔子，而非其罪。及蒙將軍拔中山之豪〔四〕，始皇封諸管城〔五〕，世遂有名，而姬姓之毛無聞。穎始以俘見，卒見任使〔六〕，秦之滅諸侯，穎與有功，賞不酬勞，以老見疏，秦真少恩哉！

〔一〕左氏僖二十四年富辰之言。
〔二〕遂，趙人，平原君之客。

〔三〕或無「爲」字。

〔四〕或作「毫」，非是。

〔五〕「諸」，或作「之」。

〔六〕「見」，或作「幸」。

送窮文

予嘗見文宗備問云：顓頊高辛時，宮中生一子，不着完衣，宮中號爲「窮子」。其後正月晦死，宮中葬之，相謂曰：「今日送却窮子。」自爾相承送之。又唐四時寶鑑云：高陽氏子，好衣弊食糜，正月晦巷死。世作糜棄破衣，是日祝於巷曰，除貧也。小宋云：退之送窮文、進學解、毛穎傳等諸篇，皆古人意思未到，可以名家矣；然送窮文與揚子雲逐貧賦大率相類。張文潛曰：公送窮文蓋出子雲逐貧賦，然文采過逐貧矣。晁無咎取公此文於續楚辭，系之曰：愈以屢窮不遭時，若有物焉爲之，故託於鬼謼：彼窮我者，車船飲食，謝而遠之，而窮不可去也；則燒車與船，延之上座，亦卒歸於正之義焉。〔補注〕何焯曰：卓犖宏肆，止「固窮」二字，翻出爾許波瀾。

元和六年正月乙丑晦，主人使奴星結柳作車〔一〕，縛草爲船，載糗輿粻〔二〕；牛繫軛下，引帆上檣〔三〕；三揖窮鬼而告之曰：「聞子行有日矣〔四〕，鄙人不敢問所塗，竊具船與車，備載糗粻〔五〕。日吉時良，利行四方，子飯一盂，子啜一觴，攜朋挈儔，去故就新，駕塵彍風〔六〕，與電争先。子無底滯之尤，我有資送之恩：子等有意於行乎？」

〔一〕或有複出「星」字。

〔二〕「輿」，或作「與」。「糗」，爾雅云：「麥也」。周禮：「糗餌粉餈粻，糧也。」「糗」，去久、丘救二切。「粻」，之良切。

〔三〕選：「萬里連檣，牛繫軛下。」「軛」，乙革切。「檣」，音牆。

〔四〕「日」下或無「矣」字。

〔五〕「竊」，或作「躬」。

〔六〕「彍」，音霍，又廓、郭二音。

屏息潛聽，如聞音聲；若嘯若啼，砉欻嘎嚶〔一〕。毛髮盡豎，竦肩縮頸。疑有而無，久乃可明。若有言者曰〔二〕：「吾與子居，四十年餘：子在孩提，吾不子愚。子學子耕，求官與名；惟子是從，不變于初。門神户靈，我叱我呵。包羞詭隨，志不在他。子遷南荒，熱爍濕蒸，我非其鄉，百鬼欺陵。太學四年，朝齏暮鹽；惟我保汝，人皆汝嫌〔三〕。自初及終，未始背汝，心無異謀，口絶行語。於何聽聞，云我當去，是必夫子信讒，有間於予也。我鬼非人，安用車船？鼻齅臭香〔四〕，糗粻可捐。單獨一身，誰爲朋儔？子苟備知，可數已不〔五〕？子能盡言，可謂聖智；情狀既露，敢不迴避？」〔六〕

〔一〕「砉」，霍虢切。「欻」，許勿切。
〔二〕〔補注〕方苞曰：代鬼作語，其原出于鵩鳥賦。
〔三〕〔補注〕何焯曰：「南荒」八句，故作波瀾。
〔四〕「齅」，許救切。
〔五〕「已」與「以」同，「以」又與「與」同。
〔六〕「迴」，或作「曲」。

主人應之曰：「子以吾爲真不知也邪？子之朋儔，非六非四〔一〕，在十去五，滿七除二；各有主張，私立名字，捩手覆羹〔二〕，轉喉觸諱。凡所以使吾面目可憎〔三〕，語言無味者，皆子之志也。其名曰『智窮』〔四〕：矯矯亢亢，惡圓喜方；羞爲姦欺，不忍害傷。其次名曰『學窮』：傲數與名，摘抉杳微〔五〕；高挹羣言，執神之機。又其次曰『文窮』〔六〕：不專一能，怪怪奇奇；不可時施，秪以自嬉〔七〕。又其次曰『命窮』：影與形殊，面醜心妍；利居衆後，責在人先。又其次曰『交窮』：磨肌戛骨，吐出心肝；

企足以待，寘我讎冤〔八〕。凡此五鬼，爲吾五患；飢我寒我，興訛造訕；能使我迷，人莫能間；朝悔其行，暮已復然；蠅營狗苟，驅去復還。」

〔一〕「朋儔」，或作「儔朋」。「六」，或作「三」，非是。

〔二〕「捩」，力結切。

〔三〕「目」，或作「貌」。

〔四〕「名」上或有「一」字。

〔五〕「抉」，於決切。

〔六〕「曰文」上或有「名」字。

〔七〕〔補注〕曾國藩曰：四語足盡韓文之妙。「不可時施」，言不可施于時。

〔八〕〔補注〕曾國藩曰：我企足以待彼，而彼寘我于冤讎也。

言未畢，五鬼相與張眼吐舌，跳踉偃仆，抵掌頓脚，失笑相顧。徐謂主人曰：「子知我名，凡我所爲〔一〕，驅我令去，小黠大癡〔二〕。人生一世，其久幾何；吾立子名，百世不磨。小人君子，其心不同；惟乖於時〔三〕，乃與天通〔四〕。攜持琬琰，易一羊皮；飫於肥甘，慕彼糠糜。天下知子，誰過於予；雖遭斥逐，不忍子疏。謂予不信，請質詩書。」

〔一〕〔補注〕按：「凡我所爲」即上所數之「五窮」也。

〔二〕淮南子：「人不小覺不大迷，不小慧不大愚。」又抱朴子：「凡人多以小黠而大愚。」洪駒父曰：「小黠大癡」。三國志自有全文。

〔三〕「惟」，或作「雖」，非是。

〔四〕〔補注〕曾國藩曰：精語驚人。

主人於是垂頭喪氣，上手稱謝，燒車與船，延之上座〔一〕。

〔一〕「之」，或作「入」。公此篇終云「延之上座」，於是段成式作留窮詞，近世唐子西作留窮詩：二者皆祖公之意而爲之；然成式後又作送窮辭焉。

鱷魚文

「鱷」，或作「鰐」。朱忠靖公秀水閒居録云：「鱷魚之狀，龍吻虎爪，蟹目鼉鱗，尾長數尺，末大如箕，芒刺成鈎，仍有膠黏。多於水濱潛伏，人畜近，以尾擊取，蓋猶象之任鼻也。」新舊傳皆載公此文。初，公至潮，問民疾苦，皆曰：惡谿有鱷魚，食民産且盡。數日，公令其屬秦濟以一羊一豚投谿水而祝之。其夕有暴風震雷起湫水中，數日水盡涸，西徙六十里，自是潮州無鱷魚患。潮州廟記所謂「能馴鱷魚之暴」者，此也。歐陽文忠作陳文惠公神道碑，書公通判潮州，惡谿鱷魚不可近，公命捕得，鳴鼓于市，告以文而戮之，其患並息。潮人歎曰：昔韓公諭鱷而聽，今公戮鱷而懼，所爲雖異，其使異物醜類革化而利人一也。吾潮間三百年而得二公，幸矣。〔補注〕李光地曰：詞令在周漢之間，所謂「包劉越嬴者」，信然。姚範曰：篇首有「告之」云云，當題作告鱷魚文。何焯曰：浩然之氣，悚慴百靈。又曰：誠能動物，非其剛猛之謂。此文曲折次第，曲盡情理，所以近于六經。古者貓虎之類，俱有迎祭，而除治蟲獸黿龜，猶設專官，不以爲物而不教且制也。韓子斯舉，明于古義矣。辭旨之妙，兩漢以來未有。曾國藩曰：文氣似諭巴蜀檄。彼以雄深，此則矯健。

維年月日〔一〕，潮州刺史韓愈，使軍事衙推秦濟〔二〕，以羊一豬一投惡谿之潭水，以與鱷魚食，而告之曰：

〔一〕或作「維元和十四年四月二十四日」。

〔二〕〔補注〕沈欽韓曰：衙推知獄訟事，李商隱爲滎陽公牒羅瞻充觀察衙推云：「今者位重察廉，務煩按鞫，既資明練，兼藉哀矜」。又牒劉福差攝觀察衙推云：「爰將折獄，用寄長材。」

昔先王既有天下，列山澤，罔繩擉刃〔一〕，以除蟲蛇惡物爲民害者，驅而出之四海之外〔二〕。及後王德薄，不能遠有〔三〕，則江漢之間，尚皆棄之以與蠻夷楚越〔四〕，況潮嶺海之間，去京師萬里哉〔五〕？鱷魚之涵淹卵育於此，亦固其所。今天子嗣唐位，神聖慈武〔六〕，四海之外，六合之内，皆撫而有之；况禹迹所揜，揚州之近地，刺史縣令之所治，出貢賦以供天地宗廟百神之祀之壤者哉〔七〕？鱷魚其不可與刺史雜處此土也！

〔一〕「列」，新書作「迾」。方云：「音力制切，遮道也。」「罔」，或作「網」，或作「綱」。方云：莊子「擉鱉」，言刺也。字從「手」。

〔二〕「之外」，或無「之」字。

〔三〕或無「後王」二字。

〔四〕或無「蠻」字。

〔五〕「潮」，或作「湖」而無「海」字，或作「嶺海」而並無「潮」「湖」字。今按：此言潮州乃嶺海之間，去京師遠也。但公於潮州亦有祭太湖神文，則只作「湖嶺」亦通。更詳之。

〔六〕「今」字，閣本在「子」下，非是。

〔七〕〔補注〕曾國藩曰：長句聳拔。

刺史受天子命，守此土，治此民，而鱷魚睅然不安谿潭〔一〕，據處食民畜熊豕鹿麞，以肥其身，以種其子孫，與刺史亢拒，争爲長雄〔二〕；刺史雖駑弱，亦安肯爲鱷魚低首下心〔三〕，伈伈睍睍〔四〕，爲民吏羞，以偷活於此邪〔五〕！且承天子命以來爲吏，固其勢不得不與鱷魚辨，鱷魚有知，其聽刺史言〔六〕：

〔一〕「睅然」，方云，左氏「睅其目」，「睅」，目出貌。「安」上或有「下」字。「不」，或作「而」。或無「處」字。今按：此恐有脱誤。疑當云「睅然不去，據溪潭，食民畜云云」乃是。更詳之。「睅」，何版切。〔補注〕沈欽韓曰：「睅然不安」，用左傳釋文蘇林義。「谿潭」連下讀。按：「而鱷魚睅然不安谿潭」，語義甚安，字無脱誤。如沈説，亦可通。「谿潭」連下「據處」爲句，謂據谿潭而處之也。

〔二〕「亢拒」，或無「亢」字。「長雄」，漢鮑宣傳「上黨少豪俊，易長雄。」

〔三〕「心」，或作「身」，或作「中」，云：洪謂「中」，身也。禮曰：「文子其中退然。」國語：「余左執鬼中。」注：「身也。」今按：二本皆通，然意新史作「心」爲近，故從之。

〔四〕「覗」，息咨反，視也。本或作「睍」；「睍」，目出貌。方云：或校作「睆」；「睆」，窮視貌。莊子：「睆睆然在徽纆之中。」今按：恐當作「睆」爲是。「伈」，悉枕切。「睍」胡典切。〔補注〕沈欽韓曰：唐雅：「沁，惟也。」賈生曰：「歲惡阽危，直爲此沁沁也。」注：「危也。」方言：「覗，視也。」

〔五〕「邪」，或作「也」。

〔六〕或無「言」字。

潮之州，大海在其南，鯨鵬之大，蝦蟹之細，無不容歸，以生以食，鱷魚朝發而夕至也。今與鱷魚約：盡三日，其率醜類南徙于海〔一〕，以避天子之命吏。三日不能至五日，五日不能至七日，七日不能，是終不肯徙也，是不有刺史，聽從其言也；不然，則是鱷魚冥頑不靈，刺史雖有言，不聞不知也〔二〕。夫傲天子之命吏，不聽其言，不徙以避之，與冥頑不靈而爲民物害者，皆可殺〔三〕。刺史則選材技吏民〔四〕，操强弓毒矢，以與鱷魚從事，必盡殺乃止。其無悔！

〔一〕〔補注〕陳景雲曰：定四年傳：「將其醜類。」注：「醜，衆也。」

〔二〕〔補注〕何焯曰：逐層逆捲，有千重萬疊之勢。

〔三〕「與冥」，或無「冥」字。「而爲」，或無「而」字。〔補注〕張裕釗曰：總束上面數層作一句，而以三字截之，最奇勁。

〔四〕或無「吏」字。

故金紫光禄大夫檢校尚書左僕射同中書門下平章事兼汴州刺史充宣武軍節度副大使知節度事管内支度營田汴宋亳潁等州觀察處置等使上柱國隴西郡開國公贈太傅董公行狀

題中或無「支度」二字。公嘗從晉於汴州，爲觀察推官，故知晉行治甚詳。唐史晉傳皆取公行狀爲之，其增修者不一二爾。司馬温公考異以爲公作晉行狀，必揚美蓋惡，叙其爲相時事止於此，則其循默充位可知；然其重謹亦可稱也。談藪云：「董晉行狀書李懷光事，大似左氏。」〔補注〕方苞曰：此韓文之最詳者；然所詳止三事，其餘官階皆列數，而不及宦績，虚括相業，其爲人則於叙事中間見一二語。北宋以後，此等義法不講久矣。姚鼐曰：任彦昇齊竟陵文宣王行狀，列題「南徐州南蘭陵郡蘭陵縣中都鄉中都里蕭公年卅五行狀」。何屺瞻曰：「漢高祖詔詣相國府署行義年。蘇林曰：『行狀，年紀也。』此行狀所自始。首行必書年幾歲，猶其遺也。柳集中此體僅存，韓李爲人所刊削汨亂矣。」鼐按：何論太拘。昌黎業以董公鄉邑年紀叙入行狀之内，則知首行本未題列，非人汨亂也。惟荆公集内行狀三篇，不載入祖父，此必列文前而雕本者乃妄削去之矣。曾國藩曰：著意在「諭回紇」、「諭李懷光」及「入汴州」三事，餘皆不甚措意；惟有所略，故詳者震聳異常。張裕釗曰：退之諸碑志，叙事並簡嚴奇奥，此文則一以左馬史法行之，金石之文，與史傳體裁自别也。

曾祖仁琬，皇任梁州博士。祖大禮，皇贈右散騎常侍。父伯良，皇贈尚書左僕射。

公諱晉，字混成，河中虞鄉萬里人。少以明經上第。宣皇帝居原州〔一〕，公在原州，宰相以公善爲文，任翰林之選聞〔二〕，召見，拜秘書省校書郎，入翰林爲學士〔三〕，三年出入左右，天子以爲謹願，賜緋魚袋，累升爲衞尉寺丞。出翰林，以疾辭，拜汾州司馬。崔圓爲揚州，詔以公爲圓節度判官，攝殿中侍御史〔四〕。以軍事如京師朝，天子識之，拜殿中侍御史内供奉〔五〕；由殿中爲侍御史，入尚書省爲主客員外郎。由主客爲祠部郎中〔六〕。

〔一〕至德元載十月，肅宗幸原州。〔補注〕沈欽韓曰：肅宗紀：「幸彭原郡。」按：彭原乃寧州，其幸原州平涼郡，乃未即位之前，疑此作「原州」誤。

〔二〕「選」下或有「既以」字。

〔三〕〔補注〕沈欽韓曰：會要：「至德之後，軍國務殷，其入直者，並以文詞共掌詔勑，自此翰林院始有學士之名。」

〔四〕上元二年二月，以前汾州刺史崔圓爲淮南節度使，奏晉以本官攝御史充判官。

〔五〕〔補注〕沈欽韓曰：會要：「侍御史四員，長安二年始置，内供奉在正員之外，仍不得過本數。」

〔六〕〔補注〕曾國藩曰：以上科第歷官。

先皇帝時，兵部侍郎李涵如回紇〔一〕立可敦〔二〕，詔公兼侍御史，賜紫金魚袋，爲涵判官〔三〕。回紇之人來曰：「唐之復土疆，取回紇力焉〔四〕。約我爲市，馬〔五〕既入而歸我賄不足，我於使人乎取之。」〔六〕涵懼不敢對，視公。公與之言曰：「我之復土壃，爾信有力焉。吾非無馬，而與爾爲市，爲賜不既多乎〔七〕？爾之馬歲至，吾數皮而歸資〔八〕。邊吏請致詰也，天子念爾有勞，故下詔禁侵犯〔九〕。諸戎畏我大國之爾與也，莫敢校焉。爾之父子寧而畜馬蕃者，非我誰使之？」於是其衆皆環公拜〔一〇〕，既又相率南面序拜，皆兩舉手曰：「不敢復有意大國。」〔一一〕自回紇歸，拜司勳郎中。未嘗言回紇之事〔一二〕。

〔一〕「紇」，下没切。

〔二〕〔補注〕沈欽韓曰：回紇傳：「號其妻曰可敦。」通鑑：「初，僕固懷恩死，上憐其有功，留其女宫中，養以爲女。回紇請以爲可敦。大曆四年册爲崇徽公主，嫁回紇可汗，遣李涵送之。」

〔三〕大曆四年五月，兵部侍郎李涵如回紇，奏晉爲判官。

〔四〕「取」，一作「假」。

〔五〕「市」字絶句。方以「馬」字屬上句，而複出「馬」字連下文爲句，非是。

〔六〕「乎」，一作「卒」。

〔七〕「公與」，或作「公爲」。「與」上或無「而」字。「爲賜」，或作「爲爾賜」。

〔八〕「至」上或有「五」字，而無「吾」字，皆非是。

〔九〕或無「故」字。

〔一〇〕「是」下或無「其」字。

〔一一〕「兩舉」，或作「舉兩」，此用莊子「盜跖大怒，兩展其足」也。或無「復」字。

〔一二〕〔補注〕曾國藩曰：以上副使回紇。

遷秘書少監，歷太府、太常二寺亞卿，爲左金吾衛將軍。今上即位〔一〕，以大行皇帝山陵出財賦，拜太府卿；由太府爲左散騎常侍，兼御史中丞，知臺事。三司使選擢才俊有威風，始公爲金吾，未盡一月拜太府〔二〕，九日又爲中丞，朝夕入議事，於是宰相請以公爲華州刺史；拜華州刺史、潼關防禦鎮國軍使。朱泚之亂，加御史大夫，詔至于上所〔三〕，又拜國子祭酒，兼御史大夫，宣慰恒州〔四〕。於是朱滔自范陽以回紇之師助亂，人大恐〔五〕；公既至恒州，恒州即日奉詔出兵與滔戰，大破走之，還至河中〔六〕。

〔一〕德宗即位。

〔二〕「未盡」，或作「始盡」。

〔三〕〔補注〕沈欽韓曰：通鑑：建中四年，泚將何望之襲華州，晉棄州走行在。望之據其城，鎮國軍副使駱元光引關下兵襲望之，走還長安。

〔四〕建中四年十二月，以晉爲國子祭酒、河北宣慰使。

〔五〕「人」下或有「心」字；或有「心」字，無「大」字。

〔六〕〔補注〕曾國藩曰：以上再叙歷官，出兵破朱滔。

李懷光反，上如梁州〔一〕。懷光所率皆朔方兵，公知其謀與朱泚合也，患之，造懷光言曰：「公之功，天下無與敵〔二〕；公之過，未有聞於人。某至上所，言公之情，上寬明，將無不赦宥焉；乃能爲朱泚臣乎？彼爲臣而背其君，苟得志，於公何有？且公既爲太尉矣，彼雖寵公，何以加此？彼不能事君，能以臣事公乎？公能事彼，而有不能事君乎？彼知天下之怒，朝夕戮死者也，故求其同罪而與之比〔三〕，公何所利焉？公之敵彼有餘力，不如明告之絶，而起兵襲取之，清宮而迎天子，庶人服而請罪有司〔四〕，雖有大過，猶將揜焉；如公則誰敢議？」〔五〕語已，懷光拜曰：「天賜公活懷光之命。」喜且泣，公亦泣。則又語其將卒如語懷光者，將卒呼曰：「天賜公活吾三軍之命。」拜且泣，公亦泣，故懷光卒不與朱泚。當是時，懷光幾不反。公氣仁，語若不能出口；及當事，乃更疏亮捷給。其詞忠，其容貌温然，故有言於人無不信〔六〕。

〔一〕興元元年三月，李懷光反，車駕幸梁州。

〔二〕「與」上或有「以」字。

〔三〕或無「故」字。

〔四〕「罪」下或有「於」字。

〔五〕〔補注〕方苞曰：文貴峻潔，而亦有故爲複沓者，所以肖急遽中口語也。左傳，宋之盟趙孟叔向相語，史記，張良難高祖，皆然。公此文，子厚段太尉逸事乃遵用其法。

〔六〕「信」下或有「之」字。〔補注〕曾國藩曰：以上説李懷光。

明年，上復京師，拜左金吾衛大將軍；由大金吾爲尚書左丞，又爲太常卿〔一〕；由太常拜門下侍郎平章事〔二〕。在宰相位凡五年，所奏於上前者，皆二帝三王之道，由秦漢以降未嘗言〔三〕；退歸，未嘗言所言於上者於人。子弟有私問者，公曰：「宰相所職繫天下。天下安危〔四〕，宰相之能與否可見；欲知宰相之能與否，如此視之其可。凡所謀議於上前者，不足道也。」故其事卒不聞。以疾病辭於上前者不記〔五〕，退以表辭者八，方許之。拜禮部尚書〔六〕。制曰：「事上盡大臣之節。」又曰：「一心奉公。」於是天下知公之有言於上也。初，公爲宰相時。五月朔會朝，天子在位，公卿百執事在廷，侍中贊百僚賀，中書侍郎平章事竇參攝中書令，當傳詔，疾作，不能事〔七〕。凡將大朝會，當事者既受命，皆先日習儀；于時未有詔，公卿相顧；公逡巡進，北面言曰：「攝中書令臣某病不能事，臣請代某事。」於是南面宣致詔詞。事已，復位，進退甚詳〔八〕。

〔一〕貞元二年七月，以晉爲尚書左丞，被黜，復拜太常卿。〔補注〕沈欽韓曰：晉傳無被黜事。
〔二〕五年正月，以晉爲門下侍郎平章事。
〔三〕「以」，或作「已」。
〔四〕或無複出「天下」二字。
〔五〕「記」，或作「已」。
〔六〕九年五月，罷相，改禮部尚書。
〔七〕「疾」上或有「辭」字，非是。
〔八〕〔補注〕吴汝綸曰：「爲相時，詳著宣詔事，文最凝重，意最妙遠。」曾國藩曰：以上爲宰相。

爲禮部四年，拜兵部尚書〔一〕，入謝，上語問日晏〔二〕。復有入謝者，上喜曰：「董某疾且損矣！」出語人曰：「董公且復相。」既二日，拜東都留守，判東都尚書省事，充東都畿汝州都防禦使〔三〕，兼御史大夫，仍爲兵部尚書。由留守未盡五月〔四〕，拜檢校尚書左僕射同中書門下平章事、汴州刺史、宣武軍節度副大使、知節度事，管内支度營田汴宋亳潁等州觀察處置等使〔五〕。

〔一〕十二年，以晉守兵部尚書，充東都留守，判東都尚書省，東都畿汝州防禦使。
〔二〕「謝」下或有「遷」字。「問日晏」三字，或作「移時」。
〔三〕或無「州」字。
〔四〕或無「由」字。
〔五〕〔補注〕曾國藩曰：以上以東都留守授節度汴州之命。

汴州自大曆來多兵事〔一〕：劉玄佐益其師至十萬，玄佐死，子士寧代之，畋遊無度〔二〕。其將李萬榮乘其畋也，逐之。萬榮爲節度一年〔三〕，其將韓惟清張彥林作亂，求殺萬榮不剋。三年，萬榮病風，昏不知事，其子迺復欲爲士寧之故；監軍使俱文珍與其將鄧惟恭執之歸京師，而萬榮死。詔未至，惟恭權軍事。公既受命，遂行。劉宗經韋弘景韓愈實從，不以兵衛。及鄭州，逆者不至，鄭州人爲公懼，或勸公止以待。有自汴州出者，言於公曰：「不可入！」公不對，遂行，宿圃田。明日，食中牟，逆者至〔四〕，宿八角〔五〕。明日，惟恭及諸將至〔六〕，遂逆以入。及郛，三軍緣道讙聲，庶人壯者呼，老者泣，婦人啼，遂入以居。初，玄佐死，吴湊代之〔七〕，及鞏聞亂歸，士寧萬榮皆自爲而後命，軍士將以爲常，故惟恭亦有志。以公之速也，不及謀，遂出逆。既而私其人，觀公之所爲以告，曰：「公無爲。」惟恭喜，知公之無害己也，委心焉。進見公者，退皆曰「公仁人也」，聞公言者，皆曰「公仁人也」，環以相告，故大和〔八〕。

〔一〕〔補注〕張裕釗曰：後半多用追叙法，本左氏。
〔二〕或無「畋遊」字。「無度」，或作「無幾」，考之傳「士寧每畋獵，數日方還」，或本非是。
〔三〕「度」下或有「使」字。
〔四〕「者」下或無「至」字，非是。
〔五〕〔補注〕沈欽韓曰：金史地理志，祥符縣有八角鎮。
〔六〕「及」，或作「與」。
〔七〕或無「初」字。
〔八〕〔補注〕曾國藩曰：以上速入汴州，不以兵衛。

初，玄佐遇軍士厚；士寧懼，復加厚焉〔一〕；至萬榮，如士寧志；及韓張亂，又加厚以懷之；至于惟恭，每加厚焉。故士卒驕不能禦〔二〕，則置腹心之士幕於公庭廡下，挾弓執劍以須。日出而入，前者去；日入而出，後者至。寒暑時至，則加勞賜酒肉。公至之明日，皆罷之〔三〕。貞元十二年七月也〔四〕。

〔一〕「懼」下方有「不」字，云：「士寧懼其無以繼也。若去『不』字，則下文皆衍。」今按：士寧萬榮專命竊據，故懼士卒之圖己，而復加厚焉。尋上下文，未見其惜費而薄之之意也。況以下文「又加厚」「每加厚」推之，「不」字之衍甚明。方説誤矣。

〔二〕「故士」下或有「寧」字，非是。

〔三〕「明日」二字，或作「時」，非是。初，玄佐曹汴州兵至十萬，遇之厚；萬榮惟恭每加厚焉。嘗介勇士伏幕下，早暮番休，晉一罷之。

〔四〕〔補注〕曾國藩曰：以上罷庭廡弓劍之士。

八月，上命汝州刺史陸長源爲御史大夫，行軍司馬；楊凝自左司郎中爲檢校吏部郎中，觀察判官；杜倫自前殿中侍御史爲檢校工部員外郎，節度判官；孟叔度自殿中侍御史爲檢校金部員外郎，支度營田判官〔一〕。職事脩，人俗化，嘉禾生，白鵲集，蒼烏來巢，嘉瓜同蔕聯實〔二〕。四方至者歸以告其帥，小大威懷。有所疑，輒使來問；有交惡者，公與平之。累請朝，不許。及有疾，又請之，且曰：「人心易動，軍旅多虞，及臣之生，計不先定，至于他日，事或難期。」猶不許。十五年二月三日，薨于位。上三日罷朝，贈太傅，使吏部員外郎楊於陵來祭，弔其子，贈布帛米有加。公之將薨也，命其子三日斂。既斂而行〔三〕，於行之四日，汴州亂〔四〕：故君子以公爲知人〔五〕。公之薨也，汴州人歌之曰：「濁流洋洋，有闖其郛；闐道讙呼，公來之初；今

公之歸，公在喪車。」又歌曰：「公既來止，東人以完；今公歿矣，人誰與安！」〔六〕

〔一〕朝廷以晉仁柔多可，恐不能集事，八月，以汝州刺史陸長源爲晉行軍司馬。晉謙恭簡儉，每事因循，故亂兵粗安。長源性剛刻，多更張舊事，晉初皆許之。案成則命且罷以財賦。叔度爲人佻侻，軍中惡之。

〔二〕「事」下或有「既」字。「俗」，或作「民」。「蒼烏」，舊本多作「蒼鳥」。家語：「蒼烏，雁也。」瑞應圖有蒼烏。

〔三〕或無「既歛」二字。

〔四〕乙酉，以長源爲宣武軍節度使。是日兵亂，殺長源、叔度、丘穎等。

〔五〕「知」，或作「智」。

〔六〕「人誰」，或作「其誰」。今按：外集作「其」，非是。〔補注〕方苞曰：汴人能爲是歌乎？以是徵左國史漢所載謡諺，皆作者緣其意而代爲之詞。故一書各爲一類，辭氣如出一人。後代史官文士不達此義，直入俚俗語，失之矣。歐公五代史易陳「夜叉」爲「野叉」，避俗也。

始公爲華州，亦有惠愛，人思之。公居處恭，無妾媵，不飲酒，不諂笑，好惡無所偏，與人交泊如也。未嘗言兵，有問者，曰：「吾志於教化。」享年七十六。階累升爲金紫光禄大夫，勳累升爲上柱國，爵累升爲隴西郡開國公。娶南陽張氏夫人，後娶京兆韋氏夫人，皆先公終。四子：全道、溪、全素、瀚。全道全素皆上所賜名。全道爲秘書省著作郎，溪爲秘書省秘書郎，全素爲大理評事，瀚爲太常寺太祝：皆善士，有學行〔一〕。

〔一〕諸本「溪」作「全湲」，「瀚」作「全瀚」；考世系表、董溪志：溪瀚皆無「全」字，蓋全道全素出於賜名也。或無「爲大理評事」五字。〔補注〕曾國藩曰：以上遺德及妻子。

謹具歷官行事狀，伏請牒考功〔一〕，并牒太常議所謚；牒史館請垂編録。謹狀〔二〕。

〔一〕或無「伏」字。

〔二〕或作「狀上」。

貞元十五年五月十八日，故吏前汴宋亳潁等州觀察推官將仕郎試秘書省校書郎韓愈狀。

與汝州盧郎中論薦侯喜狀

或無「薦」字。盧虔也。喜嘗爲虔作復黄陂記。公既已薦喜於盧汝州；十八年陸傪佐主司權德輿，又薦於陸傪；後一年，喜登第，誠可謂知己矣。〔補注〕陳景雲曰：盧虔終秘書監，從史之父也。按：公愛才出於天性，故其言沉鬱深至如此。「自謂之曰」以下，一氣直注七八行，而其中具無限曲折，此所謂「低回善往復」者也。

進士侯喜。

右其人爲文甚古，立志甚堅，行止取捨有士君子之操；家貧親老，無援於朝，在舉場十餘年，竟無知遇〔一〕。愈常慕其才而恨其屈。與之還往，歲月已多，嘗欲薦之於主司〔二〕，言之於上位，名卑官賤，其路無由；觀其所爲文，未嘗不揜卷長歎〔三〕。去年，愈從調選，本欲攜持同行，適遇其人自有家事〔四〕，迍邅坎軻，又廢一年。及春末自京還，怪其久絶消息〔五〕。五月初至此，自言爲閣下所知，辭氣激揚，面有矜色，曰：「侯喜死不恨矣！喜辭親入關，羈旅道路，見王公數百〔六〕，未嘗有如盧公之知我也。比者分將委棄泥塗，老死草野；今胸中之氣勃勃然，復有仕進之路矣！」

〔一〕或無「知」字。
〔二〕或作「有司」。
〔三〕「長」，或作「而」。
〔四〕「事」，或作「難」。

〔五〕「絶」下一有「無」字。

〔六〕「王公」下或有「大人」字，或有「貴人」字。

愈感其言，賀之以酒，謂之曰：「盧公天下之賢刺史也；未聞有所推引；蓋難其人而重其事。今子鬱爲選首〔一〕，其言『死不恨』，固宜也。古所謂知己者，正如此耳。身在貧賤，爲天下所不知，獨見遇於大賢，乃可貴耳。若自有名聲，又託形勢，此乃市道之事〔二〕，又何足貴乎？子之遇知於盧公，真所謂知己者也。士之脩身立節而竟不遇知己，前古已來，不可勝數；或日接膝而不相知；或異世而相慕。以其遭逢之難，故曰『士爲知己者死』〔三〕，不其然乎，不其然乎！」〔四〕

〔一〕〔補注〕陳景雲曰：「選首」者，蓋州家牒送舉進士之首，如張籍舉進士，由汴州牒送，是其證也。汝州刺史領防禦使，不隸大府，故亦得舉士。

〔二〕「乃」下或有「爲」字。

〔三〕司馬遷報任安書：「士爲知己者死。」

〔四〕或無複出四字；「不其」，或作「其不」。〔補注〕吴汝綸曰：韓公俠氣本於天賦，故於此等言之特沉鬱激昂。

閣下既已知侯生，而愈復以侯生言於閣下者，非爲侯生謀也；感知己之難遇，大閣下之德，而憐侯生之心；故因其行而獻於左右焉。謹狀。

論今年權停舉選狀

德宗貞元十九年，自正月至五月不雨，分命祈禱山川。秋七月戊午，以關輔飢，罷吏部選、禮部貢舉。公時爲四門博士，抗疏論列，其曰「雖非朝官」，蓋未爲御史時也。按：登科記：「貞元二十年卒停舉。」是公雖有此疏而上不從也。〔補注〕茅坤曰：議論博大，而氣亦昌。

右臣伏見今月十日敕，今年諸色舉選宜權停者〔一〕。道路相傳，皆云以歲之旱，陛下憐憫京師之人，慮其乏食，故權停舉選以絶其來者；所以省費而足食也。

〔一〕「舉選」，一作「選舉」。

臣伏思之：竊以爲十口之家益之以一二人，於食未有所費。今京師之人，不啻百萬；都計舉者不過五七千人，并其僮僕畜馬，不當京師百萬分之一〔二〕。以十口之家計之，誠未爲有所損益。又今年雖旱，去歲大豐，商賈之家，必有儲蓄，舉選者皆齎持資用，以有易無，未見其弊。今若暫停舉選，或恐所害實深：一則遠近驚惶；二則人士失業。臣聞古之求雨之詞曰：「人失職歟！」〔二〕然則人之失職，足以致旱。今緣旱而停舉選，是使人失職而召災也。

〔一〕「分」上或無「萬」字。

〔二〕公羊傳威五年曰：「大雩者何，旱祭也。」何休注云：「君親之南郊自責曰：政不一與？民失職與？」以「民」爲「人」，避太宗諱。

臣又聞君者陽也，臣者陰也，獨陽爲旱，獨陰爲水。今者陛下聖明在上，雖堯舜無以加之；而羣臣之賢，不及於古，又不能盡心於國，與陛下同心，助陛下爲理：有君無臣，是以久旱。以臣之愚，以爲宜求純信之士，骨鯁之臣，憂國如家、忘身奉上者，超其爵位，置在左右：如殷高宗之用傅説，周文王之舉太公，齊桓公之拔甯戚，漢武帝之取公孫弘〔一〕。清閒之餘，時賜召問，必能輔宣王化，銷殄旱災〔二〕。

〔一〕或無「公」字。

〔二〕「王化」，或作「主化」。

伏聽聖旨。

臣雖非朝官，月受俸錢，歲受禄粟，苟有所知，不敢不言。謹詣光順門奉狀以聞。

御史臺上論天旱人饑狀

公時爲監察御史。皇甫湜爲公作神道碑曰：「貞元十九年，關中旱饑，人死相枕籍，吏刻取怨。先生列言天下根本，民急如是，請寬民徭役，而免田租之弊。專政者惡之，出爲連州陽山令。」蓋謂此也。公二十一年赴江陵途中寄三學士詩歷言得罪之繇，與湜言無異。史以爲言「宮市」出陽山，誤矣。

右臣伏以今年已來，京畿諸縣夏逢亢旱，秋又早霜，田種所收，十不存一。陛下恩踰慈母，仁過春陽，租賦之間，例皆蠲免。所徵至少，所放至多；上恩雖弘，下困猶甚。至聞有棄子逐妻以求口食，坼屋伐樹以納税錢，寒餧道塗〔一〕，斃踣溝壑。有者皆已輸納，無者徒被追徵。臣愚以爲此皆羣臣之所未言，陛下之所未知者也！

〔一〕「餧」，或作「餒」。

臣竊見陛下憐念黎元，同於赤子；至或犯法當戮，猶且寬而宥之：況此無辜之人，豈有知而不救？又京師者，四方之腹心，國家之根本，其百姓實宜倍加憂恤。今瑞雪頻降，來年必豐，急之則得少而人傷，緩之則事存而利遠。伏乞特敕京兆府：應今年税錢及草粟等在百姓腹内徵未得者〔一〕，並且停徵；容至來年，蠶麥庶得少有存立。

〔一〕「腹」，或作「復」。德宗十四年，詔諸道州府，應貞元八年至十一年兩税及榷酒錢在百姓腹内者，並除放。今按：「腹内」謂應納而未納者。嘗見國初時官文書猶有此語。如今言「名下」也。

臣至陋至愚，無所知識〔一〕；受恩思效，有見輒言，無任懇款，慚懼之至，謹録奏聞。謹奏。

〔一〕或無「知」字。

請復國子監生徒狀

貞元十九年，公爲四門館博士時奏請也。

國子監應三館學士等準六典〔一〕：國子館學生三百人，皆取文武三品已上及國公子孫從三品已上曾孫補充〔二〕；太學館學生五百人，皆取五品已上及郡縣公子孫從三品已上曾孫補充〔三〕；四門館學生五百人，皆取七品已上及侯伯子男子補充。

〔一〕唐六典三十卷，開元十年起居舍人陸堅被詔撰；玄宗手寫六條：曰理典、教典、禮典、政典、刑典、事典，至二十六年書成。

〔二〕「已」或作「以」，下同。

〔三〕或無「從」字。

右國家典章，崇重庠序；近日趨競，未復本源。至使公卿子孫，恥遊太學；工商凡冗，或處上庠。今聖道大明，儒風復振，恐須革正，以贊鴻猷。今請國子館並依六典；其太學館量許取常參官八品已上子弟充；其四門館亦量許取無資廕有才業人充；如有資廕不補學生應舉者，請禮部不在收試限；其新補人有冒廕者，請牒送法司科罪。緣今年舉期已近，伏請去上都五百里內，特許非時收補；其五百里外，且任鄉貢，至來年春一時收補。其廚糧度支，先給二百七十四人，今請準新補人數量加支給。謹具如前，伏聽處分。

唐故贈絳州刺史馬府君行狀

公嘗誌殿中少監馬君繼祖墓，即北平莊武王之孫，贈太子少傅暢之子。嘗言：「始余初冠，應進士貢在京師，窮不能自存，以故人稚弟拜北平於馬前。王問而憐之，軫其寒飢，賜食與衣，召二子使爲之主焉。」今又爲彙之行狀，彙即北平之長子也；故其終亦曰：「愈既世通家，詳聞其世系事業，今葬有期日，從少府請，掇其大者爲行狀，託立言之君子而圖其不朽焉。」公於馬氏可謂厚矣。據狀，貞元十九年作。

君諱某，字某〔一〕。其先爲嬴姓；當周之衰，處晉爲趙氏〔二〕；晉亡而趙氏爲諸侯〔三〕，其後益大，與齊楚韓魏燕爲六國，俱稱王。其別子趙奢，當趙時〔四〕，破秦軍閼與，有功，號馬服君，子孫由是以馬爲氏〔五〕。梁有安州刺史侍中贈太尉岫。岫生喬卿，任襄州主簿，國亂去官不仕。喬卿生君才，隋末爲薊令〔六〕，燕王藝師之，以有幽都之衆〔七〕，武德初，朝京師，拜武候大將軍〔八〕，封南陽郡公，卒葬大梁新里〔九〕，趙郡李華刻碑頌之。君才生珉，爲玉鈐衛倉曹參軍事，贈尚書左僕射。生季龍，爲嵐州刺史，贈司空，清河崔元翰銘其德於碑，在新里。司空生燧，爲司徒侍中北平王，贈太傅，謚莊武。莊武之勳勞在策書，君其長子也〔一〇〕。

〔一〕「諱某」，或作「諱彙」。

〔二〕其先本嬴姓伯益後；伯益生大廉；大廉四世孫中衍；中衍四世孫仲潏；仲潏生飛廉；飛廉子季勝爲趙氏；季勝十世孫叔帶，去周事晉；叔帶五世孫夙。

〔三〕夙九世孫浣，自立爲諸侯，是爲趙獻侯。
〔四〕或無「時」字。
〔五〕浣四世孫武靈王，與六國俱稱主；武靈王子惠文王二十九年，使别子趙奢擊秦，大破秦軍閼與下，賜奢號馬服君，子孫以馬爲氏。「閼與」，地名。〔補注〕沈欽韓曰：史記不言趙奢是趙宗，此韓公承族譜之謬。
〔六〕〔補注〕「薊」，原作「蓟」，據别本校改。
〔七〕羅藝字子世，京兆雲陽人。隋大業十二年十二月，舉兵自稱幽州總管。〔補注〕方苞曰：詳藝始末，見君才非從亂；而藝之保疆歸義，乃君才之力也。
〔八〕唐武德二年十月，藝奉表歸國，詔封爲燕郡王，賜姓李氏。六年二月，藝請入朝。
〔九〕〔補注〕沈欽韓曰：寰宇記：「新里縣故城在開封縣東三十里。」
〔一〇〕燧二子：長彙，次暢。

少舉明經，司徒公作藩太原〔一〕，授河南府參軍。建中四年，司徒公使將武人子弟才力之士三百人朝行在扞衛，獻御服、用物、弓甲、㚒器、幄幕，奔走危難。上嘉其勤〔二〕，超拜太常丞，賜章服，遷少府少監、太僕少卿。司徒公之薨也，刺臂出血，書佛經千餘言，期以報德；廬墓側，植松柏。終喪又拜太僕少卿。疾病一年，貞元十八年七月二十五日〔三〕終于家。凡年四十有五。其弟少府監暢上印綬求追贈〔四〕。贈絳州刺史，布帛百匹。

〔一〕大曆十四年閏五月，以燧爲河東節度使。

〔二〕「嘉」，或作「喜」。

〔三〕「七」，或作「十」。

〔四〕「贈」，一作「賜」。

君在家行孝友，待賓客朋友有信義，其守官恭慎舉職，其朝獻奉父命不避難，其居喪有過人行。初，司徒公娶河南元氏，封潁川郡夫人，贈許國夫人。許國薨，少府始孩，顧託以其姪爲繼室〔一〕，是爲陳國夫人。陳國無子〔二〕，愛君與少府如己生。其薨也，君與少府喪之猶實生己；親負土封其墓。夫人滎陽鄭氏，王屋縣令況之女，有賢行。侍君疾，逾年不下堂；食菜飲水，藥物必自擇，將進輒先嘗；方書本草，恒置左右。子男二人：赦，前左衛倉曹參軍；欶，右清道率府胄曹參軍。女子二人在室，雖皆幼，侍疾居喪如成人。

〔一〕〔補注〕何焯曰：「『繼室』二字，惟公不失左氏本義。

〔二〕「陳國無子」，或作「夫人無子」。

愈既世通家，詳聞其世系事業。今葬有期日，從少府請，掇其大者爲行狀，託立言之君子而圖其不朽焉。

復讎狀

蜀本此狀首云：「元和六年九月，富平縣人梁悅爲父報仇殺人，自投縣請罪。敕：『復仇殺人，固有彝典。以其申寃請罪，視死如歸，自詣公門，發於天性，志在徇節，本無求生；寧失不經，特從減死。宜決杖一百，配流循州。』於是史官職方員外郎韓愈獻議云云。」公於時未爲史官也，此後人以史文增入，閣本舊本皆無之。事之首末，已具載本篇。舊史書於憲宗紀、刑法志，新史書於孝友張琇傳。按：新史所書，自太宗時至是，復讎者凡七人：原之者三；不原者四，梁悅其一也。大抵殺人者死，國有常典，而貸死者，出於一時之特敕。公此議欲令凡事發，具其事下尚書省集議，酌宜而行，禮刑兩不失矣。〔補注〕李光地曰：事理周盡，而辭令簡要，觀公論禮典兵刑處，豈可以文學之科限之？其老練精核，遠侔武侯，近比宣公矣。姚範曰：簡易明直，最爲文之高致。何焯曰：議論極得其平。曾國藩曰：子厚此議爲允。

右伏奉今月五日敕〔一〕：「復讎：據禮經，則義不同天；徵法令，則殺人者死。

禮法二事，皆王教之端〔二〕，有此異同，必資論辯。宜令都省集議聞奏者。」朝議郎行尚書職方員外郎上騎都尉韓愈議曰：

〔一〕「奉」，一作「睹」。
〔二〕「端」上或有「大」字。

伏以子復父讎，見於春秋〔一〕，見於禮記〔二〕，又見周官〔三〕，又見諸子史，不可勝數，未有非而罪之者也，最宜詳於律，而律無其條〔四〕，非闕文也；蓋以爲不許復讎，則傷孝子之心，而乖先王之訓〔五〕；許復讎，則人將倚法專殺，無以禁止其端矣。夫律雖本於聖人，然執而行之者，有司也。經之所明者，制有司者也。丁寧其義於經，而深没其文於律者，其意將使法吏一斷於法〔六〕，而經術之士得引經而議也。

〔一〕公羊傳定四年「父不受誅，子復讎可也」。
〔二〕記檀弓：子夏問於孔子曰：「居父母之仇如之何？」子曰：「寢苫枕干不仕，弗與共天下也；遇諸市朝，不反兵而鬬。」
〔三〕周官調人：「凡殺人而義者，令勿讎，讎之則死？」
〔四〕「無」下或有「有」字。

〔五〕一無「而」字。

〔六〕「將」，或作「特」。

周官曰：「凡殺人而義者，令勿讎，讎之則死。」義，宜也。明殺人而不得其宜者，子得復讎也；此百姓之相讎者也。公羊傳曰：「父不受誅，子復讎可也。」不受誅者，罪不當誅也；誅者，上施於下之辭，非百姓之相殺者也〔一〕。又周官曰：「凡報仇讎者，書於士，殺之無罪。」言將復讎，必先言於官，則無罪也。

〔一〕「殺」下或無「者」字。

今陛下垂意典章，思立定制，惜有司之守，憐孝子之心，示不自專，訪議羣下。臣愚以爲復讎之名雖同，而其事各異：或百姓相讎，如周官所稱，可議於今者；或爲官所誅〔一〕，如公羊所稱，不可行於今者；又周官所稱，將復讎，先告於士則無罪者；若孤稚羸弱，抱微志而伺敵人之便，恐不能自言於官，未可以爲斷於今也。然則殺之與赦，不可一例；宜定其制曰：「凡有復父讎者，事發，具其事申尚書省，尚書省集議奏聞〔二〕，酌其宜而處之，則經律無失其指矣。」〔三〕謹議。

〔一〕「爲官」下或有「吏」字。

〔二〕或無「有」字。「申」，或作「由下」二字。今按：此合有「由」字，但「下」字當作「申」，又或是「上」字耳，更詳之。

〔三〕或無「律」字。

錢重物輕狀

唐史食貨志云：自建中定兩稅，而物輕錢重，民以爲患。至是四十年，當時爲絹二疋半者爲八疋，大率加倍。豪家大商，積錢以逐輕重。故農日困，末業日增。穆宗亦以貨輕錢重，民困而不充，詔百官議曰：「今宜使天下兩稅榷酒鹽利上供，及留州送使錢，悉輸以布帛穀粟云云。」此狀大率與於陵議合。〔補注〕曾國藩曰：似賈生博禍七福疏。

右臣伏準御史臺牒：準中書門下帖奉進止〔一〕，錢重物輕，爲弊頗甚，詳求適變，可以便人。所貴緡貨通行，里閭寬息。宜令百寮隨所見作利害狀者。

〔一〕「帖」或作「牒」。

臣愚以爲錢重物輕，救之之法有四。一曰在物土貢〔二〕：夫五穀布帛，農人之所能出也，工人之所能爲也。人不能鑄錢，而使之賣布帛穀米以輸錢於官，是以物愈賤而錢愈貴也〔二〕。今使出布之鄉，租賦悉以布；出緜絲百貨之鄉，租賦悉以緜絲百貨；去京百里，悉出草；三百里以粟；五百里之内，及河渭可漕入，願以草粟租賦〔三〕，悉以聽之；則人益農〔四〕，錢益輕，穀米布帛益重。二曰在塞其隙，無使之洩：禁人無得以銅爲器皿〔五〕；禁鑄銅爲浮屠佛像鐘磬者；蓄銅過若干斤者，鑄錢以爲他物者，皆罪死不赦；禁錢不得出五嶺〔六〕，買賣一以銀，盜以錢出嶺，及違令以買賣者，皆坐死〔七〕；五嶺舊錢，聽人載出，如此則錢必輕矣。三曰更其文貴之：使一當五，而新舊兼用之〔八〕。凡鑄錢千，其費亦千；今鑄一而得五，是費錢千，而得錢五千，可立多也。四曰扶其病，使法必立〔九〕：凡法始立必有病。今使人各輸其土物以爲租賦，則州縣無見錢；州縣無見錢，而穀米布帛未重，則用不足；而官吏之禄俸，月減其舊三之一；各置鑄錢使新錢一當五者以給之，輕重平乃止。四法用，錢必輕，穀米布帛必重，百姓必均矣。

〔一〕〔補注〕沈欽韓曰：始爲租庸調之制，本自如此。

〔二〕「而錢」，或無「而」字。〔補注〕方苞曰：此禹貢、周官之法，所以百世不可易也。

〔三〕「草粟」下或有「米」字。

〔四〕「農」，或作「豐」。

〔五〕或無「皿」字。
〔六〕下或有複出「五嶺」字。
〔七〕一無「坐」字。
〔八〕〔補注〕沈欽韓曰：此法累代亦用之，而迄無效。即以唐肅宗乾元時大錢當十當五十驗之，知其無益矣。
〔九〕「扶」，或作「狀」，非是。

謹録奏聞，伏聽敕旨。謹奏。

爲韋相公讓官表

憲宗紀元和九年十二月戊辰，尚書右丞韋貫之同中書門下平章事。公時以考功郎中知制誥，代作。〔補注〕方苞曰：北宋人四六祖此，但加工緻耳。曾國藩曰：韓公爲四六文，亦不廁一俗字，歐王效之，遂開宋代清真之風。

臣某言：伏奉今日制命，以臣爲尚書右丞，同中書門下平章事。非常之寵，忽降於上天；不次之恩，遽屬於庸品〔一〕：承命震駭，心神靡寧，顧己慚覥〔二〕，手足失措。臣某誠惶誠恐，頓首頓首。

〔一〕「屬」，之欲切。

〔二〕「覶」，他典切。

臣本非長才，又乏敏識，學不能通達經訓，文不足緣飾吏事〔一〕。徒知立志廉謹，絶朋勢之交；處官恪恭，免請託之累。因緣資序，驟歷臺閣，蒙生成於天地，無裨補於涓塵；忝冒以居，涯分遂極。常以盈滿自誡，方思退處里閭；何意恩澤益深，猥令超參鼎鉉：竊自惟度，實不堪任。臣某誠惶誠恐，頓首頓首。

〔一〕「緣」，去聲。前漢公孫弘習文法吏事，而「緣飾」以儒雅。

臣聞宰相者：上熙陛下覆燾之恩，下遂羣生性命之理，以正百度，以和四時，澄其源而清其流，統於一而應於萬。毫釐之差，或致弊於寰海；晷刻之誤，或遺患於歷年。固宜旁求隱士，必得能者，然後授之；不可輕以付臣，使人失望，上累聖主知人之哲，下乖微臣量己之義，無補於理，有妨於賢。況今俊乂至多，耆碩咸在，苟以登用，皆踰於臣：伏乞特迴所授，以示至公之道，天下幸甚〔一〕。

〔一〕或有複出四字。

爲宰相賀雪表

時武元衡、張弘靖、韋貫之等爲相，公知制誥。〔補注〕方苞曰：荆公苦效此體。

臣某言：臣伏以去歲冬間，雨雪頗少；今年春首，宿麥未滋。陛下深念黎甿，屢形詞旨，神監昭達，皇情感通；春雲始繁，時雪遂降，實豐穰之嘉瑞，銷癘疫於新年，東作可期，南畝有望：此皆陛下與天合德，視人如傷，每發聖言，則獲靈貺；見天人之相應，知朝野之同歡。臣等職在燮和，慚無效用，睹斯慶澤，寔荷鴻休。

進順宗皇帝實録表狀

退之以元和八年守比部郎中、史館修撰；而吉甫以九年十月卒，則進實録在十年夏也。

臣愈言：今之所以知古，後之所以知今，不可口傳，必憑諸史。自雖二帝三王之盛，若不存紀録，則名氏年代，不聞于兹，功德事業，無可稱道焉。

順宗皇帝以上聖之姿，早處儲副〔一〕，晨昏進見，必有所陳，二十餘年，未嘗懈倦，陰功隱德，利及四海。及嗣守大位〔二〕，行其所聞，順天從人，傳授聖嗣。陛下欽承先志，紹致太平，原大推功〔三〕，實資撰次。

〔一〕大曆十四年五月，德宗即位，十二月以長子宣王誦爲太子，年十一。

〔二〕貞元二十一年正月即位，年四十五。

〔三〕「原大」，或作「原本」。

去八年十一月，臣在史職，監脩李吉甫授臣以前史官韋處厚所撰先帝實録三卷，云未周悉，令臣重脩。臣與脩撰左拾遺沈傳師，直館京兆府咸陽縣尉宇文籍等共加採訪，并尋檢詔敕，脩成順宗皇帝實録五卷：削去常事，著其繫於政者〔一〕，比之舊録，十益六七，忠良姦佞，莫不備書，苟關於時，無所不録。吉甫慎重其事，欲更研討，比及身殁，尚未加功。臣於吉甫宅取得舊本，自冬及夏，刊正方畢。文字鄙陋，實懼塵玷〔二〕，謹隨表獻上。臣愈誠惶誠恐，頓首頓首，謹言：

〔一〕〔補注〕方苞曰：二語作史之軌式，碑誌亦然。

〔二〕或作「實積慚懼」。

右臣去月二十九日進前件實録。今月四日，宰臣宣進止，其間有錯誤，令臣改畢，却進舊本者。臣當脩撰之時，史官沈傳師等採事得於傳聞，詮次不精，致有差誤；聖明所鑒，毫髮無遺，恕臣不逮，重令刊正。今並添改訖。其奉天功烈，更加尋訪，已據所聞，載於首卷〔一〕。儻所論著，尚未周詳，臣所未知，乞賜宣示，庶獲編録，永傳無窮。謹録奏聞。謹奏。

〔一〕初，德宗幸奉天，倉卒間，順宗嘗親執弓矢，後先導衛，備嘗辛苦。

爲裴相公讓官表

憲宗紀：元和十年六月乙丑，御史中丞裴度爲中書侍郎同中書門下平章事。公時爲考功郎中知制誥，代爲此表。〔補注〕李光地曰：韓公雖於俳句之文，而辭之質直、氣之動盪若此；所謂「撥去其華，存其本根」者。方苞曰：荆公尤近此；歐蘇則加藻飾，而音節亦較鏗鏘。

臣某言：伏奉今日制書，以臣爲朝議大夫，守中書侍郎同中書門下平章事；承命驚惶，魂爽飛越，俯仰天地，若無所容。臣某誠惶誠恐，頓首頓首。

臣少涉經史，粗知古今，天與朴忠，性惟愚直。知事君以道，無憚殺身；慕當官而行，不求利己。人以爲拙，臣行不疑。元和之初，始拜御史；旋以論事過切，爲宰臣所非，移官府廷，因佐戎幕〔一〕。陛下恕臣之罪，憐臣之心，拔居侍從之中，遂掌絲綸之重〔二〕，受恩益大，顧己益輕〔三〕：苟耳目所聞知，心力所追及，少關政理，輒以陳聞，於裨補無涓埃之微，而謗有丘山之積。陛下知其孤立，賞其微誠〔四〕，獨斷不謀，獎待踰量〔五〕。臣誠見陛下具文武之德，有神聖之姿，啓中興之宏圖，當太平之昌曆；勤身以儉，與物無私，威怒如雷霆，容覆如天地：實羣臣盡節之日，才智效能之時。聖君難逢，重德宜報，苦心焦思，以日繼夜；苟利於國，知無不爲，徒欲竭愚，未免妄作。陛下不加罪責，更極寵光，既領臺綱〔六〕，又毗邦憲〔七〕。聖君所厚，兇逆所讎，闕於防虞，幾至斃踣〔八〕。恩私曲被，性命獲全，忝累祖先，玷塵班列，未知所措，秪自内慚；豈意陛下擢臣於傷殘之餘，委臣以燮和之任，忘其陋汙使佐聖明：此雖成湯舉伊尹於庖廚〔九〕，高宗登傅說於版築〔一〇〕，周文用呂望於屠釣〔一一〕，齊桓起甯戚於飯牛〔一二〕；雪恥蒙光，去辱居貴，以今準古，擬議非倫。陛下有四君之明，行四君之事；微臣無四子之美，獲四子之榮：豈可叨居，以彰非據。

〔一〕「移」，或作「出」。「因」，或作「乃」。元和初，度爲監察御史，論權倖語激，忤旨，出爲河南府功曹參軍。武元衡帥四川，表爲節度掌書記。

〔二〕度自西川召爲起居舍人。元和六年，以司封員外郎知制誥，拜中書舍人。

〔三〕「大」，或作「厚」。「益輕」，或作「愈輕」。

〔四〕或作「盡誠」。

〔五〕「量」，或作「重」。

〔六〕元和九年，度爲御史中丞。

〔七〕十年，度爲刑部侍郎。〔補注〕陳景雲曰：元和十年，晉公以中丞兼刑部侍郎，故曰：「又毗邦憲」，非别除也。

〔八〕元和十年六月，王承宗李師道俱遣刺客殺宰相武元衡，又擊度，刃三進，斷靴、刜背、裂中單，又傷首；度墜溝中，冒氈得不死。

〔九〕孟子云：「伊尹以割烹要湯。」

〔一〇〕孟子：「傅説舉於版築之間。」

〔一一〕離騷：「吕望之鼓刀兮，遭文王而得舉。」注云：「望屠於朝歌。」説苑：「望年七十，釣於渭濱。」

〔一二〕離騷：「甯戚之謳歌兮，齊桓聞以該輔。」注云：「甯戚，商賈，宿齊東門外。桓公夜出，戚方飯牛，叩角而商歌。桓公聞，用爲客卿。」

方今干戈未盡戢，夷狄未盡賓；麟鳳龜龍，未盡游郊藪；草木魚鼈，未盡被雍熙：當大有爲之時，得非常人之佐，然後能上宣聖德，以代天工，如臣等類，實不克堪。伏願博選周行，旁及巖穴，天生聖主，必有賢臣，得而授之，乃可致理〔一〕。乞迴所授，以叶羣情，無任懇欵之至。

〔一〕或作「集事」。

爲宰相賀白龜狀

一作「表」，據表言，伐蔡事當在元和十年。宰相，裴度張弘靖韋貫之也。公元和十二年七月從裴度伐蔡，十月克蔡州，擒吴元濟以獻，幾與表言合云。

鄂岳觀察使所進白龜。

元和十一年，以李道古爲鄂岳觀察使。會平淮西，得白龜以獻。

右今日某宣進止，示臣前件白龜者〔一〕。伏以禎祥之見，必有從來，物象既呈，可以推究。古者謂龜爲「蔡」〔二〕，「蔡」者，龜也。今始入賊地而獲龜者，是獲蔡也。白者，西方之色，刑戮之象也。是必擒其帥而得地也。提挈而來，生致闕下，此象既見，其應不遥。斯皆陛下聖德所施，靈物來效，太平之運，其在於今。臣等謬列台衡，親睹嘉瑞，無任抃躍之至。

〔一〕「止」，或作「旨」，今玉堂宣底作「進止」，下同。今按：陸公奏議亦可考。

〔二〕語曰：「臧文仲居蔡。」注云：「蔡，周之守龜。本出蔡地，因以爲名。」家語：「漆雕憑曰：臧氏有守龜焉，名曰蔡。」古者謂龜爲「蔡」。

冬薦官殷侑狀

或無「冬」「官」字。公嘗有答殷侍御書云：「蒙示新注公羊春秋。」疑即侑也。狀薦堪御史、太常博士，元和十一年冬作。十二年，公送其副宗正少卿李孝誠使回鶻序云：「自太常博士遷虞部員外郎兼侍御史承命以行。」則是侑果因公之薦而爲太常博士矣。

前天德軍都防禦判官承奉郎試大理評事兼監察御史殷侑

右伏準貞元五年六月十一日敕：停使郎官御史在城者〔一〕，委常參官每年冬季聞薦者。前件官兼通三傳，傍習諸經，注疏之外，自有所得；久從使幕，亮直著名，朴厚端方，少見倫比：以臣所見，堪任御史、太常博士。臣所諳知，不敢不舉。謹録奏聞，伏聽敕旨。

〔一〕諸本有「停」字，無「使」字；或無「停」字。方引宋説云：「前天德軍防禦，即所謂停使也。」

進王用碑文狀

王用字師柔，憲宗舅。李𠍱其姊壻也。公時爲右庶子，爲作碑，時元和十一年十一月云。

故檢校左散騎常侍兼右金吾衛大將軍贈工部尚書王用神道碑文

用以元和十一年八月卒，贈工部尚書，是年十一月葬。

右京兆尹李𠍱〔一〕，是王用親表，傳用男沼等意，請臣與亡父用撰前件碑文者。伏以王用國之元舅，位望頗崇，豈臣短才，所能褒飾？不敢辭讓，輒以撰訖。其碑文謹録本隨狀封進，伏聽進止〔二〕。其王用男所與臣馬一匹，并鞍銜白玉腰帶一條，臣並未敢受領。謹奏。

〔一〕「𠍱」，或作「修」。

〔二〕「止」，或作「旨」。

謝許受王用男人事物狀

劉乂好俠能歌詩，聞公善接天下士，步歸之。其後持公金數斤去，曰：「此諛墓中人所得，不若與劉君爲壽。」公所受王用男人事物，其乂所謂「諛墓中人所得者」歟？

某官某乙

本或無此四字，但云「臣愈言今日品官」云云。今按：狀體前合當具官，不當言云「臣某言」。

右今日品官唐國珍到臣宅，奉宣進止，緣臣與王用撰神道碑文，令臣領受用男沼所與臣馬一匹，并鞍銜及白玉腰帶一條者。臣才識淺薄，詞藝荒蕪，所撰碑文，不能備盡事迹。聖恩弘獎，特令中使宣諭，并令臣受領人事物等。承命震悚，再欣再躍，無任榮抃之至。謹附狀陳謝以聞。謹狀。

薦樊宗師狀

宗師字紹述，公薦之屢矣：因東野之葬，稱其經營如己，薦之鄭餘慶；後又薦之於故相袁滋，謂「伏聞賓位尚有闕員」；今又以狀薦於朝，謂「知賢不敢不論」。紹述死，又爲之銘，極所稱道。其於朋友，可謂信矣。

攝山南西道節度副使朝議郎前檢校水部員外郎兼殿中侍御史賜緋魚袋樊宗師

「校」下或有「尚書」字。

右件官孝友忠信，稱於宗族朋友，可以厚風俗；勤於藝學，多所通解，議論平正有經據，可以備顧問；謹潔和敏，持身甚苦，遇物仁恕，有材有識，可任以事。今左右司並闕員外郎〔一〕，侍御史亦未備員；若蒙擢授，必有補益。忝在班列，知賢不敢不論。謹録狀上，伏聽處分。

〔一〕〔補注〕「司」原作「史」，據别本校改。

舉錢徽自代狀

元和十二年十二月，公除刑部侍郎，舉徽自代。徽字蔚章，吴郡人，尚書郎起之子。以集考之，公舉自代凡六人：爲刑部，舉錢徽；爲袁州，舉韓泰；爲祭酒，舉張惟素；爲兵部，舉韋顗；爲京兆尹，舉馬摠；爲兵侍，又舉張正甫：皆一時之賢也。〔補注〕陳景雲曰：常參官上後三日，舉一人自代，諸州刺史亦如之：此建中制也。又曰：集中舉人自代狀凡六，餘五篇皆先具新除之官于前，如「國子監」「尚書兵部」之類；此狀乃除刑部侍郎時進，首行狀字下，當有「尚書刑部」四字，蓋偶脱耳。

朝散大夫守太子右庶子飛騎尉錢徽

右臣伏準建中元年正月五日敕〔一〕，常參官授上後三日内舉一人以自代者。前件官器質端方，性懷恬淡，外和内敏，潔静精微；可以專刑憲之司，參輕重之議。況時名年輩，俱在臣前，擢以代臣，必允衆望。伏乞天恩，遂臣誠請。謹録奏聞。謹奏。

〔一〕「正月」，或作「五月」。

進撰平淮西碑文表

或無「撰文」二字。元和十二年十月，淮西平，羣臣請刻石紀功。十三年正月，敕刑部侍郎韓愈撰文。表云：「伏奉正月十四日敕牒。」本表後云：「三月二十五日，自奉敕凡七十日矣。」舊史云：「淮西碑多叙裴度事。時先入蔡州，李愬功第一，愬不平之。時有石烈士者，因仆碑，得見上，訴其事。詔令磨愈文，命翰林學士段文昌重撰文勒石。」詳見碑注。

臣某言：伏奉正月十四日敕牒〔一〕，以收復淮西〔二〕，羣臣請刻石紀功，明示天下，爲將來法式〔三〕；陛下推勞臣下〔四〕，允其志願，使臣撰平淮西碑文者。聞命震駭，心識顛倒，非其所任，爲愧爲恐，經涉旬月，不敢措手〔五〕。

〔一〕「正月十四日敕牒」，或作「某月日敕牓」。「牓」字非是。

〔二〕「以」，或作「已」。或無「復」字。

〔三〕或無「式」字。

〔四〕或作「推功勞臣」。

〔五〕「涉旬」，或作「旬涉」。

竊惟自古神聖之君，既立殊功異德卓絶之迹，必有奇能博辯之士，爲時而生，持簡操筆，從而寫之，各有品章條貫，然後帝王之美，巍巍煌煌，充滿天地。其載於書，則堯舜二典，夏之禹貢，殷之盤庚，周之五誥。於詩，則玄鳥、長發，歸美殷宗；清廟臣工、小大二雅，周王是歌。辭事相稱，善并美具，號以爲經〔一〕，列之學官，置師弟子，讀而講之，從始至今，莫敢指斥。嚮使撰次不得其人，文字暧昧，雖有美實，其誰觀之？辭迹俱亡，善惡惟一；然則兹事至大，不可輕以屬人中謝。〔二〕。

〔一〕「號」，或作「纂」。「經」上或有「正」字。

〔一〕「中謝」，或無此二字。

伏惟唐至陛下〔一〕，再登太平，剗刮羣姦，掃灑疆土，天之所覆，莫不賓順。然而淮西之功，尤爲俊偉，碑石所刻，動流億年；必得作者，然後可盡能事。今詞學之英，所在麻列〔二〕；儒宗文師，磊落相望；外之則宰相公卿郎官博士〔三〕，内之則翰林禁密游談侍從之臣，不可一二遽數：召而使之，無有不可。至於臣者，自知最爲淺陋，顧貪恩待〔四〕，趨以就事，叢雜乖戾，律吕失次；乾坤之容，日月之光，知其不可繪畫，强顔爲之，以塞詔旨，罪當誅死。其碑文今已撰成，謹録封進。無任慙羞戰怖之至〔五〕。

〔一〕「惟」，或作「以」。

〔二〕「麻」，或作「成」，方從閣、杭、苑、李、謝本。今按：作「麻」殊無理，疑此本是「森」字，誤轉作「麻」，後人見其誤而不得其説，乃改作「成」耳。且公答孟簡書亦有「森列」之語，可考也。方氏固執舊本，定從「麻」字，舛繆無理，不成文章，固爲可怪；然幸其如此，存得本字，使人得以因疑致察，遂得其真。若便廢「麻」而直作「成」字，則人不復疑，而本字無由可得矣。然則方本雖誤，而亦不爲無功；但不當便以爲是，而直廢它本，不復思索參考耳。今以無本，亦未敢輕改，且作「麻」字，而著其説使讀爲「森」云。〔補注〕沈欽韓曰：「麻列」猶林立，李白詩：「仙之人兮列如麻。」

〔三〕「官」，或作「中」。

〔四〕「待」或作「侍」。

〔五〕「謹」上或有「隨表」二字。「慚羞戰怖」，或作「慚惶怖懼」。此下或有「謹奉表以聞三月二十五日臣愈誠惶誠恐頓首頓首謹言」二十三字。今按：此或本「以聞」下便著月日，與今表式不同，未詳其説。〔補注〕「封進」，「封」，原作「對」，據别本校改。

奏韓弘人事物表

古本云：四月一日，淮度羣夷簡奉進止，碑文宣賜韓弘一本。

右臣先奉恩敕撰平淮西碑文〔一〕，伏緣聖恩以碑本賜韓弘等；今韓弘寄絹五百匹與臣充人事，未敢受領，謹録奏聞，伏聽進止。謹奏。

〔一〕或無「恩」字，或無「敕」字。

謝許受韓弘物狀

臣某言：今日品官第五文嵩至臣宅，奉宣聖旨，令臣受領韓弘等所寄撰碑人事絹者。恩隨事至，榮與幸并，慙抃怵惕，罔知所喻。

伏以上贊聖功，臣子之職；下需羣帥，文字所宜。陛下謙光自居，勸勵爲事，各賜立功節將碑文一通，使知朝廷備録勞效。韓弘榮於寵賜，遂寄縑帛與臣，於臣何爲，坐受厚貺？恩由上致，利則臣歸，慙戴兢惶，舉措無地。無任感恩慙懇之至。

論捕賊行賞表

憲宗紀：元和十年六月癸卯，鎮州節度使王承宗遣盜夜伏於靖安坊，刺宰相武元衡，死之。又遣盜於通化坊刺御史中丞裴度，傷首而免。京城大駭。武元衡死數日未獲賊，兵部侍郎許孟容請見，奏曰：「豈有國相橫尸路隅，而不能擒賊！」因灑泣極言，乃詔京城諸道能捕賊者，賞錢萬貫，仍與五品官。至是獲賊而未即加賞，此公所以以狀論列其號令之不信也。〔補注〕歸有光曰：通達事體之論。姚範曰：此亦狀之類，當題作「論捕賊行賞狀」。

臣愈言：臣伏見六月八日敕，以狂賊傷害宰臣，擒捕未獲，陛下悲傷震悼，形於寢食，特降詔書，明立條格，云有能捉獲賊者，賜錢萬貫，仍加超授。今下手賊等，四分之内，已得其三〔一〕；其餘兩人，蓋不足計。根尋踪迹，知自承宗，再降明詔，絶其朝請〔二〕；又與王士則、士平等官〔三〕：八日之制，無不行者；獨有賞錢〔四〕，尚未賜給，羣情疑惑，未測聖心。聞初載錢置市之日，市中觀者日數萬人，巡繞瞻視，咨嗟歎息，既去復來，以至日暮。百姓小人，重財輕義，不能深達事體，但見不給其賞，便以爲朝廷愛惜此錢，不守言信。自近傳遠，無由辯明。且出賞所以求賊，今賊已誅斬，若無人捉獲，國家何因得此賊而正刑法也〔五〕？承宗何故而賜誅絶也？士則士平何故與美官也？三事既因獲賊，獲賊必有其人，不給賞錢，實亦難曉。假如聖心獨有所見，審知不合加賞；其如天下百姓及後代久遠之人哉〔六〕！

〔一〕「三」，一作「二」。

〔二〕〔補注〕沈欽韓曰：元和五年，討承宗，已降詔洗雪，故此云「再降」。

〔三〕士則士平，皆王武俊之子。張晏等誅，士平爲左金吾衛大將軍。「士則」「士平」或作「士平」「士則」。〔補注〕沈欽韓曰：通鑑：元和四年，成德軍節度使王士真卒，其子承宗自爲留後。承宗叔父士則恐禍及宗，自歸京師，詔爲神策大將軍。十年，士則告承宗遣卒張晏等殺元衡，捕得八人。張弘靖疑其不實，上不聽，斬晏等。李師道客竟潛亡去。考異云：「舊書呂元膺傳：『獲師道將訾嘉珍門察皆稱害元衡者。』然則元衡之死，必師道所爲也；但以元衡叱尹少卿，及承宗上表詆元衡，故時人皆指承宗耳。」又曰：十四年，田弘正入鄆，閱師道簿書，有賞殺武元衡人王士元等。弘正送士元等十六人，詔付内京兆府御史臺徧鞫之，皆歎服。

〔四〕「獨」上或有「内」字。

〔五〕「因」或作「由」。「法」，一作「罰」。

〔六〕或無「之人」字。

況今元濟、承宗，尚未擒滅；兩河之地，太半未收；隴右、河西，皆没戎狄：所宜大明約束，使信在言前，號令指麾，以圖功利。況自陛下即位已來，繼有丕績〔一〕；斬楊惠琳，收夏州；斬劉闢，收劍南東、西川；斬李錡，收江東；縛盧從史，收澤潞等五州〔二〕；威德所加，兵不汙刃，收魏博等六州〔三〕；致張茂昭、張愔，收易定徐泗濠等五州〔四〕。創業已來，列聖功德未有能高於陛下者，可謂赫赫巍巍，光照前後矣。此由天授〔五〕陛下神聖英武之德，爲巨唐中興之君；宗廟神靈，所共祐助。勉强不已，守之以信〔六〕，則故地不足收，而太平不難致；如乘快馬行平路，遲速進退，自由其心，有所欲往，無不可者。於此之時，特宜示人以信。孔子欲存信去食：人非食不生，尚欲捨生以存信；況可無故而輕棄也！

〔一〕「已」，或作「以」，下同。

〔二〕「五州」，澤、潞、邢、洺、磁。
〔三〕「六州」，魏、博、貝、相、盧、衛。
〔四〕易定二州，張茂昭所管；徐泗濠三州，張愔所管。「愔」，於針切。
〔五〕「由」上或有「皆」字。
〔六〕「信」，或作「道」。

昔秦孝公用商鞅爲相，欲富國强兵，行令於國，恐人不信，立三丈之木於市南門，募人有能徙置北門者與五十金〔一〕。有一人徙之，輒與五十金。秦人以君言爲必信，法令大行，國富兵强，無敵天下。三丈之木，非難徙也；徙之非有功也；孝公輒與之金者，所以示其言之必信也〔二〕。昔周成王尚小，與其弟叔虞爲戲，削桐葉爲珪，曰：「以晉封汝。」其臣史佚因請擇日立叔虞爲侯〔三〕。成王曰：「吾與之戲耳。」史佚曰：「天子無戲言。言之則史書之，禮成之，樂歌之。」於是遂封叔虞於晉。昔漢高祖出黄金四萬斤與陳平，恣其所爲，不問出入，令謀項羽。平用金間楚，數年之間，漢得天下。論者皆言漢高祖深達於利〔四〕，能以金四萬斤致得天下。以此觀之：自古以來，未有不信其言而能有大功者；亦未有不費少財而能收大利者也〔五〕。

〔一〕〔補注〕沈欽韓曰：韓非儲説以爲吴起事。

〔二〕「言爲必信」「言之必信」，閣、杭本兩句皆無「信」字，無理甚明。亦足以見二本之謬矣。

〔三〕「擇」，杭本作「澤」，非是。

〔四〕「達」，或作「遠」。

〔五〕方無「亦未」至「利者」十三字。今詳文意，上文引秦孝公周成王事，故此以「未有不信而能成大功」結之；又引漢高祖事，故此以「未有不小費而能收大利」結之：不可欠闕。方本但以酷信閣杭之故，不問可否，直行删去；舉正亦不復載，殊爲無理。今悉補而足之。

臣於告賊之人〔一〕，本無恩義，彼雖獲賞，了不關臣；所以區區盡言不避煩黷者，欲令陛下之信行於天下也。伏望恕臣愚陋僻惷之罪，而收其懇款誠至之心：天下之幸，非臣之幸也。謹奉表以聞，臣愈誠惶誠恐。

〔一〕「告」，或作「捕」。

論佛骨表

新舊史皆具載於本傳。先是，鳳翔法門寺有護國真身塔，塔内有釋迦文佛指骨一節，其法三十年一開，開則歲稔人泰。至是憲宗遣中使杜英奇押宮人三十，持香花迎入大內，留禁中三日，乃送佛祠。王公士庶，奔走贊歎。公爲刑部侍郎，上表極諫，帝大怒，欲抵死。崔羣、裴度、戚里諸貴皆爲公言，乃貶潮州刺史。時宰相疑公此表爲馮宿所草，以宿嘗與公同年進士，又同佐裴度淮西，故疑之，遂貶宿歙州刺史。時宰必皇甫鎛也，亦可謂無識鑒矣，此表豈宿所能了耶？聞見録云：「憲宗元和十四年，自鳳翔法門寺迎佛骨入禁中，韓退之以諫逐。十五年有陳洪志之禍。懿宗咸通十四年，又迎其骨入禁中，諫者以憲宗爲戒。懿宗曰：『生得見之，死亦無恨！』不數月崩，送佛骨還法門寺。愈之諫云『奉佛以來，享年不永』者，其知言哉！」〔補注〕沈欽韓曰：舊書德宗紀：貞元六年：岐州無憂王寺，即法門寺，有佛指骨寸餘，取來禁中供養。正月，詔送還本寺。歷憲宗懿宗，竟沿習爲故事。何焯曰：惑之大者，則用借鑒；失之小者，則用直陳；極得因事納誨立言之體。劉大櫆曰：佛骨表是學尚書無逸篇。姚範曰：叙次論斷，簡峻明健處，見公文字之老境。又曰：此篇當從舊書題作論佛骨疏。

臣某言：伏以佛者夷狄之一法耳〔一〕。自後漢時流入中國〔二〕，上古未嘗有也。昔者黃帝在位百年，年百一十歲〔三〕；少昊在位八十年，年百歲〔四〕；顓頊在位七十九年，年九十八歲〔五〕；帝嚳在位七十年，年百五歲；帝堯在位九十八年，年百一十八歲〔六〕；帝舜及禹年皆百歲〔七〕：此時天下太平，百姓安樂壽考，然而中國未有佛也〔八〕。其後殷湯亦年百歲，湯孫太戊在位七十五年，武丁在位五十九年；書史不言其年壽所極，推其年數，蓋亦俱不減百歲〔九〕。周文王年九十七歲，武王年九十三歲，穆王在位百年：此時佛法亦未入中國〔一〇〕，非因事佛而致然也。漢明帝時，始有佛法，明帝在位纔十八年耳〔一一〕；其後亂亡相繼，運祚不長。宋齊梁陳元魏已下，事佛漸謹，年代尤促。惟梁武帝在位四十八年〔一二〕，前後三度捨身施佛，宗廟之祭，不用牲牢，晝日一食〔一三〕，止於菜果，其後竟爲侯景所逼，餓死臺城，國亦尋滅。事佛求福，乃更得禍〔一四〕；由此觀之：佛不足事，亦可知矣〔一五〕！

〔一〕「伏以」，或作「臣伏聞」，或作「臣聞」。

〔二〕「流」上舊史有「始」字。新史「流」作「始」。

〔三〕「百一十」或作「一百十」。

〔四〕「百」或作「一百」。

〔五〕新史無「八」字，考之世紀，非也。

〔六〕「百五歲」「百一十八歲」二語上，或皆有「一」字。

〔七〕新史「舜」下有「在位」字。以上多帝王世紀之文。

〔八〕「而」下方有「此時」二字。舊史無「然而此」三字，今從新史。〔補注〕方苞曰：以下另起叙述，以殷周而降，治亂相間，不得概曰「百姓安樂壽考」也。

〔九〕「五十九年」，新舊史無「九」字，脱也。「言」，方作「定」。新舊史皆無「年所極」三字。方本無「推其年數」四字，今從新舊史。方本俱下有「年」字。二史並無「俱」字。

〔一〇〕「入」，或作「至」。

〔一一〕或無「耳」字。

〔一二〕「八」，或作「九」。

〔一三〕「晝」，新舊史作「盡」。

〔一四〕「乃」，或作「反」；「乃更」，或作「乃反」。

〔一五〕「事」上或有「信」字。新舊史無「事」字，有「信」字。〔補注〕曾國藩曰：以上事佛得禍。

高祖始受隋禪，則議除之〔一〕。當時羣臣材識不遠〔二〕，不能深知先王之道〔三〕、古今之宜，推闡聖明，以救斯弊〔四〕，其事遂止〔五〕，臣常恨焉。伏惟睿聖文武皇帝陛下，神聖英武，數千百年已來，未有倫比。即位之初，即不許度人爲僧尼道士，又不許創立寺觀〔六〕，臣常以爲高祖之志必行於陛下之手〔七〕；今縱未能即行，豈可恣之轉令盛也〔八〕？今聞陛下令羣僧迎佛骨於鳳翔，御樓以觀，舁入大内〔九〕，又令諸寺遞迎供養〔一〇〕。臣雖至愚，必知陛下不惑於佛，作此崇奉，以祈福祥也；直以年豐人樂〔一一〕，徇人之心，爲京都士庶設詭異之觀，戲翫之具耳〔一二〕。安有聖明若此，而肯信此等事哉！然百姓愚冥，易惑難曉，苟見陛下如此，將謂真心事佛；皆云：「天子大聖，猶一心敬信〔一三〕；百姓何人，豈合更惜身命！」〔一四〕焚頂燒指〔一五〕，百十爲羣；解衣散錢，自朝至暮；轉相倣效，惟恐後時；老少奔波〔一六〕，棄其業次〔一七〕。若不即加禁遏，更歷諸寺，必有斷臂臠身以爲供養者〔一八〕；傷風敗俗，傳笑四方，非細事也〔一九〕。

〔一〕武德九年四月，高祖詔有司沙汰天下僧尼道士女冠。

〔二〕「材識」，新舊史作「識見」。

〔三〕「知」，新舊史作「究」。

〔四〕「聖明」，或作「明聖」。

〔五〕〔補注〕沈欽韓曰：李德裕賀毁廢諸寺德音表云：「高祖神堯皇帝方欲剗除斯弊，掃刷中區；時屬宰臣蕭瑀本梁氏之子孫，尋覆車之軌轍，廢格明詔，以迄于今。」

〔六〕「不」上或無「即」字。「創」上或無「許」字；新舊史「創」作「別」。

〔七〕「常」，新舊史作「當時」二字。

〔八〕新史無「轉」字。

〔九〕「舁」音輿。

〔一〇〕「迎」，新史作「加」；或作「相」。

〔一一〕「年豐人樂」，新舊史作「豐年之樂」。

〔一二〕或無「設」字。

〔一三〕「云」上或無「皆」字。「敬信」，新史作「信向」。

〔一四〕「何人」，新舊史作「微賤」。「豈合更惜」，或無「豈合」字，而有「於佛」二字。舊史無「更」字，今從新史。

〔一五〕「焚頂」上新史有「以至」字，舊史有「所以」字，謝本作「以至無故」。新舊史「焚」作「灼」，「燒」作「燔」。

〔一六〕〔補注〕姚範曰：晉載記慕容垂傳云「塞奔波之路」。

〔一七〕「少」，或作「幼」。「業次」，或作「生業」。

〔一八〕或無「爩」字。

〔一九〕曾國藩曰：以上言憲宗不應信佛。

夫佛本夷狄之人〔一〕，與中國言語不通，衣服殊製，口不言先王之法言〔二〕，身不服先王之法服，不知君臣之義，父子之情。假如其身至今尚在，奉其國命〔三〕，來朝京師，陛下容而接之，不過宣政一見，禮賓一設，賜衣一襲，衛而出之於境，不令惑衆也〔四〕；況其身死已久，枯朽之骨，凶穢之餘，豈宜令入宮禁〔五〕？孔子曰：「敬鬼神而遠之。」古之諸侯行弔於其國，尚令巫祝先以桃茢祓除不祥〔六〕，然後進弔〔七〕。今無故取朽穢之物，親臨觀之，巫祝不先，桃茢不用，羣臣不言其非，御史不舉其失，臣實耻之。乞以此骨付之有司，投諸水火〔八〕，永絶根本，斷天下之疑，絶後代之惑〔九〕，使天下之人知大聖人之所作爲，出於尋常萬萬也：豈不盛哉！豈不快哉〔一〇〕！佛如有靈能作禍祟〔一一〕，凡有殃咎，宜加臣身；上天鑒臨，臣不怨悔〔一二〕。無任感激懇悃之至，謹奉表以聞。臣某誠惶誠恐〔一三〕。

〔一〕「佛」上新舊史無「夫」字；下或有「者」字。〔補注〕張裕釗曰：意義亦明顯無殊絶處，而淋漓古鬱，真氣坌湧，使人讀之不厭。

〔二〕「不言」，新舊史作「不道」。

〔三〕新舊史無「至今」二字。「奉」下或無「其」字。

〔四〕「而出之於」，或無「而於」二字，或無「之」字。「惑」下舊史有「於」字。新史「惑」作「貳」，誤也。

〔五〕「令」，新舊史作「以」，又作「直」。〔補注〕張裕釗曰：筆力斬絶。

〔六〕「祓」，閣、杭、蜀本作「拂」。

〔七〕禮記：「君臨臣喪，以巫祝桃茢執戈，惡之也。」注：「桃，鬼所惡；茢，葦苕，可掃不祥。」左氏襄二十九年「公如楚，楚康王卒，楚人使公親襚；公使巫以桃茢先祓殯，楚人悔之。」

〔八〕「付」下或無「之」字。新舊史作「付之水火」，無「有司投諸」四字。

〔九〕或無「代」字。「後」，新史作「前」。

〔一〇〕新史無此二語。

〔一一〕「祟」，或作「福」。

〔一二〕〔補注〕曾國藩曰：以上請屏斥。

〔一三〕邵太史曰：傅奕上疏請除佛法云：「降自羲農，至于有漢，皆無佛法；君明臣忠，祚長年久。漢明帝始立胡神，洎于苻石，羌胡亂華，主庸臣佞，祚短政虐云云。」予謂愈之言，蓋廣奕之言也；故表出之。林之奇曰：「崔浩闢佛而死於魏，韓愈闢佛而貶於唐：此浮屠者得爲口實，以爲闢佛者之戒。至于梁武三捨身而餓死臺城，宋、齊以下，事之漸謹，而年代尤促；則浮屠之徒，又以爲學佛不盡其道之過。自非卓然不惑之士，未有不爲其所迷也。」

潮州刺史謝上表

或無「刺史」字。本傳具載公此表。憲宗得表，謂宰相曰：「昨得韓愈到潮州表，因思其所諫佛骨事，大是愛我，我豈不知？然愈爲人臣，不當言人主事佛乃年促也。」帝欲復用愈，故先語及，觀宰相意。皇甫鏄恐其復用，乃率先對曰：「愈終太疏狂，且可量移一郡。」遂授袁州刺史。歐陽文忠公云：「前世有名人，當論事時，感激不避誅死，真若知義者。及到貶所，則戚戚怨嗟，有不堪之窮愁形於文字，雖韓文公不免此累。」或者又罪其以封禪諛帝，皆非也。〔補注〕何焯曰：此文亦仿虞仲翔交州上吳大帝書，須玩其位置之巧，並無乞憐，祗自傷耳。孔子曰：「文莫吾猶人。」班固曰：「著作者，前烈之餘事。」公固不僅以文章自任者，勿謂其不謙也。議之者，適見其眼孔之淺耳。封禪之事，自宋之後始同辭非之，前此儒者多以爲盛事，未可守一師之學，疑其導人主以侈心也。藝文志，封禪録於禮十三家之中。儲欣曰：東坡云：「與其靦顔忍耻，哀求于衆人；不若歸命投誠，控告于君父。」與此同義。劉大櫆曰：通篇硬語相接，雄邁無敵，是昌黎能事。曾國藩曰：求哀君父，不乞援奥竈，有節概人，固應如此。

臣某言：臣以狂妄戇愚，不識禮度，上表陳佛骨事，言涉不敬，正名定罪，萬死猶輕〔一〕。陛下哀臣愚忠，恕臣狂直，謂臣言雖可罪，心亦無他，特屈刑章，以臣爲潮州刺史。既免刑誅，又獲禄食，聖恩弘大，天地莫量；破腦刳心，豈足爲謝！臣某誠惶誠恐，頓首頓首。

〔一〕新史作「莫塞」。

臣以正月十四日蒙恩除潮州刺史〔二〕，即日奔馳上道〔三〕，經涉嶺海，水陸萬里，以今月二十五日〔三〕到州上訖〔四〕。與官吏百姓等相見，具言朝廷治平〔五〕，天子神聖，威武慈仁，子養億兆人庶，無有親疏遠邇；雖在萬里之外，嶺海之陬，待之一如畿甸之間，輦轂之下。有善必聞，有惡必見，早朝晚罷，兢兢業業，惟恐四海之内，天地之中，一物不得其所：故遣刺史面問百姓疾苦〔六〕，苟有不便，得以上陳。國家憲章完具，爲治日久；守令承奉詔條，違犯者鮮；雖在蠻荒，無不安泰。聞臣所稱聖德，惟知鼓舞歡呼，不勞施爲，坐以無事。臣某誠惶誠恐，頓首頓首。

〔一〕「正」上或有「今年」字。
〔二〕「上道」，或作「就路」。
〔三〕三月己卯公至潮州。
〔四〕〔補注〕沈欽韓曰：唐謂接印治事爲上。
〔五〕或作「具」字。
〔六〕「面」，或作「親」。

臣所領州，在廣府極東界上，去廣府雖云纔二千里〔一〕，然來往動皆經月〔二〕。過海口，下惡水，濤瀧壯猛〔三〕，難計程期〔四〕，颶風鰐魚〔五〕，患禍不測；州南近界〔六〕，漲海連天；毒霧瘴氛，日夕發作。臣少多病，年纔五十，髮白齒落，理不久長；加以罪犯至重，所處又極遠惡，憂惶慙悸，死亡無日。單立一身，朝無親黨，居蠻夷之地，與魑魅爲羣〔七〕，苟非陛下哀而念之，誰肯爲臣言者？

〔一〕〔補注〕沈欽韓曰：明史志：潮州去廣東布政司千一百九十里。

〔二〕「經」，舊史作「逾」。

〔三〕「瀧」，音雙。

〔四〕「程期」，新舊史作「期程」。

〔五〕「颶」，其遇切。

〔六〕「州南近界」，或作「州之南境」。

〔七〕新舊史作「同羣」。

臣受性愚陋，人事多所不通，惟酷好學問文章，未嘗一日暫廢，實爲時輩所見推許〔一〕。臣於當時之文，亦未有過人者。至於論述陛下功德，與詩書相表裏；作爲歌詩，薦之郊廟；紀泰山之封，鏤白玉之牒；鋪張對天之閎休，揚厲無前之偉迹；編之乎詩書之策而無愧，措之乎天地之間而無虧，雖使古人復生，臣亦未肯多讓〔二〕！

〔一〕舊史無「所見」字。「許」，或作「表」。
〔二〕「乎」，新舊史並作「於」。「雖」，或作「縱」。「臣亦」，新舊史並無「亦」字。「多讓」，新史無「多」字，杭本併無二字，尤非是。

伏以大唐受命有天下〔一〕，四海之内，莫不臣妾；南北東西，地各萬里。自天寶之後，政治少懈，文致未優〔二〕，武剋不剛，孽臣姦隸〔三〕，蠹居棊處，摇毒自防，外順内悖，父死子代，以祖以孫〔四〕；如古諸侯自擅其地，不貢不朝六七十年〔五〕。四聖傳序以至陛下〔六〕，陛下即位以來，躬親聽斷；旋乾轉坤，關機闔開；雷厲風飛，日月清照；天戈所麾，莫不寧順〔七〕；大宇之下，生息理極。高祖創制天下，其功大矣，而治未太平也；太宗太平矣，而大功所立，咸在高祖之代；非如陛下承天寶之後，接因循之餘，六七十年之外，赫然興起，南面指麾，而致此巍巍之治功也〔八〕。宜定樂章，以告神明，東巡泰山，奏功皇天〔九〕，具著顯庸，明示得意，使永永年代，服我成烈〔一〇〕，當此之際，所謂千載一時不可逢之嘉會〔一一〕；而臣負罪嬰釁，自拘海島，戚戚嗟嗟，日與死迫，曾不得奏薄伎於從官之内、隸御之間，窮思畢精，以贖罪過〔一二〕，懷痛窮天，死不閉目，瞻望宸極，魂神飛去〔一三〕。伏惟皇帝陛下，天地父母，哀而憐之，無任感恩戀闕慙惶懇迫之至。謹附表陳謝以聞。

〔一〕「大」，新史作「皇」。

〔二〕「優」，舊史作「復」。

〔三〕「孽」，或作「孼」。

〔四〕「以孫」，一作「繼孫」。

〔五〕「不貢不朝」，新舊史作「不朝不貢」。

〔六〕〔補注〕張裕釗曰：四字句一氣直下，讀之止如一句。

〔七〕「寧」，新舊史作「從」。〔補注〕何焯曰：雖揚子雲不能過。

〔八〕「巍」下或無「之」字；「治功」作「功治」。

〔九〕范太史唐鑑曰：終唐之世，惟柳宗元以封禪爲非；以韓愈之賢，猶勸憲宗，則其餘無足怪也。

〔一〇〕「年」下或無「代」字。舊史「年代」作「萬年」。

〔一一〕「際」，或作「時」。「一」上或有「之」字。

〔一二〕「罪過」，新舊史作「前過」。

〔一三〕「去」，或作「迭」，非是。〔補注〕張裕釗曰：奇譬。

賀册尊號表

公時在潮州，奉表陳賀。尊號之稱，始自開元，至是遂以爲故事云。古者皇曰皇，帝曰帝，王曰王；至秦始皇始兼「皇帝」之號，漢哀帝始有「聖劉太平」之稱，唐高宗中宗遂有「天皇」「應天」之名，而明皇遂稱尊號曰：「開元聖文神武皇帝。」其後子孫因之，以爲故事。范祖禹所謂使其臣子生而加謚於人君，豈不悖哉！〔補注〕何焯曰：柳表中附會古有尊號及白虎通、道德論，皆近于誣；韓公二表中不涉一語，雖順時爲之，其識自高也。

臣某言：臣伏聞宰相公卿百官及關輔百姓耆耋等，以陛下功崇德鉅，天成地平，宜加號於殊常，以昭示於來代〔一〕，陳請懇至，于再于三〔二〕。陛下仰稽乾符，俯順人志，乃以新秋首序，令月吉辰，發揚鴻休，膺受顯册〔三〕；天人合慶〔四〕，日月揚光，環海之間〔五〕，含生之類，歡欣踊躍〔六〕，以歌以舞〔七〕。臣某誠歡誠喜，頓首頓首。

〔一〕「代」，或作「載」。

〔二〕「陳請懇至，于再于三」，或作「載陳情款，懇倒再三」，非是。

〔三〕元和十四年七月，羣臣上尊號曰「元和聖文神武法天應道皇帝」。

〔四〕「合」，或作「交」。

〔五〕「間」，或作「中」。

〔六〕「欣」，一作「抃」。

〔七〕或作「以舞以歌」。

臣聞體仁長人之謂「元」〔一〕，發而中節之謂「和」，無所不通之謂「聖」，妙而無方之謂「神」〔二〕，經緯天地之謂「文」，戡定禍亂之謂「武」，先天不違之謂「法天」，道濟天下之謂「應道」。伏惟元和聖文神武法天應道皇帝陛下，子育億兆，視之如傷，可謂體仁以長人矣；喜怒以類，刑賞不差，可謂發而中節矣；明照無私，幽隱畢達，可謂無所不通矣；發號出令，雲行雨施，可謂妙而無方矣；三光順軌，草木遂長，可謂經緯天地矣；除剗寇盜，宇縣清夷，可謂戡定禍亂矣；風雨以時，祥瑞輻湊，可謂先天而天不違矣；國內無饑寒〔三〕，四夷皆朝貢〔四〕，可謂道濟天下矣；衆美備具，名實相當，赫赫巍巍，超今冠古。方當議明堂、辟雍之事〔五〕，撰泰山、梁父之儀〔六〕，搜三代之逸禮，補百王之漏典，時乘六龍，肆覲東后。

〔一〕「長」上或有「以」字，無「人」字。

〔二〕「妙而」，或作「妙算」，下同。

〔三〕「國」下或無「内」字。
〔四〕「朝」上或無「皆」字。
〔五〕「議」，或作「講」，或上别有「講」字。
〔六〕「撰」下或有「集」字。

微臣幸生聖代，觸犯刑章〔一〕，假息海隅，死亡無日；瞻望宸極，心魂飛揚，有永棄之悲，無自新之望；曾不得與鳥獸率舞，蠻夷縱觀爲比〔二〕：銜酸抱痛，且耻且慙，無任感恩戀闕懇迫彷徨之至〔三〕，謹奉表陳賀以聞。

〔一〕「章」，一作「憲」。
〔二〕「與」，或作「如」。
〔三〕「彷徨」，或作「徬惶」。

袁州刺史謝上表

或無「刺史」字。〔補注〕摭言：愈自潮州量移宜春郡，郡人黄頗師愈爲文，亦振大名。按：登科記：頗會昌三年左僕射王起榜下及第。

臣某言：臣以去年正月上疏論佛骨事，先朝恕臣愚直〔一〕，不加大罪，自刑部侍郎貶授潮州刺史。伏遇其年七月十三日恩赦至〔二〕，其年十月二十四日，準例量移，改授袁州刺史。以今月八日到任上訖。臣某誠歡誠喜，頓首頓首。

〔一〕憲宗以元和十五年正月崩，穆宗即位，故此謂憲宗爲「先朝」。
〔二〕元和十四年七月上尊號，大赦天下。

伏以州小地狹，税賦及時，人安吏循，閭里無事；微臣惟當布陛下惟新之澤，守國家承平之規，勸以耕桑，使無怠惰而已。臣以愚陋無堪，累蒙朝廷奬用，掌誥西掖〔一〕，司刑南宫〔二〕，顯榮頻煩，稱效寂蔑；又蒙赦其罪累，授以方州：德重恩弘，身微命賤，無階答謝，惟積慙惶，無任感恩慚惕之至。謹差軍事副將郝泰奉表陳謝以聞。

〔一〕元和九年十二月，公知制誥。
〔二〕元和十二年十二月，公爲刑部侍郎。

賀皇帝即位表

穆宗即皇帝位，公在袁州以表賀。

臣某言：伏聞皇帝陛下以閏正月三日〔一〕虔奉遺詔，昭升大位〔二〕；天地神祇，永有依歸；華夏蠻貊，永有承事；神人交慶，日月貞明。臣某誠歡誠喜，頓首頓首。

〔一〕或無「三日」二字。

〔二〕「升」，或作「承」。元和十五年閏正月，穆宗即位。書「昭升于上」。

臣聞王者必爲天所相，爲人所歸，上符天心，下合人志，然後奄有四海，以君萬邦。伏惟皇帝陛下，承列聖之丕績，當中興之昌運；爰自主鬯春宮，齒胄國學，孝友之美，實形四方；英偉之姿，久動羣聽。及初嗣位，遐邇莫不歡心；爰降詔書，老幼或至垂泣〔一〕。舉用俊乂，流竄姦邪〔二〕，雖虞舜之去「四凶」，舉「十六相」，不能過也〔三〕。天下翹首以望太平，天下傾心以觀至化，臣某誠歡誠喜，頓首頓首。

〔一〕「泣」，或作「涕」。

〔二〕帝即位之日，召翰林學士段文昌、杜元穎、沈傳師、李肇，侍讀薛放、丁公著對思政殿，並賜金紫。丁未，貶宰臣皇甫鎛爲崖州司户參軍。

〔三〕渾敦、窮奇、檮杌、饕餮：四凶也。蒼舒、隤敳、擣戭、大臨、尨降、庭堅、仲容、叔達、伯奮、仲堪、叔獻、季仲、伯虎、仲熊、叔豹、季貍：十六相也。見左傳。

臣聞昔者堯舜以吁嗟君臣相戒以致至治，周文王以憂勤日中不食以和萬民，故能澤流無窮，名配日月。伏惟皇帝陛下，儀而象之，以永多福，天下幸甚，天下幸甚！微臣往因言事，得罪先朝，守郡遠方，拘限條制〔一〕；不獲奔走稱慶闕庭，無任欣歡踊躍感恩戀闕之至。謹奉表以聞。

〔一〕「守郡」，或作「僻守」。「制」，或作「例」。

賀赦表

臣某言：伏奉二月五日制書，大赦天下；常赦所不原者，咸蒙除罪〔一〕，與之更始，令得自新。恩浹幽明，慶溢寰海。臣某誠歡誠喜，頓首頓首。

〔一〕或無「蒙」字。

臣聞王者必於嗣位之始，降非常之恩，所以象德乾坤，同明日月。伏惟皇帝陛下，文思聰明，聖神睿哲，發號出令，雲行雨施。懼刑政之或差，憐鰥寡之重困，知事久之滋弊，慮法訛之益姦。罪人悉原，墜典咸舉。生恩既及於四海，和氣遂充於八紘。臣某誠歡誠喜，頓首頓首。微臣往因論事，獲譴海隅，旋沐朝奬，待罪山郡，未離貶竄之地，忽逢曠蕩之恩，踊躍欣歡，實倍常品。限以官守，不獲隨例稱慶闕廷，無任感恩戀闕之至，謹奉表陳賀以聞。

賀册皇太后表

穆宗紀：元和十五年閏正月，尊母爲皇太后，即憲宗懿安皇后郭氏，子儀之孫也。

臣某言：伏承閏正月二十七日，皇太后光膺令典，受册宫闈，歡心始自於内朝，孝理遂形於寰海。臣某誠歡誠喜，頓首頓首。皇太后夙贊先皇，弼成至化，誕生明聖，纘繼鴻休，華胥實贊於軒圖〔一〕，文母有光於周道〔二〕，恭惟懿德，克配前芳。皇帝陛下出震承乾，垂衣御極，式展臣子之志，以明教化之源，禮命載崇，華夷同慶。臣待罪外郡，不獲隨例稱賀闕廷〔三〕，無任踊躍欣歡之至，謹奉表陳賀以聞。

〔一〕帝王世紀：華胥，太昊母。

〔二〕文母，太姒。詩：「亦右文母。」
〔三〕「賀」，或作「慶」。

賀慶雲表

穆宗元和十五年六月十六日也。公時爲袁州刺史，以表圖稱賀云。

臣某言：臣所領州，今月十六日申時有慶雲見於西北，至暮方散。臣及舉州官吏百姓等無不見者。五采五色，光華不可徧觀；非煙非雲，容狀詎能詳述；抱日增麗，浮空不收；既變化而無窮，亦卷舒而莫定：斯爲上瑞，實應太平。臣某誠歡誠喜，頓首頓首。

謹按：沈約宋書云：「慶雲五色者，太平之應。」〔一〕又據孝經援神契曰：「王者德至山陵，則慶雲出。」〔二〕故黄帝因之以紀事〔三〕，虞舜由之而作歌〔四〕。又按季夏六月，土王用事〔五〕；其日景戌，亦主於土〔六〕；西北方者，京師所在，土爲國家之德，祥見京師之位，既徵於古，又驗於今。伏惟皇帝陛下，德合覆載，道光軒虞；嗣位之初，禎祥繼至，昇平之符既兆，仁壽之域以躋〔七〕。

〔一〕〔補注〕按：見宋書符瑞志。
〔二〕「陵」，或作「澤」。
〔三〕左氏昭十七年：「黄帝以雲紀，故爲雲師而雲名。」説者以黄帝有「景雲之瑞」，故以名官也。
〔四〕尚書大傳曰：俊乂百工，相和而歌卿雲。帝乃倡之曰：「卿雲爛兮，糺縵縵兮。」
〔五〕「王」，或作「正」。
〔六〕今按：曆家四季之月，土王用事各十八日。今云「六月」，明當作「王」。「景戌」，以曆推之，十六日也。
〔七〕「以」，或作「已」。

微臣往在先朝，以論事得罪，身居貶黜之地，目睹殊常之慶，抃躍欣幸〔一〕，實倍常情。伏乞宣付史官，以彰聖德所致。瞻戀闕廷，心魂飛馳，無任欣抃踊躍之至〔二〕，謹差某官奉表陳賀以聞。

〔一〕「欣」，一作「歡」。
〔二〕「馳」下或有「並圖奉進」四字，或附於下文「奉表陳賀」之下。

舉張惟素自代狀 國子監

公自袁州召爲國子祭酒，舉以自代，時元和十五年冬也。

中散大夫守左散騎常侍上柱國賜紫金魚袋張惟素

右伏準建中元年正月五日制：常參官上後三日，舉一人自代者。前件官文學治行，衆所推與；累歷中外，資序已深〔一〕；和而不同，静而有守；敦厚退讓，可以訓人：臣所不如，輒舉自代。謹録奏聞。

〔一〕「序」，或作「考」。

舉韓泰自代狀　袁州

公自潮州移刺袁州，舉泰以自代。時元和十五年春也。

使持節漳州諸軍事守漳州刺史韓泰

泰永貞元年十一月，坐王叔文之敗，貶虔州司馬。元和十年三月，遷漳州刺史。〔補注〕沈欽韓曰：穆宗長慶元年，韓泰量移郴州。

右伏準建中元年正月五日制：常參官及刺史授上訖，三日内舉一人自代者。前件官詞學優長，才器端實；早登科第〔一〕，亦更臺省〔二〕；往因過犯，貶黜至今，十五餘年。自領漳州，悉心爲治，官吏懲懼，不敢爲非；百姓安寧，並得其所。臣在潮州之日，與其州界相接，臣之政事，遠所不如。乞以代臣，庶爲允當。謹録奏聞。

〔一〕貞元十一年，泰登第。

〔二〕貞元中，泰累遷至户部郎中。

慰國哀表

憲宗以元和十五年正月庚子崩於大明宫中和殿。公時刺袁州，奉表稱慰。

臣某言：伏奉正月二十七日詔書，大行皇帝奄棄萬國。承詔哀惶，號踊無地；伏惟聖情，何可堪處！大行皇帝功濟寰區，仁霑動植；奉諱之日，率土崩心，凡在臣子，不勝殞裂。伏惟陛下，痛貫宸極，聖情難居；臣拘守遠郡，不獲匍匐奉慰，瞻望闕廷，且悲且戀。謹奉表陳慰以聞。

舉薦張籍狀

籍字文昌，蘇州吴人。貞元十五年進士。公時爲國子祭酒，以狀薦籍，籍用是自校書郎除國子博士，元和十五年也。籍祭公詩云：「我官麟臺中，公爲大司成。念此委末秩，不能力自揚。特狀爲博士，始獲升朝行。未幾享其資，遂忝南宫郎。」可以知公之薦也。或有「國子監」字。

登仕郎守秘書省校書郎張籍

右件官學有師法，文多古風；沈默静退，介然自守；聲華行實，光映儒林。臣當司見闕國子監博士一員，生徒藉其訓導；伏乞天恩，特授此官，以彰聖朝崇儒尚德之道。謹録奏聞，伏聽敕旨。

請上尊號表

或有「國子監」字，元和十五年九月，公自袁州召爲國子祭酒，至是有此表。〔補注〕何焯曰：在漢廷亦僅有之作。

臣某言：臣得所管國子、太學、廣文、四門及書、筭、律等七館學生沈周封等六百人狀〔一〕，稱身雖賤微，然皆以選擇得備學生，讀六藝之文，脩先王之道，粗有知識，皆由上恩〔二〕。今天子整齊乾坤，出入神聖〔三〕；經營乎無爲之業，游息乎混元之宫；

不謀於廷，不戰於野；坐收冀部〔四〕，旋定幽都〔五〕；析木天街，星宿清潤；北嶽醫閭，神鬼受職〔六〕，地彌天區，界軼海外。舜之十有二州，周之千七百國，章亥所步，禹契所書，四面輻輳，各脩貢職〔七〕。西戎之首，北虜之渠，怛威愧德，失據狼狽，收其種落，逃遁遠去，來獻羊馬，千里不絶。功既如此，德又如彼〔八〕：爰初嗣位，首去姦孽〔九〕，隨所顧指，應時清寧。哀天下之鰥寡，釋四海之鬱結；左右前後，莫匪俊良；小大之材，咸盡其用；無所誅詰，一和以仁。由是五穀歲登，百瑞時見；六府三事，惟序惟歌。昔者媧皇殺黑龍以濟冀州，堯誅九嬰以定下土〔一〇〕，血兵刓刃，僅就厥功；以方吾君，一何遠也。堯之在位七十餘載，戒飭咨嗟，以致平治；孔子之聖，自云三年有成；今自嗣位以來，歲有餘耳，臻此功德，其何捷哉！置郵傳命，未足以諭。以非常之功，襲尋常之號；以冠古之美，屈守文之名；臣子之誠〔一一〕，闕而不奏；天號人稱，不滿事實；斯亦縉紳先生之過也。

〔一〕或無「得」字。

〔二〕〔補注〕何焯曰：以下勢如湧出，雄傑非常。

〔三〕或無「今」字。

〔四〕元和十五年十月，成德軍節度使王承元以鎮趙深冀四州歸于有司。

〔五〕長慶元年三月，幽州節度使劉總以所管八州歸于有司。

〔六〕「析木」「天街」「北嶽」「醫閭」皆以幽冀言也。天文志：昴爲天街，屬冀州。自尾十度，至南斗十一度爲析木，屬幽州。「北嶽」常山，在定州恒陽縣，在古冀州之域也。「醫閭」，周禮職方氏：幽州其鎮醫閭也。今按：此長慶元年劉總納土時也。

〔七〕「章亥所步」，山海經云：禹使大章步自東極至于西垂，二億三萬三千五百里七十一步。又使豎亥步自南極盡於北垂，二億三萬三千五百里七十一步。

〔八〕「如彼」，或作「如何」，非是。

〔九〕謂貶皇甫鎛。「嬖」，或作「孽」。

〔一〇〕媧皇殺黑龍，堯誅九嬰二事，並見淮南子。

〔一一〕「子」，或作「下」。

謂臣官居師長，不言謂何？考其所陳，中於義理，天人合願，不謀而同；非臣之愚所敢隱蔽，輒冒死以聞。伏乞天恩，特允誠志，令公卿大夫得竭思慮，取正於經，以定大號，有司備禮擇日以頒，天下幸甚，天下幸甚！臣某誠惶誠恐〔一〕。

〔一〕方本無「臣某」下六字。

舉韋顗自代狀　尚書兵部

長慶元年七月，公自國子祭酒除兵部侍郎，舉顗自代。「顗」，語豈切。

中散大夫守大理少卿驍騎尉韋顗

右伏準建中元年正月五日制，長參官上後三日，舉一人自代者。前件官學識該達，器量弘深，朝推直道，代仰清節，顯映班序，十五年餘，夷險一致，風猷益茂；屈居少列，未副羣情。文昌政本，侍郎官重，尚德之舉，顗宜當之。乞迴臣所授，庶弭官謗，謹録奏聞。謹奏。

論孔戣致仕狀

或無「孔戣」字，公嘗誌孔尚書墓，言尚書七十，三上書去官。公嘗賢其能，謂：「公尚壯，上三留，奚去之果？」曰：「吾負二宜去，尚奚顧子言。」明日奏疏請留，不報。此公所論之狀也。時長慶三年作。〔補注〕曾國藩曰：誌銘中節出此狀數語，絶古茂，此則所謂當時之文，亦未有過人也。

某官某

右臣與孔戣同在南省爲官，數得相見〔一〕。戣爲人守節清苦，議論平正。今年纔七十，筋力耳目，未覺衰老。憂國忘家，用意深遠。所謂朝之耆德老成人者。臣知戣上疏求致仕，故往看戣；戣爲臣言，已蒙聖主允許。伏以陛下優賢尚齒，見戣頻上三疏，言詞懇到，重違其意，遂即許之。此誠陛下仁德之至；然如戣輩在朝，不過三數人，實可爲國愛惜！

〔一〕或無「同」字。

自古以來及聖朝故事：年雖八九十，但視聽心慮苟未昏錯，尚可顧問委以事者，雖求退罷，無不殷勤留止，優以禄秩，不聽其去，以明人君貪賢敬老之道也。禮：「大夫七十而致事〔一〕，若不得謝，則必賜之几杖安車。」七十求退，人臣之常禮；若有德及氣力尚壯，則君優而留之，不必年過七十盡許致事也。詩曰：「雖無老成人，尚有典刑。」此言老成人重於典刑，不可不惜而留也。

〔一〕「禮」下或有「曰」字。「致事」，或作「致仕」。今按：禮記作「事」。

今戣幸無疾疹〔一〕，但以年當致事，據禮求退。陛下若不聽許。亦無傷於義，而有貪賢之美。況左丞職事，亦極清簡，若戣尚以繁要爲辭，自可別授秩崇而務少者。今中外之臣，有年過於戣尚未得退，戣獨何人，得遂其願〔二〕？然人皆求進，戣獨求退，尤可賢重。

〔一〕「疹」，音軫。

〔二〕「其」，或作「所」。

臣所領官，無事不敢請對〔一〕。蒙陛下厚恩，苟有所見，不敢不言。伏望聖恩，特垂察納。

〔一〕或無「領」字。

舉馬摠自代狀　京兆府

公爲京兆尹，舉以自代，長慶三年也。時摠自天平軍節度使方入爲户部尚書。

銀青光禄大夫檢校尚書右僕射兼户部尚書馬摠

右伏準建中元年正月五日制，常參官上後三日，舉一人自代者。伏以近者京尹用人稍輕，所以市井之間〔一〕，盜賊未斷；郊野之外，疲瘵尚多。前件官文武兼資，寬猛得所，累更方鎮，皆有功能。若以代臣，實爲至當。謹録奏聞，謹奏。

〔一〕或無「近者」至「所以」十字；「市井」作「畿甸」。

賀雨表

公尹京兆時作。

臣某言：臣聞聖人之德，與天地通；誠發於中，事應於外。始聞其語，今見其真。臣誠歡誠喜，頓首頓首。伏以季夏以來，雨澤不降。臣職司京邑，祈禱實頻；青天湛然，旱氣轉甚。陛下憫兹黎庶〔一〕，有事山川。中使纔出於九門，陰雲已垂於四野，龍神效職，雷雨應期〔二〕，嘉穀奮興，根葉肥潤，抽莖展穗，不失時宜，人和年豐，莫大之慶。

〔一〕「憫」，一作「憐」。
〔二〕「雷」，或作「雲」。

微臣幸蒙寵任，獲睹殊祥，慶抃歡呼，倍於常品。無任踴躍之至，謹奉表陳賀以聞。

賀太陽不虧狀

「狀」，蜀作「表」。公尹京兆時作。

司天臺奏今月一日太陽不虧

長慶三年九月壬子朔，日食角十二度。「今月一日」，十月一日也。蓋九月朔日食，則十月朔當虧；今太陽不虧，故以爲賀。

右司天臺奏：今日辰卯間太陽合虧。陛下敬畏天命，克己脩身，誠發於中，災銷於上，自卯及巳，當虧不虧〔一〕。雖隔陰雲，轉更明朗，比於常日，不覺有殊。天且不違，慶孰爲大？臣官忝京尹，親睹殊祥，欣感之誠，實倍常品。謹奉狀賀以聞〔二〕。

〔一〕「及」，或作「至」。

〔二〕「狀」下或有「陳」字。「聞」下或有「謹奏」字。

舉張正甫自代狀 尚書兵部

公兩爲兵部侍郎：長慶元年七月，初爲兵侍，舉大理少卿韋顗以自代；長慶三年自京兆尹再除兵侍，則舉正甫以自代。前後皆可考也。〔補注〕陳景雲曰：長慶中，正甫爲尚書右丞，駁于頔更謚，事見頔傳，其剛直可知。事在公舉自代後。

通議大夫守右散騎常侍上柱國南陽縣開國子食邑五百户賜紫金魚袋張正甫

正甫元和末年自同州刺史入拜左散騎常侍。大和八年卒，年八十二。

右臣蒙恩除尚書兵部侍郎，伏準建中元年正月五日制，常參官上後三日，舉一人自代者。前件官稟正直之性，懷剛毅之姿；嫉惡如仇讎，見善若饑渴；備更内外，灼有名聲；年齒雖高，氣力逾勵〔一〕；甘貧苦節，不愧神明：可謂古之老成，朝之碩德。久處散地，實非所宜。乞以代臣，以副公望〔二〕。

〔一〕「力」，或作「志」。

〔二〕或有「謹録奏聞謹奏」六字。

袁州申使狀

王黄州嘗荅丁晉公書云：退之爲袁州刺史。故事，觀察使牒部刺史，皆曰「故牒」。時王仲舒廉問江西，以吏部巨賢，特自損曰「謹牒」，而退之致書懇請，以爲宜如舊制。元之所云，即謂此爾。〔補注〕沈欽韓曰：此疑王仲舒觀察江西，與韓公舊好，故不以上司常式待之。

使司牒州牒

右自今月二日後，每奉公牒，牒尾「故牒」字皆爲「謹牒」字，有異於常。初不敢陳論，以爲錯誤。今既頻奉文牒，前後並同，在愈不勝戰懼之至。伏乞仁恩，特令改就常式，以安下情。

國子監論新注學官牒

李習之狀公行曰：「其爲國子祭酒也，奏儒生爲學官，日使會講。生徒多奔走聽聞，皆喜曰：『韓公來爲祭酒，國子監不寂寞矣。』」此疏公爲祭酒時所論，元和十五年也。

國子監應今新注學官等牒，準今年赦文，委國子祭酒選擇有經藝堪訓導生徒者，以充學官。近年吏部所注，多循資叙，不考藝能；至令生徒不自勸勵。伏請非專通經傳，博涉墳史〔一〕，及進士五經諸色登科人，不以比擬。其新受官〔二〕，上日必加研試，然後放上，以副聖朝崇儒尚學之意。具狀牒上吏部，仍牒監者。謹牒。

〔一〕「墳」，一作「文」。

〔二〕「受」，或作「授」。

黄家賊事宜狀

黄家賊自貞元十一年黄洞首領黄少卿攻邕管等州，經略使孫公器請發嶺南兵窮討之。德宗不許，遣中人招諭，不從。自是叛服不常。元和間，又有黄承慶黄少度黄昌瓘繼起。長慶初，以嚴公素爲經略使，復上表請討。公以近貶嶺外，謂自潮方移袁，繼入爲祭酒，知嶺外事詳，故以是三事爲請。時元和十五年也。〔補注〕李光地曰：形勢性情及處置之方，至明至盡。撫御南蠻者，不可不熟講深究。

一：臣去年貶嶺外刺史〔一〕，其州雖與黄家賊不相鄰接，然見往來過客，并諳知嶺外事人〔二〕，所説至精至熟。其賊並是夷獠，亦無城郭可居。依山傍險，自稱洞主。

衣服言語，都不似人。尋常亦各營生，急則屯聚相保。比緣邕管經略使多不得人，德既不能綏懷，威又不能臨制，侵欺虜縛，以致怨恨。蠻夷之性，易動難安，遂至攻劫州縣，侵暴平人，或復私讎，或貪小利，或聚或散，終亦不能爲事。近者征討，本起於裴行立、陽旻。此兩人者〔三〕，本無遠慮深謀，意在邀功求賞。亦緣見賊未屯聚之時，將謂單弱，立可摧破，争獻謀計，惟恐後時。朝廷信之，遂允其請。自用兵已來，已經二年〔四〕，前後所奏殺獲，計不下一二萬人〔五〕。儻皆非虚，賊已尋盡。至今賊猶依舊，足明欺罔朝廷。邕容兩管因此凋弊〔六〕，殺傷疾患〔七〕，十室九空，百姓怨嗟，如出一口。陽旻行立，相繼身亡，實由自邀功賞〔八〕，造作兵端，人神共嫉，以致殃咎〔九〕。陽旻、行立事既已往，今所用嚴公素者〔一〇〕，亦非撫御之才，不能别立規模，依前還請攻討。如此不已，臣恐嶺南一道，未有寧息之時。

〔一〕「一臣去年」，一作「右臣伏以臣去年」。
〔二〕「諳」，或作「諸」。
〔三〕此下或有「時」字。
〔四〕或無下「已」字。當删上「已」字。
〔五〕或無「一二」字。

〔六〕「因」，或作「内因」二字。
〔七〕「患」，或作「疫」。
〔八〕「自」，或作「身」。
〔九〕「嫉」，或作「怒」。「致」，或作「至」。
〔一〇〕「素」，或作「集」。

一：昨者併邕容兩管爲一道，深合事宜〔一〕。然邕州與賊逼近，容州則甚懸隔。其經略使若置在邕州，與賊隔江對岸，兵鎮所處，物力必全：一則不敢輕有侵犯；一則易爲逐便控制。今置在容州，則邕州兵馬必少，賊見勢弱，易生姦心。伏請移經略使於邕州，其容州但置刺史，實爲至便。

〔一〕或無「併」字。〔補注〕沈欽韓曰：通鑑：元和十五年，廢邕管，命容管經略使陽旻兼統之。長慶二年，邕州人不樂屬容管，刺史李元宗以吏人狀授御史使奏之。容管經略使嚴公素聞之，遣吏按元宗，擅以羅陽縣歸蠻酋黄少度。五月，元宗將兵百人並州印奔黄洞。戊子，復置邕管經略使。

一：比者所發諸道南討兵馬，例皆不諳山川，不伏水土〔一〕，遠鄉羈旅，疾疫殺傷。臣自南來，見説江西所發共四百人，曾未一年，其所存者，數不滿百〔二〕。岳鄂所發都三百人，其所存者，四分纔一。續添續死，每發倍難。若令於邕容側近召募添置千人，便割諸道見供行營人數糧賜，均融充給，所費既不增加，而兵士又皆便習。長有守備，不同客軍，守則有威，攻則有利。

〔一〕「伏」，或作「服」。
〔二〕或無「者」字。

一：自南討已來，賊徒亦甚傷損。察其情理，厭苦必深。大抵嶺南人稀地廣，賊之所處，又更荒僻。假如盡殺其人，盡得其地，在於國計，不爲有益。容貸羈縻，比之禽獸，來則捍禦，去則不追，亦未虧損朝廷事勢。以臣之愚，若因改元大慶〔一〕，赦其罪戾，遣一郎官御史，親往宣諭，必望風降伏，讙呼聽命〔二〕。仍爲擇選有材用威信諳嶺南事者爲經略使〔三〕，處理得宜〔四〕，自然永無侵叛之事。

〔一〕元和十六年，穆宗即位之明年，當改元。
〔二〕「呼」，或作「叫」。
〔三〕「有」，或作「其」。

〔四〕「理」，或作「置」。

應所在典帖良人男女等狀

方無「在」字；或又無「等」字。方云：二狀皆袁州進。今按：狀云「往任袁州刺史」，方說非是。〔補注〕「帖」，原作「貼」，今據别本校改，下同。

應所在典帖良人男女等

此是狀首標目，所論事與前卷賀白龜狀體正同，猶今之帖黄及狀眼也。方本删去，非是。

右準律不許典帖良人男女作奴婢驅使。臣往任袁州刺史日，檢責州界内，得七百三十一人〔一〕，並是良人男女。準律計傭折直，一時放免〔二〕。原其本末，或因水旱不熟，或因公私債負，遂相典帖，漸以成風。名目雖殊，奴婢不别，鞭笞役使，至死乃休。既乖律文，實虧政理。袁州至小，尚有七百餘人；天下諸州，其數固當不少。今因大慶，伏乞令有司重舉舊章，一皆放免。仍勒長吏嚴加檢責，如有隱漏，必重科懲；則四海蒼生，孰不感荷聖德。右前件如前謹具奏聞〔三〕。伏聽敕旨。

〔一〕「責」，或作「到」。
〔二〕「計」上或有「例」字。
〔三〕〔補注〕「右」，原作「以」，據别本校改。

論淮西事宜狀

或無「狀」字。吴少陽初爲彰義軍節度使，元和九年卒；而其子元濟自立。憲宗欲討之。明年遣御史中丞裴度視師，還奏兵可用，與宰相意不合，既而盜殺宰相，傷中丞不克，遂相度以主東兵。公時爲中書舍人，乃上淮西事宜，謂三小州殘弊困劇之餘，而當天下之全力，其破敗可立而待。然由是失宰相意，左遷爲右庶子。十二年，裴度出討蔡，以公爲行軍司馬，卒擒吴元濟，皆如公言。〔補注〕茅坤曰：所論並鑿鑿中名實，可當施行。其經略措置，與宋韓范富歐略相似。方苞曰：指事盡意，不爲波瀾，尚近漢人。又曰：觀退之諸狀，有豪傑智略，有儒者規矩，所以得爲孔子之徒，而廟食百世也。

右臣伏以淮西三州之地，自少陽疾病，去年春夏已來，圖爲今日之事。有職位者，勞於計慮撫循〔一〕；奉所役者，修其器械防守。金帛糧畜，耗於賞給〔二〕。執兵之卒，四向侵掠，農夫織婦，攜持幼弱，餉於其後〔三〕；雖時侵掠小有所得，力盡筋疲，不償其費。又聞畜馬甚多，自半年已來，皆上槽櫪。譬如有人，雖有十夫之力，自朝及夕，常自大呼跳躍，初雖可畏，其勢不久，必自委頓。乘其力衰，三尺童子可使制其死命；況以三小州殘弊困劇之餘，而當天下之全力？其破敗可立而待也〔四〕；然所未可知者，在陛下斷與不斷耳。夫兵多不足以必勝〔五〕；必勝之師，必在速戰。兵多而戰不速，則所費必廣。兩界之間，疆場之上，日相攻劫，必有殺傷。近賊州縣，徵役百端，農夫織婦，不得安業。或時小遇水旱，百姓愁苦。當此之時，則人人異議以惑陛下之聽〔六〕，陛下持之不堅，半塗而罷，傷威損費，爲弊必深。所以要先決於心，詳度本末，事至不惑，然可圖功〔七〕。爲統帥者，盡力行之於前；而參謀議者，盡心奉之於後：內外相應，其功乃成。昔者殷高宗大聖之主也。以天子之威，伐背叛之國，三年乃剋，不以爲遲。志在立功，不計所費〔八〕。傳曰：「斷而後行，鬼神避之。」〔九〕遲疑不斷，未有能成其事者也。臣謬承恩寵，獲掌綸誥，地親職重，不同庶寮，輒竭愚誠，以效裨補。謹條次平賊事宜一一如後：

〔一〕「於」，或作「其」。

〔二〕「耗於」，或作「匱于」。

〔三〕「攜」上或有「皆」字。「餉」，或作「飽」，非是。
〔四〕「待」下或有「之」字，非是。
〔五〕「不足」上一有「則」字。「必」或作「取」。
〔六〕「聽」下或有「矣」字。
〔七〕「然」，新史作「乃然」，猶然後也。下文「然可集事」，「然擬許其承繼」，皆一義。今按：此蓋當時俗體如此，故公狀中用之，不欲改也。〔補注〕何焯曰：文選注中最多。凡「然後」「然則」皆獨用「然」字。
〔八〕「背叛」，或作「叛背」。
〔九〕史記：趙高曰：「斷而後行，鬼神避之。」

一：諸道發兵或三二千人，勢力單弱；羈旅異鄉，與賊不相諳委；望風懾懼，難便前進〔一〕。所在將帥，以其客兵，難處使先，不存優恤〔二〕。待之既薄，使之又苦，或被分割隊伍，隸屬諸頭〔三〕，士卒本將，一朝相失，心孤意怯，難以有功。又其本軍各須資遣，道路遼遠，勞費倍多。士卒有征行之艱，閭里懷離别之思。今聞陳、許、安、唐、汝、壽等州與賊界連接處，村落百姓，悉有兵器，小小俘劫，皆能自防，習於戰鬬，識賊深淺。既是土人護惜鄉里，比來未有處分，猶願自備衣糧，共相保聚，以備寇賊。

若令召募，立可成軍；若要添兵，自可取足；賊平之後，易使歸農。伏請諸道先所追到行營者，悉令却牒歸本道，據行營所追人額器械弓矢，一物已上，悉送行營，充給〔四〕所召募人〔五〕。兵數既足，加之教練，三數月後，諸道客軍一切可罷；比之徵發遠人，利害懸隔。

〔一〕「便」，或作「更」。
〔二〕「處」下或有「指」字；「不」下或有「撫」字：皆非是。〔補注〕曾國藩曰：凡有艱難之處，使先冒其鋒也。
〔三〕〔補注〕沈欽韓曰：牙門都將爲都頭，「諸頭」，即謂都頭也。遼史契丹領兵官亦有「頭下」之稱，見食貨志。
〔四〕「却」下或無「牒」字。「據」下或無「行」字。「給」上或無「充」字。今按上下文勢，合有「行」字，「行」下更合有「營」字，其理甚明，今輒補足。
〔五〕〔補注〕沈欽韓曰：「充給」二字屬下句讀。曾國藩曰：以客軍各歸本道，而以其兵器給召募人。

一：繞逆賊州縣堡栅等各置兵馬〔一〕，都數雖多，每處則至少〔二〕；又相去闊遠，難相應接，所以數被攻劫，致有損傷。今若分爲四道〔三〕，每道各置三萬人，擇要害地屯聚一處，使有隱然之望〔四〕，審量事勢，乘時逐利。可入則四道一時俱發〔五〕，使其狼狽驚惶，首尾不相救濟；若未可入，則深壁高壘，以逸待勞：自然不要諸處多置防備。臨賊小縣，可收百姓於便地，作行縣以主領之，使免散失〔六〕。

〔一〕「繞」，一作「統」。

〔二〕「至」上或有「兵」字。

〔三〕或無「分」字。

〔四〕「隱」，方作「殷」。按：漢書「隱若一敵國」。方本非是。〔補注〕沈欽韓曰：「殷」「隱」通用。

〔五〕「四」或作「諸」。

〔六〕〔補注〕曾國藩曰：從前各處堡柵皆置兵馬，則百姓倚以無恐；今兵馬聚爲四道，則各處無聲援，不免散失：故無兵馬屯聚之處，則作行縣以主領之。吳汝綸曰：公此等事狀，洞曉軍謀，非書生空談也。

一：蔡州士卒，爲元濟迫脅，勢不得已，遂與王師交戰。原其本根，皆是國家百姓。進退皆死，誠可閔傷。宜明敕諸軍，使深知此意。當戰鬭之際，固當以盡敵爲心；若形勢已窮，不能爲惡者，不須過有殺戮。喻以聖德，放之使歸，銷其兇悖之心，貸以生全之幸，自然相率棄逆歸順。

一：論語曰：「欲速則不達，見小利則大事不成。」比來征討無功，皆由欲其速捷；有司計筭所費，苟務因循，小不如意，即求休罷。河北、淮西等見承前事勢，知國家必不與之持久，併力苦戰，幸其一勝，即希冀恩赦〔一〕。朝廷無至忠憂國之人，不惜傷損威重，因其有請，便議罷兵：往日之事患皆然也〔二〕。臣愚以爲淮西三小州之地，元濟又甚庸愚；而陛下以聖明英武之姿，用四海九州之力，除此小寇，難易可知。太山壓卵，未足爲喻〔三〕。

〔一〕〔補注〕沈欽韓曰：自德宗時韓全義討吴少誠敗後，即復少誠官爵，其弊如此。徐州張愔亦然。

〔二〕「往」或作「近」。

〔三〕〔補注〕何焯曰：此段尤爲精彩。

一：兵之勝負，實在賞罰。賞厚可令廉士動心〔一〕，罰重可令凶人喪魄，然可集事〔二〕。不可愛惜所費，憚於行刑。

〔一〕「廉」，或作「戰」，非是。

〔二〕「然」，或作「則」。

一：淄青、恒冀兩道，與蔡州氣類略同；今聞討伐元濟〔一〕，人情必有救助之意。然皆闇弱，自保無暇。虚張聲勢，則必有之；至於分兵出界，公然爲惡，亦必不敢。宜特下詔云：蔡州自吴少誠已來，相承爲節度使，亦微有功效。少陽之殁〔二〕，朕亦本擬與元濟。恐其年少未能理事，所以未便處置。待其稍能緝綏，然擬許其承繼〔三〕。今忽自爲狂勃侵掠〔四〕，不受朝命，事不得已，所以有此討伐〔五〕。至如淄青、恒州、范陽等道〔六〕，祖父各有功業，相承命節〔七〕，年歲已久，朕必不利其土地，輕有改易，各宜自安。如妄自疑懼，敢相扇動，朕即赦元濟不問，迴軍討之。自然破膽，不敢妄有異説〔八〕。

〔一〕「伐」，或作「罰」，非是。
〔二〕「陽」，或作「誠」，非是。
〔三〕「擬」，或作「後」。
〔四〕「勃」，或作「悖」。
〔五〕「伐」，或作「罰」。
〔六〕〔補注〕沈欽韓曰：時淄青爲李師道，恒冀爲王承宗，范陽爲劉總。
〔七〕或無「命」字。「節」下或有「制」字，或有「制」字而無「節」字。今按：李德裕之討澤潞，正用此策以伐其交，世以爲奇，不知韓公已言之矣。

〔八〕〔補注〕何焯曰：李文饒之討劉楨，祖述公意，以諭河北。吴汝綸曰：區劃大似陸宣公。

以前件謹録奏聞，伏乞天恩，特賜裁擇。謹奏。

論變鹽法事宜狀

長慶二年，張平叔爲户部侍郎，上疏請官自賣鹽，可以富國强兵，陳利害十八條。詔下其説令公卿詳議。公與韋處厚條詰之，事遂不行。平叔所陳十八條，此可見者十六，白樂天行平叔判度支詞曰：「計能析秋毫，吏畏如夏日。」東坡曰：「此必小人也。」按柳氏家訓：「平叔後以贓敗，窮失官錢四十萬緡。是宜以此終也。」〔補注〕方苞曰：張所奏乖謬，頗易掊擊；所難者，語皆通俗而不俚雜。是公天授耳。

張平叔所奏鹽法條件

右奉敕將變鹽法，事貴精詳，宜令臣等各陳利害可否聞奏者。平叔所上變法條件，臣終始詳度，恐不可施行。各隨本條分析利害如後：

一件：平叔請令州府差人自糶官鹽，收實估匹段，省司準舊例支用，自然獲利一倍已上者。臣今通計所在百姓，貧多富少，除城郭外，有見錢糴鹽者，十無二三。多用雜物及米穀博易。鹽商利歸於己，無物不取，或從賒貸升斗，約以時熟填還。用此取濟，兩得利便。今令州縣人吏坐鋪自糶〔一〕，利不關己，罪則加身。不得見錢及頭段物，恐失官利，必不敢糶。變法之後，百姓貧者無從得鹽而食矣。求利未得，歛怨已多，自然坐失鹽利常數。所云「獲利一倍」，臣所未見。

〔一〕〔補注〕沈欽韓曰：宋熙寧法，亦以放散青苗錢贏縮爲州縣殿最。

一件：平叔又請鄉村去州縣遠處，令所由將鹽就村糶易，不得令百姓闕鹽者〔一〕。臣以爲鄉村遠處，或三家五家，山谷居住，不可令人吏將鹽家至户到。多將則糶貨不盡，少將則得錢無多〔二〕，計其往來，自充糧食不足。比來商人或自負檐斗石，往與百姓博易，所冀平價之上，利得三錢兩錢；不比所由爲官所使，到村之後，必索百姓供應。所利至少，爲弊則多。此又不可行者也。

〔一〕〔補注〕沈欽韓曰：通鑑注：項安世家説曰：「今坊市公人謂之『所由』。」

〔二〕「無」，或作「不」。

一件：平叔云，所務至重，須令廟堂宰相充使。臣以爲若法可行，不假令宰相充使；若不可行，雖宰相爲使，無益也〔一〕。又宰相者〔二〕，所以臨察百司，考其殿最；

若自爲使，縱有敗闕，遣誰舉之？此又不可者也。

〔一〕下「若」字或作「令」。或有「若」字，無下十一字。

〔二〕或無「者」字；或無「又」「者」二字。

一件：平叔又云〔一〕：法行之後，停減鹽司所由糧課，年可收錢十萬貫。臣以爲變法之後，弊隨事生，尚恐不登常數，安得更望贏利？

〔一〕或無「一件」字。今按：此別是一條，當有「一件」字。

一件：平叔欲令府縣糶鹽，每月更加京兆尹料錢百千，司録及兩縣令每月各加五十千，其餘觀察及諸州刺史縣令録事參軍多至每月五十千，少至五千三千者。臣今計此用錢已多，其餘官典及巡察手力所由等糧課，仍不在此數。通計所給，每歲不下十萬貫。未見其利，所費已廣。平叔又云停鹽司諸色所由糧課，約每歲合減得十萬貫錢〔一〕。今臣計其新法，亦用十萬不啻〔二〕。減得十萬，却用十萬，所亡所得，一無贏餘也。平叔又請以糶鹽多少爲刺史縣令殿最，多者遷轉不拘常例；如闕課利，依條科責者。刺史縣令職在分憂〔三〕，今惟以鹽利多少爲之升黜，不復考其治行，非唐虞三載考績黜陟幽明之義也。

〔一〕或無「所由」二字。

〔二〕〔補注〕陳景雲曰：「不啻」句絶。猶言不止也。左傳「鮮不五稔」，杜注「少尚當歷五年，多則不啻」。又子厚序碁亦有「相去千萬不啻」之語。

〔三〕〔補注〕「縣令」，原作「職令」，據别本校改。

一件：平叔請定鹽價每斤三十文；又每二百里每斤價加收二文，以充脚價；量地遠近險易加至六文；脚價不足，官與出。名爲每斤三十文，其實已三十六文也〔一〕。今鹽價京師每斤四十〔二〕，諸州則不登此。變法之後，秪校數文，於百姓未有厚利也〔三〕。脚價用五文者官與出二文〔四〕，用十文者官與出四文：是鹽一斤，官糶得錢名爲三十，其實斤多得二十八，少得二十六文，折長補短，每斤收錢不過二十六七。百姓折長補短，每斤用錢三十四。則是公私之間每斤常失七八文也。下不及百姓，上不歸官家，積數至多，不可遽筭〔五〕，以此言之，不爲有益。平叔又請令所在及農隙時，併召車牛，般鹽送納都倉，不得令有闕絶者。州縣和雇車牛，百姓必無情願。事須差配，然付脚錢；百姓將車載鹽，所由先皆無檢，齊集之後，始得載鹽；及至院監請受〔六〕，又須待其輪次，不用門户，皆被停留〔七〕；輸納之時，人事又别〔八〕：凡是和雇無不皆然。百姓寧爲私家載物取錢五文，不爲官家載物取十文錢也〔九〕。不和雇則無可載鹽，和雇則害及百姓，此又不可也。

〔一〕「也」上或無「文」字。
〔二〕一有「文」字。
〔三〕「秖」，或作「只」。
〔四〕「用」，或作「每」。「二」，或作「三」。
〔五〕〔補注〕曾國藩曰：每斤失利七八文，積至千萬億斤，則失利無算也。
〔六〕〔補注〕曾國藩曰：車牛到官，請受而用之。
〔七〕〔補注〕沈欽韓曰：順宗實録：「宫市率用百錢物買人直數千錢物，仍索進奉門户并脚價錢。」胡三省曰：「所經由門户，皆有費用，如漢靈帝時所導行費也。」
〔八〕〔補注〕曾國藩曰：「輸納之時，人事又别」，猶今俗稱「交卸」。
〔九〕「文」下或無「錢」字。

一件：平叔稱停減鹽務，所由收其糧課，一歲尚得十萬貫文〔一〕。今又稱既有巡院，請量閒劇留官吏於倉場，勾當要害守捉；少置人數，優恤糧料，嚴加把捉；如有漏失私糶等，並準條處分者。平叔所管鹽務，所由人數有幾？量留之外，收其糧課，一歲尚得十萬貫：此又不近理也。比來要害守捉，人數至多，尚有漏失私糶之弊；

今又減置人數，謂能私鹽斷絕；此又於理不可也。

〔一〕「尚」，或作「計」。

一件：平叔云：變法之後，歲計必有所餘，日用還恐不足；謂一年已來〔一〕，且未責以課利，後必數倍校多者。此又不可。方今國用常言不足，若一歲頓闕課利，爲害已深；雖云明年校多，豈可懸保？此又非公私蓄積尚少之時可行者也。

〔一〕「謂」，或作「請」。

一件：平叔又云：浮寄奸猾者轉富，土著守業者日貧。若官自糶鹽，不問貴賤貧富、士農工商、道士僧尼，并兼游惰，因其所食，盡輸官錢；并諸道軍諸使家口親族，遞相影占，不曾輸税，若官自糶鹽，此輩無一人遺漏者。臣以此數色人等，官未自糶鹽之時，從來糴鹽而食，不待官自糶然後食鹽也〔一〕。若官不自糶鹽，此色人等不糴鹽而食；官自糶鹽，即糴而食之：則信如平叔所言矣。若官自糶與不自糶，皆常糴鹽而食：則今官自糶，亦無利也。所謂知其一而不知其二，見其近而不見其遠也。國家榷鹽〔二〕，糶與商人；商人納榷，糶與百姓：則是天下百姓無貧富貴賤皆已輸錢於官矣；不必與國家交手付錢，然後爲輸錢於官也。

〔一〕「糴」上或有「來」字。今按文勢，恐「來」字上更有「從」字，今亦補足。

〔二〕「國」，或作「官」。

一件：平叔云：初定兩稅時，絹一匹直錢三千，今絹一匹直錢八百。百姓貧虛，或先取粟麥價，及至收穫，悉以還債，又充官稅，顆粒不殘〔一〕。若官中糴鹽，一家五口，所食鹽價，不過十錢，隨日而輸，不勞驅遣，則必無舉債逃亡之患者〔二〕。臣以爲百姓困弊，不皆爲鹽價貴也。今官自糶鹽，與依舊令商人糶，其價貴賤，所校無多。通計一家五口所食之鹽，平叔所計，一日以十錢爲率，一月當用錢三百；是〔三〕則三日食鹽一斤，一月率當十斤。新法實價，與舊每斤不校三四錢以下。通計五口之家，以平叔所約之法計之：賤於舊價，日校一錢，月校三十，不滿五口之家，所校更少；然則改用新法，百姓亦未免窮困流散也。初定稅時，一匹絹三千，今只八百。假如特變鹽法，絹價亦未肯貴。五口之家，因變鹽法日得一錢之利，豈能便免作債，收穫之時，不被徵索，輸官稅後有贏餘也？以臣所見，百姓困弊日久；不以事擾之，自然漸裕〔四〕：不在變鹽法也。今絹一匹八百，百姓尚多寒無衣者；若使匹直三千，則無衣者必更衆多。況絹之貴賤，皆不緣鹽法，以此言之，鹽法未要變也。

〔一〕〔補注〕沈欽韓曰：「殘」，集韻「餘也」。稾人注「戔，餘也」。釋文：「戔，亦作殘。」此言百姓顆粒無餘也。

〔二〕「舉債」，或作「舉賃」。

〔三〕「三百是」，或作「三百六十足」，云：「或云『六十』字恐羨，非。蓋鹽每斤已當三十六文，月當十斤，則三百六十也。」「足」或作「是」屬下句。今按：平叔所定鹽價，一斤止三十文。韓公通計民間所加脚費，多者一月或至三十六文耳。其地近者，自不及此，難預計也。故此上文但云「一日以十錢爲率」，則一月安得用三百六十乎？其「六十」字當依或説删去。「足」改作「是」而屬下句爲當。

〔四〕〔補注〕「裕」，原作「校」，據别本校改。

一件：平叔云：每州糶鹽不少，長吏或有不親公事，所由浮詞云：「當界無人糶鹽。」〔一〕臣即請差清强巡官檢責所在實户，據口團保，給一年鹽，使其四季輸納鹽價。其餘口多糶少，及鹽價遲違，請停觀察使見任，改散慢官。其刺史已下，貶與上佐；其餘官貶遠處者〔二〕。平叔本請官自糶鹽以寬百姓，令其蘇息，免更流亡。今令責實户口團保給鹽，令其隨季輸納鹽價，所謂擾而困之〔三〕，非前意也〔四〕。百姓貧家食鹽至少〔五〕，或有淡食動經旬月；若據口給鹽，依時徵價〔六〕，辦與不辦，並須納錢。遲違及違條件，觀察使已下各加罪譴〔七〕。官吏畏罪，必用威刑。臣恐因此所在不安，百姓轉致流散。此又不可之大者也。

〔一〕〔補注〕沈欽韓曰：此鬻鹽錢之始。厥後至宋，鹽不給而錢仍輸，弊害無窮矣。
〔二〕或無「與」字。
〔三〕〔補注〕「謂擾而困」四字，原作「能爲也人」，據别本校改。
〔四〕或無「非」字。
〔五〕「少」，或作「小」。
〔六〕或無「鹽」字。
〔七〕「譴」，或作「於」。

一件：平叔請限商人鹽納官後，不得輒於諸軍諸使覓職，掌把錢捉店、看守莊磑〔一〕，以求影庇。請令所在官吏嚴加防察〔二〕，如有違犯，應有資財，並令納官；仍牒送府縣充所由者。臣以爲鹽商納榷〔三〕，爲官糶鹽，子父相承，坐受厚利，比之百姓，實則校優〔四〕。今既奪其業，又禁不得求覓職事，及爲人把錢捉店、看守莊磑：不知何罪，一朝窮蹙之也〔五〕！若必行此，則富商大賈必生怨恨；或收市重寶，逃入反側之地，以資寇盜。此又不可不慮者〔六〕。

〔一〕「磑」，午對切。
〔二〕「防」，或作「訪」。
〔三〕「榷」，或作「税」。
〔四〕「比」下當有「之」字，今補足。
〔五〕「何」，或作「其」。
〔六〕「者」，或作「也」。

一件：平叔云〔一〕：行此策後，兩市軍人，富商大賈，或行財賄，邀截喧訴。請令所由切加收捉。如獲頭首，所在決殺；連狀聚衆人等，各決脊杖二十。檢責軍司軍户，鹽如有隱漏，並準府縣例科決，并賞所由告人者。此一件若果行之，不惟大失人心，兼亦驚動遠近。不知糶鹽所獲幾何，而害人蠹政，其弊實甚！

〔一〕「叔」下疑當有「云」字或「稱」字之類，今亦補足。

右前件狀〔一〕，奉今月九日敕，令臣等各陳利害者。謹録奏聞，伏聽敕旨。

〔一〕〔補注〕「右」，原作「以」，據别本校改。

韓昌黎文外集上卷

桐城馬其昶通伯校注　馬茂元整理

諸本外集分爲十卷，凡三十四篇，不知何人所編。據行狀云：「有集四十卷，小集十卷。」亦不知便是此外集與否？方云「只據蜀本定録二十五篇」，其篇目次第皆與諸本不同，以爲可以旁考而的然知爲公文者；然蜀本劉燁序乃云：後集外順宗實録爲十卷。則似亦以實録入於其中，皆不知其何説也。唯吕夏卿以爲明水賦通解崔虞部書河南同官記皆見於趙德文録，計必德親受於文公者，比它本最爲可信。而李漢不以入集，則疑凡外集所載，漢亦有所未得，未必皆其所不取者。其説近是。故今且從諸本，而考其真僞異同之説以詳注於其下。其甚僞者，即雖不載其文，而猶存其目。使讀者猶有考焉。其石刻聯句遺詩文等，則從方本，録之以補外集之闕。又諸本有遺文一卷，方本亦多不録，今亦存之，以附于後。〔補注〕原本外集十卷，内有詩歌五首，今去詩存文，併爲上下兩卷云。

明水賦

以「玄化無宰至精感通」爲韻。「精」，或作「誠」。出周禮司烜氏：「掌以夫遂取明火於日，以鑒取明水於月，以供祭祀之明。鸞明燭，共明水。」明，潔也；取水火於日月，欲得陰陽之潔氣也。公貞元八年登第，即明水賦御溝新柳詩，今詩逸矣。時禮部侍郎陸贄典貢舉，進士則賈稜、陳羽、歐陽詹、李觀、馮宿、王涯、張季友、齊孝若、劉遵古、許季同、侯繼、穆贄、韓愈、李絳、温商、庾承、宣員結、胡諒、崔羣、邢册、裴光輔、萬瑠、李博等二十三人中第。其間多知名士，時號爲「龍虎榜」云。

古者聖人之制祭祀也〔一〕，必主忠敬，崇吉蠲〔二〕。不貴其豐，乃或薦之以水。不可以黷，斯用致之於天〔三〕。其事信美，其義惟玄。月實水精，故求其本也；明爲君德，因取以名焉〔四〕。

〔一〕或無「者」「也」二字。

〔二〕詩天保「吉蠲爲饎」。毛氏注云：「吉，善。蠲，潔也。」

〔三〕「於」，或作「于」。

〔四〕〔補注〕沈欽韓曰：司烜氏注：「取明水以爲玄酒。」疏云：「鬱鬯五齊，明水配。三酒以玄酒配。玄酒，井水也。」

於是命烜氏〔一〕，候清夜。或將祀圓丘於玄冬，或將祭方澤於朱夏〔二〕。持鑑而精氣旁射，照月而陰靈潛下。視而不見，謂合道於希夷；挹之則盈，方同功於造化。

應於有，生於無〔三〕。形象未分，徒騁離婁之目〔四〕；光華暗至，如還合浦之珠〔五〕。既齊芳於酒醴〔六〕，詎比賤於潢污〔七〕。明德惟馨，玄功不宰；于以表誠潔，于以戒荒怠。苟失其道，殺牛之祭何爲〔八〕；如得其宜，明水之薦斯在〔九〕。不引而自致，不行而善至。雖辭麴糵之名，實處罇罍之器。降於圓魄，殊匪金莖之露〔一〇〕，出自方諸〔一一〕，乍似鮫人之淚〔一二〕。將以贊于陰德，配夫陽燧〔一三〕。

〔一〕「烜」，音「燬」。

〔二〕「祀」，或作「祭」。「祭」，或作「祀」。

〔三〕「生」，或作「聲」。

〔四〕趙岐注孟子「離婁古之明目者，黄帝時人，帝使離朱索遺珠，即離婁也」。

〔五〕見東漢孟嘗爲合浦太守珠還事。

〔六〕「芳」，方作「高」，云：禮：夏尚明水，商尚醴，周尚酒。今作「齊芳」，非。今按：「明水」當在「酒醴」之上，不應反言「齊高」。此蓋以其都無臭味，嫌不足於芬芳，故有「齊芳」之語。方説非是。

〔七〕左傳隱三年：「潢污行潦之水，可薦於鬼神。」「潢污」，濁水也。

〔八〕易：既濟：「東隣殺牛，不如西隣之禴祭。」

〔九〕「宜」，或作「情」。「薦」或作「爲」。

〔一〇〕「匪」，或作「非」。「露」，或作「靈」。漢建章宮露盤金莖事，見三輔黄圖。

〔一一〕鄭氏注周禮云：「鑒，鏡屬，取水者。世謂之方諸。」淮南子曰：「方諸見月，則津而爲水。」高誘注云：「方諸，陰燧大蛤也。熟摩令熱以向月，則水生。銅槃受之，下水數石也。」

〔一二〕「乍」，或作「已」。梁任昉述異記：「南海有鮫人，水居而能織。曾寓人宿，既去泣別，所墮淚皆成珠。」

〔一三〕「配」上或有「非獨」二字。「夫」，或作「于」。

夜寂天清，煙消氣明。桂華吐耀，兔影騰精〔一〕。聊設監以取水，伊不注而能盈。霏然而象，的爾而呈〔二〕。始漠漠而霜積〔三〕，漸微微而浪生。豈不以德協于坎，同類則感〔四〕。形藏在空〔五〕，氣應則通。鶴鳴在陰之理不謬，虎嘯于谷之義可崇〔六〕。足以驗聖賢之無黨，知天地之至公〔七〕。竊比大羹之遺味，幸希薦於廟中。

〔一〕「兔影」，或作「玉兔」。「騰」，或作「流」。

〔二〕「而象」，或作「垂象」，或作「無象」。「的」，或作「酌」。

〔三〕「漠漠而」，或作「茫茫以」。

〔四〕「同」，或作「有」。今按：「同類」與「氣應」對屬差互，恐當作「類同」。

〔五〕「在」,或作「於」。

〔六〕「理」,或作「論」。「虎」,或作「武」。「義」,或作「道」。今按：作「虎」爲是,但當時程試避太祖諱也。易中孚：「鳴鶴在陰,其子和之。」淮南子：「虎嘯而谷風生。」

〔七〕「足以驗聖賢」,或作「庶令知聖真」。「黨」,或作「窮」。「知」,或作「驗」。

請遷玄宗廟議

蜀本、舊志或無「廟」字,非是。舊史禮儀志：長慶四年五月,禮儀使奏,時穆宗當祔。公豈以吏部侍郎爲禮儀使邪?〔補注〕沈欽韓曰：上具禮儀使奏,而下列議,則韓公特是議者；非爲禮儀使也。李光地曰：此等文,直所謂六經之風絶而復興者也。何焯曰：謹嚴似經。

右禮儀使奏：謹按周禮：「天子七廟〔一〕,三昭三穆與太祖之廟而七。」尚書咸有一德亦曰：「七世之廟,可以觀德。」〔二〕荀卿子曰：「有天下者祭七代,有一國者祭五代。」〔三〕則知天子上祭七廟〔四〕,典籍通規；祖功宗德,不在其數。

〔一〕穀梁傳云：「天子至於士皆有廟,天子七廟,諸侯五,大夫三,士二。」

〔二〕「尚書」至「觀德」十六字,舊史闕。

〔三〕或無「卿」字，「曰」上或有「亦」字。「祭七代」，或作「事七世」。「祭五代」，或作「事五世」，或作「祭五廟」。

〔四〕「廟」，或作「代」。

國朝九廟之制，法周之文。太祖景皇帝始爲唐公，肇基天命，義同周之后稷。高祖神堯皇帝創業經始，化隋爲唐，義同周之文王。太宗文皇帝神武應期〔一〕，造有區夏，義同周之武王〔二〕。其下三昭三穆，謂之親廟，與太祖而七。四時常饗，自如禮文。

〔一〕「應」，或作「膺」。

〔二〕「王」下或有「也」字。

伏以今年宗廟遞遷，玄宗明皇帝在三昭三穆之外，是親盡之祖，雖有功德，新主入廟，禮合祧藏太廟中第一夾室〔一〕。每至禘祫之歲，合食如常。謹議。

〔一〕「藏」下或有「遷」字，或作「祧遷藏太廟中」。「中」下或有「從」字。〔補注〕沈欽韓曰：「太廟」，始祖之廟也。

范蠡招大夫種議

詩之序議

此二篇從蜀本，删去。

上賈滑州書

舊史云：賈耽以貞元二年改檢校右僕射，兼滑州刺史、義成軍節度使。此篇從蜀苑。書稱「年二十三」，則貞元六年也。八年而公登第；九年而耽入相；十一年，公三上宰相書，耽時正當國，亦不報，誠以暗投人耶？「義成」今改爲「武成」矣。〔補注〕李光地曰：初爲文，便雅潔古節如此。

愈儒服者，不敢用他術干進〔一〕；又惟古執贄之禮，竊整頓舊所著文一十五章以爲贄〔二〕，而喻所以然之意於此曰：豐山上有鐘焉，人所不可至，霜既降，則鏗然鳴〔三〕；蓋氣之感，非自鳴也。

〔一〕「術」，或作「藝」。
〔二〕「章」，或作「首」，下同。
〔三〕或無「既」字，山海經云「豐山有九鐘，知霜鳴。」注云：「霜降則鐘鳴。」

愈年二十有三，讀書學文十五年〔一〕，言行不敢戾於古人，愚固泯泯不能自計〔二〕。周流四方，無所適歸。伏惟閣下昭融古之典義，含和發英〔三〕，作唐德元〔四〕；簡棄詭説，保任皇極：是宜小子刻心悚慕，又焉得不感而鳴哉！

〔一〕或無「有」字。「三」，或作「二」。「讀書學文十五年」，洪慶善云：公與邢尚書書云：「生七歲而讀書，十三而能文，二十有五而擢第於春官。」
〔二〕「計」，或作「故」，非是。
〔三〕「和」，或作「華」。
〔四〕「元」或作「臣」。

徒以獻策闕下，方勤行役，且有負薪之疾，不得稽首軒階；遂拜書家僕，待命于鄭之逆旅〔一〕。伏以小子之文，可見於十五章之内；小子之志，可見於此書。與之進，敢不勉；與之退，敢不從〔二〕：進退之際，實惟閣下裁之。

〔一〕「僕」，或作「僮」。「逆」上或無「之」字。〔補注〕姚範曰：「家僕」，見潘岳馬汧督誄。

〔二〕「從」，或作「退」。

上考功崔虞部書

或作「上考功宏詞官虞部崔員外書」。或云：崔元翰也。元翰史有傳，名鵬，以字行。舉進士，博學宏詞，賢良方正皆異等，獨不載爲虞部員外郎，或略之也。公貞元八年登第，明年以博學宏詞試于吏部，而作此書，故書云：「年二十有六矣。」〔補注〕李光地曰：此篇遠出上宰相書之上。

愈不肖，行能誠無可取：行己頗僻，與時俗異態；抱愚守迷，固不識仕進之門。迺與羣士爭名競得失，行人之所甚鄙〔一〕，求人之所甚利，其爲不可，雖童昏實知之。如執事者，不以是爲念，援之幽窮之中，推之高顯之上。是知其文之或可，而不知其人之莫可也；知其人之或可，而不知其時之莫可也〔二〕。既以自咎〔三〕，又歎執事者所守異於人人，廢耳任目〔四〕，華實不兼〔五〕，故有所進，故有所退。且執事始考文之明日，浮囂之徒已相與稱曰：「某得矣，某得矣。」問其所從來，必言其有自。一日之間，九變其說。凡進士之應此選者，三十有二人；其所不言者〔六〕，數人而已；而愈在焉。及執事既上名之後，三人之中，其二人者〔七〕，固所傳聞矣〔八〕。華實兼者也，果竟得之，而又升焉〔九〕。其一人者，則莫之聞矣；實與華違，行與時乖，果竟退之。如是則可見時之所與者，時之所不與者之相遠矣〔一〇〕。

〔一〕或無「行」字。

〔二〕下「知其人」上或有「是」字。

〔三〕「以」或作「已」。

〔四〕「廢」上或有「之」字。

〔五〕「不」，疑當作「必」。

〔六〕「不言」，或作「不云」。

〔七〕或無「其」字。

〔八〕「固」上或有「則」字。

〔九〕「果」，或作「畢」，下同。

〔一〇〕〔補注〕方苞曰：以上言己之得而復失，以所守與時異；以下言觀時之取舍，似天命亦未可憑，而己之所守終不可變。

然愚之所守，竟非偶然，故不可變〔一〕。凡在京師八九年矣，足不迹公卿之門，名不譽於大夫士之口〔二〕。始者謬爲今相國所第，此時惟念以爲得失固有天命，不在趨時，而偃仰一室，嘯歌古人。今則復疑矣。未知夫天竟如何，命竟如何？由人乎哉，不由人乎哉〔三〕？欲事干謁〔四〕，則患不能小書，困於投刺〔五〕；欲學爲佞，則患言訥詞直，卒事不成〔六〕：徒使其躬儳焉而不終日〔七〕。是以勞思長懷，中夜起坐〔八〕，度時揣己，廢然而返；雖欲從之，末由也已〔九〕。

〔一〕「竟非」，或作「憧非」。「故」，或作「固」。
〔二〕或無「譽」字。「於」，或作「一」。或無「士」字。
〔三〕「未」上或有「又」字。或無「夫」字。「天竟」，或作「天意」。「人乎」，或並作「乎人」。
〔四〕「欲」上或有「夫」字。
〔五〕「於」，或作「于」。
〔六〕「爲」，或作「于」。「患」下或有「於」字。「卒」，或作「則」。
〔七〕「其躬」，方本如此，而舉正「躬」作「窮」，蓋誤。「而」，諸本作「如」。方云：「蜀本作『而』，今本皆以表記『君子不以一日使其躬儳如不終日』語刊作『如』，然不知古『而』『如』同意。此語不當以『如』『似』之義讀之，唐人惟韓柳知此。子厚答韋中立書『假而以僕年先吾子』，與公此文是也。」董彥遠曰：「春秋書『星隕如雨』，左氏『室如縣罄』，是皆以『如』爲『而』。風俗通『國人望君而望歲』，鄒陽書『白頭而新』，是皆以『而』爲『如』。按：家語『君入廟如右』，荀子作『而右』。樂府艾如張，亦作『艾而張』，今人所用『漣洏』，考之李善文選，乃『漣而』也。實用易之『泣血漣如』爲義。去古益遠，字義多失。惟韓柳文時見一二，因爲詳之。」今按：孟子「望道而未之見」亦是此例。方言又有「而」「如」古字通用之説。然陸德明論當時語音之失，有曰：「北人則『而』『如』靡異。」蓋不以爲然也。然則此「而」字，須讀爲「如」，乃爲正耳。董引「室如縣磬」，乃據左傳作「罄」字，而杜預注云：「如，而也。言居室而資糧縣盡。」故其説如此。國語則作「縣磬」，而韋昭注云。「府藏空虛，但有榱梁如縣磬。」左傳蓋借「罄」爲「磬」，而杜氏誤解；國語則正作「磬」字，而韋説得之。董氏所引，不足據以爲説。今併論之，附見于此。

〔八〕「中」，或作「終」。

〔九〕〔補注〕方苞曰：以下言不得於時而求得於後。

又常念古之人日已進，今之人日已退〔一〕。夫古之人四十而仕，其行道爲學，既已大成，而又之死不倦，故其事業功德，老而益明，死而益光，故詩曰：「雖無老成人，尚有典刑。」言老成之可尚也〔二〕。又曰：「樂只君子，德音不已。」謂死而不亡也〔三〕。

夫今之人務利而遺道〔四〕，其學其問〔五〕，以之取名致官而已。得一名，獲一位〔六〕，則棄其業而役役於持權者之門，故其事業功德日以忘，月以削，老而益昏，死而遂亡〔七〕。愈今二十有六矣〔八〕，距古人始仕之年尚十四年，豈爲晚哉？行之以不息，要之以至死，不有得於今，必有得於古；不有得於身，必有得於後：用此自遺，且以爲知己者之報，執事以爲如何哉〔九〕？其信然否也？今所病者在於窮約，無僦屋賃僕之資，無縕袍糲食之給〔一〇〕。驅馬出門，不知所之，斯道未喪，天命不欺，豈遂殆哉，豈遂困哉？

〔一〕「常」，或作「嘗」。
〔二〕「可」上或有「人」字
〔三〕「已」，或作「忘」。「亡」，或作「忘」。方作「已」。
〔四〕或無「夫」字。「遺」，或作「違」。
〔五〕「問」上或無「其」字。
〔六〕「位」，或作「官」。
〔七〕「忘」，或作「亡」。
〔八〕「今」下或有「年始」字。

〔九〕「爲如」，或作「謂如」。

〔一〇〕「糲」，蘭末、厲賴二音。

竊惟執事之於愈也〔一〕，無師友之交，無久故之事，無顏色言語之情〔二〕；卒然振而發之者，必有以見知爾〔三〕。故盡暴其所志，不敢以默〔四〕。又懼執事多在省，非公事不敢以至，是則拜見之不可期〔五〕，獲侍之無時也；是以進其説如此。庶執事察之也〔六〕。

〔一〕「執事」下或有「者」字。「愈」下或無「也」字。

〔二〕「顏色言語」，或作「言語顏色」。

〔三〕「爾」，或作「耳」。

〔四〕「以默」，或作「默默」。

〔五〕「至」下或有「於」字。「期」下或有「也」字。

〔六〕「庶」，或作「幸」。「之」下或無「也」字。

與少室李拾遺書

諸本「室」下有「山」字，「李」下有「渤」字。今從蜀苑新書。此書作於元和三年，公時尚爲博士。據新史渤有傳：字濬之，刻志於學，隱少室。「元和初，户部侍郎李巽、諫議大夫韋況交章薦之，詔以右拾遺召。於是河南少尹杜兼遣使持詔幣即山敦促。渤上書謝曰『昔屠羊説有位三旌，禄萬鐘，知貴於屠羊，然不可使妄施。彼賤賈也，猶能忘己愛君；臣雖欲盜榮以濟所欲，得無愧屠羊乎？』不拜。洛陽令韓愈遺書」云云。渤心善其言，始出家東都。每朝廷有缺政，輒附章列上。即此書也。然公嘗爲河南令，而未嘗爲洛陽令。史之誤類如此。以公之集考史之載，其差誤蓋不止此云耳。此書雖不見於正集，而史載之，則知外集之文，亦未可輕議其非也。渤元和九年起爲著作郎，大和中終太子賓客。〔補注〕按：渤徵爲左拾遺，元和元年九月也。見通鑑。何焯曰：清挺勁直，不同常玩。

十二月某日，愈頓首〔一〕。伏承天恩，詔河南敦諭拾遺公〔二〕，朝廷之士，引頸東望，若景星鳳皇之始見也，争先睹之爲快。方今天子仁聖，小大之事〔三〕，皆出宰相；樂善言，如不得聞。自即大位已來，於今四年〔四〕，凡所施者，無不得宜〔五〕。勤儉之聲，寬大之政，幽閨婦女、草野小人〔六〕，皆飽聞而厭道之。愈不通於古〔七〕，請問先生：世非太平之運歟〔八〕？加又有非人力而至者：年穀熟衍，符貺委至；若干紀之奸，不戰而拘纍；彊梁之兇，銷鑠縮栗，迎風而委伏。其有一事未就正，自視若不成人〔九〕。四海之所環，無一夫甲而兵者〔一〇〕。若此時也〔一一〕，拾遺公不疾起與天下之士君子樂成而享之，斯無時矣。

〔一〕或無此八字。
〔二〕「拾遺公」，新書作「遺公」。篇内並同。
〔三〕「小大」，舉正作「大小」，恐誤。「事」，或作「士」。
〔四〕憲宗以永貞元年即位，「於今四年」，即元和三年也。
〔五〕「者」，或作「爲」。「凡所施者」，新書作「凡所出而施者」。
〔六〕「草」，或作「山」。「人」，新書作「子」。
〔七〕「愈」，或作「某」。「於」，或作「于」。
〔八〕或無「世」字；「非」，作「匪」；新書作「兹非太平世歟」。
〔九〕新書無「自」字。「視」，或作「是」，非是。
〔一〇〕「而」，或作「與」。
〔一一〕「若」上或有「未有」字。

昔者孔子知不可爲而爲之不已，足迹接於諸侯之國〔一〕。即可爲之時，自藏深山，牢關而固距，即與仁義者異守矣。想拾遺公冠帶就車，惠然肯來，舒所蓄積，以補綴盛德之有闕遺〔二〕，利加於時〔三〕，名垂於將來，踊躍悚企，傾刻以冀〔四〕。

〔一〕或無「足迹」字。
〔二〕或作「遺闕」，新書無「有」「遺」二字。
〔三〕「利」下或無「加」字。「加於」，新書作「加于」。
〔四〕「傾」，或作「頃」。

又竊聞朝廷之議，必起拾遺公。使者往若不許，即河南必繼以行〔一〕；拾遺徵君若不至，必加高秩：如是則辭少就多〔二〕，傷於廉而害於義，拾遺公必不爲也。善人斯進，其類皆有望於拾遺公；拾遺公儻不爲起，使衆善人不與斯人施也〔三〕。由拾遺公而使天子不盡得良臣，君子不盡得顯位，人庶不盡被惠利，其害不爲細〔四〕：必望審察而遠思之〔五〕，務使合於孔子之道。幸甚！愈再拜。

〔一〕或無「即」字。
〔二〕「則」，或作「即」；新書無「則」字。
〔三〕或無「使」字。「也」，或作「者」。今按：此句疑有誤。
〔四〕「人庶」，或作「庶人」。
〔五〕「而」下或有「長字」。「遠」，新書作「諦」。

答劉秀才論史書

劉秀才或云名軻，字希仁，集中不他見。公是時爲史館修撰，劉作此書以勉之。柳子厚有與公論史官書曰：「前獲書言史事，云具與劉秀才書，及今乃見書藁，私心甚不喜云云。」反復論辨，皆以公爲不肯任作史之責，則柳所見，即公此書也。李漢自謂「收拾遺文，無所失墜」，乃逸此篇于正集之外，豈以其嘗爲子厚所辨駁而遂棄歟？或問張子韶曰：「退之與劉秀才論史書，言作史不有人禍，必有天殃。子厚以書闢之，其説甚有理。退之所論似屈。」子韶曰：「此亦退之説得未盡處，想其意亦不專在畏禍；但恐褒貶足以貽禍，故遷就其説而失之泥，宜爲子厚所攻。」〔補注〕曾國藩曰：退之實見史不易爲，爲之者皆不免草草率爾。假令遷固同傳一人，同叙一事，其傳聞愛憎仍各不同也，欲不謂之草草得乎？退之不爲史，正識力大過人處。張裕釗曰：絶無章法，而氣脈自然貫注。中有造句似子雲，而絶琢雕迹，一歸自然。

六月九日，韓愈白秀才〔一〕。辱問見愛，教勉以所宜務，敢不拜賜。愚以爲凡史氏褒貶大法，春秋已備之矣〔二〕。後之作者，在據事迹實録，則善惡自見〔三〕，然此尚非淺陋偷惰者所能就；況褒貶邪？

〔一〕或無此九字。或作「某月日韓愈白劉君足下」。

〔二〕「爲」，或作「謂」。

〔三〕或複出「實録」二字。「見」下或有「矣」字。

孔子聖人，作春秋，辱於魯衞陳宋齊楚，卒不遇而死；齊太史氏兄弟幾盡〔一〕；左丘明紀春秋時事以失明〔二〕；司馬遷作史記，刑誅〔三〕；班固瘐死〔四〕；陳壽起又廢，卒亦無所至〔五〕；王隱謗退死家〔六〕；習鑿齒無一足〔七〕；崔浩范曄赤誅〔八〕；魏收夭絶〔九〕；宋孝王誅死〔一〇〕；足下所稱吴兢〔一一〕，亦不聞身貴而今其後有聞也〔一二〕：夫爲史者，不有人禍，則有天刑，豈可不畏懼而輕爲之哉！

〔一〕或無「氏」字。左傳襄二十五年：太史書曰「崔杼弑其君」。崔子殺之，其弟嗣書而死者二人。南史氏聞太史盡死，執簡以往，聞既書矣，乃還。

〔二〕司馬遷報任安書曰：「左丘失明，厥有國語。」

〔三〕漢書：天漢二年，李陵降匈奴，遷盛言陵忠，武帝以遷誣罔，下遷蠶室。

〔四〕和帝永元初，洛陽令种兢以事捕固，固死獄中。洪慶善云：「『瘐』音愈。因以飢寒死也。」今本誤作「疲」；或作「瘦」；或作「廢」：皆非是。

〔五〕壽字承祚，仕蜀爲觀閣令史。遭父喪有疾，使婢侍藥，鄉黨以爲貶議。後以母憂。母遺言葬洛陽，壽遵其志，又坐不歸葬，竟被貶議。

〔六〕隱字處叔，晉太興初，官著作郎，爲虞預所斥，竟以謗黜，歸死于家。〔補注〕沈欽韓曰：隱撰晉書成，詣闕上之，文辭鄙拙。其書次第可觀者，皆其父所撰；文體漫混義不可解者，隱之作也。

〔七〕鑿齒字彦威，襄陽人。以脚疾居里巷。

〔八〕浩字伯深，後魏人。著國書三十卷。太武帝太平真君十一年，以罪夷其族。曄字蔚宗，宋人，删衆家後漢書爲一家之作。文帝元嘉二十二年，謀反伏誅。「赤」或作「赤族」二字。

〔九〕收字伯起，著後魏書一百三十卷。北齊後主武平三年卒，無子。「夭」，或作「天」。〔補注〕沈欽韓曰：收武平二年卒，既緣史筆多憾于人，後冢被發，棄其骨於外。

〔一〇〕孝王事高齊，爲北平王文學，撰關東風俗傳三十卷。周大象初，預尉遲迥事，誅死。〔補注〕沈欽韓曰：宋孝王爲北平王文學。求入文林館，不遂。因非毀朝士，撰別録廿卷。會周平齊，改爲關東風俗傳，更廣見聞，勒成卅卷以上之。事多妄謬，篇第冗雜，無箸述體。

〔一一〕兢撰梁齊周史各十卷，陳史五卷，隋史二十卷。天寶八載卒於恒王傅。舊書吴兢傳：神龍中，遷右補闕，與韋承慶崔融劉子玄撰則天實録。劉知幾史通云：「長安中，在史職，余與朱敬則、徐堅、吴兢奉詔更撰國史八十卷。神龍元年，又與堅、兢等重修則天實録卅卷。」玉海云：「吴長垣又別撰唐書百一十卷。」長垣即兢也。又，通鑑：兢撰則天實録，言宋璟激張説使證魏文忠事。説修史見之，知兢所爲，謬曰：「劉五殊不相借。」兢起對曰：「此乃兢所爲，史草具在，不可使明公枉怨死者。」同僚皆失色。後説陰祈兢改數字，兢終不許，曰：「若徇公請，則此史不爲直筆；何以取信於後？」

〔一二〕或無「今其」字。或無「其後」字。

唐有天下二百年矣，聖君賢相相踵，其餘文武之士〔一〕，立功名跨越前後者，不可勝數；豈一人卒卒能紀而傳之邪〔二〕？僕年志已就衰退，不可自敦率〔三〕。宰相知其無他才能，不足用〔四〕，哀其老窮，齟齬無所合，不欲令四海内有戚戚者，猥言之上，苟加一職榮之耳；非必督責迫蹙令就功役也〔五〕；賤不敢逆盛指，行且謀引去〔六〕。且傳聞不同，善惡隨人所見〔七〕，甚者附黨憎愛不同，巧造語言，鑿空構立善惡事迹，於今何所承受取信，而可草草作傳記令傳萬世乎〔八〕？若無鬼神，豈可不自心慚愧〔九〕；若有鬼神，將不福人。僕雖騃，亦粗知自愛；實不敢率爾爲也。

〔一〕「士」上或無「之」字。
〔二〕「能」上或無複出「卒」字。司馬遷傳：「卒卒無須臾之間。」顔曰：「促遽之意也。」
〔三〕或無「就」字。「敦率」，猶敦勉也；或作「敢爲」，或無此二字。今按：此二字恐有脱誤。
〔四〕「他」上或無「無」字。
〔五〕「就」下或有「其」字。

〔六〕「且」，一作「自」。
〔七〕「傳聞」，或作「傳云聞見」。
〔八〕或無「乎」字。
〔九〕「自心」上或有「可」字，非是。或無「心」字。

夫聖唐鉅迹〔一〕，及賢士大夫事，皆磊磊軒天地，決不沈没〔二〕。今館中非無人，將必有作者勤而纂之〔三〕。後生可畏，安知不在足下〔四〕？亦宜勉之！愈再拜。

〔一〕或無「聖」字。
〔二〕文苑「決」下有「必」字；又云：「蜀本作『落落掀天地』，而無『必』字。」又按：「地決」，或作「決地」，或作「抉地」。今按：古潮本「軒」亦作「掀」，而無「必」字。蓋因柳子厚書云「所云『磊磊軒天地者，決必沈没』」，故諸本或誤加「必」字耳。今從柳集作「軒」，從潮本去「必」字。
〔三〕「將必」，或作「必將」。
〔四〕或脱「不在」二字。

與大顛師書

此書諸本皆無。唯嘉祐小杭本有之。其篇次在此。「與」，作「召」。「顛」，作「巔」。

「師」，作「和尚」。方本列於石刻之首。今從杭本附此，而名篇從方氏。杭本又注云：「唐元和十四年，刻石在潮陽靈山禪院。宋慶曆丁亥，江西袁陟世弼得此書，疑之，因之滁州謁歐陽永叔。永叔覽之曰：『實退之語，它意不及也。』」方本略載其語，又録歐公集古録跋尾云：「文公與顛師書世所罕傳。予以集録古文，其求之博，蓋久而後獲，其以繫辭爲大傳，謂著山林與著城郭無異等語，宜爲退之之言。其後書『吏部侍郎潮州刺史』則非也。蓋退之自刑部侍郎貶潮州，後移袁州，召爲國子祭酒，遷兵部侍郎。久之始遷吏部。而流俗相傳，但知爲韓吏部爾。顛師遺記雖云長慶中立，蓋并韓書皆國初重刻，故謬爲附益爾。」方又注云：「今石刻乃元祐七年重立。」又云：「按：公三簡，皆邀速常語耳，初無崇信佛法之説。妄者旁沿别譔答問等語，以肆誣謗，要當存此簡以解後世之惑。」今按：杭本不知何人所注，疑袁自書也。更以跋尾參之，其記歐公之語不謬矣。而東坡雜説乃云：「韓退之喜大顛如喜澄觀文暢意，非信佛法也。而或者妄撰退之與大顛書，其詞凡鄙，雖退之家奴僕亦無此語。今一士人又於其末妄題云『歐陽永叔謂此文非退之不能作』，又誣永叔矣。」蘇公此語，蓋但見集注之出於或人，而未見跋尾之爲歐公親筆也。二公皆號一代文宗，而其去取不同如此，覽者不能無惑。然方氏盡載歐語而略不及蘇説，其意可見。至吕伯恭乃於文鑑特著蘇説，以備乙覽，則其同異之間又益後人之惑矣。以余考之：所傳三書，最後一篇實有不成文理處；但深味其間語意一二，文勢抑揚，則恐歐袁方意誠不爲過。但意或是舊本亡逸，僧徒所記不真，致有脱誤。歐公特觀其大概，故但取其所可取，而未暇及其所可疑。蘇公乃覺其所可疑，然亦不能察其爲誤，而直斥以爲凡鄙：所以其論雖各有以，而皆未能無所未盡也。若乃後之君子，則又往往不能究其本根：其附歐説者，既未必深知其所以爲可信；其主蘇氏者，亦未必果以其説爲然也。徒幸其言可爲韓公解紛，若有補於世教，故特表而出之耳；皆非可與實事而求是者也。至如方氏雖附歐説，然亦未免曲爲韓諱，殊不知其言既曰「久聞道德」，又曰「側承道高」，又曰「所示廣大深迥，非造次可喻」，又曰「論甚宏博」：安得謂初無崇信其説之意邪？韓公之事，余於答孟簡書蓋已論其詳矣，故不復論，特從方本載此三書於別集，并録歐公二語而附蘇説方説於其後，且爲全載書文於此，而考其同異，訂其謬誤如左。方以爲讀者以此觀之，則其決爲韓公之文，而非它人之所能作無疑矣。方氏所據石本，與杭本又自不同，則疑傳寫之訛；而歐公所疑官稱之誤，亦爲得之。但愚意猶恐當時既謫刺遠州，亦未必更帶侍郎舊官也。方氏所駁世俗僞造誣謗之書，即今所謂別傳者。洪慶善辨證云：「別傳載公與大顛往復之語，深詆退之，其言多近世經義之説，又僞作永叔跋云，使退之復生，不能自解免。」吴源明云：「徐君平見介甫不喜退之，故作此文。」方氏又云：「周端禮曰：徐安國自言年二十三四時戲爲此，今悔之無及；然則其爲徐作無疑矣。」但君平字安道，而方云「安國」，未知便是君平否耳。然靈山石刻張繫所撰，其間載韓公問大顛云：「西國一真之法，何不教人？」顛云：「教人達性，離無明貪嗔驕慢，不生嫉妬。」此亦釋子常言，初無難解。但韓公素所未聞，而頗中其病，故雖不盡解，而適亦有會於心耳。又載韓公責云：「人生貴賤各有定分，何得以三塗之説誑人？」而顛答云：「公何不常守侍郎之任而來此爲官耶？」則恐其有謬誤，或其徒所附益也。

其一

愈啓〔一〕：孟夏漸熱〔二〕，惟道體安和。愈弊劣無謂，坐事貶官到此，久聞道德，切思見顔〔三〕。緣昨到來，未獲參謁；儻能暫垂見過，實爲多幸〔四〕。已帖縣令具人船奉迎，日久竚瞻〔五〕，不宣，愈白〔六〕。

〔一〕或無此二字。
〔二〕「熱」下或有「伏」字。
〔三〕「切」，杭作「竊」，據石本如此。「切」乃懇切之意，此下大率多從石本云。
〔四〕杭本無「儻能」以下十字。
〔五〕「帖」，杭作「貼」。「久」，當作「夕」。「竚」，據石本作「佇」。
〔六〕據石本無「愈白」字。今據石本，此下具銜姓名下云：「上顛師，四月七日。」

其二

愈啓〔一〕：海上窮處，無與話言，側承道高，思獲披接。專輒有此咨屈，儻惠能降喻，非所敢望也〔二〕。至此一二日却歸高居，亦無不可。旦夕渴望〔三〕。不宣。愈白〔四〕。

〔一〕或無此二字。

〔二〕「惠」字疑衍，或下有「然」字而并在「能」字之下。諸本及石本皆誤。

〔三〕杭本無「儻惠」以下二十七字，而有「此句來晴明，不甚熱，儻能乘間一訪，實謂幸也」十八字。今按：「此句」以下，乃下篇語，定從石本。

〔四〕據石本，無「愈白」字。今據石本與前書同，但云「六月初三日」。

其三

愈啓〔一〕：惠匀至，辱答問，珍悚無已。所示廣大深迴，非造次可諭〔二〕。易大傳曰〔三〕：「書不盡言，言不盡意，然則聖人之意，其終不可得而見邪？」〔四〕如此而論，讀來一百遍〔五〕，不如親□顔色，隨問而對之易了〔六〕。此旬來晴明，旦夕不甚熱，儻能乘閒一訪，幸甚。旦夕馳望〔七〕。愈聞道無疑滯，行止繫縛，苟非所戀著，則山林閒寂與城郭無異〔八〕。大顛師論甚宏博，而必守山林，義不至城郭〔九〕，自激修行，獨立空曠，無累之地者，非通道也〔一〇〕。勞於一來，安於所適，道故如是〔一一〕。不宣。愈頓首〔一二〕。

〔一〕或無此二字。

〔二〕杭作「量」。

〔三〕或無「易大」二字。「曰」，一作「云」。

〔四〕據石本，「意」作「旨」，無「而」字，「邪」作「也」。今按：易實作「意」，而無「終」「而」二字。大抵石本亦自多誤也，後放此。

〔五〕「一」字疑衍，蘇氏所謂「凡鄙」，蓋指此等處耳。

〔六〕據石本如此，但無「親」字。今按：「親」下當有「見」字，而兩本皆闕，故不敢增，而空其處以待知者。杭但云「不如親面而對之」，是亦蘇氏所謂「凡鄙」者，然「親」字乃方本之闕文，「面」字乃「問」字之誤筆，而又脱去「□顔色」「隨」「易了」六字耳。

〔七〕杭本已見上篇，此不復出。

〔八〕此從杭本，但「郭」作「隍」，今據歐公語。據石本「止」下有「所」字；「縛」下有「愛戀」字；

「所」下無「戀」字及「則」字，而「著」字下複出「著」字及「與」字；「異」下有「邪」字：皆非是。其用「邪」字尤不當律令，亦所謂「凡鄙」者也。但或疑「非」字下當有「有」字。言於行止繫縛若無所戀著，則静鬧一致。語尤明白耳。或又疑「非」當作「有」，則語意賓主尤順，然未知孰是。又諸本皆無，不敢輒增改也。

〔九〕「顛」杭見上，或無「師」字。杭無「義」字；「城」作「州」。

〔一〇〕「自」，或作「似」，然細考之，與下文「自激修行」四字皆可疑。或又以「也」爲「矣」，而「并非通道」四字屬於「行」字之下；又以「獨」爲「自」，而「立」下有「於」字：皆非是。

〔一一〕「於」，杭作「于」。「適」，方據石本與杭本並作「識」。今得真石本考之乃如此；然則方之所考亦不詳矣。蓋「適」猶「便」也，與「唯適之安」之語用字略同。言一來雖勞，而既來則當隨其所便，無處不安也。「道故如是」，即所以結上文「道無疑滯」之意，以「如」爲「此」，亦石本誤。

〔一二〕據石本，無末三字。今據石本，與前二書同；但云「大顛禪師，七月十五日」，不知韓公之於大顛，既聞其語，而爲禮益恭如此，何也？

送汴州監軍俱文珍序 并詩

隴西公董晉爲汴州陳留郡節度使，治汴州。俱文珍爲監軍，公爲觀察推官。文珍將如京師，作序詩以送之，時貞元十三年也。

今之天下之鎮，陳留爲大〔一〕。屯兵十萬，連地四州〔二〕，左淮右河，抱負齊楚，濁流浩浩，舟車所同。故自天寶已來，當藩垣屏翰之任〔三〕，有弓矢鈇鉞之權，皆國之元臣，天子所左右。其監統中貴，必材雄德茂，榮耀寵光，能俯達人情仰喻天意者，然後爲之。故我監軍俱公，輟侍從之榮，受腹心之寄，奮其武毅，張我皇威，遇變出奇，先事獨運，偃息談笑，危疑以平〔四〕。天子無東顧之憂，方伯有同和之美。十三年春，將如京師，相國隴西公飲餞於青門之外〔五〕，謂功德皆可歌之也，命其屬咸作詩以鋪繹之。詩曰：

〔一〕漢書音義曰：留本鄭邑，後爲陳所并，故曰陳留。今屬汴州。

〔二〕汴州陳留郡，宣武節度使所治，汴宋亳潁四州隸焉。

〔三〕「屏翰」或作「翰屏」。

〔四〕「危疑」，或作「疑危」。

〔五〕「於」，或作「于」。或無「青」字。

奉使羌池静，臨戎汴水安〔一〕。沖天鵬翅闊，報國劍鋩寒。曉日驅征騎，春風詠采蘭〔二〕。誰言臣子道，忠孝兩全難？

〔一〕或作「間」，非是。

〔二〕束晳補亡詩曰：「循彼南陔，言采其蘭。」「采蘭」以養親也。

送浮屠令縱西游序

或無「浮屠」字，「縱」下有「上人」二字。公嘗送文暢師序曰：人固有儒名而墨行者，墨名而儒行者；至是送令縱又曰：「其行異，其情同，君子與其進可也」：二序大抵同意。故公集中雖與澄觀、惠師、靈師、盈上人、無本師、廣宣、僧約、高閑、大顛之徒游，皆取其行，而不取其名焉。不然，則排釋老爲虚語矣。〔補注〕張裕釗曰：退之爲釋子作贈序，内不失己，外不失人，最見精心措注處。每篇各出意義，無相襲者，筆端具有造化，惟退之足以當之，即此可悟變化之法。如此篇更不另出意義，但起結微寓作意，便留住自己地步。

其行異，其情同，君子與其進可也〔一〕。令縱釋氏之秀者，又善爲文〔二〕，浮游徜徉，迹接天下。藩維大臣，文武豪士，令縱未始不褰衣而負業〔三〕，往造其門下。其有尊行美德，建功樹業〔四〕，令縱從而爲之歌頌，典而不諛，麗而不淫，其有中古之遺風與〔五〕？乘閒致密〔六〕，促席接膝，譏評文章，商較人士〔七〕，浩浩乎不窮，愔愔乎深而有歸：於是乎吾忘令縱之爲釋氏之子也。其來也雲凝，其去也風休，方懽而已辭，雖義而不求：吾於令縱不知其不可也，盍賦詩以道其行乎〔八〕？

〔一〕或無「進」字，非是。

〔二〕「又」上或有「而」字。

〔三〕「衣」，或作「裳」。

〔四〕「樹」，或作「植」。

〔五〕「有中」，或作「中有」。「古」下或有「人」字。「風」下或有「可」字。

〔六〕或無此四字，而有「及」字。

〔七〕或作「士人」，或作「人事」。

〔八〕〔補注〕張裕釗曰：結處妙遠不測。

與路鵠秀才序

贈別序

送路鵠贈別二序，語意無倫，脱誤不可讀。如曰「自河南令爲博士」，於公所歷官次亦不合，故併闕之。

送毛仙翁十八兄序

直諫表、論顧威狀、種蠡議、毛仙翁序，皆最末見，決非公文。據杭本之有外集者，表狀亦不録，足以知其果僞也。今並删去。

通解

洪慶善曰：通解、擇言解、鄠人對，或云皆少作。陳齊之云：通解之、乎、者、也下皆未當。此雖少作，然亦本訛也。通解雖不見於正集，然亦趙德文録中所載，當知其爲公文也。

〔補注〕方苞曰：此文徑陌頗近荆公。

今之人以一善爲行而耻爲之，慕達節而稱夫通才者多矣，然而脂韋汩没以至於老死者相繼，亦未見他之稱〔一〕：其豈非亂教賊名之術歟〔二〕！

〔一〕「他」下或有「人」字。今按：此句疑有脱誤。

〔二〕「亂」，或作「害」。〔補注〕姚範曰：「其」字疑在上句「他」字之上。

且五常之教，與天地皆生〔一〕；然而天下之人不得其師，終不能自知而行之矣。

故堯之前千萬年，天下之人促促然不知其讓之爲美也；於是許由哀天下之愚，且以争爲能，迺脱屣其九州，高揖而辭堯；由是後之人竦然而言曰：「雖天下猶有薄而不售者，況其小者乎〔二〕？」故讓之教行於天下，許由爲之師也〔三〕。自桀之前千萬年，天下之人循循然不知忠易其死也。故龍逄哀天下之不仁，睹君父百姓入水火而不救，於是進盡其言，退就割烹〔四〕；故後之臣竦然而言曰：「雖萬死猶有忠而不懼者，況其小者乎？」故忠之教行於天下〔五〕，由龍逄爲之師也。自周之前千萬年〔六〕，渾渾然不知義之可以换其生也〔七〕，故伯夷哀天下之偷，且以彊則服，食其葛薇，逃山而死〔八〕；故後之人竦然而言曰〔九〕：「雖餓死猶有義而不懼者，況其小者乎！」〔一〇〕故義之教行於天下，由伯夷爲之師也。是三人俱以一身立教，而爲師於百千萬年間〔一一〕；其身亡而其教存，扶持天地，功亦厚矣〔一二〕。嚮令三師耻獨行，慕通達，則堯之日，必曰得位而濟道，安用讓爲〔一三〕？夏之日，必曰長進而否退，安用死爲？周之日，必曰和光而同塵〔一四〕，安用餓爲？若然者，天下之人促促然而争，循循然而佞，渾渾然而偷：其何懼而不爲哉！是則〔一五〕三師生於今，必謂偏而不通者矣〔一六〕，可不謂之大賢者哉〔一七〕？嗚呼，今之人其慕通達之爲弊也！

〔一〕「地」下或有「而」字，非是。
〔二〕或作「焉」，下同。
〔三〕「爲之」，或作「之爲」，下二語同。
〔四〕「就」下或有「其」字，非是。
〔五〕「忠」之上或有「其」字，非是。
〔六〕「周」，或作「殷」。
〔七〕或無「以」字。
〔八〕「之」下或有「人」字。「服」，或作「伏」。「且以彊則服」一句，疑有脱誤。
〔九〕「故」，或作「於是」。
〔一〇〕「義」，或作「死」，或作「强」。
〔一一〕或無「百」字。
〔一二〕「存」下或有「於」字。「功」上或有「而」字。
〔一三〕「用」，或作「能」。
〔一四〕「和光而同塵」，或作「同塵而和光」。
〔一五〕或無「則」字。
〔一六〕或無「必」字；「謂偏」作「爲偏」；「矣」作「也」。「矣」上或無「者」字。

〔一七〕〔補注〕「可不謂之大賢者哉」一句，原本無，據宋閩本校補。

且古聖人言通者，蓋百行衆藝備於身而行之者也〔一〕；今恒人之言通者，蓋百行衆藝闕於身而求合者也。是則古之言通者，通於道義；今之言通者，通於私曲：其亦異矣〔二〕！將欲齊之者，其不猶矜糞丸而擬質隨珠者乎〔三〕？且令今父兄教其子弟者曰「爾當通於行如仲尼，雖愚者亦知其不能也」〔四〕；曰「爾尚力一行如古之一賢」，雖中人亦希其能矣〔五〕：豈不由聖可慕而不可齊邪？賢可及而可齊也〔六〕？今之人行未能及乎賢而欲齊乎聖者，亦見其病矣〔七〕！

〔一〕「而」上或有「通」字。

〔二〕「古之」「今之」下或並有「人」字。

〔三〕或無「其」字；或無「不」字；或無「其」「矜」二字。

〔四〕或無「亦」字。「也」，或作「邪」，非是。

〔五〕「賢」上或無「一」字。

〔六〕「也」，或作「邪」。今按：恐上句無「邪」字，下句「也」字却當作「邪」。〔補注〕按：此二句語氣甚安，無誤字。

〔七〕「矣」，一作「也」。

夫古人之進修〔一〕，或幾乎聖人。今之人行不出乎中人，而耻乎力一行爲獨行，且曰：「我通同如聖人。」〔二〕彼其欺心邪？吾不知矣！彼其欺人而賊名邪？吾不知矣！余懼其説之將深，爲通解。

〔一〕或作「中人」，非是。

〔二〕「我」下或有「周」字。「同」字疑衍。

擇言解

〔補注〕茅坤曰：其思深，其調逸。

火洩於密，而爲用且大，能不違於道，可燔可炙，可鎔可甄，以利乎生物〔一〕；及其放而不禁，反爲災矣〔二〕。水發於深，而爲用且遠，能不違於道，可浮可載，可飲可灌，以濟乎生物〔三〕；及其導而不防，反爲患矣。言起於微，而爲用且博，能不違於道，可化可令，可告可訓，以推於生物；及其縱而不慎，反爲禍矣。

〔一〕「乎」或作「於」。

〔二〕或無「其」字，下二語同。

〔三〕「乎」，或作「於」。

火既我災，有水而可伏其焰，能使不陷於灰燼矣〔一〕；水既我患，有土而可遏其流，能使不仆於波濤矣〔二〕；言既我禍，即無以掩其辭，能不罹於過者亦鮮矣〔三〕：所以知理者又焉得不擇其言歟？其爲慎而甚於水火〔四〕！

〔一〕「陷」，或作「蹈」，或作「焰」。

〔二〕或無「而可」字。

〔三〕「於過」，或作「其失」；「過」下或有「失」字。

〔四〕「言」上或無「其」字。「而」字恐誤。

鄠人對

新史孝友傳：唐時陳藏器注本草拾遺，謂人肉治羸疾。自是民間以父母疾，多刲股肉以進：或給帛，或旌門閭。善乎韓愈之論！謂父母疾，烹藥餌，以是爲孝；未聞毁支體者也。則公之此論，有益於時俗多矣。「鄠」，胡古切。京兆縣名。

鄠有以孝爲旌門者〔一〕，乃本其自於鄠人，曰：「彼自剔股以奉母，疾瘳，大夫以聞其令尹，令尹以聞其上〔一〕，上俾聚土以旌其門〔二〕，使勿輸賦，以爲後勸。」〔四〕鄠大夫常曰：「他邑有是人乎！」

〔一〕「爲」字疑衍。又疑是「而」字。

〔二〕按：「尹」謂京兆尹。「令」字恐衍，下同。

〔三〕或無「其」字。

〔四〕「以爲」或作「欲爲」。

愈曰：母疾則止於烹粉藥石以爲是〔一〕，未聞毁傷支體以爲養，在教未聞有如此者。苟不傷於義，則聖賢當先衆而爲之也〔二〕；是不幸因而致死〔三〕，則毁傷滅絶之罪有歸矣〔四〕。其爲不孝，得無甚乎！苟有合孝之道〔五〕，又不當旌門：蓋生人之所宜爲，曷足爲異乎〔六〕？既以一家爲孝，是辨一邑里皆無孝矣；以一身爲孝，是辨其祖父皆無孝矣。

〔一〕或無「愈」字。或無「止」字。「母」下十二字，新史作「父母疾烹藥餌以是爲孝」。今按：「是」字或是「事」字。按下文又有「未聞」字，此「未聞」字恐衍，或是「若夫」字之類。

〔二〕「聖賢」，或作「賢聖」。

〔三〕「而」下或有「且」字。今按：此句上「是」字疑是「且」字。
〔四〕「滅絶」，一作「絶滅」。
〔五〕「苟」，或作「若」。「合」下疑有「乎」字。
〔六〕或無「足」字。

然或陷於危難，能固其忠孝，而不苟生之逆亂〔一〕，以是而死者，乃旌表門閭〔二〕，爵禄其子孫，斯爲爲勸已；矧非是而希免輸者乎？曾不以毁傷爲罪，滅絶爲憂〔三〕；不腰於市，而已黷於政；況復旌其門？

〔一〕「生之」，劉仲忱謂「之」當作「於」。
〔二〕「表」下或有「其」字。
〔三〕或作「其憂」，非是。

河南府同官記

或無「府」字。記謂「永貞元年，愈自陽山移江陵法曹，獲事河東公」，言裴均時節度荆南也。後五年始立石，則元和四年也。記亦趙德文録所載，呂夏卿以爲可信者。其叙事筆力，非公不能，誠公之作矣。〔補注〕方苞曰：四番叙述，不覺其冗。

永貞元年〔一〕，愈自陽山移江陵法曹參軍〔二〕，獲事河東公〔三〕。公嘗與其從事言〔四〕：建中初，天子始紀年更元〔五〕，命官司舉貞觀開元之烈〔六〕。羣臣惕慄奉職，命材登良，不敢私違。當時自齒朝之士而上，以及下百執事〔七〕，官闕一人，將補，必取其良。然而河南同時於天下稱多，獨得將相五人〔八〕。故於府之參軍則得我公〔九〕，於河南主簿則得故相國范陽盧公〔一〇〕，於汜水主簿〔一一〕，則得故相國今太子賓客滎陽鄭公〔一二〕，於陸渾主簿則得相國今吏部侍郎天水趙公〔一三〕，於登封主簿則得故吏部尚書東都留守吴郡顧公〔一四〕。盧公去河南爲右補闕，其後由尚書左丞至宰相〔一五〕；鄭公去汜水爲監察御史，佐山南軍，其後由工部侍郎至宰相，罷而又爲〔一六〕；趙公去陸渾爲右拾遺，其後由給事中爲宰相〔一七〕；顧公去登封爲監察御史，其後由京兆尹至吏部尚書東都留守〔一八〕；我公去府爲長水尉，其後由膳部郎中爲荆南節度行軍司馬，遂爲節度使〔一九〕，自工部尚書至吏部尚書。三相國之勞在史册〔二〇〕。顧吏部慎職小心，于時有聲。我公愿潔而沈密，開亮而卓偉，行茂于宗，事脩于官，嗣紹家烈，不違其先〔二一〕。作帥南荆〔二二〕，厥聞休顯〔二三〕，武志既揚，文教亦熙〔二四〕；登槐贊元，其慶且至。故好語故事者，以爲五公之始迹也同，其後進而偕大也亦同。其稱名臣也又同，官職雖分，而功德有巨細〔二五〕，其有忠勞於國家也同〔二六〕；有若將同其後而先同其初也。有聞而問者〔二七〕，於是焉書。

〔一〕貞元二十一年八月，改元永貞。

〔二〕是歲八月，憲宗即位，公量移江陵法曹參軍。

〔三〕江陵節度使裴均字君齊，河東人。

〔四〕或無「公」字。

〔五〕大曆十五年正月，改元建中。

〔六〕或作「例」，或作「列」，非是。

〔七〕「百」下或有「吏」字。

〔八〕或無「同時」二字，方無「將」字。今按：下文所記，實爲宰相者三人；裴顧未爲真相，故特著其官職戎馬之盛：則此處宜有「將」字。方本誤也。

〔九〕「公」，裴均也。

〔一〇〕「盧公」，邁字子玄，范陽人。

〔一一〕氾，水名。前漢「渡兵氾水」。「氾」，音凡。

〔一二〕「鄭公」，餘慶，字居業，滎陽人。下「相國」上，方無「故」字。今按：所謂「故相」者，猶今言「前宰相」，非亡没之謂。方本誤也。

〔一三〕「趙公」，宗儒，字秉文，鄧州人。「相國今」，一本作「今相國」。

〔一四〕「顧公」，少連，字夷仲，蘇州人。「故」下一本或有「相國」字，今以下文考之，非是。

〔一五〕貞元九年五月，邁自左丞同平章事，至十三年九月罷。

〔一六〕餘慶去汜水爲監察御史，史傳逸之。建中末，山南西道府節度使嚴震辟餘慶爲府從事。貞元十四年七月，自工部侍郎同平章事。十六年九月，罷爲郴州司馬。永貞元年八月，復以尚書左丞同平章事。元和元年五月，罷。

〔一七〕「中爲」，或作「中至」。貞元十二年十月，宗儒自給事中同平章事。十四年七月，罷。

〔一八〕貞元十六年五月，以少連爲京兆尹。十八年六月，自吏部尚書爲東都留守。

〔一九〕均去府爲長水尉，史傳逸之。貞元十九年五月，均自荆南行軍司馬爲本軍節度使。

〔二〇〕「在」上或有「布」字。

〔二一〕均曾祖行儉，祖光庭。

〔二二〕「帥」，或作「扞」。

〔二三〕「聞」，音問。

〔二四〕「亦」，或作「既」。

〔二五〕或無「官職」字；「分」作「則」屬之下文，而無「而」字。
〔二六〕「忠」上或無「有」字。「家」下或無「也」字，而有「亦」字。
〔二七〕或無「有」字。

既五年〔一〕，始立石刻其語河南府參軍舍庭中〔二〕。於時河東公爲左僕射宰相〔三〕，出藩大邦，開府漢南〔四〕。鄭公以工部尚書留守東都〔五〕。趙公以吏部尚書鎮江陵〔六〕。漢南地連七州〔七〕，戎士十萬，其官宰相也。留守之官，居禁省中〔八〕，歲時出旌旗，序留司文武百官於宫城門外而衙之〔九〕。江陵故楚都也，戎士五萬。三公同時〔一〇〕，千里相望，可謂盛矣〔一一〕。河東公名均，姓裴氏。

〔一〕謂元和五年也。〔補注〕陳景雲曰：五年，乃合永貞元年言之。
〔二〕「語」下或有「于」字。
〔三〕「時」，或作「是」。
〔四〕元和三年四月，均自荆南召爲右僕射，是歲九月庚寅，加同平章事，出爲山南東道節度使。「漢南」，謂漢水之南。〔補注〕沈欽韓曰：裴均以節鎮帶宰相，由巧佞得之也。
〔五〕元和三年六月，餘慶自工部尚書爲東都留守，史傳逸之，獨見公此記，又見公上留守鄭尚書啓及送鄭涵校理序。

〔六〕元和三年，宗儒檢校吏部尚書，爲荆南節度使。

〔七〕山南東道，管襄鄧隋唐安均房七州。

〔八〕「守」下或無「之」字。

〔九〕〔補注〕陳景雲曰：東都留守。其之官，例賜旗甲。見唐史吕元膺傳。

〔一〇〕時盧顧死矣，故止及裴鄭趙三公云。

〔一一〕〔補注〕吴汝綸曰：收處文筆堅重，意義精深，見其皆有命將登良之責，非苟爲傑語也。

記宜城驛

或作「宜城驛記」。下或有「愈代姪孫作」五字。宜城，襄州縣。公嘗有楚昭王廟詩云：「丘園滿目衣冠盡，城郭連雲草樹荒。猶有國人懷舊德，一間茅屋祭昭王。」與此記合。〔補注〕吴汝綸曰：此本公姪孫作，而集録者以爲公文耳。

此驛置在古宜城内〔一〕，驛東北有井，傳是昭王井〔二〕，有靈異，至今人莫汲〔三〕。驛前水，傳是白起堰西山下澗；灌此城壞〔四〕，楚人多死，流城東陂，臭聞遠近，因號其陂「臭陂」〔五〕；有蛟害人，漁者避之。井東北數十步有楚昭王廟〔六〕，有舊時高木萬株，多不得其名〔七〕，歷代莫敢剪伐，尤多古松大竹。于太傅〔八〕帥襄陽〔九〕，遷宜城縣，并改造南境數驛，材木取足此林。舊廟屋極宏盛，今惟草屋一區；然問左側人，尚云：「每歲十月，民相率聚祭其前。」廟後小城，蓋王居也〔一〇〕。其内處偏高，廣員八九十畝，號「殿城」，當是王朝内之所也〔一一〕，多甎可爲書硯。自小城内地今皆屬甄氏。甄氏於小城北立墅以居。甄氏有節行〔一二〕，其子逢以學行爲助教。元和十四年二月二日題。

〔一〕下或有複出「宜城」字，楚昭王畏吳，遷於鄀，鄀即宜城。

〔二〕或無「昭」字。

〔三〕開元二十二年，初置十道採訪。韓朝宗以襄州刺史兼山南東道。襄州南楚故城有昭王井，傳言汲者死。行人雖渴困不敢俯視。朝宗移書諭神，自是飲者亡恙也。更號「韓公井」。

〔四〕或脱「堰」字。

〔五〕「臭陂」上或有「曰」字。

〔六〕或無「昭」字。

〔七〕「名」，或作「始」。

〔八〕于頔。

〔九〕或無「陽」字。

〔一〇〕「後」，或作「複」。

〔二〕「城」，或作「域」。「朝」，或作「廟」。
〔三〕謂甄濟。元侍御嘗以書請於公，乞書甄氏父子節義。見公答元侍御書。

題李生壁

李平。〔補注〕曾國藩曰：低徊唱歎，深遠不盡，無韻之詩也。張裕釗曰：古鬱蒼涼，清微蕭遠，別有襟抱。

余始得李生於河中，今相遇於下邳〔一〕，自始及今，十四年矣。始相見，吾與之皆未冠，未通人事，追思多有可笑者，與生皆然也。今者相遇，皆有妻子，昔時無度量之心，寧復可有是〔二〕？生之爲交，何其近古人也〔三〕！

〔一〕「邳」，或作「邽」，非是。洪慶善云：下邳，貞觀中屬泗，元和中屬徐。
〔二〕〔補注〕曾國藩曰：「無度量」，謂不爲限制，爛漫而無所不可也。
〔三〕「近」下或有「於」字。

是來也，余黜於徐州，將西居於洛陽。汎舟於清泠池，泊於文雅臺下。西望商丘〔一〕，東望脩竹園。入微子廟、求鄒陽、枚叔、司馬相如之故文〔二〕。久立於廟陛間〔三〕，悲那頌之不作於是者已久〔四〕。隴西李翺、太原王涯、上谷侯喜實同與焉〔五〕。

貞元十六年五月十四日。昌黎韓愈書。

〔一〕「丘」，或作「州」，非是。

〔二〕清泠池、文雅臺、商丘、脩竹園、微子廟，皆在睢陽，即梁孝王城。鄒、枚、相如皆孝王之客也。

〔三〕「廟陛間」，或作「廟下」，或作「廟下陛間」。

〔四〕「頌之」，或作「之頌」。那，商頌，祀成湯之詩。睢陽有亳城，湯所都也。其後武王伐殷，以微子奉商祀。有正考父者，得商頌十二篇於周之太師，以那爲首。

〔五〕「涯」，或作「渥」。「與」，音預。

除崔羣户部侍郎制

舊史云：羣，元和初爲翰林學士，以讜言正論聞於時。九年，遷禮部侍郎。十年，知貢舉，取士三十餘人，選拔才行，咸爲公當。轉户部。新史不載其爲禮部，逸之也。公掌綸誥一年，唯外集有此制一首，則其文遺逸多矣。李漢云：「收拾遺文，無所失墜。」信乎？

敕：地官之職，邦教是先，必選國華，以從人望。具官崔羣，體道履仁，外和內敏〔一〕；清而容物，善不近名；從容禮樂之間，特達珪璋之表。比參密命，弘益既多〔二〕；及貳儀曹，升擢惟允；邁茲令德〔三〕，藹然休聲；選賢與能，于今雖重〔四〕；擇才均賦〔五〕，自古尤難。往慎乃司，以服嘉命。可〔六〕。

〔一〕或作「内和外敏」。

〔二〕羣，元和初爲翰林學士，歷中書舍人。

〔三〕「茲」或作「此」。

〔四〕「雖」，或作「惟」。「重」，或作「盛」。

〔五〕「均」，或作「經」。

〔六〕「可」下或有「云云」字。

祭董相公文

董公名晉。「祭」下或有「汴州」字。公時爲汴之觀察推官。晉薨之三日而斂，既斂而行。於行之四日，公從喪至偃師，而汴軍亂。此文公與一時僚吏共爲文以祭於喪之將行也。其名位具載本篇。然陸長源孟叔度皆死於軍亂之日，惟公獨免者也。

維貞元十五年歲次己卯二月乙亥朔某日，節度行軍司馬檢校右散騎常侍兼御史大夫知使事吴縣開國男食邑三百户陸長源〔一〕、度支營田判官檢校金部員外郎侍御史孟叔度、觀察支使監察御史裹行丘穎、觀察推官守秘書省校書郎韓愈等，謹以少牢之奠，敬祭于故尚書右僕射平章事隴西公之靈。嗚呼！天高而明，地厚而平。五氣叙行，萬彙順成。交感旁暢，聖賢以生。雨水于雲，濆水于坤〔二〕。蕃昌生物〔三〕，有假有因。天睠唐邦，錫之元臣。

〔一〕「吴縣開國」，或作「吴郡」。或無「食邑三百户」字。

〔二〕「坤」，或作「神」。〔補注〕曾國藩曰：「雨」「濆」比元臣，「雲」「坤」比唐邦。

〔三〕「昌生」，或作「生庶」。

肫肫元臣〔一〕，其德孔碩；不諂不笑，不威不赫〔二〕；不求其盈〔三〕，不致其敵。爰立作相〔四〕，訏謨實勤；出若無辭，疇德之聞〔五〕。帝念東土，公其來撫。乃守洛都〔六〕，乃藩浚郊；迺去厥疾，迺施厥膏。不知其勞，鰥寡以饒。

〔一〕「肫肫」，或作「盹盹」，誤。「肫」，音諄。

〔二〕「不諂不笑」，或作「不容不諂」；或作「不陷不酷」；或無「不笑」二字，而連下文「不威」爲句。

下文「其敵」下，別出「不讎」二字，與上「求」字叶。

〔三〕「盈」，或作「用」。

〔四〕「立」，或作「初」。

〔五〕「德」，或作「得」。

〔六〕貞元十六年三月，晉爲東都留守。

維昔浚郊，厥亂維舊〔一〕；有狡有狂，其羣孔醜。公其來矣，爲民父母〔二〕；父誨其義，母仁其愚。既變既從，孰云其初〔三〕；自邇徂遠，混然一區。

〔一〕「昔」或作「若」。「厥亂維舊」，或作「維亂舊政」，或作「亂維政舊」。

〔二〕「爲民」，或作「公爲」，非是。

〔三〕「孰云」，或作「親去」，或作「親云」，非是。

公來自中，天子所倚；公今不歸，誰佐天子？公既來止〔一〕，東人以完；公既殁矣，人誰與安？濁流渾渾，有闢其郛；填道歡呼，公來之初；今公之歸，公在喪車。旨酒既盈，嘉肴在盛〔二〕；嗚呼我公，庶享其誠。尚饗！

〔一〕「公既來止」，或作「既來至止」，或作「公來至止」。今依行狀更定。

〔二〕「盛」，音成。

雷塘禱雨文

此篇乃柳子厚文，此不當録。

祭石君文

或作「祭石濬川文」。石洪，濬川也。河南人，爲京兆昭應尉，遂葬于死所；故曰「客葬秦原」也。公既誌其墓，又同宋景爲文以祭之。

維元和七年歲次壬辰七月二十七日，右補闕宋景、國子博士韓愈，謹以清酌庶羞之奠，敬祭于石三學士之靈〔一〕。

〔一〕或無「敬」字。

惟君學成于身，名彰于人；知道之可行，見人之不幸〔二〕。不事顧讓，以圖就功；如何奄忽，永喪其躬〔三〕。曰景與愈，與游爲久〔三〕；自君之逝，相遇輒哀。傍無强親，子孩妻姮〔四〕；敢忘分濟，念力未任。客葬秦原，孤魂誰附；奠以送訣，悲何可窮。尚饗！

〔一〕「見人」，或作「知命」，或作「見命」。「不」上或無「之」字。

〔二〕此四字或作「以喪其良」。下或有「知微有議」四字。或作「不負能長，已誰知口，有義何害。」今按：諸本皆無文理，疑不足據。

〔三〕或無「曰」字；「景」下或無「與」字；「愈」下有「也」字；「爲久」作「日久」。

〔四〕「姮」，或作「稚」。「姮」，古文「姬」字，然義亦不近。

祭房君文

房次卿，字蜀客，公嘗誌其父武墓；有「長曰次卿」，即君也。次卿卒于京兆興平尉。文曰「吾未死，無以妻子爲念」，其恤孤之意厚矣。〔補注〕方苞曰：止此數語，便可「包劉越嬴」。

維某年月日，愈謹遣舊吏皇甫悦以酒肉之饋，展祭於五官蜀客之柩前〔一〕。

〔一〕或無「維某」字，「愈」作「某」。或無「日」字，「於」一作「于」。

嗚呼！君迺至於此，吾復何言〔二〕？若有鬼神，吾未死，無以妻子爲念！嗚呼，君其能聞吾此言否〔二〕！尚饗。

〔一〕「於此」，或作「於斯」。

〔二〕「君」上或有「房」字。

高君仙硯銘 并序

儒生高常，與予下天壇中路，獲硯石，似馬蹄狀，外稜孤聳，内發墨色，幽奇天然，疑神仙遺物。寶而用之，請予銘底：

仙馬有靈，迹在于石；稜而宛中，有點墨迹。文字之祥，君家其昌〔一〕。

〔一〕應劭武紀注：大宛舊有天馬種蹋石汗血。顔曰「『蹋石』，謂蹋石有迹，言其蹄堅利。」朱新仲謂銘語本此。「宛」，平聲。

高君畫讚

此篇從蜀本録之。今按：疑非公所作，然姑存之。

君子温閒，骨氣委和。迹不拒物，心不揚波。澄源卷璞，含白瑳瑳。遺紙一張，德音不忘。

潮州請置鄉校牒

東坡潮州廟記謂：始潮之人未知學，公命進士趙德爲之師，自是潮之人篤於文行，延及齊民，至于今號稱易治。此即公請置鄉校之意也。〔補注〕方苞曰：穆然古物，有初漢人風致。何焯曰：體格氣味，純乎西漢。質雅中意味深長，此真有乎中溢乎外而不自知者。又曰：其論蓋本諸董子。

孔子曰：「道之以政，齊之以刑〔一〕，則民免而無耻；不如以德禮爲先，而輔以政刑也。」〔二〕夫欲用德禮，未有不由學校師弟子者。

〔一〕「齊」上或有「而」字。

〔二〕或無「則」字「禮」字。

此州學廢日久。進士明經，百十年間〔一〕，不聞有業成貢於王庭，試於有司者〔二〕。人吏目不識鄉飲酒之禮，耳未嘗聞鹿鳴之歌〔三〕。忠孝之行不勸，亦縣之耻也。夫十室之邑，必有忠信；今此州户萬有餘，豈無庶幾者邪？刺史縣令不躬爲之師，里閭後生無所從學。

〔一〕「百十年間」，或作「百十數年」，非是。

〔二〕「貢」、「試」下或並無「於」字，或作「于」字。

〔三〕或無「目」與「耳」字。

爾趙德秀才〔一〕：沈雅專静，頗通經，有文章，能知先王之道，論説且排異端而宗孔氏，可以爲師矣〔二〕。請攝海陽縣尉，爲衙推官〔三〕，專勾當州學，以督生徒，興愷悌之風。刺史出己俸百千以爲舉本〔四〕，收其贏餘，以給學生廚饌。

〔一〕或作「耳」。又或作「矣」，非是。〔補注〕陳景雲曰：「爾」字當從下句讀，文牒中有此體。

〔二〕「師」下或有「友」字。

〔三〕或無「官」字。

〔四〕「舉」，或作「學」。

直諫表

説見前送毛仙翁十八兄序。

論顧威狀

同上。

韓昌黎文外集下卷

桐城馬其昶通伯校注　馬茂元整理

順宗實録卷第一　起藩邸，盡貞元二十一年二月。

史臣韓愈撰

方本不載實録，云：諸本順宗實録皆以附外集。然李漢序謂又有注論語十卷，傳學者；順宗實録五卷，列於史書，不在集中。則知實録固不必附也。今按：李漢之説據當時而言之，似未爲失；然其爲害，已足使筆解亡逸，無復真本；實録竄易，不成全書：是則皆李漢之爲也。方氏不察而從其説，既已誤矣。況今去公之時又益以遠，比之當日，事體又大不同；故其片文隻字，名爲公之作而決可知其非僞者，皆當收拾使無失墜，乃爲真能好公之文者。固不當以一時苟簡之論爲限斷，而直有所遺也。故今於實録，姑仍置外集，而詳加校定，庶幾猶足以見公筆削之大指云。舊史公傳云：「時謂愈有史筆，及撰順宗實録，繁簡不當，叙事拙於取捨，頗爲當代所非。穆宗、文宗嘗詔史臣添改，時愈壻李漢、蔣係在顯位，諸公難之；而韋處厚别撰順宗實録三卷。」且公進實録表狀所云，乃監修李吉甫以韋處厚所撰未周悉，令臣重修；而舊傳反謂所撰不當，處厚别撰三卷，誤矣。新史又云：「自韓愈爲順宗實録，議者鬨然不息，卒竄定無全篇。」按路隋傳，文宗嗣位，隋以宰相監修國史。初，韓愈撰順宗實録，書禁中事太切直，宦寺不喜，訾其非實。帝詔隋刊正。隋建言：衛尉卿周君巢、諫議大夫王彦威、給事中李固言、史官蘇景胤皆言改修非是。夫史冊者，褒貶所在。匹夫善惡，尚不可誣，況人君乎？議者至引雋不疑、第五倫爲比，以蔽聰明，臣宗閔臣僧孺謂史官李漢蔣係皆愈之壻，不可參撰，俾臣得下筆，臣謂不然。且愈所書亦非自出；元和以來，相循逮今，雖漢等以嫌，無害公議。請條示甚謬誤者，付史官刊定。有詔：摘貞元永貞間數事爲失實，餘不復改。漢等亦不罷。由是觀之：則公於元和十年夏進此實録，後纔一刊正；是文宗朝所特改者，貞元永貞間數事耳。舊史以爲「韋處厚別撰」者固非；而新史又謂「卒竄定無全篇」者亦非也。司馬温公考異云：景祐中，編次崇文總目。順宗皇帝實録有七本，皆五卷，題云「韓愈等撰」。五本略而二本詳，編次者兩存之。其中多異同。然則是非取捨，後世安所折衷耶？終之唯公之信而已。此新史所以采摭無遺，且以公爲知言也歟。題下或無「史臣韓愈撰」五字。〔補注〕沈欽韓曰：韋處厚撰者三卷，昌黎撰者五卷，則略本是韋，詳本出韓無疑。今以此本與通鑑考異校之，無一事與詳本合，而適合彼所稱略本，然則此非韓公本文。不知刻者何爲卻收此本。

順宗至德大聖大安孝皇帝〔一〕，諱誦，德宗長子，母曰昭德皇后王氏。上元二年正月十二日生〔二〕。大曆十四年，封爲宣王。建中元年，立爲皇太子〔三〕。慈孝寬大，仁而善斷，留心藝學。亦微信尚浮屠法，禮重師傅，引見輒先拜。善隸書，德宗之爲詩并他文賜大臣者，率皆令上書之。德宗之幸奉天，倉卒間〔四〕，上常親執弓矢，率軍後先導衛，備嘗辛苦。上之爲太子，於父子間，慈孝交洽無嫌，每以天下爲憂。德宗在位久，稍不假宰相權，而左右得因緣用事。外則裴延齡李齊運韋渠牟等以姦佞相次進用。延齡尤狡險，判度支〔五〕，務刻剥聚斂以自爲功，天下皆怨怒。上每進見，候顏色，輒言其不可。至陸贄張滂李充等以毁譴，朝臣懼〔六〕，諫議大夫陽城等伏閤極論，德宗怒甚，將加城等罪，内外無敢救者，上獨開解之，城等賴以免。德宗卒不相延齡渠牟，上有力焉。貞元二十一年癸巳，德宗崩。景申，上即位太極殿，册曰：「維貞元二十一年歲次乙酉正月辛未朔二十三日癸巳，皇帝若曰：於戲！天下之大，實惟重器。祖宗之業，允屬元良。咨爾皇太子誦，睿哲温恭，寬仁慈惠。文武之道，秉自生知；孝友之誠，發於天性。自膺上嗣，毓德春闈，恪慎于厥躬，祇勤于大訓：必能誕敷至化，安勸庶邦。朕寢疾彌留，弗興弗瘳。是用命爾繼統，俾紹前烈，宜陟元后，永綏兆人。其令中書侍郎平章事高郢奉册即皇帝位。爾惟奉若天道，以康四海；懋建皇極，以熙庶功：無忝我高祖太宗之休命！」〔七〕上自二十年九月得風疾，因不能言，使四面求醫藥，天下皆聞知。德宗憂慼形于顏色，數自臨視。二十一年正月朔〔八〕，含元殿受朝〔九〕，還至別殿，諸王親屬進賀，獨皇太子疾不能朝，德宗爲之涕泣，悲傷歎息，因感疾，恍惚日益甚，二十餘日，中外不通兩宮安否，朝臣咸憂懼莫知所爲，雖翰林内臣亦無知者〔一〇〕。二十三日，上知内外憂疑，紫衣麻鞋，不俟正冠，出九仙門召見諸軍使，京師稍安。二十四日宣遺詔，上縗服見百寮。二十六日即位〔一一〕。

〔一〕「德」下史有「弘道」二字。

〔二〕正月戊戌生於長安之東内。

〔三〕史云大曆十四年六月進封宣王，十二月乙卯立爲皇太子。

〔四〕「倉」或作「蒼」。

〔五〕貞元九年五月，以裴延齡爲户部侍郎，判度支。

〔六〕「㦼」，所江切。

〔七〕倉猝召翰林學士鄭絪衛次公等至金鑾殿草遺詔。宦官或曰：「禁中議所立，尚未定。」衆莫敢對。次公遽言曰：「太子雖有疾，地居冢嗣，中外屬心。必不得已，猶應立廣陵王。」絪等從而和之，議始定。〔補注〕何焯曰：凡册文詔書，但删去繁縟，便簡直近古。修唐書者不知此法，本紀中至一字不存；宋景文列傳，遇章疏輒竄易以就奇澁；皆與公背馳者也。

〔八〕辛未朔。

〔九〕「元」或作「光」。

〔一〇〕「含元殿」至「日益甚」四十一字，史云：「德宗不豫，諸王親戚皆侍醫藥，獨上臥病不能侍。德宗彌留，思見太子，涕咽久之。」

〔一一〕丙申，即皇帝位於太極殿，衛士尚疑之，企足引領而望之，曰：「真太子也！」乃喜而泣。

上學書於王伾，頗有寵〔一〕；王叔文〔二〕以碁進，俱待詔翰林，數侍太子碁。叔文詭譎多計〔三〕，上在東宮，嘗與諸侍讀并叔文論政。至宮市事〔四〕，上曰：「寡人方欲極言之。」衆皆稱贊，獨叔文無言。既退，上獨留叔文，謂曰：「向者君奚獨無言，豈有意邪？」叔文曰：「叔文蒙幸太子，有所見，敢不以聞。太子職當侍膳問安，不宜言外事。陛下在位久，如疑太子收人心，何以自解？」上大驚，因泣曰：「非先生，寡人無以知此。」遂大愛幸。與王伾兩人相依附，俱出入東宮。聞德宗大漸，上疾不能言，伾即入，以詔召叔文入，坐翰林中使決事〔五〕。伾以叔文意入言於宦者李忠言，稱詔行下，外初無知者。以檢校司空平章事杜佑攝冢宰兼山陵使，中丞武元衡爲副使，宗正卿李紓爲按行山陵地使，刑部侍郎鄭雲逵爲鹵簿使〔六〕；又命中書侍郎平章事高郢撰哀册文，禮部侍郎權德輿撰謚册文，太常卿許孟容撰誄文。

〔一〕王伾，杭人。「伾」下或有複出「伾」字。

〔二〕王叔文，山陰人。

〔三〕「譎」，音決。

〔四〕〔補注〕按：容齋隨筆：宫市事，咸謂起於德宗；不知天寶中已有此名，且用宰相充使。時宰相楊國忠也。

〔五〕「詔」下或無「召」字。「文」下或無「入」字。「使」下或無「決」字。

〔六〕或無「兼」字。「紓」，或作「杼」。「逵」或作「達」。

庚子，百寮請聽政，曰：「自漢以來〔一〕，喪期之數，以日易月，而皆三日而聽政。我國家列聖亦克脩奉，罔或有違。況大行皇帝酌於故實，重下遺詔，今日至期，而陛下未親政事，羣臣不敢安。宜存大孝，以寧萬國，天下之幸。」不許。是月，昇泗州爲上州。

〔一〕「以」，或作「已」。

二月辛丑朔，中書侍郎平章事臣郢、門下侍郎平章事臣珣瑜、檢校司空平章事臣佑奉疏曰：「大行皇帝知陛下仁孝，慮陛下悲哀，不即人心聽政事，故發遺詔，令一行漢氏之制。今陛下安得守曾閔匹夫之小行，忘皇王繼親之大孝，以虧臣子承順之義？」猶不許。

壬寅，宰臣又上言曰：「陛下以聖德至孝，繼受寶命；宜奉先帝約束，以時聽斷。不可以久。」從之。

癸卯，朝百寮于紫宸門。杜佑前跪進曰：「陛下居憂過禮，羣臣懼焉。願一睹聖顏。」因再拜而起。左右乃爲皇帝舉帽，百寮皆再拜。佑復奏曰：「陛下至性殊常，哀毁之甚，臣等不勝惶灼。伏望爲宗廟社稷割哀强食。」

景午，罷翰林陰陽星卜醫相覆碁諸待詔三十二人〔一〕。初，王叔文以碁待詔；既用事，惡其與己儕類相亂，罷之。

〔一〕「三」，或作「四」。

己酉，易定節度使張茂昭可同中書門下平章事，餘如故〔一〕。河北節度自至德已來不常朝覲；前年冬，茂昭來朝未還，故寵之。

〔一〕或無「使」字。「可，史作「兼」。

辛亥〔一〕，詔吏部侍郎韋執誼守左丞，同中書門下平章事，賜紫〔二〕。初，執誼爲翰林學士，知叔文幸於東宫，傾心附之。叔文亦欲自廣朋黨，密與交好。至是，遂特用爲相。

〔一〕史作「卯」。

〔二〕「侍郎」，史作「郎中」。「左丞」，史作「尚書右丞」。

乙卯，太常奏：「禮云：『喪，三年不祭，惟祭天地社稷。』周禮：『圜鍾之均六變，天神皆降；林鍾之均八變，地示咸出。』不廢天地之祭，不敢以卑廢尊也。樂者所以降神也，不以樂則祭不成。今遵遺詔，行易月之制，請制内遇祭輟樂，終制用樂。」從之。又奏：「禮『三年祭宗廟』，今請祫祔廟畢復常。」從之。

辛酉，貶京兆尹李實爲通州長史。詔曰〔一〕：「實素以宗屬，累更任使，驟升班列，遂極寵榮，而政乖惠和，務在苛厲。比年旱歉〔二〕，先聖憂人，特詔逋租悉皆蠲免；而實敢肆誣罔，復令徵剥。頗紊朝廷之法，實惟聚斂之臣。自國哀已來，增毒彌甚；無辜斃踣，深所興嗟。朕嗣守洪業，敷弘理道，寧容蠹政，以害齊人！宜加貶黜，用申邦憲。尚從優貸，俾佐遠藩。」實諂事李齊運，驟遷至京兆尹，恃寵强愎，不顧文法〔三〕。是時，春夏旱，京畿乏食。實一不以介意，方務聚歛徵求，以給進奉。每奏對，輒曰：「今年雖旱，而穀甚好。」由是租稅皆不免，人窮至壞屋賣瓦木貸麥苗以應官〔四〕。優人成輔端爲謡嘲之，實聞之，奏輔端誹謗朝政，杖殺之。實遇侍御史王播於道——故事：尹與御史相遇，尹下道避——實不肯避，導騎如故。播詰讓導騎者，實怒。遂奏播爲三原令，廷訴之〔五〕。陵轢公卿已下〔六〕，隨喜怒誣奏遷黜，朝廷畏忌之。嘗有詔免畿内逋租，實不行用詔書，徵之如初。勇於殺害，人吏不聊生。至譴，市里讙呼，皆袖瓦礫遮道伺之。實由間道獲免。

〔一〕「詔」下或有「詞一道」字，「曰」下或有「京尹嗣道王」字。
〔二〕「歎」，或作「嘆」。
〔三〕「文」，或作「乃」。
〔四〕或無「貸」字。
〔五〕「原」，或作「泉」。非是。
〔六〕「陵」，或作「凌」。

壬戌〔一〕，制殿中丞皇太子侍書翰林待詔王伾可守左常侍，依前翰林待詔〔二〕；

蘇州司功王叔文可起居舍人翰林學士；又以司勳員外郎翰林學士知制誥鄭絪爲中書舍人，學士如故；又以給事中馮伉爲兵部侍郎；以兵部員外郎史館修撰歸登爲給事中，修撰如故。登伉皆上在東宮時侍讀，以師傅恩拜〔三〕。

〔一〕洪慶善云：史作「寅」，誤。

〔二〕「書」，或作「讀」。「依前翰林待詔」，史作「充翰林學士」。今按：前云「上學書於王伾」，後云「以侍書得幸於上」，則此當從史作「侍書」爲是。

〔三〕〔補注〕何焯曰：書以師傅恩，所以別於伾文之黨也。

順宗實録卷第二 起二月，盡三月。

二月甲子，上御丹鳳門，大赦天下。自貞元二十一年二月二十四日昧爽已前，大辟已下罪無輕重，常赦所不原者，咸赦原之。諸色人中，有才行兼茂，明於理體者；經術精深，可爲師法者；達於吏理，可使從政者：宜委常參官各舉所知；其在外者，長吏精加訪擇，具名聞奏，仍優禮發遣。

舊事：宫中有要市外物〔一〕，令官吏主之，與人爲市，隨給其直。貞元末，以宦者爲使，抑買人物，稍不如本估。末年不復行文書，置「白望」數百人於兩市并要鬧坊〔二〕，閲人所賣物，但稱「宫市」，即斂手付與，真僞不復可辨，無敢問所從來，其論價之高下者〔三〕。率用百錢物買人直數千錢物，仍索進奉門户并脚價錢。將物詣市，至有空手而歸者。名爲「宫市」，而實奪之。嘗有農夫以驢負柴至城賣，遇宦者稱「宫市」取之，纔與絹數尺，又就索門户，仍邀以驢送至内。農夫涕泣，以所得絹付之，不肯受，曰：「須汝驢送柴至内。」農夫曰：「我有父母妻子，待此然後食〔四〕。今以柴與汝，不取直而歸，汝尚不肯，我有死而已！」〔五〕遂毆宦者。街吏擒以聞，詔黜此宦者，而賜農夫絹十匹；然「宫市」亦不爲之改易。諫官御史數奏疏諫，不聽。上初登位，禁之；至大赦，又明禁。

〔一〕「物」下或有「間」字。

〔二〕〔補注〕沈欽韓曰：劉晏論云：税外横取，謂之「白著」。

〔三〕「其論」，疑當作「與論」。

〔四〕「待」，或作「得」。

〔五〕「有死」，或作「必死」。

又貞元中，要乳母皆令選寺觀婢以充之，而給與其直。例多不中選。寺觀次當出者，賣産業割與地買之〔一〕，貴有姿貌者以進，其徒苦之。至是亦禁焉。

〔一〕「地」上「與」字恐誤。或「賣産業」是本文，後改作「割地」，而傳者不去舊文，又誤增「與」字。

貞元末，五坊小兒張捕鳥雀於閭里〔一〕，皆爲暴横以取錢物。至有張羅網於門，不許人出入者。或有張井上者，使不得汲水，近之輒曰「汝驚供奉鳥雀」，痛毆之。出錢物求謝，乃去。或相聚飲食於肆，醉飽而去，賣者或不知，就索其直，多被毆罵。或時留蛇一囊爲質，曰：「此蛇所以致鳥雀而捕之者，今留付汝，幸善飼之，勿令飢渴。」賣者愧謝求哀，乃擕而去。上在春宫時則知其弊，常欲奏禁之〔二〕至即位，遂推而行之。人情大悦。

〔一〕〔補注〕沈欽韓曰：會要：「五坊」謂鵰鶻鷹鷂狗，共爲五坊。

〔二〕「奏」，或作「東」。

乙丑，停鹽鐵使進獻。舊鹽鐵錢物悉入正庫，一助經費。其後主此務者，稍以時市珍翫時新物充進獻，以求恩澤。其後益甚，歲進錢物，謂之「羡餘」；而經入益少。至貞元末，遂月有獻焉〔一〕，謂之「月進」。至是乃罷。命右金吾將軍兼中丞田景度持節告哀於吐蕃，以庫部員外熊執易爲副。兵部郎中兼中丞元季方告哀于新羅，且册立新羅嗣王，主客員外郎兼殿中監馬于爲副。

〔一〕「遂」，或作「逐」，非是。

三月庚午朔，出後宫三百人。

辛未，以翰林待詔王伾爲翰林學士。

壬申，以故相撫州别駕姜公輔爲吉州刺史。前户部侍郎判度支汀州别駕蘇弁爲忠州刺史。追故相忠州刺史陸贄〔一〕、郴州别駕鄭餘慶、前京兆尹杭州刺史韓皐、前諫議大夫道州刺史陽城赴京師。德宗自貞元十年已後，不復有赦令。左降官雖有名德才望，以微過忤旨譴逐者，一去皆不復叙用。至是人情大悦。而陸贄陽城皆未聞追詔〔二〕而卒於遷所，士君子惜之。

〔一〕〔補注〕何焯曰：自貶所召還者謂之「追」。陳景雲曰：陸相貶忠州别駕，卒於貶所。未有刺史之授。「刺史」二字恐誤。

〔二〕「聞」下或有「於」字。

癸酉，出後宫并教坊女妓六百人，聽其親戚迎于九仙門。百姓相聚，讙呼大喜。

景戌，詔曰：「檢校司空平章事杜佑可檢校司徒平章事，充度支并鹽鐵使。以浙西觀察李錡爲浙西節度檢校刑部尚書。」賜徐州軍額曰「武寧」，制曰：「朕新委元臣，綜釐重務，爰求貳職，固在能臣。起居舍人王叔文，精識瓌材，寡徒少欲，質直無隱，沈深有謀。其忠也，盡致君之大方；其言也，達爲政之要道：凡所詢訪，皆合大猷。宜繼前勞，佇光新命。可度支鹽鐵副使，依前翰林學士本官賜如故。」〔一〕初，叔文既專内外之政，與其黨謀曰：「判度支則國賦在手，可以厚結諸用事人，取兵士心，以固其權。」驟使重職，人心不服。藉〔二〕杜佑雅有會計之名，位重而務自全，易可制；故先令佑主其名，而除之爲副以專之〔三〕。以户部尚書判度支王紹爲兵部尚書；以吏部郎中李鄘爲御史中丞；武元衡爲左庶子。初，叔文黨數人，貞元末，已爲御史在臺。至元衡爲中丞，薄其人，待之鹵莽，皆有所憾。而叔文又以元衡在風憲，欲使附己，使其黨誘以權利。元衡不爲之動。叔文怒，故有所授。

〔一〕「賜如」，或作「餘如」。

〔二〕「藉」，或作「籍」；或無「藉」字。

〔三〕「除之」，疑當作「除己」。

庚寅，制〔一〕：門下侍郎守吏部尚書平章事賈耽可檢校司空，兼左僕射；守門下侍郎平章事鄭珣瑜可守吏部尚書；守中書侍郎平章事高郢可守刑部尚書；守尚書左丞平章事韋執誼可守中書侍郎：並依前平章事。

〔一〕或有「曰」字。

癸巳，詔曰：「萬國之本，屬在元良；主器之重，歸于長子：所以基社稷而固邦統，古之制也。廣陵王某，孝友温恭，慈仁忠恕；博厚以容物，寬明而愛人；祗服訓詞，言皆合雅；講求典學，禮必從師；居有令聞，動無違德。朕獲纘丕緒，祗若大猷，惟懷永圖，用建儲貳；以承宗廟，以奉粢盛，爰舉舊章，俾膺茂典。宜册爲皇太子，改名某，仍令所司擇日備禮册命。」初，廣陵王名從「水」傍「享」，至册爲皇太子，始改從今名。

丁酉，吏部尚書平章事鄭珣瑜稱疾去位。其日，珣瑜方與諸相會食於中書——故事，丞相方食，百寮無敢謁見者——叔文是日至中書，欲與執誼計事，令直省通執誼。直省以舊事告，叔文叱直省，直省懼，入白執誼。執誼逡巡慙赧〔一〕，竟起迎叔文，就其閤語良久。宰相杜佑、高郢、珣瑜皆停筯以待〔二〕。有報者云：「叔文索飯，韋相已與之同餐閤中矣。」佑、郢等心知其不可〔三〕，畏懼叔文、執誼，莫敢出言。珣瑜獨歎曰：「吾豈可復居此位！」顧左右取馬徑歸，遂不起〔四〕。前是，左僕射賈耽以疾歸第，未起；珣瑜又繼去。二相皆天下重望，相次歸臥，叔文、執誼等益無所顧忌，遠近大懼焉。

〔一〕「赧」，乃版切，與「赧」同。
〔二〕「郢」下或有「鄭」字。
〔三〕或無「不」字，非是。
〔四〕〔補注〕按：著語極精神，叙次不減孟堅。

順宗實録卷第三　起四月，盡五月。

夏四月乙巳，上御宣政殿，册皇太子。册曰：「建儲貳者，必歸於家嗣；固邦本者，允屬於元良。咨爾元子廣陵王某，幼挺岐嶷，長標洵淑；佩詩禮之明訓，宣忠孝之弘規；居惟保和，動必循道；識達刑政，器合温文；愛敬奉於君親，仁德聞於士庶；神祇龜筮，罔不協從：是用命爾爲皇太子。於戲！維我烈祖之有天下也，功格上帝，祚流無窮，光纘洪業，逮予十葉。虔恭寅畏，日慎一日。付爾以承祧之重，勵爾以主鬯之勤，以貞萬國之心，以揚三善之德。爾其尊師重傅，親賢遠佞，非禮勿踐，非義勿行，對越天地之耿光，丕承祖宗之休烈，可不慎歟！」時上即位已久，而臣下未有親奏對者。内外盛言王伾王叔文專行斷決，日有異説。又屬頻雨，皆以爲羣小用事之應。至將册禮之夕，雨乃止；迨行事之時，天氣清朗，有慶雲見。識者以爲天意所歸。及睹皇太子儀表班行，既退，無不相賀，至有感泣者。

戊申，詔曰：「惟先王光有天下，必正我邦本，以立人極。建儲貳以承宗祧，所以啓迪大猷，安固洪業，斯前代之令典也。皇太子某，體仁秉哲，恭敬温文，德協元良，禮當上嗣。朕奉若丕訓，憲章前式，惟承社稷之重，載考春秋之義，授之匕鬯，以奉粢盛，爰以令辰，俾膺茂典。今册禮云畢，感慶交懷，思與萬方，同其惠澤。自貞元二十一年二月二十四日已後，至四月九日昧爽已前，天下應犯死罪者，特降從流；流已下遞減一等。文武常参并州府縣官子爲父後者，賜勳兩轉。古之所以教太子，必茂選師傅以翼輔之。法於訓詞，而行其典禮，左右前後，罔非正人：是以教諭而成德也。給事中陸質、中書舍人崔樞，積學懿文，守經據古，夙夜講習，庶協于中：並充皇太子侍讀。天下孝子順孫先旌表門閭者，委所管州縣各加存卹。」

庚戌，封皇太子長子寧等六人爲郡王〔一〕。

〔一〕寧、寬、宥、察、寰、寮等六男也。

癸酉〔一〕，贈吐蕃弔祭使工部侍郎兼御史大夫史館修撰張薦禮部尚書。薦字孝舉，代居深州之陸澤。祖文成，博學工文詞，性好詼諧，七登文學科。薦聰明强記，歷代史傳，無不貫通，爲太師顔真卿所稱賞，遂知名。大曆中，江東觀察表薦之〔二〕，授左司禦率府兵曹參軍，兼史館修撰。貞元初，爲太常博士。四年，迴紇求和親，使送咸安公主入迴紇，以薦爲判官，改授殿中侍御史，累遷諫議大夫。十一年册迴紇子，薦以秘書少監持節爲使。還久之，遷秘書監。二十年，吐蕃贊普死，以薦爲工部侍郎，兼御史大夫，持節弔贈。卒於赤嶺東迴紇辟。吐蕃傳歸其柩〔三〕。前後三使異國，自始命至卒，常兼史職。在史館二十年，著宰輔傳略、五服圖記、寓居録、靈怪集等。

〔一〕「酉」，當作「丑」。

〔二〕「江」或作「浙」。

〔三〕「辟」字恐誤。〔補注〕陳景雲曰：舊史作「紇壁驛」，此「迴紇辟」乃傳寫之誤。

景寅，罷閩中萬安監。先是福建觀察柳冕久不遷，欲立事迹〔一〕，以求恩寵，乃奏云：「閩中，南朝放牧之地，畜羊馬可使孳息。請置監。」許之。收境中畜産〔二〕，令吏牧其中。羊大者不過十斤，馬之良者，估不過數千。不經時輒死，又斂，百姓苦之，遠近以爲笑。至是觀察閻濟美奏罷之。

〔一〕「立」，或作「以」。

〔二〕「收」，或作「牧」。

丁卯，命焚容州所進毒藥可殺人者〔一〕。

〔一〕「可」，或作「所」。

五月己巳〔一〕，以杭州刺史韓皐爲尚書左丞〔二〕。

〔一〕「己巳」，史作「戊辰」，無「五月」字。

〔二〕「左」，或作「右」。

辛未〔一〕，以右金吾大將軍范希朝爲檢校右僕射，兼右神策京西諸城鎮行營兵馬節度使。叔文欲專兵柄，藉希朝年老舊將，故用爲將帥，使主其名〔二〕；而尋以其黨韓泰爲行軍司馬專其事。

〔一〕「辛未」，史作「五月己巳」。

〔二〕「主」或作「在」。

甲戌，以度支郎中韓泰守兵部郎中，兼中丞，充左右神策京西都栅行營兵馬節度行軍司馬，賜紫。

乙亥，追改爲檢校兵部郎中，職如故。

甲申〔一〕，以萬年令房啓爲容州刺史，兼御史中丞。初，啓善於叔文之黨，因相推致〔二〕，遂獲寵於叔文，求進用。叔文以爲容管經略使，使行，約至荆南授之。云：「脱不得荆南，即與湖南。」故啓宿留於江陵〔三〕久之方行。至湖南，又久之，而叔文與執誼争權數有異同，故不果。尋聞皇太子監國。啓惶駭，奔馳而往。是日，以郴州員外司馬鄭餘慶爲尚書左丞〔四〕。

〔一〕「甲申」，史作「丁丑」。

〔二〕或無「因」字。

〔三〕「宿」，音秀。「留」，音溜。

〔四〕「是日」，史作「癸未」。

乙酉，以尚書左丞韓臯爲鄂岳觀察、武昌軍節度使〔一〕。初，臯自以前輩舊人，累更重任，頗以簡倨自高，嫉叔文之黨。謂人曰：「吾不能事新貴人。」臯從弟曄幸於叔文，以告，叔文故出之。

〔一〕「以尚」下十八字，史作「以右丞韓臯爲鄂岳沔蘄團練觀察使」。仍日係甲辰下。〔補注〕沈欽韓曰：按武昌軍額始自牛僧孺，此恐誤。陳景雲曰：方鎮表：元和元年，始升鄂岳觀察爲武昌軍節度使；當順宗世，鄂岳未嘗爲節鎮。

辛卯，以王叔文爲户部侍郎，職如故，賜紫。初，叔文欲依前帶翰林學士，宦者俱文珍等惡其專權，削去翰林之職。叔文見制書大驚，謂人曰：「叔文日時至此商量公事，若不得此院職事，即無因而至矣。」王伾曰：「諾。」即疏請，不從；再疏，乃許三五日一入翰林，去學士名。又與歸登同日賜紫。内出衫笏賜登，而叔文不霑。文珍等所惡，獨不得賜〔一〕，由此始懼。

〔一〕今按：「而叔文」下數句重複不可讀。疑因後來修改，已增新字而不去舊文，如前買乳母之例也。蓋上文已有俱文珍等惡其專權之句，則此不當更有「文珍等所惡」五字。有「不霑」

字，即不當更有「獨不得賜」四字。若并有此九字，即上不當有「不霑」字。且此「文珍等」字上，亦合更有脱字，謬誤甚明。今當削去「文珍等」以下九字，則語意明白，無復可疑矣。

以衢州別駕令狐峘爲秘書少監。峘，國子祭酒德棻玄孫，進士登第。司徒楊綰未達時，遇之以爲賢。爲禮部修史，引峘入史館，自華原尉拜拾遺，累遷起居舍人。大曆八年，劉晏爲吏部尚書，奏峘爲刑部員外，判南曹。累遷至禮部侍郎。峘之判南曹，晏爲尚書，楊炎爲侍郎。峘得晏之舉〔一〕，分闕必擇其善者與晏，而以惡者與炎。炎固已不平。至峘爲禮部，而炎爲相。有杜封者，故相鴻漸之子，求補弘文生。炎嘗出杜氏門下，託峘以封。峘謂使者曰：「相公欲封成其名，乞署封名下一字，峘因得以記焉。」炎不意峘賣之，署名屬峘。峘明日疏言宰相炎迫臣以威，臣從之則負陛下，不從即炎當害臣〔二〕。德宗以問炎，炎具道所以，德宗怒曰：「此姦人，不可奈。」欲杖而流之。炎救解，乃黜爲衡州別駕。貞元初，李泌爲相，以左庶子史館修撰徵，至則與同職孔述睿爭競細碎，數侵述睿。述睿長告以讓，不欲爭〔三〕。泌卒，竇參爲相，惡其爲人，貶吉州別駕，改吉州刺史。齊映除江西觀察，過吉州，峘自以前輩，懷怏怏，不以刺史禮見。入謁，從容步進，不袜首屬戎器〔四〕，映以爲恨。去至府，奏峘舉前刺史過失，鞫不得真，無政事，不宜臨郡，貶衢州別駕。上即位，以秘書少監徵，未至卒。峘在史館，修玄宗實録一百卷，撰代宗實録三十卷。雖頗勤苦，然多遺漏，不稱良史。初，德宗將厚奉元陵事，峘時爲中書舍人兼史職，奏疏諫，請薄其葬。有答詔優獎。元和三年，以修實録功追贈工部尚書〔五〕。

〔一〕〔補注〕盧軒曰：左傳「公如越，得太子適郢。」杜注：「得，相親悦也。」按「得」「德」同字，唐書作「德」。

〔二〕「即」或作「則」。

〔三〕「告」，或作「者」。「長告」，謂長假也。

〔四〕或無「袜」字。或又作「秣」，非是。

〔五〕新史：初，峘受詔撰代宗實録，未就。會貶，詔聽在外成書。元和中，其子太僕丞丕獻之，以勞贈工部尚書。

是月，以襄州爲襄府〔一〕，徙臨漢縣於古城，曰鄧城縣。

〔一〕按：元和郡縣志作「襄陽大都督府」，恐「襄」下當有「陽」字。

順宗實録卷第四 起六月，盡七月。

六月己亥，貶宣州巡官羊士諤爲汀州寧化縣尉。士諤性傾躁，時以公事至京，遇叔文用事，朋黨相煽，頗不能平，公言其非。叔文聞之，怒，欲下詔斬之，執誼不可；則令杖殺之，執誼又以爲不可：遂貶焉。由是叔文始大惡執誼，往來二人門下者皆懼。先時，劉闢以劍南節度副使，將韋臯之意于叔文，求都領劍南三川，謂叔文曰：「太尉使某致微誠於公〔一〕，若與其三川〔二〕，當以死相助。若不用，某亦當有以相酬。」叔文怒，亦將斬之，而執誼固執不可。闢尚遊京師未去〔三〕，至聞士諤〔四〕，遂逃歸。

〔一〕「某」，或作「闢」。
〔二〕「與其」，疑當作「與某」。
〔三〕「尚」下或有「以」字。
〔四〕「士」，或作「貶」。今按「士」上當別有「貶」字。

左散騎常侍致仕張萬福卒。萬福，魏州元城人也。自曾祖至父皆明經，官止縣令州佐。萬福以祖父業儒皆不達，不喜書，學騎射。年十七八，從軍遼東，有功，爲將而還。累遷至壽州刺史。州送租賦詣京師，至潁川界，爲盜所奪，萬福使輕兵馳入潁川界討之〔一〕。賊不意萬福至，忙迫不得戰，萬福悉聚而誅之，盡得其所亡物，并得前後所掠人妻子財物牛馬萬計，悉還其家。爲淮南節度崔圓所忌，失刺史，改鴻臚卿，以節度副使將兵千人鎮壽州。萬福不以爲恨。許杲以平盧行軍司馬將卒三千人駐濠州不去，有窺淮南意。圓令萬福攝濠州刺史，杲聞即提卒去，止當塗陳莊。賊陷舒州，圓又以萬福爲舒州刺史，督淮南岸盜賊，連破其黨。大曆三年，召赴京師。代宗謂曰：「聞卿名，久欲一識卿，且將累卿以許杲。」萬福拜謝，因前曰：「陛下以許杲召臣，如河北賊諸將叛，以屬何人？」代宗笑曰：「且欲議許杲事，方當大用卿。」即以爲和州刺史，行營防禦使，督淮南岸盜賊。至州，杲懼，移軍上元。杲至楚州大掠，節度使韋元甫命萬福討之。未至淮陰，杲爲其將康自勤所逐〔二〕。自勤擁兵繼掠〔三〕，循淮而東，萬福倍道追而殺之，免者十二三，盡得其所虜掠金銀婦女等〔四〕，皆獲致其家。代宗詔以本州兵千五百人防秋京西，遂帶和州刺史鎮咸陽，固留宿衛〔五〕。李正己反，將斷江淮路，令兵守埇橋渦口〔六〕，江淮進奉船千餘隻，泊渦口不敢進。德宗以萬福爲濠州刺史，萬福馳至渦口，立馬岸上，發進奉船，淄青將士停岸睥睨不敢動，諸道繼進。改泗州刺史。爲杜亞所忌，徵拜左金吾衞將軍。召見，德宗驚曰：「杜亞言卿昏耄，卿乃如是健耶！」圖形淩煙閣，數賜酒饌衣服，并敕度支籍口畜給其費。至賀陽城等於延英門外，天下益重其名。二十一年以左散騎常侍致仕。元和元年卒〔七〕，年九十。萬福自始從軍至卒，祿食七十年，未嘗病一日。典九郡，皆有惠愛〔八〕。

〔一〕「入潁川」，或作「入潁州」。
〔二〕「勤」，或作「勸」，下同。
〔三〕「擁」，或作「權」。
〔四〕「女」，或作「人」。
〔五〕「固」，或作「因」。
〔六〕「埇」，音勇。
〔七〕元和元年，當作貞元二十一年。
〔八〕〔補注〕吴汝綸曰：此與陸陽二人，皆史記合傳體。

癸丑，韋皐上表請皇太子監國，又上皇太子牋。尋而裴垍、嚴綬表繼至，悉與皐同。

〔補注〕沈欽韓曰：考異云：實録略本如此，詳本「垍」皆作「均」。按：垍時爲考功員外郎，均爲荆南節度使。通鑑從詳本，此實略本之誤。

七月丙子，贈故忠州别駕陸贄兵部尚書；故道州刺史陽城左常侍。

〔補注〕原本無「七月丙子」四字，據舊史增補。

贄字敬輿，吴郡人也。年十八，進士及第〔一〕。又以博學宏詞授鄭縣尉；書判拔萃，授渭南尉，遷監察御史。未幾，選爲翰林學士，遷祠部員外郎。德宗幸奉天，贄隨行在，天下擾攘，遠近徵發，書詔一日數十下〔二〕，皆出於贄。贄操筆持紙，成於須臾，不復起草。同職皆拱手嗟嘆，不能有所助。常啓德宗言：「方今書詔，宜痛自引過罪己，以感人心。昔成湯以罪己致興，後代推以爲聖人。楚王失國亡走，一言善而復其國，至今稱爲賢者。陛下誠能不恡改過，以言謝天下，臣雖愚陋，爲詔詞無所忌諱，庶能令天下叛逆者迴心喻旨。」德宗從之。故行在制詔始下，聞者雖武人悍卒，無不揮涕感激。議者咸以爲德宗剋平寇難，旋復天位，不惟神武成功，爪牙宣力；蓋以文德廣被，腹心有助焉。累遷考功郎中、諫議大夫、中書舍人，兼翰林學士。丁母憂，免喪，權知兵部侍郎，復入翰林。中外屬意，旦夕竢其爲相。竇參深忌之，贄亦短參之所爲，且言其黷貨，於是與參不能平。尋真拜兵部侍郎，知禮部貢舉，於進士中得人爲多。八年春，遷中書侍郎平章事，始令吏部每年集選人。舊事：吏部每年集人；其後遂三年一置選。選人猥至，文書多不了尋勘，真僞紛雜，吏因得大爲姦巧。選士一蹉跌，或至十年不得官；而官之闕者，或累歲無人。贄令吏部分内外官員爲三分，計闕集人以爲常，其弊十去七八〔三〕，天下稱之。初，竇參出李巽爲常州刺史，且迫其行，巽常銜之。至參貶爲郴州別駕，巽適遷湖南觀察。德宗常與參言故相姜公輔罪，參漏其語。參敗，公輔因上疏自陳其事非臣之過。德宗詰之，知參洩其語，怒，未有所發。會巽奏汴州節度劉士寧遺參金帛若干。士寧得汴州，參處其議，士寧常德之，故致厚貺。德宗以參得罪而以武將交結〔四〕，發怒，竟致參於死。而議者多言參死由贄焉〔五〕。裴延齡判度支，天下皆嫉怨，而獨幸於天子，朝廷無敢言其短者；贄獨身當之，日陳其不可用。延齡固欲去贄而代之，又知贄之不與己，多阻其奏請也。謗毁百端。翰林學士吴通玄故與贄同職，姦巧佻薄，與贄不相能。知贄與延齡相持有間，因盛言贄短。宰相趙憬本贄所引同對，嫉贄之權，密以贄所戢彈延齡事告延齡〔六〕。延齡益得以爲計。由是天子益信延齡而不直贄，竟罷贄相，以爲太子賓客，而黜張滂李充等權〔七〕。言事者皆言其屈〔八〕。贄固畏懼，至爲賓客，拒門不納交親士友。春旱，德宗數獵苑中，延齡疏言：「贄等失權怨望，言於衆曰：『天下旱，百姓且流亡，度支愛惜，不肯給諸軍。軍中人無所食，其事奈何？』以摇動羣心，其意非止欲中傷臣而已。」後數日，又獵苑中，會神策軍人跪馬前云：「度支不給馬草。」德宗意延齡前言，即迴馬而歸，由是貶贄爲忠州别駕，滂、充皆斥逐。德宗怒未解，贄不可測，賴陽城等救乃止。贄之爲相，常以少年入翰林，得幸於天子，長養成就之。不敢自愛，事之不可者皆争之。德宗在位久，益自攬持機柄，親治細事，失君人大體，宰相益不得行其事職，而議者乃云由贄而然〔九〕。贄居忠州十餘年，常閉門不出入，人無識面者。避謗不著書，習醫方，集古今名方爲陸氏集驗方五十卷，卒於忠州，年五十二。上初即位，與鄭餘慶、陽城同徵，詔始下，而城、贄皆卒。

〔一〕贄大曆八年及第，時年二十。

〔二〕「一日」，或作「日百」，非是。

〔三〕〔補注〕何焯曰：今截闕之法所始。

〔四〕「以武」，當作「與武」。

〔五〕司馬温公云：「贄傳曰：『德宗殺參，贄有力焉。』按：贄請令長官舉屬吏狀云：『亦由私訪所親，轉爲所賣，其弊非遠，聖鑒明知。』乃解參之語也。及參之死，贄解救甚至，當時之人見參贄有隙，遂以己意猜之；史官不悦者，因歸罪於贄耳。」唐小説云：竇參所寵青衣上清者，參死，收入掖庭，因言陸贄誣陷參事，德宗乃下詔雪參。此説與舊史同。〔補注〕方東樹曰：此公特爲陸辨誣也。云參之死由李巽之報怨，而議者不察，安疑陸公，文意甚明。温公之説，加詳辨焉，與韓意同，非駁韓也。舊傳去「而議者多言」五字，遂誣陸並誣韓矣。

〔六〕「戢」，通鑑作「譏」，或作「談」；「戢彈」，或作「彈戢」。

〔七〕按史，滂充皆以論裴延齡得罪。此但著黜滂充等，而上文不言其所以得罪之由，蓋脱漏也。

〔八〕「皆」，或作「多」。

〔九〕温公云：凡爲宰相者，皆欲專權，安肯自求失職？不任宰相，乃德宗之失，而歸咎於贄，豈人情也？贄論朝官闕員狀云：「頃之，輔臣鮮克勝任，過蒙容養，苟備職員，致勞睿思，巨小經慮。」此乃諫德宗不任宰相親治細事之詞也。〔補注〕吴汝綸曰：此與竇參死事，皆先詳其故而以時議結之，詞最婉妙。

城字亢宗，北平人，代爲官族。好學，貧不能得書，乃求入集賢爲書寫吏，竊官書讀之，晝夜不出。經六年，遂無所不通，乃去陝州中條山下〔一〕。遠近慕其德行，來學者相繼於道。閭里有爭者，不詣官府，詣城以決之。李泌爲相，舉爲諫議大夫，拜官不辭。未至京師，人皆想望風采〔二〕，云「城山人能自苦刻，不樂名利，必諫諍死職下」，咸畏憚之。既至，諸諫官紛紛言事，細碎無不聞達，天子益厭苦之〔三〕，而城方與其二弟牟、容連日夜痛飲〔四〕，人莫能窺其意。有懷刺譏之者，將造城而問者〔五〕，城揣知其意，輒彊與酒〔六〕。客或時先醉仆席上；或時先醉臥客懷中，不能聽客語。約其二弟云：「吾所得月俸，汝可度吾家有幾口，月食米當幾何，買薪菜鹽米凡用幾錢，先具之，其餘悉以送酒媪，無留也。」未嘗有所貯積。雖其所服用切急不可闕者，客稱其物可愛，城輒喜，舉而授之。陳萇者，候其始請月俸，常往稱其錢帛之美，月有獲焉〔七〕。至裴延齡讒毀陸贄等，坐貶黜，德宗怒不解，在朝無救者，城聞而起曰：「吾諫官也，不可令天子殺無罪之人，而信用姦臣。」即率拾遺王仲舒數人守延英門上疏，論延齡姦佞，贄等無罪狀。德宗大怒，召宰相入語，將加城等罪。良久乃解，令宰相諭遣之。於是金吾將軍張萬福聞諫官伏閤諫，趨往，至延英門，大言賀曰：「朝廷有直臣〔八〕，天下必太平矣！」遂徧拜城與仲舒等曰：「諸諫議能如此言事，天下安得不太平也！」〔九〕已而連呼：「太平萬歲，太平萬歲！」萬福武人，時年八十餘，自此名重天下。時朝夕相延齡，城曰：「脱以延齡爲相，當取白麻壞之，慟哭於庭。」竟坐延齡事改國子司業。至，引諸生告之曰：「凡學者，所以學爲忠與孝也。諸生寧有久不省其親乎？」明日謁城歸養者二十餘人。有薛約者，嘗學於城，狂躁，以言事得罪，將徙連州；客寄有根蒂，吏縱求得城家〔一〇〕；坐吏於門，與約飲決別，涕泣送之郊外。德宗聞之，以城爲黨罪人，出爲道州刺史。太學王魯卿、李儻等二百七十人詣闕乞留。住數日，吏遮止之，疏不得上。在州，以家人禮待吏人，宜罰者罰之，宜賞者賞之，一不以簿書介意。賦税不登〔一一〕，觀察使數誚讓。上考功第，城自署第曰：「撫字心勞，徵科政拙，考下下。」觀察使嘗使判官督其賦，至州，怪城不出迎，以問州吏，吏曰：「刺史聞判官來，以爲己有罪，自囚於獄，不敢出。」判官大驚，馳入，謁城於獄，曰：「使君何罪？某奉命來候安否耳。」留一兩日未去，城固不復歸館。門外有故門扇橫地，城晝夜坐臥其上，判官不自安，辭去。其後又遣他判官崔某往按之〔一二〕，崔承命不辭，載妻子一行，中道而逃。城孝友，不忍與其弟異處，皆不娶，給侍終身。有寡妹依城以居，有生年四十餘〔一三〕，癡不能如人，常與弟負之以遊。初，城之妹夫亡在他處，家貧不能葬，城親與其弟舁尸以歸〔一四〕，葬於其居之側，往返千餘里。卒時年六十餘。

〔一〕「州」，或作「洲」，非是。〔補注〕姚範曰：「州」下疑脱「家」字。子厚遺愛碣云：「家於北平，隱於條山。」

〔二〕「想」或作「相」。

〔三〕「子」，或作「下」，非是。

〔四〕「牟」，或作「并」；「容」或作「密」；二字或作「并容」。

〔五〕今按：此二句亦衍一句，疑亦以修改重複而誤也。今當削去「譏之者將」四字。

〔六〕「輒」上或有「彊與坐」字。

〔七〕〔補注〕何焯曰：叙事至千載下讀之，猶覺聲音笑貌顯顯在目。馬班而下，可復見乎！

〔八〕或作「直言」。

〔九〕或無「也」字。

〔一〇〕「縱」當作「踪」。

〔一一〕「賦税」或作「税賦」。

〔一二〕「按」，或作「或」，非是。

〔一三〕「生」，或作「甥」，或作「男」。

〔一四〕「舁」，音輿。

戊寅，以户部侍郎潘孟陽爲度支鹽鐵轉運副使。其日，王伾詐稱疾自免。自叔文歸第〔一〕，伾日詣中人并杜佑請起叔文爲相，且摠北軍。既不得，請以威遠軍使平章事，又不得。其黨皆憂悸不自保。伾至其日，坐翰林中，疏三上，不報，知事不濟。行且臥，至夜忽叫曰：「伾中風矣！」明日，遂輿歸不出。

〔一〕〔補注〕沈欽韓曰：叔文歸第，以母喪也。此本脱去叔文母將死前一日，叔文以五十人擔酒饌入翰林，讌李忠言、劉光琦、俱文珍及諸學士等一節事。據考異引詳本有之。

戊子，以禮部侍郎權德輿爲户部侍郎；以倉部郎中判度支陳諫爲河中少尹。伾、叔文之黨於是始去。

乙未，詔：「軍國政事，宜權令皇太子某勾當。百辟羣后，中外庶僚，悉心輔翼，以底于理。宣布朕意，咸使知聞！」上自初即位，則疾患不能言。至四月，益甚。時扶坐殿，羣臣望拜而已，未嘗有進見者。天下事皆專斷於叔文，而李忠言、王伾爲之内主，執誼行之於外，朋黨諠譁，榮辱進退，生於造次，惟其所欲，不拘程度。既知内外厭毒，慮見摧敗，即謀兵權，欲以自固，而人情益疑懼，不測其所爲，朝夕伺候。會其與執誼交惡，心腹内離，外有韋皐、裴垍、嚴綬等牋表〔一〕，而中官劉光奇、俱文珍、薛盈珍、尚解玉等皆先朝任使舊人，同心怨猜，屢以啓上。上固已厭倦萬機，惡叔文等，至是遂召翰林學士鄭絪、衞次公、王涯等入至德殿，撰制詔而發命焉〔二〕。又下制以太常卿杜黄裳爲門下侍郎；左金吾衛大將軍袁滋爲中書侍郎，並平章事。又下制，吏部尚書平章事鄭珣瑜、刑部尚書平章事高郢並守本官，罷相。皇太子見百寮於東朝，百寮拜賀，皇太子涕泣，不答拜。

〔一〕「垍」，當作「均」。

〔二〕「詔」，或作「誥」。

景申，詔宰臣告天地社稷，皇太子見四方使於麟德殿西亭。

順宗實録卷第五 起八月，盡至山陵。

八月庚子，詔曰：「惟皇天祐命烈祖，誕受方國，九聖儲祉，萬方咸休，肆予一人，獲纘丕業，嚴恭守位，不遑暇逸〔一〕。而天祐匪降〔二〕，疾恙無瘳〔三〕，將何以奉宗廟之靈，展郊禋之禮？疇咨庶尹，對越上玄，内愧于朕心，上畏于天命，夙夜祗慄，惟懷永圖〔四〕。一日萬機，不可以久曠；天工人代，不可以久違。皇太子某，睿哲温文，寬和慈惠〔五〕，孝友之德，愛敬之誠〔六〕，通于神明，格于上下；是用推皇王至公之道，遵父子傳歸之制，付之重器，以撫兆人。必能宣祖宗之重光，荷天地之休命，奉若成憲，永綏四方。宜令皇太子即皇帝位，朕稱太上皇，居興慶宮，制敕稱誥。所司擇日行册禮。」

〔一〕「逸」，或作「給」，今從史。
〔二〕「匪」，史作「不」。
〔三〕「無」，或作「弗」，今從史。
〔四〕「惟懷」，史作「深惟」。
〔五〕「慈」，史作「仁」。
〔六〕「愛敬」，或作「敬愛」，或作「仁愛」，今從史。

永貞元年八月辛丑，太上皇居興慶宮，誥曰：「有天下者，傳歸於子，前王之制也。欽若大典，斯爲至公；式揚耿光，用體文德。朕獲奉宗廟，臨御萬方，降疾不瘳，庶政多闕。乃命元子，代予守邦，爰以令辰，光膺册禮。宜以今月九日册皇帝於宣政殿，仍命檢校司徒杜佑充册使，門下侍郎杜黃裳充副使〔一〕。國有大命，恩俾惟新，宜因紀元之慶，用覃在宥之澤。宜改貞元二十一年爲永貞元年。自貞元二十一年八月五日昧爽已前，天下應犯死罪，特降從流；流已下遞減一等。」又下誥曰：「人倫之本，王化之先，爰舉令圖，允資内輔。式表后妃之德，俾形邦國之風，兹禮經之大典也。良娣王氏，家承茂族，德冠中宫，雅修彤管之規，克佩姆師之訓。自服勤蘋藻，祇奉宗祧，令範益彰，母儀斯著。宜正長秋之位，以明繼體之尊。良媛董氏，備位後庭，素稱淑慎，進升號位〔二〕，禮亦宜之。良娣可册爲『太上皇后』，良媛宜册爲『太上皇德妃』，仍令所司備禮，擇日册命，宣示中外，咸使知聞。」

〔一〕「仍命」下二十一字，史無。

〔二〕「號位」，或作「位號」。

壬寅，制：王伾開州司馬，王叔文渝州司户，並員外置，馳驛發遣。

叔文，越州人，以碁入東宫。頗自言讀書知理道，乘間常言人間疾苦。上將大論宫市事，叔文説中上意，遂有寵。因爲上言：「某可爲將，某可爲相，幸異日用之。」密結韋執誼，并有當時名欲僥倖而速進者：陸質、吕温、李景儉、韓曄、韓泰、陳諫、劉禹錫、柳宗元等十數人，定爲死交；而凌準、程异等又因其黨而進，交遊踪迹詭秘，莫有知其端者。貞元十九年，補闕張正買疏諫他事，得召見。正買與王仲舒、劉伯芻、裴茝、常仲孺、吕洞相善〔一〕，數遊止。正買得召見，諸往來者皆往賀之。有與之不善者，告叔文、執誼云：「正買疏似論君朋黨事，宜少誡！」執誼、叔文信之。執誼嘗爲翰林學士，父死罷官，此時雖爲散郎，以恩時時召入問外事。執誼因言成季等朋讌聚遊無度，皆譴斥之，人莫知其由。叔文既得志，與王伾李忠言等專斷外事，遂首用韋執誼爲相；其常所交結〔二〕，相次拔擢，至一日除數人〔三〕，日夜羣聚。伾以侍書幸，寢陋，吴語，上所褻狎。而叔文頗任事自許，微知文義，好言事，上以故稍敬之，不得如伾出入無阻。叔文入至翰林，而伾入至柿林院，見李忠言、牛昭容等，故各有所主。伾主往來傳授；劉禹錫、陳諫、韓曄、韓泰、柳宗元、房啓、淩準等主謀議唱和，採聽外事。上疾久不瘳，内外皆欲上早定太子位，叔文默不發議。已立太子，天下喜，而叔文獨有憂色〔四〕。常吟杜甫題諸葛亮廟詩末句云：「出師未用身先死〔五〕，長使英雄淚滿襟。」因歔欷流涕〔六〕，聞者咸竊笑之。雖判兩使事，未嘗以簿書爲意，日引其黨，屏人切切細語，謀奪宦者兵，以制四海之命。既令范希朝、韓泰總統京西諸城鎮行營兵馬，中人尚未悟；會邊上諸將各以狀辭中尉，且言「方屬希朝」，中人始悟兵柄爲叔文所奪。乃大怒曰：「從其謀，吾屬必死其手。」密令其使歸告諸將曰：「無以兵屬人！」希朝至奉天，諸將無至者。韓泰白叔文，計無所出，唯曰：「奈何，奈何！」無幾而母死，執誼益不用其語，叔文怒，與其黨日夜謀起復，起復必先斬執誼，而盡誅不附己者。聞者皆恟懼。皇太子既監國，遂逐之，明年乃殺之。伾，杭州人，病死遷所。其黨皆斥逐。叔文最所賢重者李景儉，而最所謂奇才者吕温。叔文用事時，景儉持母喪在東都，而吕温使吐蕃半歲，至叔文敗方歸，故二人皆不得用。叔文敗後數月，乃貶執誼爲崖州司馬〔七〕，後二年，病死海上。執誼，杜黄裳子壻；與黄裳同在相位，故最在後貶。

〔一〕按史：「王仲舒」下更有「韋成季」三字，今詳下文有「成季」字，則此處當有此三字，亦脱漏也。「莒」，昌亥切。

〔二〕「常」，或作「嘗」。

〔三〕或無「至」字。

〔四〕「喜」上或有「皆」字。

〔五〕按：杜詩「用」作「捷」，或作「戰」。

〔六〕「歔」，音虚；「欷」，音希。

〔七〕〔補注〕陳景雲曰：韋初貶司馬，再貶司户。

執誼，進士對策高等〔一〕，驟遷拾遺，年二十餘入翰林，巧惠便辟，媚幸於德宗，而性貪婪詭賊。其從祖兄夏卿爲吏部侍郎，執誼爲翰林學士，受財爲人求科第，夏卿不應，乃探出懷中金以内夏卿袖，夏卿驚曰：「吾與卿賴先人德致名位，幸各已達〔二〕，豈可如此自毀壞！」攞袖引身而去。執誼大慙恨。既而爲叔文所引用，初不敢負叔文；迫公議，時時有異同，輒令人謝叔文云：「非敢負約爲異同〔三〕，蓋欲曲成兄弟爾。」〔四〕叔文不之信，遂成仇怨。然叔文敗，執誼亦自失形勢，知禍且至，雖尚爲相，常不自得；長奄奄無氣，聞人行聲，輒惶悸失色，以至敗死，時纔四十餘。執誼自卑，嘗諱不言嶺南州縣名。爲郎官時，嘗與同舍郎詣職方觀圖，每至嶺南圖，執誼皆命去之，閉目不視。至拜相還，所坐堂北壁有圖，不就省七八日。試就觀之，乃崖州圖也。以爲不祥，甚惡之，憚不能出口。至貶，果得崖州焉〔五〕。

〔一〕執誼，京兆人，建中三年中進士第，貞元元年中賢良方正直言極諫第一人。

〔二〕「已」，或作「以」。

〔三〕「約」，或作「終」，非是

〔四〕「弟」，疑當作「事」。

〔五〕〔補注〕曾國藩曰：爲張薦、令狐峘立傳，俱不宜闌入實録中。若張萬福、陸贄、陽城爲一時偉人，王伾、王叔文、韋執誼爲一時姦回，自宜詳叙顛末。然張陸陽皆德宗朝人，尚不宜闌入順宗實録。獨三姦爲與順宗相終始耳。

永貞二年正月景戌朔〔一〕，太上皇於興慶宮受朝賀，皇帝率百僚奉上尊號，曰應乾聖壽太上皇，册文曰：維永貞二年〔二〕，歲次景戌，正月景戌朔，皇帝臣某稽首再拜奉册言：臣聞上聖玄邈，獨超乎希夷；彊名之極〔三〕，猶存乎罔象，豈足以表無爲之德，光不宰之功！然稱謂所施，簡册攸著，涵泳道德，感於精誠，仰奉洪徽，有以自竭。伏惟太上皇帝陛下，道繼玄元，業纘皇極，膺千載之休曆，承九聖之耿光，昭宣化源，發揚大號。政有敦本示儉〔四〕，慶裕格天，恩翔春風，仁育羣品；而功成不處，褰裳去之，付神器於沖人，想汾陽以高蹈，體堯之德，與神同符。其動也天，其静也地，巍巍事表，無得而言。顧茲寡昧，屬膺大寶，懼忝傳歸之業，莫中繼述之志，夙夜兢畏，惟懷永圖。今天下幸安，皆睿訓所被，而未極徽號，孰報君親？是以台臣庶官文武之列，抗疏於内；方伯藩守億兆之衆，同詞於外：請因壽曆，以播鴻名，臣不勝大願。謹上尊號曰應乾聖壽太上皇，當三朝獻壽之辰，應五紀啓元之始，光膺徽稱，允協神休，斯天下之慶也。

〔一〕「戌」，史作「寅」，下同。
〔二〕「二」，或作「元」，非是。

〔三〕「彊」，或作「疆」，非是。

〔四〕「政有」二字疑衍。

元和元年正月甲申，太上皇崩于興慶宮咸寧殿，年四十六。遺誥曰：「朕聞死生者〔一〕，物之大歸；脩短者，人之常分。古先哲王，明於至道，莫不知其終以存義，順其變以節哀：故存者不至於傷生，逝者不至於甚痛，謂之達理，以貫通喪。朕自弱齡，即敦清静；逮乎近歲，又嬰沈痼；嘗亦親政，益倦于勤。以皇帝天資仁孝，日躋聖敬，爰釋重負，委之康濟。而能内睦于九族，外勤于萬機，問寢益嚴，侍膳無曠；推此至德，以安庶邦，朕之知子，無愧天下。今厥疾大漸，不寤不興，付託得人，顧復何恨？四海兆庶，亦奚所哀？但聖人大孝，在乎善繼，樞務之重，軍國之殷，纘而承之，不可蹔闕。以日易月，抑惟舊章？皇帝宜三日而聽政，十三日小祥，二十五日大祥〔二〕，二十七日釋服；方鎮岳牧不用離任赴哀；天下吏人，誥至後，出臨三日皆釋服；無禁婚嫁祠祀飲酒食肉；宮中當臨者，朝晡各十五舉音，非朝晡臨時禁無得哭，釋服之後，勿禁樂。他不在誥中者，皆以類從事。伏以崇陵仙寢，復土纔終，甸邑疲人，休功未幾。今又重勞營奉，朕所哀矜。況漢、魏二文，皆著遺令；永言景行，常志夙心。其山陵制度，務從儉約，並不用以金銀錦綵爲飾。百辟卿士，同力盡忠，克申送往之哀，宜展事居之禮〔三〕。布告天下，明知朕懷！」

〔一〕「聞」，或作「觀」。

〔二〕「五」，或作「三」，非是。

〔三〕「居」，或作「君」，非是。

七月壬申，葬豐陵，謚曰至德大聖大安孝皇帝，廟曰順宗。

韓昌黎遺文

桐城馬其昶通伯校注　馬茂元整理

監軍新竹亭記

按此文恐非公作，今删去。

書

答侯生問論語書

公作論語傳，未成而歿，見於張籍祭詩，辯於洪慶善之説者甚明。今世所傳，如「宰予晝寢」以「晝」作「畫」；子在齊聞韶，「三月不知肉味」，以「三月」作「音」；「浴乎沂」，以「浴」作「沿」；「子在回何敢死」，以「死」作「先」：雖甚鄙淺，然爲伊川之學者皆取之。〔補注〕李光地曰：觀此則公直善解書者，惜乎其論語注未就而不傳也。今有傳者，蓋僞作耳。沈欽韓曰：「侯生」或是侯喜。

愈白，侯生足下：所示論語問甚善。聖人踐形之説，孟子詳於其書，當終始究之。若萬物皆備於我，反身而誠是也；苟有僞焉，則萬物不備矣。踐形之道無他，誠是也。

足下謂賢者不能踐形，非也。賢者非不能踐形，能而不備耳。形，言其備也，所謂具體而微是也。「充實之謂美，充實而有光輝之謂大」，充實則具體，未大則微；故或去聖一間，或得其一體：皆踐形而未備者。唯反身而誠，則能踐形之備者耳。

愈昔注解其書，而不敢過求其意；取聖人之旨而合之，則足以信後生輩耳。此説甚爲穩當，切更思之〔一〕。愈白。

〔一〕〔補注〕何焯曰：「不敢過求」，則本意可得而歸穩當矣。「穩當」二字，解經之極則也。

墓誌

相州刺史御史中丞田公故夫人魏氏墓誌銘

題下或有注「并序」字。今按：此篇不類公它文，且云「元和八年」，則又非少作，其非公作無疑。今删去。

啓

皇帝即位賀宰相啓

愈啓，伏見册命，皇帝以閏月三日嗣臨大位，以主神人。含生之類，疏不蒙賴。相公翼亮聖明，大慶資始，伏惟永永與國同休。愈下情不勝慶躍，限以所守，不獲隨例拜賀，謹差某奉啓。不宣。謹啓。

狀

奏汴州得嘉禾嘉瓜狀

方本有之，以附嘲鼾睡之後，云此篇見文苑英華，蓋爲董晉作，董晉行狀亦可考。

右謹按符瑞圖：王者德至於地，則嘉禾生。伏惟皇帝陛下，道合天地，恩霑動植；邇無不協，遠無不賓；神人以和，風雨咸若。前件嘉禾等，或兩根並植，一穗連房；或延蔓敷榮，異實共蔕：既叶和同之慶，又標豐稔之祥。感自皇恩，微莖何極於造化；親逢嘉瑞，小臣喜遇於休明。無任〔一〕。

〔一〕〔補注〕按：此下當有脱字。

皇帝即位賀諸道狀

伏見敕命，皇帝以閏正月三日嗣臨寶位。海内惟新，凡在臣庶，不勝慶幸。惟俯同下情，未由拜賀，但增馳戀，謹奉狀，不宣。某再拜〔一〕。

〔一〕或無此三字。

皇帝即位降赦賀觀察使狀

二月五日恩赦，今月二十四日卯時到州。當時集百官僧道百姓宣示訖。聖上以繼明之初，垂惟新之澤；曲成不遺於萬物，大賚遂延於四海；寰宇斯泰，品類皆蘇；渥恩普霑〔一〕，遠近同慶。愈以藩條有制，拜賀無由，不勝欣抃之至。謹差萍鄉縣丞李某奉狀陳賀〔二〕。

〔一〕「蘇渥」，或乙此二字，非是。

〔二〕「某」，或作「於」。

潮州謝孔大夫狀

此篇見洪氏年譜。方氏增考云：「公既南行，家亦譴逐。二月二日已過商州之南；而此狀言『七月二十七日牒』，則八月作也。不知其家何故猶未至潮。又姪孫湘亦從公而南，故宿曾江口有示湘詩，而過始興江口詩謂『目前百口還相逐』；與狀言妻子孫姪未到者皆不相應，此狀恐妄也。」今按：公之到郡，既不見年月之實，則此狀無由可考。方氏引曾江始興二詩以證此狀之妄，蓋亦有理。但恐或是已過始興，留家在後，而獨先到郡，亦不可知。但其狀詞頗類袁州申使狀，則又未有以必見其妄。故今且存之，亦闕疑之意也。

伏奉七月二十七日牒：以愈貶授刺史，特加優禮，以州小俸薄，慮有闕乏，每月別給錢五十千，以送使錢充者。開緘捧讀，驚榮交至；顧己量分，慚懼益深。欲致辭爲讓，則乖伏屬之禮，承命苟貪，又非循省之道：進退反側，無以自寧。其妻子男女并孤遺孫姪奴婢等，尚未到官。窮州使賓罕至，身衣口食，絹米足充，過此以往，實無所用。積之於室，非廉者所爲；受之於官，名且不正。恃蒙眷待，輒此披陳。

疏

憲宗崩慰諸道疏

愈言：上天降禍，大行皇帝奄棄萬國。伏惟攀慕永痛，哀感難勝。某承詔不任號絶，限以官守，拜慰末由，伏增惶戀。謹差某奉疏，不宣。韓愈再拜。

題名

長安慈恩塔題名

已下並方本所載。

韓愈退之、李翺習之、孟郊東野、柳宗元子厚、石洪濬川同登。

洛北惠林寺題名

韓愈、李景興、侯喜、尉遲汾，貞元十七年七月二十二日，魚于温洛，宿此而歸。昌黎韓愈書。

謁少室李渤題名

愈同樊宗師、盧仝謁少室李拾遺。

福先塔寺題名

處士石洪濬川、吏部員外王仲舒弘中、水部員外鄭楚相叔敖、洛陽縣令潘宿陽乾明、國子博士韓愈退之、前試左武衛冑曹李演廣文、前杭州錢塘縣尉鄭紘文明，元和三年十月九日同遊。

嵩山天封宫題名

元和四年三月二十六日，與著作佐郎樊宗師、處士盧仝，自洛中至少室，謁李徵君渤。樊次玉泉寺，疾作歸。明日，遂與李、盧、道士韋濛、僧榮並少室而東，抵衆寺，上太室中峯，宿封禪壇下石室。遂自龍泉寺釣龍潭水。遇雷。明日，觀啓母石〔一〕。入此觀，與道士趙玄遇乃歸。閏月三日，國子博士韓愈題。

〔一〕〔補注〕沈欽韓曰：中山經郭璞注：「太室嵩高陽城西，啓母化爲石在焉。」

歐公集古跋尾云：右韓退之題名二，皆在洛陽。其一在嵩山天封宫石柱上刻之，記龍潭遇雷事。天聖中，余爲西京留守推官，與梅聖俞遊嵩山，入天封宫，徘徊柱下而去，遂登山頂之武后封禪處。有石記，戒人遊龍潭者，毋語笑以黷神龍。龍怒則有雷恐。因念退之記遇雷，意其有所誡也。其一在福先寺塔下，當時所見墨迹，不知其後何人模刻于石也。

迓杜兼題名

河南尹水陸運使杜兼、尚書都官員外郎韓愈、水陸運判官洛陽縣尉李宗閔、水陸運判官伊闕縣尉牛僧孺、前同州韓城縣尉鄭伯義，元和四年九月二十二日，大尹給事奉詔祠濟瀆回，愈與二判官於此迎候，遂陪遊宿。愈題。

華嶽題名

此文刻於金天祠石闕，昔人嘗集華嶽題名，自唐開元至後唐清泰録爲十卷。此文雖未必盡出公手，然筆削之嚴，要非公不可。故録之。

淮西宣慰處置使門下侍郎平章事裴度、副使刑部侍郎兼御史大夫馬總、行軍司馬太子右庶子兼御史中丞韓愈、判官司勳員外郎兼侍御史李正封、都官員外郎兼侍御史馮宿、掌書記禮部員外郎兼侍御史李宗閔、都知兵馬使左驍衛將軍威遠軍使兼御史大夫李文悦、左廂都押衙兼都虞候左衛將軍兼御史中丞密國公高承簡，元和十一年八月，丞相奉詔平淮右，八日，東過華陰，禮于嶽廟，總等八人，實備將佐以從。

韓昌黎集外文 附録

三器論 事文類聚本

或曰：天子坐於明堂，執傳國璽，列九鼎，使萬方之來者，惕然知天下之人意有所歸，而太平之階具矣。後王者或闕，何如？

對曰：異乎吾所聞。歸天人之心，興太平之基，是非三器之能繫也。子不謂明堂天子布政者邪？周公、成王居之而朝諸侯，美矣，幽、厲居之，何如哉？子不謂傳國之璽帝王所以傳寶者邪？漢高、文、景得之而以爲寶，美矣；新莽、胡石得之，何如哉？子不謂九鼎帝王之所謂神器邪？夏禹鑄之，周文遷之而爲寶，美矣；桀癸、紂辛有之，何如哉？若然，歸天人之心，興太平之階，決非三器之所能也。夫帝王之聖者，卑宮室、賤金玉、斥無用之器，以示天下，貽子孫；而後王猶殫天下之土木不肯已，又安忍誇廣之尊其爲明堂歟？若傳國璽之狂嬴賊新，童心侈意而爲之，示既有之，不抵之足矣，稱其符瑞則未也。若九鼎之死，百牢不能膏其腹火，萬載不能黔其足，其烹飪祠之用又足取，豈不爲無用之器哉？堯水滔天，人禽鬼神之居相混已；禹導川決水，以分神人之居，乃銷九金，乃鑄九鼎，儀萬有之族，露怪異之狀，其護人已，其救人已。後王決不如大禹識鬼神之狀，又無當時汩没之危，而徒欲闖金大廣器物，與夫墊巾效郭、異名同藺者，豈不遠哉！是亦見謬也。噫，不務其修誠於内，而務其盛飾於外，匹夫之不可，而況帝王哉！

上張徐州薦薛公達書

愈聞士有已未達而達人者，大夫意寧實之哉？小子誠其人。今言則無故過濡恩惠，思以極報之謂也。伏惟閣下仁義風天下，任帝室宏寄，名譽之美，刑政之威，化道之事，使四方無聲色之娱，金帛之富，車服之制以從之〔一〕，則亦稱顯位，雍容暇豫，而又何求？則可以取特達不羈之士，奉之以非常之禮，俾耀名天下，答天子鴻恩。

〔一〕一無此三字。

側見河東薛公達，年二十有六。抱驚世之偉材，發言挺志，敻絶天秀；服仁食義，融内光外；直剛簡質，與世不常。想其升朝廷議，凛瑩冰玉，隱慝潛姦，滅心鑠謀；然今尚幽塞未光，弢縮銛利，静居河洛。惟高公之清風，驅馬千里，文以爲贄，求拜華軒。公則見之矣〔一〕，遇采〔二〕甚厚。懼左右者不明，喜蔽能，善黷視聽，不以今之譽言；故小子忘懼，激憤獻此，惟公明之。

〔一〕集作「以」。
〔二〕集作「未」。

夫垂纖餌溟泉，冀吞舟之魚則疏；施薄禮天下，取特達之士亦難：大夫其裁之。

下邳侯革華傳

下邳侯革華者，其先隴西人也。三十六代祖守犍爲，黄帝時以力見召，拜大司農。以其闢土有功，又知稼穡艱難，遷輕車都尉，子孫相繼。至周武王時徙桃林，冠冕遂絶。其後人思其濟世之才，因復其位而加任使焉。

華父犨，生五年，襲先祖爵，仕至上輕車都尉。華母居長樂，有乳哺之恩。越王勾踐時，嘗侍宴姑蘇臺，詩所謂「有覺德行」者也。犨因引重至太行山，力不任事，遂死於轘轅下。上嗟悼，命太宰申屠公執刀而解之，其枝〔一〕派分離散在他處。革華，長子也。上念其父劬勞而死于王事，封華爲下邳侯，詔將作大匠治之。華性堅勁倔彊，難以直御；匠以其膏潤之，然後去其豪族而加裁割焉。會太原人金十奴與新鄭人傰斯生薦華於五木大夫，是後稍稍得成其名。上嘉之，遂釋褐，賜墨綬焉。

〔一〕「枝」集作「支」。

華嘗曰：「吾辛勤久，今方成名，得處在上左右，足矣。」及獻之，果然。華爲人善履道，別威儀，進止趨蹌，一隨人意。上將駕出遊，畋獵馳騁，毬擊射御，及交賓接賢，禮神祭祀，未嘗不召華俱往，伏事上。久之，因〔一〕開口論議，泄露密旨，上由是疏之，詔將作大匠治之，又命其友金十奴等令補過之。尋獻於上，上雖納之，然亦不甚見重。有泥塗賤處，方召使之，餘並不得預焉。

〔一〕「因」，文粹作「忽」。

頃之，上見其顔色顦顇，衰憊失度，上咨嗟曰：「下邳侯老而憊，不任吾事，今棄於市朝〔一〕，不復召子矣。」遂棄之而終。華無子，其繼者，族人矣。

〔一〕袁本作「今棄子」。

太史公曰：華之先皮姓，軒轅時，蒼頡觀鳥迹制文字，以其始於皮而聲於革，故從「革」焉。初，華〔一〕自胡而來，趙武靈王時見重，是後子孫盛於中國。漢書功臣表有煑棗侯革朱者，即其後也。

〔一〕「華」，集作「革」。

朱子校昌黎先生集傳

新唐書本傳

今以李翺所撰行狀、皇甫湜所撰墓誌、神道碑、舊史本傳、資治通鑑、洪興祖所撰年譜、程俱所撰歷官記、方崧卿增考年譜，考其同異，詳略附注本文之下，以見公之行事本末。而文之已見於集者，不復載云。

韓愈字退之，鄧州南陽人。七世祖茂，有功於後魏，封安定王〔一〕。父仲卿，爲武昌令，有美政；既去，縣人刻石頌德，終秘書郎〔二〕。

〔一〕〔補注〕姚範曰：茂於退之爲六世祖，記曰「四世而緦，服之窮也。」以高祖言之。

〔二〕李白作文公父仲卿去思碑云「南陽人」，而公常自稱「昌黎」。李翺作公行狀亦云「昌黎某人」。皇甫湜作墓誌，不言鄉里；又作神道碑，乃云「上世嘗居南陽，又隸延州之武陽。」而舊史亦但云「昌黎某」。今按：新史蓋因李碑而加「鄧州」二字也。然考漢書地理志有兩南陽：其一河内脩武，即左傳所謂「晉啓南陽」也；其一南陽堵陽，即荊州之南陽郡，字與「赭」同，在唐屬鄧州者也。元和姓纂、唐書世系表有兩韓氏。其一漢弓高侯穨當玄孫騫，避亂居南陽郡之赭陽。九世孫河東太守術，生河東太守純。純四世孫安之，晉員外郎。二子：潛、恬。恬隨司馬休之入後魏，爲玄菟太守。二子：都、偃。偃生後魏中郎穎。穎生播，徙昌黎棘城。其一則穨當裔孫尋，爲後漢隴西太守，世居潁川。生司空稜，後徙安定武安。至後魏有常山太守武安成侯耆，徙居九門。生尚書令征南大將軍安定桓王茂。茂生均。均生晙。晙生仁泰。仁泰生叡素。叡素生仲卿。仲卿生會、愈，而中間嘗徙陳留。以此而推：則公固潁川之族，尋、稜之後，而不得承騫之系矣。而洪興祖所撰年譜，但以騫之後世嘗徙昌黎，遂附新史之説，獨以赭陽爲均州，小有不同耳；及其再考二書而見公世系之實，則遂諱匿，不敢復著仲卿會愈之名，而直以爲不可考。今固不得而據也。唯方崧卿增考引董逌説，以爲騫乃韓瑗、韓休之祖，而公自出於尋、稜，與二書合。其論南陽，則又云：今孟、懷州皆春秋南陽之地。自漢至隋，二州皆屬河内郡。唐顯慶中，始以孟州隸河南府；建中中，乃以河南之四縣入河陽三城使；其後又改爲孟州。今河内有河陽縣，韓氏世居之。故公每自言歸河陽省墳墓，而女挐之銘亦曰：「歸骨于河南之河陽韓氏墓」；張籍祭公詩亦云：「舊塋盟津北」；則知公爲河内之南陽人。其説獨爲得之。公詩所謂「奮籍在東都」，「我家本瀍穀」，則必以地近而後嘗徙居耳。但據此則公與昌黎之韓異派，而每以自稱，則又有不可曉者。

豈是時昌黎之族頗盛，故隨稱之，亦若所謂言劉悉出彭城，言李悉出隴西者邪？然設使公派果出昌黎也，則其去赭陽已歷數世，其後又屢遷徙，不應舍其近世所居之土，而遠指鄧州爲鄉里也。方又引孔武仲之説，亦同董氏，而王銍以爲公生於河中之永樂，今永樂猶有韓文鄉，則其説爲已誕。蓋其世系雖有不可知者，然南陽之爲河内脩武，則無可疑者。而新史、洪譜之誤，斷可識矣。

愈生三歲而孤，隨伯兄會貶官嶺表。會卒，嫂鄭鞠之〔一〕。愈自知讀書，日記數千百言，比長，盡能通六經百家學〔二〕。擢進士第〔三〕，會董晉爲宣武節度使，表署觀察推官。晉卒，愈從喪出，不四日，汴軍亂，乃去。依武寧節度使張建封，建封辟府推官。操行堅正，鯁言無所忌〔四〕。調四門博士〔五〕，遷監察御史。上疏極論宫市，德宗怒，貶陽山令〔六〕，有愛在民。民生子，多以其姓字之。改江陵法曹參軍〔七〕；元和初，權知國子博士，分司東都〔八〕；三歲爲真；改都官員外郎，即拜河南令〔九〕，遷職方員外郎〔一〇〕。華陰令柳澗有辠，前刺史劾奏之，未報而刺史罷。澗諷百姓遮索軍頓役直，後刺史惡之，按其獄，貶澗房州司馬。愈過華，以爲刺史陰相黨，上疏治之。既御史覆問，得澗贓，再貶封溪尉，愈坐是復爲博士〔一一〕。

既才高數黜，官又下遷，乃作進學解以自諭，執政覽之，奇其才，改比部郎中〔一二〕，史館修撰〔一三〕，轉考功，知制誥，進中書舍人。

〔一〕李漢序云：先生生於大曆三年戊申。三歲而孤。見祭嫂文及乳母誌。會事見盧東美誌。洪譜云：盧志所謂「宗兄」，乃大宗小宗之宗。舊史以爲從父兄，誤矣。又云：舊史：（大曆十二年）夏五月，起居舍人韓會坐元載貶官。柳宗元先友記云：「會善清言，有文章，名最高，以故多謗。」會既卒，公攜家北歸，葬會河陽。建中貞元間，復避地於江南，韓氏有別業在宣城，因就食焉。見歐陽詹哀詞、復志賦、祭嫂及老成文、示爽詩。

〔二〕行狀云：「讀書能記它生之所習。」墓誌云：「先生七歲好學，言出成文。」今按：復志賦云：「值中原之有事兮，將就食於江之南。始專專於講習兮，非古訓爲無所用其心。」則公之爲學，正在就食江南時也。

〔三〕洪譜云：（貞元二年丙寅）公年十九，始至京師。見祭老成文、歐陽哀詞、答崔立之書。（五年己巳）有上賈滑州書。（六年庚午）有河中府連理木頌。（七年辛未）有送齊皥序。（八年壬申）登進士第，時年二十五，見上邢君牙書。唐科名記云：貞元八年，陸贄主司，試明水賦、御溝新柳詩。公名在榜中。見與陸員外書。舊史云：「大曆貞元間，文士多尚古學，而獨孤及梁肅最稱淵奧，愈從其徒游，鋭意鑽仰，欲自振於一代。洎舉進士，投文於公卿間，故相鄭餘慶頗爲延譽，由是知名。」是年有爭臣論。（九年癸酉）博學宏詞試太清宮觀紫極舞賦、顔子不貳過論，見上考功崔虞部書，及與韋舍人書。（十年甲戌）有省試學生代齋郎議。

方考：「此議當繫十一年試宏詞下，未詳是否。」洪譜又云：是年嘗歸河陽省墳墓，見祭老成文。有贈張童子序。（十一年乙亥）又試宏詞，見答崔立之書。有三上宰相書，皆不報。是年去京師，過潼關，有感二鳥賦。既歸河陽，有畫記。遂自河陽如東都，有祭田横文。今按：八年以後，此年以前，又嘗遊鳳翔，以書抵邢君牙，不得意去，有岐山詩。洪程皆定爲此年六月，誤矣。

〔四〕董晉行狀云：「十二年七月，晉拜宣武節度使，受命遂行，韓愈實從。」公行狀云：「董公辟公以行，得試秘書省校書郎，爲觀察推官。」墓誌云：「先生三十有一而仕。」神道碑云：「十四年，用進士從董晉平汴州。」「推官」，舊史作「巡官」。洪譜云：二狀載公入汴在十二年丙子，與史合，而誌碑所記皆後二年，殊不可曉。豈今年辟公以行，至十四年始有成命邪？亦不應如是之緩也。方考：「蜀本、樊本無『三十一而仕』之文，但云『歷官二十有七年爾』；然自公卒之年逆數之，亦當以十四年三十一歲爲歷官之始。故公入汴雖在十二年，然水門記十四年正月作。石本猶但稱『攝節度掌書記前進士韓愈』，是辟命猶未下也。計必是年辟命乃下，故碑誌之言如此。不當以命下之緩爲疑也。」今按：公入汴之年，洪方得之。碑誌所計年數，若以命下之日言之，亦未爲失；但云十四年從董晉平汴州，則誤矣。又送俱文珍序亦在十三年；安得言十四年乃入汴乎？要當以公之自言及二狀二史通鑑爲正。持正狂躁，其考之或有未審，不足據也。舊史之作「巡官」，則程記已辨其非矣。洪譜又云：（十三年丁丑)公在汴有復志賦、送汴州監軍俱文珍序。(十四年戊寅)公在汴有天星詩、水門記、楊燕奇碑。(十五年己卯)董晉行狀云:「二月三日丞相薨。」公從喪行,四日而汴州亂。有汴州亂詩。歷官記云:汴軍亂,愈家在圍中,尋得脱。下汴東趨彭城,愈從喪至洛,還孟津,度汜水,出陳許間,以二月暮抵徐州。節度使張建封居之於符離睢上,及秋將辭去,建封奏爲節度推官,試協律郎。至冬,建封使愈朝正于京師。見歐陽哀詞。是年有此日足可惜、汴泗交流詩、答李翺書、上建封書、論晨入夜歸事。後又有諫擊毬書、賀白兔狀、徐泗豪節度掌書記廳石記、崔翰墓誌,(十六年庚辰)春,公朝正回徐,有歸彭城詩。夏去徐西居於洛陽,見孟東野書及題下邳李生壁。按公與東野書欲至秋辭去,而題李生壁在五月十四日,則不待至秋而已去徐矣。舊史亦云公「發言真率,無所畏避」,豈竟以此不合,雖建封之知己,亦不能容邪?公既去徐而建封卒。翌日,徐軍亂,見白樂天哀二良文。在洛有與衞中行書。冬,公如京師。

〔五〕洪譜云:(十七年辛巳)公在京師從調選,三月東還,見與盧汝州薦侯喜狀。將歸,有贈孟東野、房蜀客詩。是年有送李愿歸盤谷序、李楚金墓誌。公自去年冬參調,竟無所成而歸,今年冬再往。(十八年壬午)春,始有四門博士之授。爲博士日,嘗謁告歸洛,因遊華山,即答張徹詩所謂「洛邑得休告,華山窮絶陘」者也。李肇國史補云:「愈好奇,與客登華山絶峯,度不可返,發狂慟哭,爲書與家人别。華陰令百計取之乃下。」沈顔作聲書,以爲肇妄載,豈有賢者輕命如此？考公詩，則知國史補乃實録也。是年有送陸歙州序、上巳日燕太學聽彈琴序、與崔羣書、施士丐墓誌、馬彙行狀。〔補注〕陳景雲曰：博士之除，在十七年，是年與楊敬之書有「僕守一官」之語，是必在已授博士後，蓋可證公爲博士非十八年也。

〔六〕洪譜云：（十九年癸未）公年三十六。自博士拜監察御史，時有齒落、哭楊兵曹凝、陸歙州傪詩；及與陳京給事書、禘祫議、論權停選舉狀、苗氏墓誌。又上李實書稱「前守四門博士」，時已罷博士，未受御史之命。書云：「愈來京師，於今十五年。」蓋公自貞元五年從鄭滑間復來京師，至此十五年矣。實録於實，詆之不餘力，而此書乃盛稱其所長，此又不可曉也。方考：「唐制，凡居官以四考爲滿，公在官踰年耳，不知何故而罷，罷而復遷。行狀墓碑皆只言選授四門博士，遷監察御史，而此書稱『前』官，又以文投贄於李實，似若不得已者。是固嘗罷博士而別遷也。是歲七月，公猶任博士，乞免停選狀謂『臣雖非朝官，月受俸錢』，可以考也。罷免之由，不可詳究。然恐不至於媚實以求進也。或云，德宗末年，不任宰相；所取信者，李實韋執誼輩耳。公蓋未免於屈身以伸道也。然公天旱人饑狀專指李實而言，其脩實録，又於實一辭不恕，獨於此書牴牾如此。又公年十九，始來京師，在貞元二年也。至貞元十九年，實十八年矣。今云『來京師於今十五年』，洪雖以再至言之，其實牽合也。並誌所疑，以竢知者。」洪譜又云：是時有詔以旱饑蠲租之半，有司徵愈急，公與張署李方叔上疏言：關中天下根本，民急如是，請寬民徭而免田租。天子惻然。卒爲幸臣所讒，貶連州陽山令。幸臣，李實也。見進學解及祭張署文。舊史云：「愈嘗上章數千言，極論宮市之弊，貶陽山令。」疏今不傳，則公之被絀，坐論此兩事也。方考云：「公陽山之貶，寄三學士詩叙述甚詳；而行狀但云『爲幸臣所惡，出宰陽山』，神道碑亦只云『因疏關中旱饑，專政者惡之』，則其非爲論宮市明矣。今公集有御史臺論天旱人饑狀，與詩正合。況翺湜皆從公遊者，不應公嘗論宮市數千言，而狀及碑誌略不一言及也。然行狀且謂『爲幸臣所惡』，而公詩云：『或自疑上疏，上疏豈其由』，則是又未必皆上疏之罪也。又曰：『同官盡才俊，偏善柳與劉。或慮語言泄，傳之落冤讎。』又岳陽樓詩云：『前年出官由，此禍最無妄。姦猜畏彈射，斥逐恣欺誑。』是蓋爲王叔文韋執誼等所排矣。德宗晚年，韋王之黨已成。是年，補闕張正買疏諫它事，得召見，與所善者數人皆被譴斥。意公之出，有類此也。憶昨行云：『伾文未揃崖州熾，雖得赦宥常愁猜。』是其爲叔文等所排，豈不明甚？特無所歸咎，駕其罪於上疏耳。洪兼『宮市』『旱饑』兩事言之，而又不考韋王始末，故爲申及之。」洪譜又云：以公詩考之，蓋以十九年冬末貶官。（二十年甲申）春，始到陽山時，有同冠峽、貞女峽、和張十一功曹、送劉生、謝李員外諸詩；及別知賦、送楊八弟歸湖南序、區册序、答竇存亮書、王弘中燕喜亭記。

〔七〕洪譜及歷官記云：（廿一年乙酉）正月丙申，順宗即位，二月甲子大赦，八月辛丑改元永貞，遷者皆追回。愈爲觀察使所抑，只徙江陵府法曹參軍，事見八月十五夜贈張功曹詩及張署墓誌、河南同官記。洪又云：公以今年春遇赦，夏秋離陽山，竢命於郴者三月，至秋末始受法曹之命，見祭李郴州文。時有郴州祈雨及郴口諸詩。自郴至衡，有合江亭及謁衡岳廟詩。自衡至潭，有陪杜侍御遊湘西寺及湘中諸詩。自此泛洞庭，有阻風贈張十一詩。至岳州，有別竇司直詩。赴江陵，有途中寄翰林三學士詩，又有送孟琯序、荆潭唱和序、上李巽書、鄭夫人殯表及五箴。序云「余生三十有八年」，則其箴蓋是年所作。謂「幕中之辨」，蓋謂在徐州時；「臺中之評」，則謂爲御史時也。

〔八〕洪譜云：（永貞元年丙戌）正月丙寅朔，改元元和，時憲宗即位之踰年也。公年三十有九，其春夏猶在江陵，有李花、寒食、出游、夜歸、贈張十一、鄭羣贈簟、答張徹諸詩。六月，自江陵召拜國子博士。還朝後，有豐陵行、游青龍寺，贈崔立之、送文暢諸詩，城南諸聯句，及祭十二兄岌文并墓誌。（二年丁亥）春，公爲博士，有元和聖德詩并釋言。行狀云：「宰相有愛公文者，將以文學職處公，有争先者，構公語以飛之。公恐及難，遂求分司東都。」而公作周況妻韓氏墓誌乃云：「從兄俞卒開封尉，愈於時爲博士，乞分教東都生，以收其孥於開封界中教畜之。」「飛語」即釋言所解之讒，而竟不能解，故以兄喪爲辭而求去耳。時宰相鄭絪，翰林舍人李吉甫、裴垍也。公以夏末離京赴東都，有酬裴十六途中見寄詩。是年有張中丞傳後叙、答馮宿書、盧於陵墓誌。（三年戊子）改真博士，見行狀。有酬崔十六少府及東都遇春詩，與少室李渤書、裴復墓誌。新史渤傳云：「洛陽令韓愈遺渤書。」公時爲博士，五年方爲河南令，未嘗爲洛陽令也。〔補注〕陳景雲曰：注謂「在江陵有答張徹詩」。按答張詩乃公從江陵還朝官博士日作，非在江陵時也。

〔九〕洪譜云：（四年己丑）公年四十二，改都官員外郎，守東都省。神道碑云：「除尚書都官郎中，分司判祠部。」行狀新舊史皆云「員外郎」，送李正字序亦但云「都官郎」，碑文誤也。方考：「公除都官，六月十日也。制辭亦作員外郎。」洪譜又云：神道碑云：「中宮號功德使，司京城觀寺。尚書斂手失職，先生按六典盡索之以歸。誅其無良，時其出入。禁譁衆以正浮屠。」歷官記云：「公判祠部日，與宦者爲敵，惡言罵辭，狼籍公牒。乃上書留守鄭餘慶，乞與諸郎官更判，不見允。」在東都有游嵩洛諸題名，送李翺、侯參謀，和盧汀、錢徽，與竇韋尋劉尊師諸詩，送李正字歸湖南序并詩，鄭涵校理序，祭薛公達文并墓誌，京兆韋夫人墓誌，河南府同官記。（五年庚寅）授河南縣令。神道碑云：「魏、鄆、幽、鎮各爲留邸，貯潛卒以槖罪士，官無敢問者。先生將擿其禁，以壯朝廷，斷民署吏，俟令且發。留守、尹大恐，遽相禁，有使還爲言，憲宗悦曰：韓愈助我者。是後鄆邸果謀反。」東都將署留守，以應淮蔡。又有上留守鄭公啓，時公以論事失鄭公意，既令河南，軍人有罪，公追而杖之。留守不悦，公以啓辨明，且力求去，見集中。行狀云：「改河南令，日以職分辨於留守及尹，故軍士莫敢犯禁。」疑鄭公卒聽其言，故軍人畏服如此也。在河南有感春詩、燕河南秀才序、送石洪序并詩及月蝕，招楊之罘、河南令舍池臺諸詩，張圓墓碣，盧殷墓誌。

〔一〇〕洪譜云：（六年辛卯）行尚書職方員外郎。是年春，公尚在河南，有送窮文，辛卯年雪，寄盧仝、誰氏子諸詩，送溫造序、乳母誌。至京師有酬盧雲夫望秋作、石鼓歌、復讎狀、盧丞、房武、畢坰墓誌。

〔一一〕洪譜云：（七年壬辰）二月乙未，以職方員外郎復爲國子博士，年四十五。舊史云：「愈因使過華，上疏理澗。」公自去年以來，未嘗出使。或云：「即公赴職方時過華，睹其事，遂疏于朝爾。」進學解云：「三年博士，冗不見治。」舊又作「三爲博士」。按：公貞元壬午，授四門博士；元和丙戌，爲國子博士；丁亥，分教東都；今年，又自郎中下遷：凡四爲博士矣。此先言暫爲御史，繼言三爲博士，則自丙戌而後三歷此官也。若云「三年」，則自元年夏赴召，至四年春尚爲博士，首尾已四年矣。方考云：「丙戌初除，丁亥分教，自不必釐而爲二。其爲博士實三遷也。當作『三』爲是。」今按：上句言暫爲御史，而此言三年博士，正以其居官之久近爲言，恐當作「年」爲是，然亦未敢必也。洪譜又云：是年二月，有論錢重物輕狀。新志云：「自建中定兩稅而物輕錢重，民以爲患，於是詔百官議革其弊。」方考以爲：「此議在穆宗即位之初，通鑑附之長慶元年秋，爲得其實。今年初，無此議也。惟會要載元和六年二月，制謂建中後貨輕物重，許諸道所納見錢，五分量徵二分，餘三分兼納實估匹段。或當時有此議，然亦非七年也。況公六年二月尚在東都，洪誤矣。」洪譜又云：是年有石鼎聯句、贈劉師服詩、祭石洪文、李素、石洪墓誌、路應神道碑。

〔一二〕洪譜云：此除在（八年癸巳）三月乙亥。舊史云：「執政覽其文而憐之，以其有史才，故除是官。」時宰相武元衡、李吉甫、李絳也。是年有答劉秀才論史書及烏氏、田氏廟碑、鄭儋神道碑、李虚中、董溪、息國夫人墓誌。

〔一三〕洪譜云：（九年甲午）十月甲子，爲考功郎中，依前史館修撰。十二月戊午，以考功知制誥。是年有元微之書、田弘正書、送張道士序、劉昌裔神道碑、王適、孟郊、扶風郡夫人墓誌。（十年乙未）公知制誥。有和庫部盧曹長元日朝迴及寒食直歸、遇雨二詩，與李絳書、進順宗實録狀。舊史云：「愈撰實録，繁簡不當，叙事拙於取舍。」按：退之作史詳略，容有意削去常事，著其繫於政者，其褒善貶惡之旨明甚。當時議者非之，卒竄走無全篇，良可惜也。史又云：「愈説禁中事頗切直，内官惡之，往往於上前言其不實。」此言是也。是年有與柳公綽二書。論淮西事宜狀，説見明年。又有捕賊行賞表、藍田縣丞廳記、獨孤郁、衛之立墓誌、徐偃王廟碑。

初，憲宗將平蔡，命御史中丞裴度使諸軍按視。及還，具言賊可滅，與宰相議不合。愈亦奏言淮西連年侵掠，得不償費，其敗可立而待；然未可知者，在陛下斷與不斷耳。執政不喜，會有人詆愈在江陵時爲裴均所厚，均子鍔素無狀，愈爲文章字命鍔。謗語囂暴，由是改太子右庶子〔一〕。及度以宰相節度彰義軍，宣慰淮西，奏愈行軍司馬。愈請乘遽先入汴，説韓弘使協力。元濟平，遷刑部侍郎〔二〕。

〔一〕洪譜云：(十一年丙申)正月丙戌，以考功郎中知制誥，遷中書舍人。丙申，賜緋魚。五月癸未，降爲太子右庶子。行狀云：「盜殺武元衡，公以爲盜殺宰相而遽息兵，其爲懦甚大，兵不可以息，以天下力取三州，尚何不可？與裴丞相議合，故兵遂用，而宰相有不便之者。月滿，遷中書舍人，後竟以它事改右庶子。」時宰相李逢吉、韋貫之也。其云「月滿遷中書舍人」者，蓋唐制臺郎滿歲則遷。公以去年冬知制誥，至今春，竟一歲矣。李漢云：「收拾遺文，無所失墜。」公掌綸誥一年，無一篇見收者，失墜多矣！唯後集有崔羣户部侍郎制一首爾。今按：行狀、通鑑、洪譜謂論淮西事宜狀在去年知制誥時；而神道碑新史則在遷中書舍人之後；但行狀言公所論有殺宰相事，乃在去年六月，而狀中實無此語。若狀果在六月之後，則不應全不言及，則是此狀不惟不在十一年正月之後，亦不在十年六月之後也。故通鑑直以繫於五月之下。行狀叙事雖實，而記言則誤。碑文新史固爲失之。今當以通鑑爲正。洪譜又云：是年有酬盧雲夫曲江荷花行、周況妻韓氏墓誌、王用碑、科斗書後記。

〔二〕行狀、神道碑及舊史云：(十二年丁酉)秋，以兵老久屯，賊未滅，上命裴丞相爲淮西節度使以招討之。丞相請公以行，賜三品衣魚，爲行軍司馬，從丞相居於郾城。軍出潼關，公請先乘遽至汴感説都統弘。弘説用命，師乘遂和。公知蔡州精卒悉聚界上，以拒官軍，守城者率老弱，且不過千人，亟白丞相，請以兵三千人間道以入，必擒吴元濟。丞相未及行，而李愬自唐州文城壘，提其卒以夜入蔡州，果得元濟。三軍之士爲公恨。蔡州既平，布衣栢耆以計謁公，公與語奇之，遂白丞相曰：「淮西滅，王承宗膽破，可不勞用衆。宜使辯士奉相公書，明禍福以招之，彼必服。」丞相然之。公口占爲書，使柏耆袖之以至鎮州，承宗果大恐，上表請割德棣二州以獻，遣子入侍。丞相歸京師，以功遷刑部侍郎，詔公撰平淮西碑，其辭多叙裴度事。時先入蔡州擒元濟，李愬功第一。愬不平之，愬妻出入禁中，因訴碑辭不實，詔令磨公文，命翰林學士段文昌重撰文勒石。是年有送殷侑序、祭張署文并墓誌，及東征往還醻唱諸詩，晚秋鄖城夜會聯句。爲刑部時，有舉錢徽自代狀，（十三年戊戌）四月，鄭餘慶爲詳定禮樂使，奏韓愈李程爲副。是年有李惟簡墓誌、權德輿碑。

憲宗遣使者往鳳翔迎佛骨入禁中，三日乃送佛祠，王公士庶，奔走膜唄，至爲夷法灼體膚，委珍貝，騰沓係路。愈聞，惡之，乃上表極諫。帝大怒，持示宰相，將抵以死。裴度崔羣曰：「愈言訐牾，罪之誠宜；然非内懷至忠，安能及此？願少寬假，以來諫爭。」帝曰：「愈言我奉佛太過，猶可容；至謂東漢奉佛以後，天子咸夭促，言何乖刺耶？愈人臣，狂妄敢爾，固不可赦。」於是中外駭懼，雖戚里諸貴，亦爲愈言。乃貶潮州刺史。既至潮，以表哀謝，帝頗感悔，欲復用之。持示宰相曰：「愈前所論，是大愛朕；然不當言天子事佛乃年促耳。」皇甫鎛素忌愈直，即奏言：「愈終狂疏，可且内移。」乃改袁州刺史。

初，愈至潮，問民疾苦，皆曰：「惡谿有鱷魚，食民畜産且盡，民以是窮。」數日，愈自往視，令其屬秦濟以一羊一豕投谿水而祝之。是夕暴風震電起谿中，數日水盡涸，西徙六十里。自是潮無鱷魚患。袁人以男女爲隸，過期不贖，則没入之。愈至，悉計庸得贖所没，歸之父母，七百餘人。因與約，禁其爲隸〔一〕。召拜國子祭酒〔二〕，轉兵部侍郎〔三〕。

〔一〕洪譜云：公以（十四年己亥）正月癸巳貶潮州刺史。宰相疑馮宿草疏，出宿爲歙州刺史。時宰相皇甫鎛、程异也。公之被謫，即日上道，便道取疾，以至海上。據宜城驛記則以三月二日過宜城；據瀧吏詩，則以三月幾望至曲江，據謝表則以三月二十五日至潮州；據祭文，則以四月二十四日逐鱷魚。其自曲江至潮，以十許日行三千里，蓋瀧水湍急故也。方考乃云：「謝表及祭神文皆止云『今月』，而逐鱷魚文正本皆但云『年月日』，則公之到郡，實不知何月日也。況自韶至廣，雖爲順流，而自廣之惠，自惠之潮，水陸相半，要非旬日可到。故公表亦云『自潮至廣，來往動皆經月』，則公到郡決非三月，而逐鱷魚亦未必在四月二十四日也。」今按：道里行程，則方説爲是；但與大顛第一書，石本乃云「四月七日」，則又似實以三月二十五日到郡也。未詳其説，闕之可也。洪譜又云：公自京師至潮，有路旁堠、至藍關示姪孫湘、武關西逢配流吐蕃、食曲河驛、次鄧州界、過南陽、瀧吏、題臨瀧寺、至韶州寄張使君、酬張使君惠書、過始興江口感懷、贈元十八協律、初南食貽元十八、答柳柳州食蝦蟇、别趙子諸詩，及宜城驛記、潮州謝表、祭鱷魚文、請置鄉校牒、賀册尊號表。是年七月己丑，羣臣上尊號，大赦。十月己巳，準例量移，改授袁州刺史。

〔二〕洪譜云：（十五年庚子）閏正月，穆宗即位，公以今年春到袁，途中有酬張韶州端公及韶州留别張使君二詩。至袁有袁州謝上、賀穆宗即位、賀赦、賀册皇太后、賀慶雲五表，舉韓泰自代狀，滕王閣記。九月，召拜國子祭酒，而閣記乃云「十月袁州刺史」者，蓋命下在九月，受命在十月也。有祭湘君夫人文，祭文所謂「復其章綬」者，公爲行軍司馬時賜金紫，今爲祭酒，始復其舊也。自袁趨京師，有次石頭驛、寄江西王中丞閣老仲舒詩；至江州，有寄鄂岳李大夫程及題西林寺故蕭二郎中舊堂詩。因話録云：「蕭穎士子存字伯誠，爲金部員外郎，惡裴延齡之爲人，棄官歸廬山。公少時嘗受金部賞知，及經江州，遊廬山，訪金部故居，因賦此詩，留百縑以拯之。」行次安陸，有寄隨州周員外君巢二詩；至棗陽縣，有題廣昌館詩；至襄州，有醉中留别李相公詩。以冬暮至京師。是年，有南海廟碑、與孟簡書、論黄家賊事宜，及典貼良人男女狀。又論夷僚，請因改元大慶，遣使宣諭，仍擇經略使撫之。又有柳子厚及姪孫滂祭文墓誌。洪譜又云：行狀云「公入遷祭酒，有直講，能説禮而陋容。學官多豪族子，擯之不得共食。公命吏曰：召直講來，與祭酒共食。學官由此不敢賤直講。奏儒生爲學官，日使會講。生徒奔走聽聞，皆相喜曰：韓公來爲祭酒，國子監不寂寞矣。」公在國子，有雨中寄張籍詩、舉張惟素自代及請復國子監生徒狀、論新注學官牒、薦張籍狀、請上尊號表。

〔三〕洪譜云：此除在（長慶元年辛丑）七月，時有舉韋顗自代狀、李郱、張徹祭文、李郱、鄭羣、薛戎墓誌。今按：方氏增考：論錢重物輕狀當在此年秋。

鎮州亂，殺田弘正而立王廷湊，詔愈宣撫。既行，衆皆危之。元稹言「韓愈可惜」。穆宗亦悔，詔愈度事從宜，無必入。愈曰：「安有受君命而滯留自顧？」遂疾驅入。廷湊嚴兵迓之，甲士陳庭。既坐，廷湊曰：「所以紛紛者，乃此士卒也。」愈大聲曰：「天子以公爲有將帥材，故賜以節，豈意同賊反邪！」語未終，士前奮曰：「先太師爲國擊朱滔，血衣猶在，此軍何負朝廷？乃以爲賊乎？」愈曰：「以爲爾不記先太師也。若猶記之，固善。且爲逆與順利害，不能遠引古事，但以天寶來禍福爲爾等明之：安禄山、史思明、李希烈、梁崇義、朱滔、朱泚、吴元濟、李師道有若子若孫在乎？亦有居官者乎？」衆曰：「無。」愈曰：「田公以魏博六州歸朝廷，官中書令，父子受旗節。劉悟、李祐皆大鎮，此爾軍所共聞也？」衆曰：「弘正刻，故此軍不安。」愈曰：「然。爾曹害田公，又殘其家矣，復何道？」衆乃讙曰：「侍郎語是。」廷湊恐衆心動，遽麾使去，因泣謂愈曰：「今欲廷湊何所爲？」愈曰：「神策六軍之將，如牛元翼比者不少；但朝廷顧大體，不可棄之。公久圍之何也？」廷湊曰：「即出之。」愈曰：「若爾，則無事矣。」會元翼亦潰圍出，廷湊不追。愈歸奏其語，帝大悦，轉吏部侍郎〔一〕。時宰相李逢吉惡李紳，欲逐之，遂以愈爲京兆尹，兼御史大夫，特詔不臺參，而除紳中丞。紳果劾奏愈，愈以詔自解。其後文刺紛然。宰相以臺府不協，遂罷愈爲兵部侍郎，而出紳江西觀察使。紳見帝得留，愈亦復爲吏部侍郎〔二〕。長慶四年卒，年五十七，贈禮部尚書，謚曰文〔三〕。

〔一〕洪譜云：長慶元年七月，鎮州亂，殺田弘正，立王廷湊。命深州刺史牛元翼節度深冀以討之。十月，命裴度爲鎮州四面行營都招討使。元翼爲廷湊所圍，（二年壬寅）二月，赦廷湊，詔愈宣撫，歸而牛元翼果出。行狀云：「公還，於上前奏與廷湊及三軍語，上大悦曰：卿直向伊如此道！由是有意大用，授吏部侍郎。」今按：「先太師」，謂故鎮帥王武俊也。神道碑云：「方鎮反，太原兵以輕利誘迴紇，召先生禍福，譬引虎齧臃血，直今所患，非兵不足，遽疏陳得失。」今按：此數語不可曉，它書亦皆無之，未詳何謂。恐有誤也。洪譜又云：是年有次壽陽驛、次太原、呈副使吴郎中、次承天營奉酬裴司空、鎮州路上酬裴司空重見寄、鎮州初歸諸詩，及韋侍講盛山詩序、論變鹽法事宜狀。二年壬寅九月，轉吏部侍郎。行狀云：凡令吏皆不鎖聽出入，或問公，公曰人所以畏鬼者，以其不能見也，鬼如可見，則人不畏矣。選人不得見令史，故令史勢重。聽其出入，故勢輕。是年有鄆州谿堂詩、竇司業祭文墓誌、楚國夫人墓誌、黄陵廟碑。

〔二〕洪譜云：（三年癸卯）六月，以吏部侍郎爲京兆尹，兼御史大夫，敕放臺參，後不得爲例。十月癸巳，爲兵部侍郎。庚子，爲吏部侍郎。行狀云：「改京兆尹，六軍將士皆不敢犯，私相告曰：是尚欲燒佛骨者，安可忤！故盜賊止。遇旱，米價不敢上。李紳爲御史中丞，械囚送府，使以尹杖杖之。公曰：安有此！使歸其囚。是時紳方幸，旦夕且相，宰相欲去之，故以臺與府不協爲請，兩改其官。紳既復留，公入謝，上曰：『卿與紳爭何事？』公因自辨。數日，復爲吏部侍郎。」神道碑云：「復爲兵部侍郎，銓不鎖入吏。選父七十，母六十，身七十，悉與三利取才，財勢路絶。」今按：碑文兵部一節，此「兵」字當作「吏」字；「不鎖入吏」即謂前縱吏出入事。「三利取才」，未詳其義，疑銓法有此語。或是有脱誤也。洪譜云：「公爲京兆，有舉馬摠自代狀、賀雨及賀太陽不虧表、祭竹林神、曲江祭龍文。再爲兵部，有舉張正甫自代狀。是年，有羅池廟碑、送鄭權序并詩。祭馬摠、女挐文并李干、女挐墓誌、韓弘碑、論孔戣致仕狀。」

〔三〕洪譜云：（四年甲辰）正月，敬宗即位。二月，有王仲舒碑。四月，有張徹墓誌。八月，有孔戣墓誌。是年公没，年五十七。行狀云：「得病滿百日假，既罷，以十二月二日卒於靖安里第。」公屬纊語曰：「某伯兄德行高，曉方藥，食必視本草，年止於四十二。某疏愚，食不擇禁忌，位爲侍郎，年出伯兄十五歲矣。如又不足，於何而足？且獲終於牖下，幸不至失大節以下見先人，可謂榮矣。」明年，張籍祭公詩有云：「去夏公請告，養疾城南莊。籍時官休罷，兩月同遊翔。」又曰：「共愛池上佳，聯句舒遐情。」又曰：「公爲游溪詩，唱詠多慨慷。」「城南莊」，在長安城南，公之別墅也。池上聯句，集中無之。「游谿詩」，即南谿始泛三首是也。又曰：「公有曠達識，生死爲一綱。及當臨終晨，意色亦不荒。贈我珍重言，傲然委衾裳。」其於死生之際如此。神道碑云：「遺命喪葬無不如禮。俗習夷狄、畫寫浮圖、日以七數之，及拘陰陽所謂吉凶，一無污我。」今按：此事可見公之平生謹守禮法，排斥異教，自信之篤，至死不變，可以爲後世法；而譜不載，蓋不以爲然也。

愈性明鋭，不詭隨，與人交，終始不少變。成就後進士，往往知名。經愈指授，皆稱「韓門弟子」。愈官顯，稍謝遣。凡内外親若交友無後者，爲嫁遣孤女而卹其家。嫂鄭喪，爲服朞以報〔一〕。每言文章自漢司馬相如、太史公、劉向、揚雄後，作者不世出；故愈深探本元，卓然樹立，成一家言。其原道、原性、師説等數十篇，皆奥衍閎深，與孟軻、揚雄相表裏，而佐佑六經云。至它文，造端置辭，要爲不襲蹈前人者。然惟愈爲之沛然若有餘；至其徒李翺、李漢、皇甫湜從而效之，遽不及遠甚。從愈游者，若孟郊、張籍亦皆自名於時〔二〕。

〔一〕行狀云：「公氣厚性通，論議多大體。」神道碑云：「朝有大獄大疑，文武會同，莫先發言；先生援經引決，考合傳記，侃侃正色，伏其所詞。」墓誌云：「公洞朗軒闢，不施戟級。平居雖寢食未嘗去書，怠以爲枕，餐以飴口，講評孜孜，以磨諸生。恐不完美，游以詼笑嘯歌，使皆醉義忘歸。嗚呼！可謂樂易君子鉅人者矣。」碑又云：「内外惸弱悉撫之，一親以仁，使男有官，女有從，不啻於己生。交於人，已而我負，終不計；死則庀其家，均食剖資，雖微弱，待之如賢戚。人詬笑之，愈篤。未嘗一食不對客，閨人或晝見其面，退相指語以爲異事。未嘗宿貨餘財。每曰：吾前日解衣質食，今存有已多矣。」

〔二〕墓誌云：「先生之作，無圓無方，至是歸工。抉經之心，執聖之權，尚友作者，跋邪觝異，以扶孔氏，存皇之極。知人罪，非我計，茹古涵今，無有端涯，渾渾灝灝，不可窺校；及其酣放，豪曲快字，凌紙怪發，鯨鏗春麗，驚耀天下；然而栗密窈眇，章妥句適，精能之至，入神出天。嗚呼極矣！後人無以加之矣！姬氏已來，一人而止矣！」按：「知人罪，非我計」，此句中必有脱誤。疑當云「人知人罪，非我所計。」方氏附録：程子曰：「韓愈亦近世豪傑之士，如原道之言，雖不能無病，然自孟子以來，能知此者，獨愈而已。其曰『孟氏醇乎醇』，又曰『荀與揚也，擇焉而不精，語焉而不詳』，若無所見，安能由千載之後，判其得失若是之明也？又曰：「退之晚年之文，所見甚高，不可易而讀也。古之學者，修德而已，有德則言可不學而能，此必然之理也。退之乃以學文之故，日求其所未至，故其所見及此。其於爲學之序，雖若有所戾者，然其言曰『軻之死，不得其傳』，此非有所襲於前人之語，又非鑿空信口率然而言之，是必有所見矣。若無所見，則其所謂『以是而傳』者，果何事邪？」今按：諸賢之論，唯此二條爲能極其深處。然復考諸臨川王氏之書，則其詩有曰：「紛紛易盡百年身，舉世何人識道真？力去陳言誇末俗，可憐無補費精神。」其爲予奪，乃有大不同者，故嘗折其衷而論之。竊謂程子之意，固爲得其大端；而王氏之言，亦自不爲無理。蓋韓公於道，知其用之周於萬事，而未知其體之具於吾之一心；知其可行於天下，而未知其本之當先於吾之一身也。是以其言常詳於外，而略於内；其志常極於遠大，而其行未必能謹於細微。雖知文與道有内外淺深之殊，而終未能審其緩急重輕之序，以決取舍；雖知汲汲以行道濟時抑邪與正爲事，而或未免雜乎貪位慕禄之私：此其見於文字之中，信有如王氏所譏者矣。但王氏雖能言此，而其所謂「道真」者，實乃老、佛之餘波，正韓公所深詆。則是楚雖失而齊亦未爲得耳。故今兼存其説，而因附以狂妄管窺之一二。私竊以爲若以是而論之，則於韓公之學所以爲得失者，庶幾其有分乎。

贊曰：唐興承五代剖分，王政不綱，文弊質窮，蝿俚混并。天下已定，治荒剔蠹，討究儒術，以興典憲，薰醲涵浸；殆百餘年，其後文章稍稍可述。至貞元元和間，愈遂以六經之文爲諸儒倡，障隄末流，反刓以樸，剗僞以真。然愈之才，自視司馬遷、揚雄，至班固以下不論也。當其所得，粹然一出於正，刊落陳言，横騖别驅，汪洋大肆，要之無牴牾聖人者。其道蓋自比孟軻，以荀況、揚雄爲未淳，寧不信然？至進諫陳謀、排難卹孤、矯拂媮末，皇皇於仁義，可謂篤道君子矣。自晉訖隋，老、佛顯行，聖道不斷如帶，諸儒倚天下正議，助爲怪神；愈獨喟然引聖，争四海之惑，雖蒙訕笑，跆而復奮。始若未之信，卒大顯於時。昔孟軻拒楊墨，去孔子才二百年；愈排二家，乃去千餘歲；撥衰反正，功與齊而力倍之，所以過況、雄爲不少矣。自愈没，其言大行，學者仰之如泰山北斗云。

文録序

趙德

昌黎公，聖人之徒歟！其文高出，與古之遺文不相上下。所履之道，則堯、舜、禹、湯、文、武、周、孔、孟軻、揚雄所授受服行之實也；固已不雜其傳，由佛及聃、莊、楊之言，不得干其思，入其文也；以是光於今，大於後，金石燋鑠，斯文燦然；德行道學文庶幾乎古。蓬茨中手持目覽，飢食渴飲，沛然滿飽；顧非適諸聖賢之域而謬志於斯，將所以盗其影響。僻處無備，得以所遇次之爲卷，私曰文録，實以師氏爲請益依歸之所云〔一〕。

〔一〕「實」或作「寶」。

記舊本韓文後

歐陽修

予少家漢東，漢東僻陋無學者，吾家又貧無藏書；州南有大姓李氏者，其子彦輔頗好學，予爲兒童時，多游其家，見其弊筐貯故書在壁間，發而視之，得唐昌黎先生文集六卷，脱略顛倒無次第，因乞李氏以歸讀之。見其言深厚而雄博，然予猶少，未能究其義，徒見其浩然無涯，若可愛。是時天下學者，楊、劉之作號爲「時文」，能者取科第，擅名聲，以誇榮當世，未嘗有道韓文者。予亦方舉進士，以禮部詩賦爲事。年十有七，試于州，爲有司所黜。因取所藏韓氏之文復閱之，則喟然嘆曰：「學者當至於是而止爾！」因怪時人之不道，而顧己亦未暇學，徒時時獨念于予心，以謂方從進士干禄以養親，苟得禄矣，當盡力于斯文，以償其素志。後七年，舉進士及第，官于洛陽；而尹師魯之徒皆在，遂相與作爲古文，因出所藏昌黎集而補綴之，求人家所有舊本而校定之。其後天下學者亦漸趨於古，而韓文遂行于世，至于今蓋三十餘年矣；

學者非韓不學也，可謂盛矣！

嗚呼！道固有行於遠而止於近，有忽于往而貴于今者。非惟世俗好惡之使然，亦其理有當然者。故孔、孟惶惶於一時，而師法於千萬世；韓氏之文，没而不見者二百年，而後大施於今。此又非特好惡之所上下，蓋其久而愈明，不可磨滅，雖蔽于暫而終耀于無窮者，其道當然也。予之始得於韓也，當其沈没棄廢之時。予固知其不足以追時好而取勢利，於是就而學之，則予之所爲者，豈所以急名譽而干勢利之用哉？亦志乎久而已矣！故予之仕，於進不爲喜，退不爲懼者，蓋其志先定，而所學者宜然也。

集本出於蜀，文字刻畫，頗精於今世俗本，而脱繆尤多。凡三十年間，聞人有善本者，必求而改正之。其最後卷秩不足，今不復補者，重增其故也。予家藏書萬卷，獨昌黎先生集爲舊物也。嗚呼！韓氏之文之道，萬世所共尊，天下所共傳而有也！予於此本，特以其舊物而尤惜之。

泉本云：「吾少居漢東，年十五六時，於里人李堯輔家見一弊筐棄在壁角，中有故書數十册，因得韓文於其間，皆脱落無次序；吾略讀之，愛其文辨而意深。當是時，學者方作時文，天下之人無道韓文者；予亦將舉進士以觖禄利，未暇學也。遂求於李氏而得之以歸，補次成帙而藏之。數年始及第，遂官于洛，而得師魯與之遊，因出韓文而學之。自後天下學者亦稍稍近古。吾家所藏書萬卷，然獨韓文最爲舊物，君爲吾愛惜之可也。」今按：泉州本乃汪彦章所刻，此序獨與諸本不同，不知何據。其所謂君者，又不知爲何人也。今并存之，以俟知者。

潮州韓文公廟碑

蘇　軾

匹夫而爲百世師，一言而爲天下法。是皆有以參天地之化，關盛衰之運；其生也有自來，其逝也有所爲矣。故申吕自嶽降，而傅説爲列星，古今所傳，不可誣也。孟子曰：「吾善養浩然之氣。」是氣也，寓於尋常之中，而塞乎天地之間。卒然遇之，則王公失其貴，晉楚失其富，良平失其智，賁育失其勇，儀秦失其辨。是孰使之然哉？其必有不依形而立，不恃力而行，不待生而存，不隨死而亡者矣。故在天爲星辰，在地爲河嶽，幽則爲鬼神，而明則復爲人；此理之常，無足怪者。自東漢以來，道喪文弊，異端並起，歷唐貞觀開元之盛，輔以房杜姚宋而不能救；獨韓文公起布衣，談笑而麾之，天下靡然從公，復歸于正，蓋三百年於此矣。文起八代之衰，而道濟天下之溺；忠犯人主之怒，而勇奪三軍之帥：此豈非參天地，關盛衰，浩然而獨存者乎？

蓋嘗論天人之辨，以謂人無所不至，惟天不容僞；智可以欺王公，不可以欺豚魚；力可以得天下，不可以得匹夫匹婦之心。故公之精誠能開衡山之雲，而不能回憲宗之惑；能馴鱷魚之暴，而不能弭皇甫鎛、李逢吉之謗；能信於南海之民，廟食百世；而不能使其身一日安於朝廷之上。蓋其所能者，天也；其所不能者，人也。始潮人未知學，公命進士趙德爲之師，自是潮之士皆篤於文行，延及齊民，至于今，號稱易治。信乎！孔子之言：「君子學道則愛人，而小人學道則易使也！」

潮人之事公也，飲食必祭。水旱疾疫，凡有求，必禱焉。而廟在刺史公堂之後，民以出入爲艱。前守欲請諸朝，作新廟，不果。元祐五年，朝散郎王君滌來守是邦，凡所以養士治民者，一以公爲師。民既悦服，則出令曰：「願新公廟者聽！」民讙趨之。卜地於州城南七里，期年而廟成。或曰：「公去國萬里而謫于潮，不能一歲而歸；没而有知，其不眷戀于潮也，審矣。」軾曰：「不然。公之神在天下者，如水之在地中，無所往而不在也；而潮人獨信之深，思之至，焄蒿悽愴，若或見之。譬如鑿井得泉，而曰水專在是，豈理也哉？」

元豐七年，詔封公昌黎伯，故榜曰「昌黎伯韓文公之廟。」潮人請書其事于石，因爲作詩以遺之，使歌以祀公。其詞曰：

公昔騎龍白雲鄉，手決雲漢分天章。天孫爲織雲錦裳，飄然乘風來帝旁。下與濁世掃粃糠，西游咸池略扶桑。草木衣被昭回光。追逐李杜參翱翔，汗流籍湜走且僵。滅没倒景不可望。作書詆佛譏君王。要觀南海窺衡湘，歷舜九疑弔英皇。祝融先驅海若藏，約束鮫鱷如驅羊。鈞天無人帝悲傷，謳吟下招遣巫陽。爆牲雞卜羞我觴，於粲荔丹與蕉黄。公不少留我涕滂，翩然被髮下大荒。

瓶水齋詩集	[清]舒位著　曹光甫點校
龔自珍全集	[清]龔自珍著　王佩諍校點
龔自珍詩集編年校注	[清]龔自珍著　劉逸生、周錫䪖校注
水雲樓詩詞箋注	[清]蔣春霖著　劉勇剛箋注
人境廬詩草箋注	[清]黄遵憲著　錢仲聯箋注
嶺雲海日樓詩鈔	[清]丘逢甲著　丘鑄昌標點

安雅堂全集	[清]宋琬著　馬祖熙標校
龔鼎孳詞校注	[清]龔鼎孳著　孫克强、鄧妙慈校注
吴嘉紀詩箋校	[清]吴嘉紀著　楊積慶箋校
陳維崧集	[清]陳維崧著　陳振鵬標點 李學穎校補
屈大均詩詞編年校箋	[清]屈大均著　陳永正等校箋
屈大均詞箋注	[清]屈大均著　陳永正箋注
秋笳集	[清]吴兆騫撰　麻守中校點
漁洋精華録集釋	[清]王士禛著 李毓芙、牟通、李茂肅整理
聊齋志異會校會注會評本	[清]蒲松齡著　張友鶴輯校
敬業堂詩集	[清]查慎行著　周劭標點
納蘭詞箋注	[清]納蘭性德著　張草紉箋注
方苞集	[清]方苞著　劉季高校點
樊榭山房集	[清]厲鶚著　[清]董兆熊注 陳九思標校
劉大櫆集	[清]劉大櫆著　吴孟復標點
儒林外史彙校彙評(增訂版)	[清]吴敬梓著　李漢秋輯校
小倉山房詩文集	[清]袁枚著　周本淳標校
忠雅堂集校箋	[清]蔣士銓著　邵海清校 李夢生箋
甌北集	[清]趙翼著　李學穎、曹光甫校點
惜抱軒詩文集	[清]姚鼐著　劉季高標校
兩當軒集	[清]黄景仁著　李國章校點
惲敬集	[清]惲敬著　萬陸、謝珊珊、林振岳 標校　林振岳集評
茗柯文編	[清]張惠言著　黄立新校點

湯顯祖戲曲集	[明]湯顯祖著　錢南揚校點
白蘇齋類集	[明]袁宗道著　錢伯城校點
袁宏道集箋校	[明]袁宏道著　錢伯城箋校
珂雪齋集	[明]袁中道著　錢伯城點校
喻世明言會校本	[明]馮夢龍編著　李金泉點校
警世通言會校本	[明]馮夢龍編著　李金泉點校
醒世恒言會校本	[明]馮夢龍編著　李金泉點校
隱秀軒集	[明]鍾惺著　李先耕、崔重慶標校
譚元春集	[明]譚元春著　陳杏珍標校
張岱詩文集(增訂本)	[明]張岱著　夏咸淳輯校
陳子龍詩集	[明]陳子龍著　施蟄存、馬祖熙標校
夏完淳集箋校(修訂本)	[明]夏完淳著　白堅箋校
牧齋初學集	[清]錢謙益著　[清]錢曾箋注　錢仲聯標校
牧齋有學集	[清]錢謙益著　[清]錢曾箋注　錢仲聯標校
牧齋雜著	[清]錢謙益著　[清]錢曾箋注　錢仲聯標校
牧齋初學集詩注彙校	[清]錢謙益著　[清]錢曾箋注　卿朝暉輯校
李玉戲曲集	[清]李玉著　陳古虞、陳多、馬聖貴點校
吴梅村全集	[清]吴偉業著　李學穎集評標校
歸莊集	[清]歸莊著
顧亭林詩集彙注	[清]顧炎武著　王蘧常輯注　吴丕績標校

劍南詩稿校注	[宋]陸游著　錢仲聯校注
放翁詞編年箋注(增訂本)	[宋]陸游著　夏承燾、吴熊和箋注 陶然訂補
渭南文集箋校	[宋]陸游著　朱迎平箋校
范石湖集	[宋]范成大撰　富壽蓀標校
范成大集校箋	[宋]范成大撰　吴企明校箋
于湖居士文集	[宋]張孝祥著　徐鵬校點
稼軒詞編年箋注(定本)	[宋]辛棄疾撰　鄧廣銘箋注
辛棄疾詞校箋	[宋]辛棄疾著　吴企明校箋
姜白石詞編年箋校	[宋]姜夔著　夏承燾箋校
後村詞箋注	[宋]劉克莊著　錢仲聯箋注
劉辰翁詞校注	[宋]劉辰翁著　吴企明校注
瀛奎律髓彙評	[元]方回選評　李慶甲集評校點
雁門集	[元]薩都拉著 殷孟倫、朱廣祁校點
揭傒斯全集	[元]揭傒斯著　李夢生標校
高青丘集	[明]高啓著　[清]金檀注 徐澄宇、沈北宗校點
唐寅集	[明]唐寅著　周道振、張月尊輯校
文徵明集(增訂本)	[明]文徵明著　周道振輯校
震川先生集	[明]歸有光著　周本淳校點
海浮山堂詞稿	[明]馮惟敏著 凌景埏、謝伯陽標校
滄溟先生集	[明]李攀龍著　包敬第標校
梁辰魚集	[明]梁辰魚著　吴書蔭編集校點
沈璟集	[明]沈璟著　徐朔方輯校
湯顯祖詩文集	[明]湯顯祖著　徐朔方箋校

歐陽修詞校注　［宋］歐陽修著　胡可先、徐邁校注
蘇舜欽集　［宋］蘇舜欽著　沈文倬校點
嘉祐集箋注　［宋］蘇洵著　曾棗莊、金成禮箋注
王荆文公詩箋注（修訂版）　［宋］王安石著　［宋］李壁箋注　高克勤點校
王令集　［宋］王令著　沈文倬校點
蘇軾詩集合注　［宋］蘇軾著　［清］馮應榴注　黄任軻、朱懷春校點
東坡樂府箋　［宋］蘇軾著　［清］朱孝臧編年　龍榆生校箋
東坡詞傅幹注校證　［宋］蘇軾著　［宋］傅幹注　劉尚榮校證
欒城集　［宋］蘇轍著　曾棗莊、馬德富校點
山谷詩集注　［宋］黄庭堅著　［宋］任淵、史容、史季温注　黄寶華點校
山谷詩注續補　［宋］黄庭堅著　陳永正、何澤棠注
山谷詞校注　［宋］黄庭堅著　馬興榮、祝振玉校注
淮海集箋注（修訂本）　［宋］秦觀撰　徐培均箋注
淮海居士長短句箋注　［宋］秦觀著　徐培均箋注
賀鑄詞集校注　［宋］賀鑄著　鍾振振校注
清真集箋注　［宋］周邦彦著　羅忼烈箋注
石門文字禪校注　［宋］釋惠洪撰　周裕鍇校注
石林詞箋注　［宋］葉夢得著　蔣哲倫箋注
樵歌校注　［宋］朱敦儒著　鄧子勉校注
李清照集箋注（修訂本）　［宋］李清照著　徐培均箋注
吕本中詩集箋注　［宋］吕本中著　祝尚書箋注
陳與義集校箋　［宋］陳與義著　白敦仁校箋
蘆川詞箋注　［宋］張元幹著　曹濟平箋注

韓昌黎文集校注	[唐]韓愈著　馬其昶校注 馬茂元整理
劉禹錫集箋證	[唐]劉禹錫著　瞿蜕園箋證
白居易集箋校	[唐]白居易著　朱金城箋校
柳宗元詩箋釋	[唐]柳宗元著　王國安箋釋
柳河東集	[唐]柳宗元著　[宋]廖瑩中輯注
元稹集校注	[唐]元稹著　周相録校注
長江集新校	[唐]賈島著　李嘉言新校
張祜詩集校注	[唐]張祜著　尹占華校注
三家評注李長吉歌詩	[唐]李賀著　[清]王琦等評注 蔣凡校點
樊川文集	[唐]杜牧著　陳允吉校點
樊川詩集注	[唐]杜牧著　[清]馮集梧注
温飛卿詩集箋注	[唐]温庭筠著　[清]曾益等箋注
玉谿生詩集箋注	[唐]李商隱著　[清]馮浩箋注 蔣凡校點
樊南文集	[唐]李商隱著　[清]馮浩詳注 錢振倫、錢振常箋注
皮子文藪	[唐]皮日休著　蕭滌非、鄭慶篤整理
鄭谷詩集箋注	[唐]鄭谷著 嚴壽澂、黄明、趙昌平箋注
韋莊集箋注	[五代]韋莊著　聶安福箋注
李璟李煜詞校注	[南唐]李璟、李煜著　詹安泰校注
張先集編年校注	[宋]張先著　吴熊和、沈松勤校注
二晏詞箋注	[宋]晏殊、晏幾道著　張草紉箋注
樂章集校箋	[宋]柳永著　陶然、姚逸超校箋
梅堯臣集編年校注	[宋]梅堯臣著　朱東潤編年校注
歐陽修詩文集校箋	[宋]歐陽修著　洪本健校箋

蕭繹集校注	[南朝梁]蕭繹著　陳志平、熊清元校注
玉臺新咏彙校	吴冠文、談蓓芳、章培恒彙校
王績集會校	[唐]王績著　韓理洲校點
王梵志詩校注(增訂本)	[唐]王梵志著　項楚校注
盧照鄰集箋注	[唐]盧照鄰著　祝尚書箋注
駱臨海集箋注	[唐]駱賓王著　[清]陳熙晉箋注
王子安集注	[唐]王勃著　[清]蔣清翊注
陳子昂集(修訂本)	[唐]陳子昂撰　徐鵬校點
孟浩然詩集箋注(增訂本)	[唐]孟浩然著　佟培基箋注
王右丞集箋注	[唐]王維著　[清]趙殿成箋注
李白集校注	[唐]李白著　瞿蜕園、朱金城校注
高適集校注(修訂本)	[唐]高適著　孫欽善校注
杜詩趙次公先後解輯校	[唐]杜甫著　[宋]趙次公注　林繼中輯校
新刊校定集注杜詩	[唐]杜甫著　[宋]郭知達輯注　聶巧平點校
新定杜工部草堂詩箋斠證	[唐]杜甫著　[宋]魯訔編　[宋]蔡夢弼會箋　曾祥波新定斠證
杜詩鏡銓	[唐]杜甫著　[清]楊倫箋注
錢注杜詩	[唐]杜甫著　[清]錢謙益箋注
杜甫集校注	[唐]杜甫著　謝思煒校注
岑參集校注	[唐]岑參著　陳鐵民、侯忠義校注
戴叔倫詩集校注	[唐]戴叔倫著　蔣寅校注
韋應物集校注(增訂本)	[唐]韋應物著　陶敏、王友勝校注
權德輿詩文集	[唐]權德輿撰　郭廣偉校點
王建詩集校注	[唐]王建著　尹占華校注
韓昌黎詩繫年集釋	[唐]韓愈著　錢仲聯集釋

《中國古典文學叢書》已出書目

詩經今注	高亨注
楚辭集注	[宋]朱熹撰　黄靈庚點校
楚辭今注	湯炳正、李大明、李誠、熊良智注
司馬相如集校注	[漢]司馬相如著　金國永校注
揚雄集校注	[漢]揚雄著　張震澤校注
張衡詩文集校注	[漢]張衡著　張震澤校注
阮籍集	[魏]阮籍著　李志鈞等校點
陸機集校箋	[晉]陸機著　楊明校箋
陶淵明集校箋(修訂本)	[晉]陶潛著　龔斌校箋
世説新語箋疏(修訂本)	[南朝宋]劉義慶撰　余嘉錫箋疏　周祖謨等整理
世説新語校釋(增訂本)	[南朝宋]劉義慶撰　[南朝梁]劉孝標注　龔斌校釋
鮑參軍集注	[南朝宋]鮑照著　錢仲聯增補集説校
謝宣城集校注	[南朝齊]謝朓著　曹融南校注集説
江文通集校注	[南朝梁]江淹著　丁福林、楊勝朋校注
文心雕龍義證	[南朝梁]劉勰著　詹鍈義證
詩品集注(增訂本)	[梁]鍾嶸著　曹旭集注
文選	[梁]蕭統編　[唐]李善注